KB178598

리가의 개들

옮긴이 박진세
출판 기획 일을 하고 있다. 옮긴 책으로 헨닝 망켈의 『얼굴 없는 살인자』, 에드 맥베인의 『레이디 킬러』, 제임스 리 버크의 『네온 레인』, 필립 커의 〈베를린 누아르 3부작〉 등이 있다.

HUNDARNA I RIGA
리가의 개들

헨닝 망켈 지음 | 박진세 옮김

피니스
아프리카에

† 일러두기

본문의 모든 주는 옮긴이 주입니다.

1

오전 10시를 지나자마자 눈이 내리기 시작했다.

낚싯배의 조타실에 있는 남자는 욕설을 퍼부었다. 그는 일기예보를 들었지만 자신들이 폭풍우를 맞닥뜨리기 전에 스웨덴 해안에 닿을 수 있으리라 희망했다. 만약 전날 밤에 히덴제독일 북부 발트해에 위치한 섬에 머물지 않았더라면 지금쯤 위스타드가 시야에 들어왔을 터였고, 동쪽으로 몇 도 진로를 바꿀 수 있었을 터였다. 하지만 여전히 7해리를 더 가야 했고, 눈이 무섭게 내리기 시작한다면 배를 세우고 시야가 나아질 때까지 기다려야 할 것이었다.

그는 다시 욕설을 퍼부었다. 욕을 해 봐야 소용없어. 그는 생각했다. 지난가을에 계획한 걸 끝냈어야 한 데다 새 레이더를 샀어야 해. 내 낡은 데카배의 위치를 알아내는 계기에 더 이상 의존할 수 없어. 새 미국 모델을 샀어야 했는데, 난 너무 뒤떨어졌어. 동독 것도 믿을 수 없어. 날 속이지 않을 거라고 그들을 믿을 수 없단 말이야.

그는 나라 전체가 소멸되어 더 이상 동독이라고 부를 나라가 없다는 것을 이해하기가 어려웠다. 역사가 밤새 그 오래된 장벽을 깔끔하게 정리했다. 이제 독일만이 있을 뿐이었고, 함께 일하려고 애쓰는, 이전에 둘로 나뉘었던 사람들은 정말로 무슨 일이 일어나고 있는지 몰랐다. 처음에 베를린 장벽이 무너졌을 때 그는 불편함을 느꼈다. 거대한 변화가 내 발밑의 카펫이 당겨지는 것을 의미할까? 그의 동독 파트너들은 그를 안심시켰다. 예측할 수 있는 미래의 범위에서 아무것도 바뀌지 않을 것이었다. 실은 이 격변이 새 기회를 창출하기까지 할지도 몰랐다.

눈은 점점 더 무섭게 내리고 있었고, 바람은 남서쪽으로 방향이 바뀌고 있었다. 그는 담배에 불을 붙이고 나침반 옆 특별히 제작된 거치대에 놓인 머그잔에 커피를 따랐다. 조타실의 열기에 땀이 흘렀고, 경유 냄새가 코를 찔렀다. 그는 엔진실 쪽을 힐끗 보았다. 좁은 침상 밖으로 나온 야콥손의 한쪽 발이 보였다. 해어져 난 양말 구멍으로 엄지발가락이 튀어나와 있었다. 그를 더 자게 두는 게 낫겠다고 생각했다. 우리가 배를 세워야 한다면 내가 몇 시간 쉴 동안 그가 교대할 수 있을 테니. 그는 미지근한 커피를 한 모금 마시고 지난밤에 무슨 일이 일어났는지 다시 생각했다.

그는 히덴제 서쪽의 황폐한 작은 부두에서 상품을 실으려고, 어둠 속에서 덜컹거리며 나타날 대형 트럭을 다섯 시간이 넘게 기다렸어야 했다. 베버는 트럭이 고장 나서 늦어졌다고 했고, 그럴 법했다. 트럭은 러시아 군용 트럭을 개조한 오래된 것이었고, 그 남자는 종종 그것이 여전히 굴러가고 있다는 사실에 깜짝 놀랐다. 하지만 그는 베버를 믿지 않았다. 베버는 결코 그를 속인 적이 없었지만 그가 일단 그렇게 생각한 이상 신용하지 않았다. 그것은 예방책이었다. 어쨌든 그가 서독으로 가져간 것에는 많은 가치가 있었다. 매번 그는 이삼십 대의 컴퓨터와 1백여 개의 휴대용 단말기와 그만큼의 자동차 스테레오–1백만 크로나 상당–를 가져갔다. 잡힌다면 자신은 장기 복역형을 벗어날 수 없을 터였다. 베버에게서 1온스의 도움도 기대할 수 없을 것이었다. 그가 사는 세계에서는 모두가 최고만을 생각했다.

그는 나침반으로 경로를 체크했고, 북쪽으로 2도 조정했다. 항해일지는 8노트의 속도를 유지해야 함을 나타냈다. 해변이 시야에 들어와 브란테비크스웨덴 남부 스코네주에 있는 소도시로 방향을 돌리려면 6½해리를 가야 했다. 청회색 파도가 여전히 눈앞에서 일렁였지만 눈은 점점 더 거세지는 것처럼 보였다.

다섯 번만 더하면 끝이야. 그는 생각했다. 필요한 돈을 모으면 내가 원하는 걸 할 수 있을 거야. 그는 그 전망에 미소를 지으며 또 다른 담배에 불을 붙였다. 그는 이 모든 것을 잊고 그가 바bar를 열 포르투 산투스로 여행을 떠났다. 곧 엔진실의 좁은 침상에서 야콥손이 코를 고는 동안, 뚫린 구멍으로 외풍이 드는 조타실에서 더 이상 망을 볼 일은 없을 터였다. 그는 새로운 삶이 어떻게 될지 확신할 수 없었지만 그럼에도 그 삶을 열망했다.

갑작스레 눈이 내리기 시작했던 것처럼 갑작스레 눈이 그쳤다. 처음에 그는 감히 자신의 행운을 믿지 못했지만 이내 눈송이들이 더 이상 눈앞에서 소용돌이치지 않았고, 시야가 깨끗해졌다. 결국 난 그걸 해낼 수 있을지 몰라. 그는 생각했다. 폭풍이 지나가면 덴마크로 향할 수 있겠지?

그는 휘파람을 불면서 커피를 더 따랐다. 돈이 담긴 백이 벽에 걸려 있었다. 마데이라에서 조금 벗어난 곳에 있는 작은 섬 포르투 산투스로 또 다른 3만 크로나가 가까워지고 있었다. 천국이 기다리는 중이었다.

그가 막 커피를 한 모금 더 마셨을 때 소형 보트가 눈에 들어왔다. 날씨가 개지 않았다면 결코 그것을 알아차리지 못했을 터였다. 항구에서 50미터 떨어진 곳에서 파도에 넘실거리고 있어. 빨간 고무 구명보트. 그는 안경에서 물기를 닦아 내고 그 소형 보트를 응시했다. 비어 있어. 그는 생각했다. 배에서 떨어진 거야. 그는 타륜을 돌리며 속도를 줄였다. 속도의 변화에 잠에서 깬 야콥손이 조타실에 면도하지 않은 얼굴을 내밀었다.

"도착했어요?" 그가 물었다.

"항구 앞에 구명보트가 있어." 이름이 홀름그렌인 타륜 앞의 남자가 말했다. "저걸 건질 거야. 일이천은 나갈 테니까. 키를 잡아. 내가 보트를 건질게."

야콥손이 타륜을 움직이자 홀름그렌이 모자의 귀덮개를 내리고 조타실에서 나갔다. 바람이 그의 얼굴을 물어뜯었고, 그는 난간에 매달렸다. 소형 보트가 천천히 다가왔다. 그는 조타실 벽면에 갈고리 장대를 묶어 놓은 끈을 풀기 시작했다. 힘들게 끈을 풀 때 손가락이 얼어붙었지만 결국 그는 그것을 풀었고, 바다를 향해 돌아섰다.

그는 인양을 시작했다. 소형 보트는 선체에서 몇 미터 떨어지지 않은 곳에 있었고, 그는 자신이 착각했다는 것을 알았다. 보트 안에는 두 사람이 있었다. 죽은 사람. 야콥손이 조타실에서 알아들을 수 없는 무슨 말을 외쳤다. 그 역시 구명보트 안에 있는 것을 보았다.

홀름그렌이 시체를 본 것은 처음이 아니었다. 젊은 시절 그가 군에 있었을 때, 훈련 중에 발포된 총에 친구 넷이 산산조각 났다. 이후 어부로 오랜 세월을 보내는 동안 그는 해변으로 밀려오거나 바다에 떠 있는 시체들을 보았다. 홀름그렌은 즉시 그들이 이상한 복장을 하고 있다는 것을 알았다. 두 남자는 어부나 뱃사람이 아니었다. 그들은 양복을 입고 있었다. 그리고 둘은 불가피한 것에서 서로를 보호하려고 애쓴 듯 끌어안고 있었다. 그는 무슨 일이 있었는지 상상해 보려 했다. 누가 저들을 이렇게 했을까?

조타실에서 나온 야콥손이 그 옆에 섰다.

"오, 빌어먹을!" 그가 말했다. "오, 빌어먹을! 이제 어쩌죠?"

홀름그렌은 잠시 생각했다.

"아무것도." 그가 말했다. "우리가 저들을 보트에서 건진다면 우린 대답해야 할 어려운 질문에 봉착할 거야. 간단해. 우린 저들을 못 본 거야. 어쨌든 눈이 내리고 있으니까."

"저들을 그냥 두자고요?" 야콥손이 물었다.

"그래." 홀름그렌이 대답했다. "저들은 어차피 죽었어. 우리가 할 수 있는 게 아무것도 없어. 게다가 난 우리 배가 어디서 왔는지 설명하고 싶지 않아. 자넨 그러고 싶어?"

야콥손이 모호하게 고개를 저었다. 그들은 말없이 죽은 두 남자를 응시했다. 홀름그렌은 그들이 기껏해야 서른 이상은 되어 보이지 않는나고 생각했다. 그들의 얼굴은 굳어 있었고 창백했다. 홀름그렌은 몸을 떨었다.

"구명보트에 아무 이름도 적혀 있지 않은 게 이상하군요." 야콥손이 말했다. "어느 배에 있던 걸까요?"

홀름그렌이 옆면을 보려고 갈고리 장대로 소형 보트를 움직였다. 야콥손이 옳았다. 거기에는 아무 이름도 적혀 있지 않았다.

"대체 무슨 일이 있었던 거지?" 그가 웅얼거렸다. "저들은 누구야? 양복과 타이 차림으로 얼마나 오래 떠다녔던 거지?"

"위스타드까지 얼마나 남았죠?" 야콥손이 물었다.

"육 해리 좀 넘게."

"우린 해안 가까이로 그들을 끌고 갈 수 있어요." 야콥손이 말했다. "그럼 해안에서 발견될 수 있게 떠다닐 수 있겠죠."

홀름그렌이 이해득실을 저울질하며 다시 생각했다. 그들을 여기에 버려둔다는 생각이 찜찜하다는 것을 부인할 수 없었다. 동시에 소형 보트를 끌고 가는 것은 위험했다. 페리나 또 다른 선박의 눈에 띌 수도 있었다.

그는 빠르게 마음을 정했다. 그는 로프를 푼 다음 난간에 기대 그것을 구명보트에 묶었다. 야콥손이 위스타드로 방향을 바꾸었고, 홀름그렌이 밧줄을 고정하자 소형 보트는 배 뒤에서 10미터쯤 떨어져 파도에 이리저리 흔들렸다.

스웨덴 해안이 시야에 들어왔을 때 홀름그렌은 로프를 잘랐고, 두 남자의 시체가 든 구명보트는 저 뒤 멀리로 사라졌다. 야콥손은 동쪽으로 방향을 바꾸었다. 수 시간 뒤 그들은 브란테비크의 부두를 통통거리며 들어섰다. 보수를 챙긴 야콥손은 자신의 볼보에 올라 스바르테로 떠났다.

부두에는 사람이 없었다. 홀름그렌은 조타실을 잠그고 화물을 넣는 해치에 방수포를 덮었다. 그는 시간을 들여 굵은 밧줄을 꼼꼼히 체크했다. 그런 다음 돈이 든 가방을 들고 낡은 포드로 걸음을 옮겨 가까스로 차의 시동을 걸었다.

보통 때라면 포르투 산투스의 꿈에 젖어 있었을 테지만 오늘 그가 마음의 눈으로 본 것은 그 붉은색 구명보트였다. 그는 그 보트가 결국 어디에 닿을지 생각해 보려 했다. 그 지역의 조류는 불규칙했고, 거센 바람은 끊임없이 방향을 바꾸었다. 소형 보트는 해안 어디에든 닿을 수 있었다. 그렇긴 해도 폴란드를 오가는 페리 중 하나의 승객이 발견하지 않는다면 그 보트는 위스타드에서 멀리 떨어지지 않은 어딘가에 닿으리라고 추측했다.

그가 위스타드로 차를 몰고 갈 때는 이미 어두워지기 시작하는 중이었다. 두 남자는 양복을 입고 있었어. 빨간불에 차를 세웠을 때 그는 생각했다. 구명보트 안에서. 거기에는 앞뒤가 맞지 않는 무언가가 있었다. 자신이 알아채지 못하고 본 무언가. 신호가 파란색으로 바뀌었을 때 그것이 무엇인지 깨달았다. 두 남자는 배가 침몰했기 때문에 그 소형 보트에 있었던 것이 아니었다. 그는 그것을 증명할 수 없었지만 확신했다. 두 남자는 그 보트에 탔을 때 이미 죽어 있었다.

그는 충동적으로 오른쪽으로 방향을 틀어 광장 내 서점 반대편에 있는 공중전화 부스 중 하나에 차를 세웠다. 그는 하고자 하는 말을 주의 깊게 연습했다. 그런 다음 999에 전화를 걸어 경찰을 찾았다. 대답을 기다리는 동안 전화 부스의 더러운 유리를 통해 다시 내리기 시작한 눈을 지켜보았다.

1991년 2월 12일이었다.

2

쿠르트 발란데르 경위는 위스타드 경찰서 자신의 사무실에 앉아 하품을 했다. 턱이 빠질 만큼 큰 하품이었다. 그 고통은 극심했다. 발란데르는 근육을 풀기 위해 오른 주먹으로 턱 아래에 펀치를 먹였다. 그가 그러고 있을 때 젊은 경찰 중 하나인 마르틴손이 걸어 들어왔다. 문가에서 잠시 멈춘 그는 혼란스러운 표정을 지었다. 발란데르는 고통이 가라앉을 때까지 턱 마사지를 계속했다. 마르틴손이 가려고 몸을 돌렸다.

"들어와." 발란데르가 말했다. "턱이 빠질 만큼 크게 하품해 본 적 없나?"

마르틴손이 머리를 저었다.

"없습니다." 그가 말했다. "경위님이 뭘 하고 계셨는지 궁금했다는 걸 인정해야겠군요."

"이제 알았다시피." 발란데르가 말했다. "원하는 게 뭐야?"

마르틴손이 얼굴을 찌푸리며 앉았다. 그는 수첩을 들고 있었다.

"몇 분 전에 이상한 전화를 받았습니다." 그가 말했다. "경위님께 말하는 게 낫겠다고 생각했죠."

"우린 매일 이상한 전화를 받지." 그가 뭘 말하려는지 궁금해하며 발란데르가 말했다.

"어떻게 생각해야 할지 모르겠습니다." 마르틴손이 말했다. "어떤 남자가 공중전화로 전화를 걸어 왔습니다. 그는 이 근처에 떠밀려 올 고무 구명보트에 시체 두 구가 담겨 있다고 했습니다. 이름도 말하지 않고, 누가 왜 그들을 죽였는지 언급도 없이 끊었습니다."

발란데르가 놀란 표정으로 그를 보았다.

"그게 다라고?" 그가 물었다. "그 전화를 누가 받았지?"

"제가요." 마르틴손이 말했다. "그는 제가 막 경위님께 말한 그대로 말했습니다. 왠지 설득력 있게 들리더군요."

"설득력 있게?"

"시간이 지나면 알게 되겠죠." 마르틴손이 우물거리듯 대답했다. "때로는 그게 장난이란 걸 곧바로 알 수 있죠. 이번엔 전화를 건 사람이 누구든 아주 확고해 보였습니다."

"구명보트에 든 죽은 두 남자가 이 근처 해안에 닿을 거라는 게?"

마르틴손이 끄덕였다.

발란데르는 다시 나오려는 하품을 참고 의자에 기댔다.

"가라앉았거나 뭐 그 비슷한 배에 관한 신고가 있었나?"

"전혀요." 마르틴손이 대답했다.

"해안가에 있는 모든 관할 경찰서에 알리게." 발란데르가 말했다.

"해안경비대에 연락하고. 하지만 익명의 전화 때문에 수사를 시작할 순 없어. 무슨 일이 일어날지 기다려 보자고."

마르틴손이 고개를 끄덕이고 자리에서 일어났다.

"그래야죠." 그가 말했다. "기다려 보죠."

"오늘 밤은 지옥 같겠군." 발란데르가 창밖을 향해 고개를 끄덕이며 말했다. "눈 때문에 말이야."

"어쨌든 저는 퇴근할 생각입니다." 마르틴손이 손목시계를 보며 말했다. "눈이 오든 안 오든요."

마르틴손이 나갔고, 발란데르는 의자에서 기지개를 켰다. 그는 자신이 얼마나 피곤한지 느낄 수 있었다. 내리 이틀 밤을 비상소집에 응해야 했다. 첫째 날 밤 그는 산스코겐에 있는 어느 빈 여름 별장에서 바리케이드를 치고 있던 강간 혐의자의 추적을 지휘했다. 그 사내는 약에 취해 있었고, 무장을 했다고 생각할 근거가 있었기 때문에 그들은 그가 손을 들고 나온 새벽 5시까지 별장 주위를 에워싸고 있었다. 다음 날 밤 발란데르는 시내 중심가에서 일어난 살인 건으로 호출을 당했다. 생일 파티가 도를 넘었고, 생일을 맞은 남자가 식칼에 관자놀이를 찔린 사건이었다.

그는 의자에서 몸을 일으켜 양털 재킷을 걸쳤다. 좀 자야겠군. 그는 생각했다. 누군가가 눈보라를 지켜보겠지. 경찰서를 나섰을 때 세찬 바람에 몸을 숙여야 했다. 푸조의 문을 열고 재빨리 차에 올랐다. 차창에 쌓인 눈 때문에 따뜻하고 아늑한 방에 있는 느낌이 들었다. 그는 시동을 걸고 테이프를 넣고 눈을 감았다.

생각이 즉시 뤼드베리에게로 옮아갔다. 오랜 친구이자 동료가 암으로 죽은 지 채 한 달도 되지 않았다. 뤼드베리와 자신이 룬나르프의 노부부 살인 사건을 해결하기 위해 고생했던 작년에 발란데르는 그 병에 대해 알고 있었다. 뤼드베리의 끝이 가까워졌다는 것이 모든 이에게, 특히 뤼드베리 자신에게 명백해졌던 그의 삶의 마지막 몇 달간 발란데르는 뤼드베리가 경찰서에 없으리라는 것을 알면서 경찰서로 가는 것을 상상해 보았었다. 그토록 경험이 많았던 늙은 뤼드베리의 조언과 판단 없이 어떻게 해 나갈까? 그 질문에 대답하기에는 아직 너무 일렀다. 뤼드베리가 병가를 내고, 그런 다음 세상을 뜬 이래 그는 아직 어떤 어려운 사건도 맡은 적이 없었다. 하지만 고통과 상실의 감각은 여전히 너무 현실적이었다.

그는 와이퍼를 켜고 집으로 천천히 차를 몰았다. 사람들이 곧 닥칠 눈보라의 포위에 준비라도 하고 있는 듯 시내는 적막했다. 그는 외스텔레덴에 있는 주유소에 차를 세우고 석간신문을 샀다. 이윽고 마리아가탄가街에 있는 자신의 아파트 밖에 주차하고 위층으로 올라갔다. 그는 목욕과 먹을 것을 준비했다. 잠자리에 들기 전 뢰데루프 근방 작은 집에 사는 아버지에게 전화했다. 작년에 아버지가 치매기를 보이며 밤에 파자마 바람으로 밖을 서성인 이래 발란데르는 매일 아버지에게 전화하는 습관이 생겼다. 그는 그 습관이 아버지를 위한 것만큼이나 자신을 위한 것이라는 사실을 알았다. 늘 더 자주 아버지를 찾아뵙지 못한다는 것에 죄책감을 느꼈다. 하지만 작년의 그 사고 이후 정기적으로 아버지의 집을 방문하는 도우미가 생겼다. 그것이 때때로 감당하기 어려웠던 노인의 기분을 나아지게 했다. 그렇다 하더라도 발란데르는 양심에 찔렸다. 그는 자신이 아버지에게 충분히 시간을 쏟지 않았다고 느꼈다.

발란데르는 목욕을 하고 오믈렛을 먹은 다음 아버지에게 전화하고 나서 침대로 갔다. 침실 창문의 블라인드를 내리기 전 거리를 내다보았다. 하나뿐인 가로등이 거센 바람에 흔들리고 있었다. 눈송이들이 눈앞에서 춤을 추었다. 온도계가 영하 3도를 가리켰다. 눈보라가 사그라든 덕분일까? 그는 달그락 소리를 내며 블라인드를 내리고 침대에 기어들기 무섭게 잠에 빠져들었다.

그는 다음 날 아침 7시 15분에 경찰서에 있었다. 작은 도로에서 있었던 몇몇 사고를 빼면 밤은 놀랄 정도로 조용했었다. 눈보라는 진면목을 보이기 전에 잠잠해졌다. 그가 구내식당에 들어서자 커피를 앞에 놓고 졸고 있던 몇몇 교통과 동료가 알은척을 하며 그를 위해 플라스틱 컵을 가져왔다. 그는 침대에서 일어난 순간 책상 위에 쌓인 서류를 정리하고 보고서를 쓰는 데 하루를 바치기로 마음먹었었다. 그중에서도 폴란드 갱이 연관된 폭행 사건을. 말할 필요도 없이 모두가 다른 모두를 고발했다. 무슨 일이 있었는지 객관적으로 설명할 믿을 만한 목격자가 없었지만, 그렇더라도 보고서는 써야 했다. 그럼에도 그에게는 누군가의 턱을 부러뜨린 죄로 유죄 판결을 받을 사람이 있을 것이라는 환상 따위는 없었다.

10시 30분에 마지막 보고서를 처리한 다음 커피를 한 잔 더 마시러 갔다. 사무실로 돌아오는데 전화가 울리는 소리를 들었다. 마르틴손의 전화였다.

"그 구명보트를 기억하십니까?" 그가 물었다.

발란데르는 그 말을 이해하기 전에 잠시 생각해야 했다.

"전화를 한 남자는 자신이 무슨 말을 하는지 잘 알았습니다. 두 시체가 든 고무 구명보트가 모스비 스트란드 해변에 좌초했습니다. 개와 산책하던 어떤 여자가 발견했죠. 그녀가 발작을 일으킨 것처럼 경찰서에 전화했습니다."

"그 여자가 언제 전화했지?"

"지금 막이요." 마르틴손이 말했다.

2분 후 발란데르는 해안 도로에 있었다. 그의 앞에서 페테르스와 노렌이 요란하게 사이렌을 울리는 경찰차에 타고 있었다. 발란데르는 해안을 때리는 얼음장 같은 파도를 보고 몸서리를 쳤다. 백미러로 앰뷸런스와 두 번째 경찰차에 탄 마르틴손이 보였다.

모스비 스트란드는 황량했다. 차에서 내리자마자 그는 에는 듯한 바람을 맞닥뜨렸다. 해안가 상점은 판자로 막혀 있었고, 덧문이 바람 속에서 삐걱거리며 신음을 냈다. 해변으로 내려가는 오솔길 꼭대기에 흥분한 여자가 손을 흔들고 있었고, 그녀 옆의 개가 목줄을 당기고 있었다. 발란데르는 언제나처럼 자신이 맞닥뜨리려는 것을 두려워하며 성큼성큼 발을 내디뎠다. 그는 결코 눈앞의 시체를 받아들이지 못할 터였다. 죽은 사람들은 산 사람들 같았다. 언제나 각양각색.

"저쪽이요." 여자가 히스테릭하게 소리를 질렀다. 발란데르는 그녀가 가리키고 있는 방향을 보았다. 빨간색 구명보트가 방파제 옆 바위들에 갇혀 물가에서 위아래로 흔들리고 있었다.

"여기서 기다리십시오." 발란데르가 여자에게 말했다.

경사면을 재빨리 내려간 그는 모래사장을 달린 다음 방파제를 따라 걸어가 고무보트를 내려다보았다. 잿빛 얼굴의 두 남자가 서로를 끌어안고 누워 있었다. 그는 자신이 본 것을 마음속 사진기에 담아 두려고 애썼다. 오랜 경찰 생활을 통해 첫인상이 늘 중요하다는 것을 배웠다. 시체는 대개 복잡하고 긴 사건의 연장선 끝에 있었고, 때때로 그것은 연장선의 처음에 어떤 착상을 얻게 했다.

고무장화를 신은 마르틴손이 구명보트를 해변으로 끌어오기 위해 물을 헤치고 나아갔다. 발란데르는 시체들을 살펴보기 위해 쭈그리고 앉았다. 그는 페테르스가 여자를 진정시키려고 애쓰는 모습을 보았다. 문득 그는 이 보트가 해변에서 수영하며 물놀이를 즐기는 수백 명의 아이가 있었을 여름에 해안으로 밀려오지 않은 것이 얼마나 다행인지 떠올렸다. 그가 보고 있는 것은 보기 좋은 광경이 아니었고, 맹렬한 바람에도 오해의 여지가 없는 부패의 악취가 풍겼다.

그는 주머니에서 비닐장갑을 꺼내 끼고 남자들의 주머니를 주의 깊게 살폈다. 아무것도 없었다. 한 남자의 재킷 앞섶을 젖히자 흰 셔츠의 가슴 부위에 적갈색 얼룩이 보였다. 그는 마르틴손을 보았다.

"이건 사고가 아니야." 그가 말했다. "살인이야. 이 남자는 심장에 총을 맞았어."

그는 몸을 일으켜 노렌이 구명보트의 사진을 찍을 수 있도록 한쪽으로 비켜섰다.

"어떻게 생각하나?" 그가 마르틴손에게 물었다. 마르틴손은 머리를 저었다.

"모르겠습니다."

발란데르는 죽은 두 남자에게서 눈을 떼지 않고 천천히 보트 주위를 걸었다. 둘 다 금발에 30대 초반 같았다. 손과 옷으로 판단하건대, 그들은 육체 노동자가 아니었다. 이들은 누구일까? 왜 주머니에 아무것도 들어 있지 않을까? 그는 이따금 마르틴손과 말을 주고받으며 계속해서 보트 주위를 걸었다. 30분 후 그는 여기에서 더 알아낼 것이 없다고 결정을 내렸다. 그때쯤에는 감식반이 체계적인 조사를 시작한 뒤였다. 비닐 텐트가 고무보트 위에 씌워졌다. 노렌이 사진 촬영을 마쳤고, 모두가 너무 추워서 빨리 떠나고 싶어 했다. 발란데르는 뤼드베리가 뭐라고 했을지 궁금했다. 뤼드베리라면 자신이 놓친 무언가를 보았을까? 그는 보온을 위해 차의 시동을 건 채 앉아 있었다. 바다는 잿빛이었고, 머리가 비워지는 게 느껴졌다. 이 남자들은 누구였을까?

몇 시간 뒤 발란데르는 구급대원들에게 고개를 끄덕였고, 그들은 들것들을 가지고 현장을 떠났다. 그때쯤 발란데르는 너무 추워서 몸의 떨림이 멈추지 않았다. 구급대원들은 얽힌 몸을 떼어 놓기 위해 뼈 몇 개를 부러뜨릴 수밖에 없었다. 시체가 옮겨지고 난 뒤 발란데르는 보트를 다시 조사했지만 찾을 게 아무것도 없었다. 노조차 없었다. 그는 그 해답이 수평선 어딘가에 있다는 듯 바다를 응시했다.

"구명보트를 발견한 여자와 얘기해 봐야겠어." 그가 마르틴손에게 말했다.

"제가 이미 했는데요." 그가 놀란 표정으로 말했다.

"진지한 얘기. 이 바람 속에서는 진지한 얘길 할 수 없어. 여자를 경찰서로 데려가게. 노렌에게 이 보트가 지금과 같은 상태로 여기에 도착했는지 확인시키고. 그에게 그렇게 전해."

이내 그는 차로 돌아갔다.

예전이라면 뤼드베리와 할 일이었을 텐데. 그가 중얼거렸다. 내가 못 본 게 뭘까? 그라면 지금 어떻게 생각하고 있을까?

그는 위스타드 경찰서로 돌아오자마자 비에르크 경찰서장에게 가서 모스비 스트란드에서 보고 온 것을 간단히 보고했다. 비에르크는 근심스러운 표정으로 들었다. 그는 폭력 범죄가 자신의 관할에서 발생할 때마다 종종 그것을 개인적인 공격으로 받아들이는 것처럼 보였다. 그런 면에서 발란데르는 자신의 상관을 존경했다. 그는 결코 부하의 수사를 방해하지 않았고, 수사가 난관에 부딪힌 것 같을 때 격려를 아끼지 않았다. 가끔은 신경질적이 되었지만 발란데르는 그 점을 이용했다.

"자네가 맡게." 발란데르가 말을 마쳤을 때 비에르크가 말했다. "마르틴손과 한손이 자넬 도울 수 있을 거야. 이 건에 몇 명을 배정할 수 있을 테지."

"한손은 우리가 며칠 전 밤에 체포한 강간범 때문에 바쁩니다." 발란데르가 그 점을 지적했다. "스베드베리를 배정하는 게 낫지 않겠습니까?"

비에르크 서장은 동의했다. 발란데르는 언제나처럼 바라던 바를 얻었다.

비에르크의 사무실에서 나왔을 때 발란데르는 배가 고프다는 것을 깨달았다. 살이 쉽게 찌는 체질이라 점심을 건너뛰기도 했지만 보트에서 죽은 남자들이 신경 쓰였다. 그는 차를 몰고 시내로 가 언제나처럼 스틱가탄가에 차를 세우고 프리돌프 카페를 향해 좁고 구불구불한 길을 내려갔다. 그는 샌드위치 몇 개와 우유 한 잔을 시키고 머릿속으로 어제 있었던 일을 검토했다. 전날 저녁 6시 직전, 한 남자가 익명으로 경찰서에 전화해 무슨 일이 일어날지 경고했다. 이제 자신들은 그가 사실을 말했다는 것을 알았다. 빨간 고무 구명보트는 죽은 두 남자를 싣고 해변에 닿았다. 적어도 둘 중 하나는 심장에 총을 맞고 살해되었다. 주머니에는 그들의 신원을 알 수 있는 게 아무것도 들어 있지 않았다.

그게 다였다.

발란데르는 펜을 꺼내 종이 냅킨에 메모를 끄적였다. 그에게는 이미 대답이 필요한 긴 질문 목록이 있었다. 그러는 내내 그는 뤼드베리와 조용한 대화를 나누고 있었다. 내가 올바른 선 위에 있을까, 뭐든 간과한 게 있을까? 그는 뤼드베리의 대답과 반응을 상상해 보려 했다. 때때로 성공했지만 대개 그에게 보이는 것은 임종 시 뤼드베리의 핼쑥하고 초췌한 얼굴뿐이었다.

오후 3시 30분쯤 그는 경찰서로 돌아갔다. 그는 마르틴손과 스베드베리에게 자신의 사무실로 오라고 전화한 다음 문을 닫고 교환대에 자신에게 전화를 돌리지 말라고 지시했다.

"이 건은 쉽지 않을 거야." 그가 입을 열었다. "검시 결과 그리고 구명보트와 옷가지에서 감식반이 뭔가를 찾아내길 바랄 뿐이지. 거기다 내가 당장 대답을 듣고 싶은 몇 가지 질문이 있네."

스베드베리는 수첩을 들고 벽에 기대 있었다. 위스타드 태생인 그는 40대에 머리가 벗어지는 중이었고, 이 도시를 떠나는 순간 그가 향수병을 앓기 시작한다는 루머가 그를 따라다녔다. 종종 느리고 열성이 부족하다는 인상을 주었지만 그는 빈틈이 없었고, 발란데르가 인정하는 무언가가 있었다. 많은 면에서 마르틴손은 스베드베리와 반대였다. 그는 트롤헤탄 태생으로, 서른이 안 된 나이에 일찌감치 경찰 경력을 쌓기로 목표를 잡았다. 그는 또한 자유당을 지지했고, 발란데르가 들은 바에 따르면 가을 선거에서 지방의회에 선출될 좋은 기회를 잡았었다. 경찰로서 마르틴손은 충동적이었고 부주의했지만 종종 번뜩이는 아이디어를 냈고, 문제에 해답이 보인다고 생각하면 쉼 없이 일하는 의욕을 보였다.

"난 이 구명보트가 어디에서 왔는지 알고 싶네." 발란데르가 말했다. "그 두 남자가 죽은 지 얼마나 오래됐는지 알게 되면 우린 그 보트가 어느 쪽에서 왔는지 알아내야 할 거야. 그리고 얼마나 멀리 떠내려왔는지도."

스베드베리가 놀란 표정으로 그를 응시했다.

"그게 가능할까?" 그가 물었다.

"기상청에 연락해 봐야 해." 발란데르가 말했다. "그들은 날씨와 바람에 정통하니까. 우린 그 보트가 어디에서 왔는지 대략이라도 알아야 해. 그리고 난 그 구명보트 자체에 대해 우리가 알아낼 수 있는 걸 모두 알고 싶네. 어디서 만들었는지, 어떤 유의 배가 그런 보트를 가지고 다니는지. 모든 걸."

그가 마르틴손을 향해 고개를 끄덕였다.

"그건 자네 일일세."

"만약 그 남자들이 어디서든 실종됐다면 컴퓨터 검색으로 시작해야 하지 않을까요?" 마르틴손이 물었다.

"자네가 그걸로 시작해 봐." 발란데르가 말했다. "남부 해안에 있는 해안경비대를 죄다 접촉하게. 그런 다음 비에르크가 즉시 인터폴에 연락해야 하는지 보라고. 그들이 누구인지 찾을 생각이라면 애초에 그물을 넓게 쳐야 할 게 분명해."

마르틴손이 끄덕이고 수첩에 메모했다. 스베드베리는 연필을 입에 물고 생각에 잠겨 있었다.

"감식반이 남자들의 옷가지를 철저히 조사해서 결과를 알려 줄 거야." 발란데르가 말을 이었다. "그들이 뭔가 단서를 찾아내겠지."

노크 소리가 나고 노렌이 들어와 돌돌 만 해양 지도를 가져왔다.

"이게 필요하실 것 같다고 생각했습니다." 그가 말했다.

그들은 그것을 책상에 펼치고 해전 계획이라도 세우는 양 샅샅이 살폈다.

"구명보트가 얼마나 빨리 표류하지?" 스베드베리가 물었다. "해류와 바람이 보트가 내는 속도만큼이나 그걸 느리게 할 수 있어."

그들은 말없이 지도를 보며 심사숙고했다. 이내 발란데르는 그것을 다시 말아 의자 뒤 구석에 세워 놓았다. 아무도 입을 열지 않았다.

"그럼, 시작하자고." 그가 말했다. "저녁 여섯 시에 다시 여기서 만나서 일이 얼마나 진행됐는지 보세."

스베드베리와 노렌이 방에서 나갔을 때 발란데르는 마르틴손을 잡았다.

"그 여자가 뭐라던가?" 그가 물었다.

마르틴손이 어깨를 으쓱했다.

"포르셀 부인은," 그가 말했다. "과부입니다. 모스비에 살고요. 엥엘홀름에 있는 중학교에서 퇴임한 교사입니다. 텡네르라는 개와 일 년 내내 여기서 살죠. 시인Esaias Tegnér 에사이아스 텡네르. 스웨덴 시인의 이름을 딴 개라니! 매일 둘은 상쾌한 공기를 마시러 해변으로 나갑니다. 지난밤에 절벽을 따라 걷고 있을 때는 구명보트가 없었는데, 오늘 아침에는 있었죠. 그녀는 오전 열 시 십오 분에 그걸 봤고, 즉시 우리에게 신고했습니다."

"오전 열 시 십오 분이라." 발란데르가 생각에 빠져 말했다. "개를 산책시키기에는 약간 늦은 시간 아닌가?"

마르틴손이 끄덕였다.

"저도 그 생각을 했는데, 일곱 시에도 나왔었다더군요. 하지만 그땐 반대편 해안을 걸었답니다."

발란데르는 화제를 바꾸었다.

"어제 전화한 남자 말일세." 그가 물었다. "목소리가 어떻던가?"

"말씀드린 대롭니다. 설득력이 있었습니다."

"악센트가 있던가? 나이가 어느 정도였지?"

"억양이 있었습니다. 스베드베리 같은. 목소리는 쉬어 있었습니다. 그가 담배를 피운다는 걸 안다고 해도 놀라지 않겠습니다. 나이는 대략 사십 대에서 오십 대 정도고요. 평이하고 명확하게 말했습니다. 은행원에서 농부까지 뭐가 됐든 이상하지 않을 것 같더군요."

발란데르는 한 가지를 더 물었다.

"그가 왜 전화했을까?"

"저도 그게 궁금합니다." 마르틴손이 대답했다. "그는 자신이 그

일에 엮였기 때문에 그 보트가 해안을 표류할 거라는 걸 알았는지도 모릅니다. 총을 쏜 사람인지도 모르고요. 뭔가를 봤거나 들었는지도 모르죠. 여러 가능성이 있습니다."

"타당성 있는 게 뭐야?"

"마지막 거요." 마르틴손은 주저 없이 대답했다. "그는 뭔가를 봤거나 들었습니다. 이건 살인자가 자신의 자취를 경찰에 남기길 선택할 유형의 살인으로는 보이지 않습니다."

발란데르는 같은 결론에 다다랐다.

"한 걸음 더 나가 보지." 그가 말했다. "뭔가를 봤거나 들었다? 보트 안에서 죽은 두 남자에 대해? 만약 그가 연루되지 않았다면, 그는 살인이나 살인자를 봤을 리 없을 걸세. 그건 그가 그 보트를 봤다는 걸 뜻하지."

"구명보트가 바다를 떠다니고 있습니다." 마르틴손이 말했다. "그런 걸 어떻게 보시겠습니까? 경위님이 배에 있을 때는 가능하죠."

"맞아." 발란데르가 말했다. "그거야. 하지만 그가 저지른 짓이 아니라면 왜 익명으로 남길 원할까?"

"어떤 사람들은 사건에 휘말리고 싶어 하지 않으니까요." 마르틴손이 말했다. "그게 어떤 건지 아시잖아요."

"어쩌면. 하지만 또 다른 설명이 있을 수도 있네. 그는 경찰과 엮이길 원치 않는 아주 다른 이유가 있었는지도 몰라."

"그건 약간 설득력이 없지 않을까요?"

"난 내 생각을 소리 내어 말하고 있는 것뿐이야." 발란데르가 말했다. "어떡해서든 우린 그 남자를 추적해야 해."

"그가 다시 우리에게 연락하도록 그에 관한 내용을 방송으로 내보낼까요?"

"그래." 발란데르가 말했다. "어쨌든 오늘은 말고. 일단 죽은 남자들에 대해 더 많이 알고 싶네."

발란데르는 병원으로 차를 몰았다. 여러 차례 거기에 갔지만 여전히 새로 지은 병동을 찾는 데 곤란을 겪었다. 그는 1층 카페테리아에 들러서 바나나를 산 다음 위층 병리학 부서로 갔다. 뫼르트라는 이름의 병리학자는 아직 상세한 부검을 시작하지 않았다. 그렇다 하더라도 그는 발란데르의 급한 질문에 대답할 수 있었다.

"두 남자는," 그가 진술했다. "지근거리에서 심장에 총을 맞았습니다. 그게 사인으로 추측됩니다."

"가능한 한 빨리 당신의 보고서를 보고 싶습니다. 사망 시각에 대해 지금 대충이라도 말씀해 주실 수 있습니까?"

뫼르트가 고개를 저었다.

"아니요." 그가 말했다. "뭐랄까, 그건 생각하기 나름입니다."

"무슨 말입니까?"

"그들은 아마 아주 오래전에 죽었을 거라는 거죠. 그게 정확한 사망 시각을 결정하기 더욱 어렵게 합니다."

"이틀? 사흘? 일주일?"

"그걸 답해 드릴 수 없을뿐더러," 뫼르트가 말했다. "추정하고 싶지 않습니다."

그는 연구실 안으로 사라졌다. 발란데르는 재킷을 벗고 비닐장갑을 낀 다음 구식 부엌 싱크대처럼 생긴 것 위에 놓인 남성복을 조사하기 시작했다.

양복 한 벌은 영국제였고, 한 벌은 벨기에제였다. 구두는 이탈리아제였고, 그것들은 발란데르에게 비싸 보였다. 셔츠, 넥타이 그리고 속옷도 같은 이야기를 들려주었다. 그것들은 고급으로, 분명 싸구려는 아니었다. 두 번째 조사를 마쳤을 때 발란데르는 더 이상 조사할 게 없을 것 같았다. 그가 안 것은 두 남자가 쪼들리지는 않았을 확률이 높다는 사실뿐이었다. 하지만 지갑은 어디 있지? 결혼반지는? 손목시계는? 더욱 알 수 없는 것은 두 남자가 총에 맞았을 때 재킷을 입고 있지 않았었다는 사실이었다. 재킷에는 구멍이나 화약 자국이 없었다.

발란데르는 그 장면을 떠올려 보려고 애썼다. 누군가가 두 남자의 심장에 대고 총을 쏘았다. 그들이 죽은 다음 살인을 한 자가 누구든 구명보트에 시체를 던지기 전에 재킷을 입혔다. 왜?

그는 옷가지를 한 번 더 조사했다. 내가 보지 못한 무언가가 있어. 그는 생각했다. 뤼드베리, 도와줘요.

하지만 뤼드베리는 아무 말이 없었다.

발란데르는 경찰서로 돌아갔다. 그는 부검이 몇 시간 걸리리라는 것을 알았고, 다음 날 일찍 예비 보고서를 받을 수 없으리라는 것을 알았다. 사무실로 돌아간 그는 책상 위에서 인터폴에 연락하기 전에 며칠 기다려야 한다는 비에르크의 메모를 발견했다. 발란데르는 점점 짜증이 나는 것을 느꼈다. 그는 종종 비에르크의 신중한 접근을 참기 어려웠다.

오후 6시 미팅은 간단했다. 마르틴손은 구명보트의 남자들일 가능성이 있는 실종자들 기록이 없다고 보고했다. 스베드베리는 위스타드 경찰서의 공식 요청을 받고 협조를 약속한, 노르셰핑에 있는 기상청의 누군가와 긴 논의를 했다.

발란데르는 두 사람에게 예상한 대로 두 남자는 살해된 것이라는 병리학자의 확인을 전했다. 그는 스베드베리와 마르틴손에게 누군가가 두 남자에게 총을 쏜 다음 시체에 그들의 재킷을 입힌 이유를 생각해 보라고 했다.

"몇 시간 더 두고 보자고." 발란데르가 말했다. "자네들이 맡은 다른 사건이 있다면 당분간 그것들을 보류하거나 다른 사람에게 넘기게. 이건 만만치 않은 건이 될 거야. 우선 내일 인원을 보충할 수 있는지 보자고."

사무실에 혼자 남자 발란데르는 다시 책상 위에 지도를 펼쳤다. 그는 손가락으로 모스비 스트란드까지 해안선을 훑었다. 그 보트는 먼 길을 표류했을 거야. 그는 생각했다. 아니면 전혀 그렇지 않았거나. 조류 때문에 제자리에서 표류했을지도 몰랐다.

전화가 울렸다. 잠시 전화를 받을지 결정하느라 지체했다. 너무 늦은 데다 집에 가서 조용하고 편안한 분위기에서 일어난 일을 생각하고 싶었다. 하지만 그는 수화기를 들었다.

뫼르트였다.

"벌써 끝났습니까?" 발란데르가 놀라서 물었다.

"아닙니다." 뫼르트가 말했다. "하지만 제 생각에 중요한 뭔가가 있습니다. 당신에게 당장 알릴 만한 뭔가가요."

발란데르는 숨을 참았다.

“그 남자들은 스웨덴인이 아닙니다.” 뫼르트가 말했다. “적어도 그들은 스웨덴에서 태어나지 않았습니다.”

“어떻게 압니까?”

“그들의 치아를 봤습니다.” 뫼르트가 말했다. “그들의 치과 치료는 스웨덴 치과 의사가 한 게 아닙니다. 러시아인이 한 것 같군요.”

“러시아인이요?”

“네, 러시아 치과 의사요. 아니면 동구권의 치과 의사나. 그들은 우리와는 아주 다른 방식을 씁니다.”

“확실합니까?”

“그렇지 않다면 전화하지 않았겠죠.” 뫼르트가 그렇게 말했고, 발란데르는 그가 짜증이 났다는 것을 알 수 있었다.

“당신을 믿습니다.” 그가 재빨리 덧붙였다.

“하나 더 있습니다.” 뫼르트가 말을 이었다. “중요할지도 모를 게요. 내 냉소를 용서하신다면, 이 두 남자는 총에 맞았을 때 거의 분명 고통에서 해방됐습니다. 그들은 죽기 전에 꽤 광범위한 고문을 받았습니다. 불에 지짐을 당하고 살이 벗겨지고 엄지손가락을 조이는 등 온갖 빌어먹을 고문을요.”

발란데르는 말없이 앉아 있었다.

“듣고 계십니까?” 뫼르트가 물었다.

“네.” 발란데르가 말했다. “듣고 있습니다. 당신이 한 말을 이해하는 중이었습니다.”

“그건 아주 확실합니다.”

“조금도 의심하지 않습니다. 어쨌든 그건 좀 특이하군요.”

"그게 바로 내가 당신에게 전화할 만큼 중요하다고 생각한 이유입니다."

"잘하셨습니다." 발란데르가 말했다.

"내일 완성된 보고서를 받아 보실 수 있을 겁니다." 뫼르트가 말했다. "실험 결과는 빼고요. 그건 좀 더 걸릴 겁니다."

그는 전화를 끊었다. 발란데르는 구내식당으로 갔다. 그곳은 비어 있었다. 그는 커피 머신에서 마지막 남은 커피를 따르고 테이블 중 하나에 앉았다.

러시아인? 고문을 받고 동유럽에서 온 자들? 뤼드베리조차 이 건이 어렵고 긴 수사가 되리라고 생각할 터였다. 그가 차를 몰고 집으로 향한 시간은 오후 7시 30분이었다. 바람이 잠잠해졌고 갑자기 더 추워졌다.

3

새벽 2시를 조금 넘겨 발란데르는 끔찍한 가슴 통증 때문에 잠에서 깼다. 그는 자신이 곧 죽으리라 확신했다. 누적된 스트레스와 경찰 업무의 혹사에 따른 결과였다. 그 대가를 치르고 있었다. 그는 절망과 연민에 휩싸인 채 어둠 속에서 꼼짝 않고 누워 있었다. 너무 늦도록 방치했다. 그는 끝내 자신의 삶을 이해하지 못할 것이었다. 불안과 고통이 더욱더 극심해지는 것처럼 보였다. 자신이 얼마나 오래 그렇게 누워 있었는지 몰랐다. 커져 가는 공포를 제어하지 못하다가 그럭저럭 천천히 자제력을 발휘했다.

그는 조심스럽게 침대에서 빠져나와 옷을 입고 차로 갔다. 고통은 이제 덜한 것 같았다. 가슴에서 시작해 물결치는 듯한 고통은 처음의 강도를 잃어 가고 있었다. 차에 올라 침착하게 숨을 쉬려고 애쓰다 적막한 거리를 지나 병원 응급실로 차를 몰았다. 그는 자신의 이야기를 들으며 자신을 과체중의 신경질적인 건강염려증 환자 취급하지 않는 듯 보이는 상냥한 눈의 간호사를 마주했다. 통증이 밀려들었다가 사라지길 반복하는 와중에 치료실 중 하나에서 나는 주정꾼의 고함을 들으며 이동식 침대에 누워 있다가 불현듯 자신 옆에 서 있는 젊은 의사를 보았다. 그는 다시 한번 가슴 통증을 설명했다. 그의 침대가 치료실로 향하더니 심전도 기계 위로 올려졌다. 그들은 혈압을 측정하고 맥박을 쟀고, 그는 여러 질문에 대답했다. 그는 담배를 피우지 않았고, 가슴 통증이 있은 적이 없었고, 그가 아는 한 심장병에 관한 가족력이 없었다. 의사가 심전도 결과를 면밀히 살폈다.

"여기엔 특별할 게 없군요." 그가 말했다. "모든 게 정상처럼 보입니다. 왜 이런 일이 일어났을까요?"

"모르겠습니다."

의사가 발란데르의 진료 기록을 검토했다.

"경찰이시군요, 알겠습니다." 그가 말했다. "간혹 업무 때문에 좀 바쁘셨겠습니다."

"거의 늘 그렇죠."

"술은 얼마나 드십니까?"

"보통인 것 같습니다."

의사는 테이블 끝에 앉아 차트를 내려놓았다. 발란데르는 그가 매우 피곤하다는 것을 알 수 있었다.

"심근경색 같진 않습니다." 그가 말했다. "정상이 아니라는 걸 알리는 경고음을 선생님 몸이 보내는 건지도 모릅니다. 이걸 알 수 있는 사람은 선생님뿐이죠."

"아마 그렇겠죠." 발란데르가 말했다. "내 삶이 나에게 하고 있는 걸 매일 나 자신에게 묻습니다. 그리고 대화할 사람이 없다는 걸 깨닫죠."

"있어야 합니다." 의사가 말했다. "모두가요."

그는 주머니에 든 호출기가 아기 새가 우는 것처럼 삑삑대기 시작했을 때 몸을 일으켰다.

"밤새 지켜볼 생각입니다." 그가 말했다. "좀 쉬려고 해 보십시오."

발란데르는 보이지 않는 공기 조절기의 팬이 내는 웅웅 소리를 들으며 아주 평온하게 침대에 누워 있었다. 복도에서 나는 목소리들도 들렸다.

모든 통증에는 이유가 있어. 그는 생각했다. 심장이 아니라면 뭐지? 충분한 시간과 노력을 아버지에게 쏟는 데 실패한 것에서 오는 죄책감? 스톡홀름에 있는 대학에서 딸이 보낸 편지가 솔직하지 않은 것 같다는 의심에서 비롯한 걱정? 그곳과 그곳에서 하는 일이 좋고, 마침내 자신이 하고 싶은 걸 하고 있다고 느낀다는 게 그 애 말대로 전혀 그렇지 않은 게 아닐까? 무의식중에 난 그 애가 열다섯 살 때 그랬던 것처럼 또다시 자살을 시도할까 봐 끊임없이 걱정하고 있는 건 아닐까? 아니면 비록 이제 일 년 전 일일지라도 날 떠난 모나에게 여전히 느끼는 질투심이 통증의 원인일까?

병실의 등이 너무 밝아 보였다. 그는 자신의 생애가 그저 떨칠 수 없었던 고독감에 의해 특징지어졌다고 느꼈다. 어떻게 좀 전에 느낀 통증이 고독 때문이라고 할 수 있지? 그는 일말의 의심도 없는 어떤 해답도 찾아낼 수 없었다.

"이렇게 살 순 없어." 그는 크게 소리 내어 말했다. "삶을 정리해야겠어. 빨리. 당장."

그는 아침 6시에 잠에서 깨어나기 시작했다. 의사가 그를 바라보며 침대 옆에 서 있었다.

"통증은 없습니까?" 그가 물었다.

"모든 게 괜찮습니다." 발란데르가 말했다. "대체 어떻게 된 일입니까?"

"긴장," 의사가 말했다. "스트레스. 자신이 제일 잘 알겠죠."

"네." 발란데르가 말했다. "그렇겠죠."

"건강 검진을 받으셔야 할 겁니다." 의사가 말했다. "적어도 육체적으론 아무 문제가 없다는 걸 확인할 필요가 있습니다. 그게 선생님 머릿속을 들여다보는 걸, 어떤 종류의 그림자가 거기에 숨어 있는지 보는 걸 쉽게 해 줄 겁니다."

발란데르는 차를 몰고 집으로 돌아가 샤워를 하고 커피를 한 잔 마셨다. 온도계가 영하 3도를 가리켰다. 하늘은 개었고, 바람은 잠잠한 상태였다. 그는 지난밤을 생각하며 오랫동안 자리에 앉아 있었다. 통증과 병원에서의 하룻밤이 비현실적으로 느껴졌다. 하지만 있었던 일을 무시할 수만은 없었다. 자신의 삶은 자신의 책임이었다.

오전 8시 15분이었다. 일할 준비가 되기 전인.

경찰서에 도착하자마자 그는 범죄 현장을 조사하기 위해 즉각 스톡홀름의 감식반을 불렀어야 했다는 비에르크와 논쟁에 휘말렸다.

"거긴 범죄 현장이 아닙니다." 발란데르가 말했다. "우리가 확신할 수 있는 게 하나 있다면, 그건 그 남자들이 그 구명보트에서 살해된 게 아니라는 겁니다."

"이제 우리에겐 의존할 뤼드베리가 없으니 밖에서 도움을 구할 필요가 있네." 비에르크가 말했다. "우리에겐 전문 지식이 없어. 왜 그 구명보트가 발견된 해변을 폐쇄하지 않았나?"

"그 해변은 범죄가 행해진 곳이 아니라니까요. 그 보트는 바다를 떠다니고 있었단 말입니다. 우리가 파도에다 플라스틱 띠라도 고정했어야 한다는 말씀입니까?"

발란데르는 부아가 치밀기 시작했다. 사실, 그도 위스타드의 어떤 경찰도 뤼드베리만큼의 경험은 없었지만 스톡홀름의 도움을 요청할 때를 결정할 능력이 없다는 뜻은 아니었다.

"제게 결정권을 주시거나," 그가 말했다. "직접 수사하십시오."

"자네 말에 의문의 여지는 없지만," 비에르크가 말했다. "난 여전히 스톡홀름에 자문을 구하지 않은 게 판단 착오라고 생각하네."

"뭐, 저는 그렇게 생각하지 않습니다."

논쟁은 거기까지였다.

"곧 다시 오겠습니다." 발란데르가 말했다. "듣고 싶은 서장님 의견이 있으니까요."

비에르크는 놀란 것처럼 보였다.

"우리가 해야 할 뭔가가 있나?" 그가 물었다. "난 우리가 벽에 부딪혔다고 생각했는데."

"꼭 그런 건 아닙니다. 십 분 내로 오겠습니다."

그는 자신의 사무실로 가 병원으로 전화했고, 뫼르트가 직접 받아

적잖이 놀랐다.

"새로운 거라도 있습니까?" 그가 병리학자에게 물었다.

"보고서를 쓰는 중입니다." 뫼르트가 대답했다. "한두 시간 기다리실 순 없습니까?"

"비에르크에게 상황을 알려 줘야 합니다. 죽은 지 얼마나 됐는지만이라도 말해 주실 수 있습니까?"

"아니요. 실험 결과를 기다려야 합니다. 위의 내용물, 세포 조직의 부패 정도를요. 추측만 할 수 있을 뿐입니다."

"말해 주십시오."

"아시다시피 난 추측을 좋아하지 않습니다. 그게 당신한테 무슨 이득이겠습니까?"

"당신은 경험이 많습니다. 하시는 일을 잘 알죠. 실험 결과는 당신이 이미 의심한 걸 확인할 뿐일 테고, 그 결과가 반박될 일은 없을 겁니다. 나에게만 살짝 알려 주시길 바랄 뿐입니다. 그걸 옮기진 않을 겁니다."

발란데르는 기다렸다.

"일주일이요." 마침내 뫼르트가 말했다. "최소한 일주일. 하지만 내가 그랬다는 걸 아무에게도 말하지 마십시오."

"벌써 잊어버렸습니다. 여전히 그들이 러시아인이나 동유럽인이라고 확신하십니까?"

"네."

"뭐든 기대치 않은 걸 찾아내신 게 있습니까?"

"물론 총알에 대해서는 아무것도 모르지만 전에 이런 총알을 본 적 있습니다."

"그 밖에 다른 건요?"

"있습니다. 한 남자의 상박에 문신이 있습니다. 사브르 같은 거요. 터키식 언월도 같은 거요. 그들이 뭐라고 부르는진 모르겠지만."

"뭐라고요?"

"검 말입니다. 병리학자가 구식 무기의 전문가가 된다는 건 상상도 못 하셨을 겁니다."

"뭐든 쓰여 있습니까?"

"무슨 말입니까?"

"문신에는 대개 글자가 있죠. 여자의 이름이라든가 장소 같은."

"글자는 없습니다."

"아무것도요?"

"전혀요."

"오케이, 어쨌든 감사합니다."

"별말씀을요."

발란데르는 전화를 끊고 커피 한 잔을 들고 비에르크를 보러 갔다. 마르틴손과 스베드베리의 사무실 문이 열려 있었지만 안에 아무도 없었다. 그는 자리에 앉아 점점 열을 띠어 가는 것처럼 보이는 비에르크의 전화 통화 내용을 건성으로 들으며 커피를 마셨다. 그는 비에르크가 수화기를 거칠게 내려놓았을 때 움찔했다.

"들은 것 중 가장 터무니없는 말이군." 비에르크가 말했다. "투덜대는 게 무슨 의미가 있지?"

"좋은 질문이지만," 발란데르가 말했다. "서장님이 뭘 말씀하시는지 모르겠습니다."

비에르크는 분노로 떨고 있었다. 발란데르는 그의 이런 모습을 본 기억이 없었다.

"왜 그러십니까?" 그가 물었다.

비에르크가 그를 보았다. "이걸 말해야 할지 모르겠지만," 그가 말했다. "해야겠군. 룬나르프에서 노부부를 살해한 개자식 중 하나가, 우리가 루시아라고 부른 놈 말일세, 며칠 전 특별 외출을 나갔다는군. 말할 것도 없이 놈은 절대 돌아오지 않아. 아마 이 나라를 떴을 거야. 다신 놈을 잡지 못하겠지."

발란데르는 자신의 귀를 믿을 수 없었다.

"외출? 놈은 수감된 지 일 년도 되지 않은 데다 우리가 이 나라에서 본 가장 잔인한 살인자 중 하납니다. 대체 놈에게 어떻게 특별 외출을 허가할 수 있습니까?"

"어머니 장례식에 갔다는군."

발란데르는 입을 떡 벌렸다.

"하지만 놈의 어머니는 십 년 전에 죽었습니다! 제 기억으론 체코 경찰서에서 보낸 보고서에 그렇게 쓰여 있었습니다."

"누이라고 주장한 여자가 할 교도소에 나타나 놈이 장례식에 참석할 수 있도록 내보내 달라고 간청했다는군. 누구도 아무것도 확인해 보지 않은 것 같네. 여자는 엥헬홀름에 있는 교회에서 장례식이 있을 예정이라고 인쇄된 카드를 갖고 있었네. 분명 가짜겠지. 이 마을엔 아무도 장례식 초청장을 위조하지 않을 거라고 믿을 만큼 순진한 인간들이 있는 것 같네. 그들은 교도관을 딸려 놈을 내보냈어. 그게 그

저께야. 거기엔 장례식도 죽은 어머니도 누이도 없었네. 놈들은 교도관을 제압해 묶은 다음 옌셰핑 근처 어떤 숲에 버려뒀어. 놈들은 림함을 거쳐 카스트루프 공항으로 교도소장의 차를 몰기까지 했네. 차는 여전히 거기 있지만 놈들은 없어."

"그게 사실일 리 없습니다." 발란데르가 말했다. "대체 그런 범죄자에게 외출을 허가한 자의 이름이 뭡니까?"

"광고 문구처럼 스웨덴은 판타스틱해." 비에르크가 말했다. "그게 날 미치게 하지."

"이건 누구 책임입니까? 놈에게 외출을 허가해 준 자가 누구든 그 자가 놈이 떠난 빈방에 갇혀야 합니다. 어떻게 그런 일이 가능하단 말입니까?"

"내가 알아보겠지만," 비에르크가 말했다. "뻔한 일이야. 새는 날아가 버렸네."

발란데르는 말도 못 하게 잔인했던 룬나르프의 노부부 살해를 떠올렸다. 그는 체념하고 비에르크를 올려다보았다.

"알아 봐야 무슨 소용이겠습니까?" 그가 궁금해했다. "교도소가 범죄자들을 다시 놔준다면 우리가 왜 놈들을 잡기 위해 그 고생을 해야 합니까?"

비에르크는 대꾸하지 않았다. 발란데르가 자리에서 일어나 창가로 갔다.

"우리가 얼마나 더 버틸 수 있을까요?" 그가 물었다.

"버텨야 해." 비에르크가 말했다. "자넨 지금 그 고무보트에 있던 두 남자에 대해 알아낸 걸 말하러 온 거 아닌가?"

발란데르는 그에게 자신이 알아낸 것을 말했다. 그는 우울감을 느꼈고, 피곤했고, 실망했다. 비에르크는 그가 말할 때 몇 가지 메모를 했다.

"러시아인들이라." 발란데르가 보고를 마쳤을 때 그가 말했다.

"아니면 동유럽에서 온 자들이요. 뫼르트는 그렇게 확신하고 있습니다."

"외무부에 연락해 보는 게 나을 걸세." 비에르크가 말했다. "러시아 경찰과 연락하는 게 그들 일이니까. 폴란드 경찰이나. 동구권 말일세."

"그들은 스웨덴에 살던 러시아인들이었을 겁니다." 발란데르가 말했다. "독일에 살았거나요. 아니면 덴마크는 왜 아니겠습니까?"

"그렇더라도 러시아인들 대부분은 소련에서 사네." 비에르크가 말했다. "내가 바로 외무부와 접촉해 보지. 그들이 이런 상황에서 어떻게 해야 할지 알 테지."

"우린 그 시체들을 구명보트에 돌려놓고 해안경비대를 시켜 바다로 되돌려 보낼 수도 있습니다." 발란데르가 대답했다. "그런 다음 이 건에서 손을 털 수도 있죠."

비에르크는 듣고 있는 것 같지 않았다.

"우린 그들의 신원을 파악하는 데 도움을 받아야 할 걸세." 그가 말했다. "사진, 지문, 옷가지 들로."

"그리고 문신이요. 언월도 문신."

"언월도?"

"네, 언월도요."

비에르크가 머리를 젓더니 전화기로 손을 뻗었다.

"잠시만요." 발란데르가 말했다.

비에르크가 손을 물렸다.

"신고한 남자에 대해 생각 중이었습니다." 발란데르가 말했다. "마르틴손 말이 지방 억양이 있다고 했습니다. 그를 추적해 봐야 할 것 같습니다."

"우리에게 어떤 단서라도 있나?"

"전혀요. 그게 제가 방송으로 내보자는 이유입니다. 전면적으로요. 표류하는 빨간색 고무보트를 본 사람은 경찰에 연락 바란다고 말입니다."

비에르크가 끄덕였다. "어쨌든 내가 언론에 알리지. 기자들이 벌써 전화하기 시작했어. 그들이 인적이 드문 해변에서 있었던 일을 어떻게 알아냈는지 영문을 모르겠군. 그들은 그 일이 있고 난 지 삼십 분 만에 알아냈네."

"우리에게 구멍이 있다는 걸 아시잖습니까." 발란데르가 룬나르프에서의 두 건의 살인을 다시금 떠올리며 말했다.

"우리라니, 무슨 말인가?"

"경찰 말입니다. 위스타드 경찰."

"우리 일을 누설하는 자가 누군가?"

"그걸 제가 어떻게 알겠습니까? 경찰에게 직업적 비밀을 신중히 유지하도록 하는 건 서장님 일입니다."

비에르크가 귀싸대기라도 갈기듯 주먹으로 책상을 내리쳤다. 하지만 그는 발란데르에게 바로 대답하지 않았다.

"우린 방송의 도움을 구할 걸세." 그것이 그가 한 말의 전부였다. "라디오 정오 뉴스 전에. 자네가 기자회견을 열게. 난 바로 스톡홀름에 전화해서 도움을 청하겠네."

발란데르가 자리에서 일어났다. "이렇게까지 할 필요가 없다면 좋을 텐데 말입니다." 그가 말했다.

"뭐가 말인가?"

"총에 맞은 구명보트의 남자들을 찾는 거요."

"스톡홀름에서 뭐라고 하는지 알아보겠네." 비에르크가 머리를 저으며 말했다.

발란데르는 서장실을 나섰다. 마르틴손과 스베드베리의 사무실은 여전히 비어 있었다. 그는 손목시계를 힐끗 보았다. 거의 9시 30분. 그는 나무 받침대에 구명보트가 놓여 있는 경찰서 지하로 내려갔다. 조명이 강력한 손전등으로 회사명이나 제조사의 국명을 찾기 위해 보트를 샅샅이 살폈지만 아무것도 발견할 수 없었고, 그것이 그를 놀라게 했다. 그는 왜 그런지에 대한 만족스러운 설명을 찾을 수 없었다. 다시 한번 고무보트 주위를 돌며 이번에는 짧은 로프 조각 하나를 찾아냈다. 그것은 나무 바닥을 제자리에 고정하는 로프와는 달랐다. 그것은 칼로 잘려 있었다. 뤼드베리가 내렸을 결론을 상상해 보려 했지만 머리가 완전히 비어 있었다.

그는 10시에 자신의 사무실로 돌아왔다. 마르틴손과 스베드베리의 사무실로 전화를 걸었지만 아무도 받지 않았다. 수첩을 끌어당겨 죽은 두 남자에 대해 자신들이 아는 것들을 요약했다. 지근거리에서 심장에 총을 맞은 동구권 사람. 재킷을 입고 구명보트에 버려진, 여전히 신원 확인이 되지 않은 사람. 게다가 두 남자는 고문을 당했다. 그는 수첩을 밀어냈다. 갑자기 어떤 생각이 떠올랐다. 고문을 당하고 살해된 두 남자라. 그는 생각했다. 시체를 숨기려면 땅을 파고 묻거나 다리에 무거운 것을 매달아 바다 밑으로 가라앉히겠지. 그들을 구명보트에 두었다는 것은 발견될 가능성을 염두에 두었다는 것이다.

그게 의도일 수 있을까? 그들이 발견되는 게? 구명보트는 살인이 배 위에서 일어났다는 걸 암시하는 게 아닐까? 그는 수첩의 메모한 페이지를 찢어 내 구긴 다음 쓰레기통에 던졌다. 모르겠군. 그는 생각했다. 뤼드베리라면 조급해하지 말라고 말했을 터였다.

전화가 울렸다. 10시 45분이었다. 아버지의 목소리를 들은 순간, 아버지를 보러 가야 했다는 게 생각났다. 뢰데루프에서 10시에 만나 차를 몰고 말뫼에 있는 가게로 캔버스와 물감을 사러 갔어야 했다.

"왜 오지 않은 게냐?" 아버지가 화난 목소리로 물었다.

발란데르는 완벽하게 정직해지기로 결정했다.

"죄송해요." 그가 말했다. "까맣게 잊고 있었어요."

긴 침묵이 흘렀다.

"적어도 정직한 대답이구나." 아버지가 마침내 말했다.

"내일은 갈 수 있어요." 발란데르가 말했다.

"그럼 내일로 하자꾸나." 아버지가 그렇게 말하고 전화를 끊었다.

발란데르는 종이에 메모하고 그것을 전화기 위에 붙였다. 내일은 잊지 않는 게 좋으리라.

그는 스베드베리에게 전화했다. 여전히 무응답. 하지만 마르틴손은 전화를 받았다. 그는 막 사무실로 돌아온 참이었다. 발란데르는 그를 만나러 복도로 나갔다.

"오늘 제가 뭘 알았는지 아십니까?" 마르틴손이 물었다. "구명보트의 외관을 묘사하기가 거의 불가능하다는 겁니다. 여러 제조사에서 만든 여러 모델이 죄다 똑같아 보입니다. 전문가만이 구분할 수 있죠. 그래서 말뫼로 가서 여러 수입업체를 방문했습니다."

그들은 커피를 가지러 구내식당으로 갔다. 마르틴손은 비스킷을 샀고, 두 사람은 발란데르의 사무실로 갔다.

"그러니까 자넨 이제 모든 구명보트에 대해 알겠군." 발란데르가 말했다.

"꽤 알게 됐지만 그 구명보트가 어디서 왔는지는 모르겠습니다."

"로고나 제조국 표시가 없는 게 이상해." 발란데르가 말했다. "구명구는 대개 온갖 주의 사항과 설명으로 도배돼 있기 마련인데."

"맞습니다. 말뫼의 수입업체들도 그렇게 말하더군요. 하지만 해결의 가능성이 있습니다. 해안경비대요. 세관 보트에서 평생을 보낸 퇴직 관리 외스테르달 선장이요. 아르셰순드에서 십 년, 그뤼트 군도에서 십 년 있었죠. 그 후 그는 심리스함으로 이동됐고, 퇴직할 때까지 거기에 있었습니다. 그가 수년에 걸쳐 고무보트와 구명보트를 포함해 온갖 타입의 배 리스트를 작성했답니다."

"그 얘길 누가 해 줬지?"

"해안경비대에 전화한 게 행운이었죠. 전화를 받은 남자는 외스테르달이 선장으로 있던 세관 보트 중 하나에서 일한 사람이었습니다."

"좋아." 발란데르가 말했다. "어쩌면 그가 도움이 될지 모르지."

"그가 모른다면 아무도 모르는 겁니다." 마르틴손이 달관한 듯이 말했다. "그는 산드함마렌 외곽에 삽니다. 그를 데려와 그 보트를 보게 하면 될 것 같습니다. 진전이 있었습니까?"

그는 뫼르트의 검시 결과에 대한 발란데르의 말에 귀를 기울였다.

"그러니까 우린 러시아 경찰과 협력해야 할지도 모르겠군요." 발란데르가 말을 마쳤을 때 그가 말했다. "러시아어 할 줄 아십니까?"

"한마디도. 그러니까 그건 우리가 수사를 접어야 할지도 모른다는 걸 뜻하지."

"그러길 바라서 나쁠 거 없죠."

마르틴손은 갑자기 생각에 빠졌다.

"사실 그게 제가 가끔 느끼는 거죠." 그가 잠시 후 말했다. "어떤 형사사건들은 넘어갈 수 있으면 좋겠다는 거요. 그런 사건들은 너무 끔찍합니다. 지나치게 피비린내를 풍기고 비현실적이죠. 저는 경찰학교에서 구명보트에 버려진 고문당한 시체들을 어떻게 대처해야 하는지 배우지 않았습니다. 마치 범죄의 발전에 비해 제가 뒤처진 것 같습니다. 그리고 저는 고작 서른 살입니다."

최근 몇 년간 쿠르트 발란데르도 종종 마르틴손과 같은 식으로 느꼈다. 경찰이 되기는 더욱 어려워졌다. 그들은 이전에 아무도 경험해 보지 못한 범죄 성향으로 특징지어진 시대에 살고 있었다. 많은 경찰이 재정적인 이유로 경찰을 떠나 개인 회사를 위해 일하거나 경비원이 된다는 것은 근거 없는 믿음이었다. 경찰을 떠난 대부분의 경찰이 불안 때문에 그랬다는 것이 진실이었다.

"어쩌면 우린 비에르크를 찾아가 고문당한 인간들에 대처하는 법에 관한 고급 훈련을 요구해야 하는지도 모릅니다."

발란데르는 마르틴손의 말에 냉소가 섞이지 않았다는 것을 알았다. 그것은 자신 역시 종종 느끼는 불안감일 뿐이었다.

"모든 세대의 경찰들이 같은 걸 말하는 것 같군." 그가 말했다. "우리도 예외는 아니지."

"제 기억으론 뤼드베리는 불평을 늘어놓은 적이 없습니다. 기억하시는 게 있습니까?"

"뤼드베리는 예외였어. 어쨌든 자네가 가기 전에 뭐 하나 묻고 싶은데. 전화 건 남자 말이야. 그가 외국인일지 모른다는 걸 암시하는 게 없었나?"

마르틴손에게 그런 의심은 없었다.

"전혀요. 그는 이 주변 출신입니다. 분명."

"그 대화에서 생각나는 뭔가 다른 게 있나?"

"아니요."

마르틴손이 자리에서 일어났다.

"전 지금 외스테르달 선장을 보러 산드함마렌에 가 볼 생각입니다." 그가 말했다.

"그 구명보트는 지하실에 있네." 발란데르가 말했다. "행운을 비네. 그건 그렇고 스베드베리가 어디 있는지 아나?"

"감도 못 잡겠는데요. 그가 무슨 생각을 하는지 모르겠습니다. 기상청에 갔는지도 모르죠."

발란데르는 점심을 먹으러 차를 몰고 시내로 나갔다. 그는 어젯밤의 비현실적인 일을 상기하고 샐러드를 주문했다.

그는 기자회견이 시작되기 직전에 경찰서로 돌아왔다. 종이 한 장에 메모를 한 다음 비에르크에게 전화했다.

"난 기자회견이 싫네." 비에르크가 말했다. "그게 내가 절대 경찰위원회장이 되지 않을 이유지. 어쨌든 난 안 할 거야."

두 사람은 함께 기자들이 기다리고 있는 방으로 걸었다. 발란데르는 룬나르프에서의 두 건의 살인을 다루었을 때 왔던 한 무리의 기자를 불렀다. 지금 거기에 앉아 있는 사람은 세 명뿐이었다. 그는 그중 두 명을 알아보았다. 한 명은 정확하고 명료한 기사를 썼던 「위스타드 리코더」에서 온 여성이었다. 다른 사람은 「노동 신문」 지역 사무소에서 온 남자로, 그와는 전에 두어 번 만난 적이 있었다. 세 번째 인물은 짧게 깎은 머리에 안경을 쓴 남자였다. 발란데르는 전에 그를 본 적이 없었다.

"「사우스 스웨덴 데일리 뉴스」는 어디 있지?" 비에르크가 그의 귀에 대고 속삭였다. "그리고 「스코네 데일리 뉴스」는? 말할 것도 없이 지역 라디오 방송국은?"

"모르겠습니다." 발란데르가 말했다. "시작하시죠."

비에르크는 회견실 한구석에 있는 연단에 올랐다. 그의 말투는 꽤 어색하고 무뚝뚝했고, 발란데르는 그가 필요 이상의 말을 하지 않길 바랐다.

이내 자신의 차례였다.

"죽은 두 남자가 구명보트에 태워져 모스비 스트란드 해변에 닿았습니다." 그가 말했다. "우리는 시체들의 신원을 확인할 수 없었습니다. 우리가 아는 한 구명보트와 관련된 사고는 없었고, 바다에서 실종된 사람에 대한 신고도 없었습니다. 그건 우리에게 대중의 도움이 필요하다는 것을 뜻합니다. 그리고 여러분의 도움도요."

그는 익명의 전화는 언급하지 않았다.

"우리는 경찰에 연락할 적절한 정보를 가진 분의 도움을 청하고 싶습니다. 이상입니다."

비에르크가 다시 연단에 올랐다.

"질문이 있으신 분은 말씀해 주십시오." 그가 말했다.

「위스타드 리코더」에서 나온 친숙한 여성이 모든 게 그토록 평온했던 스코네에서 유난히 많은 폭력 사건이 발생하는 건 아닌지 물었다.

발란데르는 그 질문에 콧방귀를 뀌었다. 평온하다고. 그는 생각했다. 이 주변에서는 특히 평온한 적이 없었어.

비에르크는 실제로 신고된 폭력 범죄가 크게 증가한 적은 없다고 말했고, 「위스타드 리코더」에서 나온 여성은 그의 대답에 만족한 듯했다. 「노동 신문」에서 나온 지역 기자는 질문이 없었고, 비에르크가 기자회견을 마치려고 하는 참에 안경을 쓴 젊은이가 손을 들었다.

"질문 있습니다." 그가 말했다. "왜 보트에 탄 남자들이 살해됐다는 말을 하지 않으십니까?"

발란데르는 재빨리 비에르크를 보았다.

"이 단계에서 우리는 그 두 남자가 어떻게 죽었는지 확신할 수 없습니다." 비에르크가 말했다.

"왜 이러십니까, 그건 사실이 아니잖습니까. 그들이 심장에 총을 맞았다는 걸 모두가 압니다."

"다음 질문." 비에르크가 그렇게 말했고, 발란데르는 그가 땀을 흘리고 있다는 것을 알 수 있었다.

"다음 질문이요?" 화가 난 그 기자가 말했다. "첫 질문에 대한 답도 못 들었는데, 왜 다음 질문을 해야 합니까?"

"현재로서는 그게 내가 할 수 있는 유일한 답변입니다." 비에르크가 말했다.

"어처구니가 없지만," 기자가 말했다. "다른 질문을 하죠. 왜 경찰은 살해된 두 남자가 러시아 시민이라고 의심한다는 말을 하지 않습니까? 질문에 답변을 하지 않거나 사실을 밝히지 않을 거면 왜 기자회견을 열었습니까?"

대체 그는 이 모든 걸 어떻게 알았지? 발란데르는 생각했다. 한편으로 그는 왜 비에르크가 털어놓지 않는지 이해할 수 없었다. 기자의 말이 옳았다. 명백한 사실들을 왜 감춰야 하지?

"발란데르 경위가 지적했듯이 우린 아직 두 남자의 신원을 파악하지 못했습니다." 비에르크가 말했다. "우리가 대중에게 호소하고자 하는 이유가 정확히 그겁니다. 사람들이 우리가 정보를 찾고 있다는 것을 언론이 알려 주길 바랍니다."

젊은 기자는 감정을 있는 대로 드러내며 재킷 주머니에 수첩을 집어넣었다.

"와 주셔서 감사합니다." 비에르크가 말했다.

문가에서 발란데르는 「위스타드 리코더」에서 나온 여성에게 다가갔다.

"그 기자는 누굽니까?" 그가 물었다.

"모르겠어요. 한 번도 본 적 없어요. 그가 한 말이 사실인가요?"

발란데르는 대답하지 않았고, 「위스타드 리코더」에서 나온 여성은 그를 압박하지 않을 만큼 충분히 예의를 지켰다.

"왜 털어놓지 않으셨습니까?" 복도에서 비에르크를 따라잡으며 발란데르가 물었다.

"빌어먹을 기자들." 비에르크가 으르렁댔다. "그가 어떻게 그 모든 걸 알았지? 대체 누가 정보를 흘린 거야?"

"누구든요." 발란데르가 말했다. "저일지도 모르죠."

비에르크는 자리에 우뚝 멈춰 서서 그를 응시했지만 아무 말도 하지 않았다.

"외무부에서 모든 정보를 공개하지 말라고 했네." 그는 대신 그렇게 말했다.

"왜요?" 발란데르가 물었다.

"그들에게 물어보게." 비에르크가 말했다. "난 오늘 오후에 더 많은 설명을 들을 수 있길 바라네."

발란데르는 자신의 사무실로 돌아갔다. 그는 이 모든 것에 진저리가 나기 시작했다. 그는 자리에 앉아 잠가 둔 책상 서랍 중 하나를 열었다. 거기에는 구인 광고 복사지가 들어 있었다. 트렐레보리 고무회사가 새 보안부장을 찾고 있었다. 지난주에 발란데르가 써 둔 지원서가 광고지와 함께 있었다. 그는 그것을 보내야 할지 결정하려고 애쓰는 중이었다. 만약 경찰 업무가 게임이 되어 정보가 유출되거나 정당한 이유 없이 감춰진다면 그는 더 이상 경찰 일에 관여하고 싶지 않았다. 경찰 업무는 그가 생각하는 한 그 이상의 일이었다. 결코 의심받지 않을 합리적이고 도덕적인 원칙들로 뒷받침되지 않는 환경에서는 일할 수 없었다.

꼬리를 물고 이어지던 그의 생각이 발로 문을 빼꼼히 열고 사무실 안으로 들어온 스베드베리에 의해 방해받았다.

"대체 어디 있었어?" 발란데르가 물었다.

스베드베리가 놀랍다는 듯이 그를 응시했다.

"자네 책상 위에 메모를 해 뒀는데." 그가 말했다. "못 봤나?"

그 쪽지는 바닥에 떨어져 있었다. 발란데르는 그것을 주워 올렸다. 스베드베리는 그에게 스투루프에 있는 기상청에 간다고 알렸었다.

"난 우리가 지름길로 갈 수도 있다고 생각했네." 스베드베리가 말했다. "난 스투루프 공항에 있는 남자를 알아. 우린 팔스테르보로 들새 관찰을 하러 가는 사이지. 그가 그 보트가 어디서 왔을지 알아내는 걸 도와줬네."

"난 노르셰핑에 있는 기상청에 있는 줄 알았지."

"이게 더 빠를 것 같았어."

그가 주머니에서 돌돌 만 종이를 꺼내 그것을 테이블 위에 펼쳤다. 발란데르는 다이어그램과 숫자들의 열을 볼 수 있었다.

"우린 그 보트가 닷새 동안 떠다녔을 거라고 추정하고 계산했어." 스베드베리가 말했다. "바람의 방향이 최근 몇 주간 꽤 일정해서 아주 정확한 계산을 할 수 있었네. 큰 도움은 되지 않겠지만."

"그 의미는?"

"구명보트가 꽤 먼 거리를 떠다녔으리라는 거."

"그 의미는?"

"덴마크와 에스토니아 간의 거리만큼이나 떨어진 나라에서 왔을 거라는 거.”

발란데르가 못 믿겠다는 듯이 스베드베리를 응시했다.

“그게 정말 가능하다고?”

“응. 요뉘에게 직접 물어보게.”

“수고했어.” 발란데르가 말했다. “가서 비에르크에게 보고해. 그가 외무부에 그 정보를 넘길 수 있게. 그리고 우린 아마 그 사건을 떠넘길 수 있겠지.”

“떠넘긴다고?”

발란데르가 그에게 그날 있었던 일을 말했다. 그는 스베드베리가 실망했다는 것을 알 수 있었다.

“난 한번 시작한 걸 그만두고 싶지 않아.” 스베드베리가 말했다.

“확실한 건 없어. 난 자네에게 상황을 알려 주는 것뿐이야.”

스베드베리는 비에르크를 보러 갔고, 발란데르는 구직 지원서로 돌아갔다. 내내 살해된 남자들을 태운 보트가 그의 머릿속에서 위아래로 흔들리고 있었다.

뫼르트의 부검 보고서는 오후 4시에 전달되었다. 여전히 실험 결과를 기다리고 있었지만 그는 그 남자들이 대략 일주일 전에 죽었으리라고 추정했다. 그들은 떠 있는 시간 동안 소금물에 노출되었을 터였다. 남자 중 한 명은 스물여덟 살쯤 되었고, 다른 남자는 조금 더 많았다. 둘 다 건강했다. 두 사람은 극심한 고문을 당했다. 동유럽 치과 의사들이 그들의 이를 치료했다. 발란데르는 보고서를 옆으로 치우고 창밖을 내다보았다. 이미 어두워져 있었고, 그는 배가 고팠다.

외무부가 더 많은 지시 사항을 가지고 아침에 그에게 연락할 것이라는 말을 하려고 비에르크가 전화했다.

"그럼 전 퇴근하겠습니다." 발란데르가 말했다.

"그러게." 비에르크가 말했다. "아까 그 기자는 누구였지?"

그들은 그다음 날 알 수 있었다. 「익스프레스」는 스코네 해변에서의 시체 발견에 대한 선정적인 기사로 가득했다. 1면은 살해된 남자들이 거의 분명 소련 시민이며 외무부와 관련되어 있다고 밝혔다. 위스타드 경찰은 그 사건을 은폐하라는 명령을 받았다고 하며, 신문은 그 이유를 알고 싶다고 했다.

하지만 발란데르가 그 기사를 본 것은 다음 날 오후 3시였다. 그때쯤에는 이미 돌이킬 수 없었다.

4

발란데르가 오전 8시를 조금 넘겨 경찰서에 도착했을 때, 모든 일이 한꺼번에 일어난 듯 보였다.

기온은 다시 영상으로 올랐고, 도시는 한결같이 내리는 보슬비에 싸여 있었다. 발란데르는 전날 밤 문제의 재발 없이 푹 잤다. 그는 개운함을 느꼈다. 그가 걱정하는 유일한 것은 오늘 늦게 말뫼로 차를 몰고 갈 때의 아버지 기분이었다.

복도에서 마르틴손을 만난 발란데르는 즉시 그가 자신에게 할 중요한 말이 있다는 것을 알았다. 마르틴손이 사무실에서 지나치게 오래 머무르면 무슨 일이 일어났다는 것을 모두가 알았다.

"외스테르달 선장이 그 구명보트의 수수께끼를 풀었습니다!" 그가 소리쳤다. "시간 있으십니까?"

"난 늘 시간이 있네." 발란데르가 말했다. "내 사무실로 가지. 스베드베리가 출근했는지 보게."

몇 분 후 그들은 발란데르의 방에 모였다.

"외스테르달 선장 같은 사람은 특별 등재 돼야 합니다." 마르틴손이 말했다. "경찰은 전국적으로 흔치 않은 전문 지식이 있는 사람들로 구성된 부서를 설립해야 하죠."

발란데르는 끄덕였다. 그는 종종 같은 것을 생각했다. 전국에 산재한 많은 협소한 분야에 포괄적인 전문 지식이 있는 사람들이 있었다. 경찰뿐 아니라 주류 전문가들도 실패한 아시아 맥주병의 뚜껑을 식별한 헤르예달렌에 사는 늙은 벌목꾼에 대해 모두가 알았다. 그 벌목꾼의 증언이 교묘히 빠져나갔을지 모를 살인자에게 유죄를 선고하는 데 도움을 주었다.

"지금이라도 외스테르달 선장 같은 사람을 붙여 주십시오. 엄청난 수수료를 받고 뻔한 말을 하고 다니는 컨설턴트보다 훨씬 낫습니다." 마르틴손이 말을 이었다. "게다가 그는 돕게 돼서 기뻐할 뿐이죠."

"그래서 그가 도움이 됐나?"

마르틴손은 주머니에서 꺼낸 수첩을 책상에 쾅 내려놓았다. 보이지 않는 모자에서 토끼라도 꺼내는 것 같았다. 발란데르는 슬슬 짜증이 나는 것을 느꼈다. 마르틴손의 과장된 제스처 때문일 수도 있었지만, 어쩌면 그것이 자유당 정치인들이 하는 행동 방식이어서인지도 몰랐다.

"우리 둘 다 흥분해 있군." 잠깐의 침묵 후 발란데르가 말했다.

"어젯밤 남은 모두가 퇴근했을 때 외스테르달 선장과 저는 지하실에서 구명보트를 조사하면서 몇 시간을 보냈습니다." 마르틴손이 말했다. "그는 오후마다 브리지 게임을 하는데, 그 습관을 깨뜨리길 거부해서 그보다 빠를 수 없었죠. 외스테르달 선장은 아주 확고한 견해가 있는 노신삽니다. 저도 나이가 들면 그 사람 같으면 좋겠습니다."

"얘기 안 할 건가." 발란데르가 말했다. 그는 독선적인 노신사라면 아주 잘 알았다. 마음 한구석에 늘 아버지가 자리 잡고 있었다.

"그는 개처럼 구명보트 주위를 기어 다니더군요. 냄새를 맡기까지 했습니다. 마침내 단언하길 그 배가 적어도 이십 년은 됐고, 유고슬라비아에서 만들어진 거라고 했습니다."

"그걸 어떻게 알지?"

"그게 제작된 방식으로요. 재료 배합. 그 모든 걸 고려해 그는 조금도 머뭇거리지 않았습니다. 그가 그렇게 생각한 모든 이유가 여기 이 수첩에 있습니다. 저는 정말 자신이 뭘 말하는지 아는 사람을 존경하죠."

"그 배는 왜 유고슬라비아에서 제작됐다는 라벨이 없지?"

"배가 아닙니다." 마르틴손이 말했다. "그게 외스테르달 선장이 제일 먼저 가르쳐 준 거였죠. 그건 그냥 보트 이상 아무것도 아니에요. 그리고 그는 제조국 표시가 전혀 없는 이유에 대해 훌륭히 설명했습니다. 그들은 종종 그들이 만든 구명보트를 그리스와 이탈리아로 보내고, 그곳 회사에서는 거기에 가짜 라벨을 붙입니다. 그건 유럽 상표를 단 아시아에서 만든 손목시계 같은 거나 다를 바 없죠."

"그가 그것 말고 또 다른 말도 했나?"

"아주 많이요. 저는 이제 구명보트의 역사를 외울 것 같습니다. 선사시대에조차 다양한 형태의 구명보트가 있었죠. 최초의 것은 갈대로 만들어진 걸로 보이더군요. 이 특별한 타입은 동유럽이나 러시아의 소형 화물선에서 가장 흔하게 볼 수 있습니다. 스칸디나비아 선박들에서는 절대 찾을 수 없는 것들이죠. 그것들은 당국에서 허용되지 않는 타입입니다."

"왜?"

마르틴손이 어깨를 으쓱했다.

"품질이 떨어져서요. 그것들은 뒤집힐 위험이 있습니다. 거기에 사용되는 고무는 대개 질이 낮은 것들이죠."

발란데르는 잠시 생각했다.

"외스테르달 선장의 분석이 맞는다면 그 보트는 이탈리아나 제조사 라벨이 붙은 곳이 어디든 그곳을 거치지 않고 유고슬라비아에서 곧장 온 거군. 그럼 이제 유고슬라비아 선박에 대해 얘기해야겠군."

"꼭 그렇진 않고," 마르틴손이 말했다. "이 보트 중 일부는 러시아로 갑니다. 제 생각에 보트는 모스크바와 위성국들간 강제 교역의 일부 같습니다. 그는 헤라스케르에서 나포한 러시아 고기잡이 어선에서 똑같은 보트를 본 적 있답니다."

"그렇더라도 우린 동유럽 배에 집중하는 게 맞겠지?"

"그게 외스테르달 선장의 의견입니다."

"좋아." 발란데르가 말했다. "적어도 우린 그 정도는 알지."

"하지만 우리가 아는 건 그게 다야." 스베드베리가 말했다.

"만약 신고한 남자가 다시 연락하지 않는다면 우린 충분히 알지 못하겠지." 발란데르가 말했다. "그래도 여전히 그 남자들은 발트해 저편에서 이쪽으로 흘러온 걸로 보이네."

그는 노크 소리에 방해받았다. 사무원이 그에게 최종 상세 부검서가 담긴 봉투를 건넸다. 발란데르가 마르틴손과 스베드베리에게 방에서 나가지 말라고 말하며 그 부검서를 훑어보았다. 그는 즉각적인 반응을 보였다.

"자, 여기 뭔가 있네." 그가 말했다. "뫼르트가 그들의 피에서 뭔가 흥미로운 걸 발견했어."

"에이즈?" 스베드베리가 물었다.

"아니, 약물. 다량의 암페타민."

"러시아 쓰레기들이군요." 마르틴손이 말했다. "러시아인들은 쓰레기 커플을 고문하고 살해한 겁니다. 정장을 하고 넥타이를 맨. 유고슬라비아 구명보트를 타고 표류한. 적어도 그건 특이합니다. 구린 데가 있는 밀주업자와 경미한 폭행으로 양상이 바뀌는데요."

그는 비에르크의 전화번호를 돌렸다.

"비에르크요."

"발란데르입니다. 저는 마르틴손과 스베드베리와 있습니다. 저희는 외무부에서 어떤 설명이 있는지 궁금해하고 있습니다."

"아직 없네. 곧 연락하겠지."

"저는 오전 늦게 말뫼에 갈 생각입니다."

"가게. 연락이 오면 알려 주지. 그건 그렇고 성가시게 하는 기자가 있었나?"

"아니요, 왜요?"

"난 「익스프레스」 기자 때문에 새벽 다섯 시에 깼네. 그 이래 전화벨이 멈추지 않았지. 약간 걱정이 된다는 걸 인정해야겠어."

"그건 걱정하실 가치도 없는 일입니다. 무슨 일이 일어나든 그들은 쓰고 싶은 걸 쓸 겁니다."

"내가 걱정하는 게 정확히 그걸세. 온갖 루머가 기사에 실리면 수사가 엉망진창이 될 거야."

"운이 좋다면 그게 쓸모 있는 정보가 있는 사람이나 우리에게 제보할 뭔가를 본 사람을 고무할 겁니다."

"과연 그럴지 아주 의심스럽네. 그리고 난 새벽 다섯 시에 깨고 싶지 않아. 잠이 덜 깬 상태에서 무슨 말을 할지 누가 알겠나?"

발란데르는 전화를 끊었다.

"당장은," 그가 말했다. "조바심 내지 말고 수사에 치중하자고. 난 말뫼에서 처리해야 할 게 있어. 점심 식사 후에 내 사무실에서 다시 보세."

스베드베리와 마르틴손이 방에서 나갔다. 발란데르는 자신이 일이 있어 말뫼에 간다는 인상을 그들에게 준 것에 모호한 불편함을 느꼈다. 그는 모든 경찰이 기회가 되면 업무 시간을 개인적인 일에 쓴다는 것을 알았지만 여전히 그에 대해 불편함을 느꼈다. 난 구식이야. 그는 생각했다. 이제 막 마흔을 넘겼더라도.

그는 안내 데스크에 자신이 외출할 것이고 점심시간 이후에나 연락이 될 것이라고 말해 두었다. 이윽고 그는 차를 몰고 산스코겐으로 간 다음 거기서 코세베르가로 방향을 틀었다. 가랑비는 멈췄지만 바람이 점점 거세지고 있었다.

그는 기름을 넣기 위해 코세베르가에 멈췄다. 일찍 도착한 그는 부두에 차를 세운 다음 거센 바람을 무릅쓰고 차에서 내렸다. 개미 한 마리 보이지 않았다. 매점과 훈제장燻製場은 판자로 막혀 있었다. 우린 낯선 시대에 살고 있어. 그는 생각했다. 이 나라의 일부는 여름에만 열려 있지. 마을 전체가 1년의 대부분 동안 '문 닫았음'을 걸어 놓고 있었다.

그는 추위에도 불구하고 둑으로 걸었다. 배 한 척 보이지 않았다. 생각이 구명보트에 있던 남자들에게로 흘렀다. 그들은 누구였을까? 왜 고문을 받고 살해됐을까? 그들의 재킷은 누가 입혔을까?

그는 손목시계를 확인하고 차로 돌아가 뢰데루프의 남쪽 끝에 내팽개쳐진 것처럼 보이는 아버지의 집으로 곧장 차를 몰았다. 평상시처럼 아버지는 창고에서 그림을 그리고 있었다. 발란데르에게 유화물감과 테레빈유의 톡 쏘는 냄새가 훅 끼쳤다. 그 냄새가 어린 시절로 돌아가게 한 것 같았다. 발란데르의 가장 이른 기억 중 하나가 이젤 앞에 선 아버지에게서 풍기는 잊지 못할 냄새였다. 오랜 시간을 뛰어넘어 전혀 바뀌지 않았다. 아버지는 언제나 같은 그림, 구슬픈 해 질 녘을 그렸다. 이따금 누군가가 그림을 의뢰하면 아버지는 전경에 뇌조를 그려 넣었다.

발란데르의 아버지는 응접실 그림 아티스트였다. 그는 절대 모티프를 바꾸지 않았기 때문에 완벽의 경지에 이르는 기량을 연마했다. 발란데르는 그것이 게으름이나 능력의 부족과 아무 관계가 없다는 것을 알았다. 하지만 그 지속성이 아버지에게 아버지의 삶을 사는 데 필요한 안정감을 준다는 것을 어른이 되어서야 깨달았다.

노인은 붓을 내리고 더러운 천으로 손을 닦았다. 그는 언제나처럼 오버올을 입고 반을 자른 고무 부츠를 신고 있었다.

"난 준비됐다." 그가 말했다.

"옷 안 갈아입으실 거예요?" 발란데르가 물었다.

아버지가 어리둥절한 표정으로 그를 보았다.

"옷을 왜 갈아입어야 하니? 요즘엔 쇼핑하러 가는 데 정장을 입어야 한단 말이냐?"

발란데르는 싸워 봐야 소용없다는 것을 알았다. 아버지의 고집은 말릴 수가 없었다. 그리고 노인이 화라도 난다면 말뫼로의 여정이 참기 어려울 것이었다.

"아버지가 좋으시다면 그러세요." 그가 어깨를 으쓱했다.

"그래." 아버지가 대답했다. "난 내 좋은 대로 할 거다."

두 사람은 말뫼로 향했다. 아버지는 바깥 경치를 내다보았다.

"추해." 그가 갑자기 말했다.

"뭐가요?"

"스코네는 겨울에 추해. 우울한 진창, 우울한 나무, 우울한 하늘. 그중 가장 우울한 건 사람이야."

"그럴지도 모르죠."

"당연히 그렇고말고. 무조건이야. 스코네는 겨울에 추해."

미술 용품점은 시내 한가운데에 있었고, 운 좋게도 발란데르는 가게 바로 앞에 차를 세울 곳을 찾았다. 아버지는 당신이 원하는 것을 정확히 알았다. 캔버스들, 물감, 붓들, 팔레트나이프 몇 개. 계산대에 섰을 때 그는 한쪽 주머니에서 구겨진 지폐 한 뭉치를 꺼냈다. 발란데르는 아버지 뒤에 계속 서 있었고, 아버지는 구매한 물품들을 차로 나르는 그의 도움을 허락조차 하지 않았다.

"됐다." 아버지가 말했다. "이제 집으로 가자꾸나."

발란데르는 가는 중간에 어디에 들러 점심을 먹어야 할지도 모르겠다고 생각했다. 놀랍게도 아버지가 멋진 생각을 떠올렸다. 두 사람은 스베달라 호텔에 차를 세우고 카페테리아로 갔다.

"수석 웨이터에게 좋은 테이블을 달라고 해라." 아버지가 그에게 말했다.

"여긴 셀프서비스 카페테리아예요." 발란데르가 말했다. "여기에 수석 웨이터가 있는지도 모르겠어요."

"그렇다면 다른 데로 가자." 아버지가 불쑥 그렇게 말했다. "외식을 한다면 제대로 된 대접을 받고 싶구나."

발란데르는 아버지의 더러운 오버올에 불편한 눈길을 주었다가 이내 스쿠루프에 있는 좀 지저분한 피자 전문점이 생각났고, 두 사람은 그곳으로 차를 몰고 가 그날의 점심 메뉴인 졸인 대구를 주문했다. 발란데르는 점심을 먹으며 노인을 바라보았고, 그는 너무 늦기 전에 아버지를 절대 알 수 없으리라는 생각이 들었다. 과거에 그는 자신과 아버지가 아주 다른 사람이라고 생각했지만 이제는 그렇게 확신하지 못했다. 작년에 자신을 떠난 아내 모나는 종종 자신을 아버지와 똑같이 고집이 세다고, 아버지와 똑같이 지나치게 자기 몰입을 한다고 비난했었다. 어쩌면 난 그 닮은 점을 인정하고 싶지 않았을 뿐인지도 몰라. 그는 생각했다. 아마 아버지를 닮는 게 두려웠을 거야. 보고 싶지 않은 것은 뭐든 못 보는 황소고집.

동시에 그는 황소고집이 되는 것이 경찰에게 장점이 된다는 것을 알았다. 분명 그가 일부 경찰 이외의 사람들에게 고집불통으로 분류

되지 않았더라면 그가 맡았던 수많은 사건은 해결되지 않았을 터였다. 고집은 지나친 직업병이라기보다 오히려 기본적인 요건이었다.

"갑자기 말문이 막혔냐?" 심사가 난 아버지가 꼬리에 꼬리를 무는 그의 생각을 방해했다.

"죄송해요. 생각 중이었어요."

"네가 아무 말도 않겠다면 난 외식을 하고 싶지 않다."

"저에게 하실 말씀 있으세요?"

"어떻게 지내는지 네가 말해 보려무나. 네 딸이 어떻게 지내는지. 새로운 여자를 찾은 이야기 같은 걸 말해도 좋다."

"새로운 여자요?"

"아직도 모나에게 미련이 있는 게냐?"

"아니요, 미련은 없지만, 그래요, 아버지가 말씀하신 새로운 여자는 못 찾았어요."

"왜 못 찾았냐?"

"그러기가 쉽지 않아요."

"네가 뭘 하는데?"

"무슨 말씀이세요?"

"그게 정말 어려운 질문이냐? 난 말 그대로 새로운 여자를 찾는 걸 어떻게 하고 있느냐고 묻는 게다."

"전 춤추러 다니지 않아요, 아버지가 생각하시는 게 그거라면요."

"난 아무것도 생각하지 않는다. 그냥 궁금할 뿐이다. 넌 나이를 먹으면서 점점 더 이상해지는구나."

"더 이상해진다고요?"

"내 말을 들었어야 해. 넌 경찰이 되면 안 됐어."

그러니까, 우린 우리가 시작한 곳으로 되돌아온 건가? 발란데르는 생각했다. 플뤼 사 상주plus ça change '격동하는 변화는 현실을 공고히 하는 것 외에 현실에 영향을 미치지 않는다'는 뜻의 프랑스 속담. 원문은 plus ça change, plus c'est la même chose……. 테레빈유 냄새. 1967년의 얼어붙을 듯 추운 봄. 그들은 여전히 림할름 외곽의 개조한 대장간에서 살고 있었지만 곧 그는 탈출할 터였다. 그는 그 편지를 고대하고 있었다. 그는 우체부 밴이 보이자마자 우편함으로 뛰쳐나간다. 봉투를 찢고 자신이 기대하고 있던 것을 읽는다. 경찰학교에 붙었고, 가을에 등록할 것이었다. 그는 나는 듯이 돌아가 아버지가 그림을 그리고 있는 비좁은 스튜디오의 문을 열어젖힌다.

"경찰학교에 합격했어요!" 그가 소리친다. 하지만 아버지는 그를 축하해 주지 않는다. 그는 붓을 내리지도 않고 계속 그림을 그릴 뿐이다. 발란데르는 석양 때문에 붉게 변한 구름을 칠하느라 바쁜 아버지의 모습을 보았고, 아버지가 아들에게 실망했다는 것을 명백히 알았다. 그는 경찰이 될 생각이었다.

웨이터가 커피를 가져왔다.

"전 아버지가 제가 경찰이 되는 걸 왜 원치 않으시는지 절대 이해할 수 없어요." 발란데르가 말했다.

"원하는 대로 됐잖니."

"그건 대답이 아니에요."

"난 내 아들이 시체에서 나온 구더기들이 셔츠에 우글거리는 채로 식탁에 앉으리라고는 생각도 못했다."

발란데르는 그 대답에 망연자실했다. 시체에서 나온 구더기들이 셔츠에 우글거린다고?

"무슨 말씀이세요?" 그가 물었다.

하지만 아버지는 대답이 없었다. 아버지는 잔에 남은 미지근한 커피를 들이켰을 뿐이다.

"다 먹었다." 그가 말했다. "이제 가자."

발란데르는 계산서를 달라고 한 다음 값을 치렀다. 결코 어떤 대답도 듣지 못할 거야. 그는 생각했다. 경찰이 되려는 나를 왜 그토록 반대하셨는지 절대 알지 못할 거야.

두 사람은 뢰데루프로 돌아왔다. 바람이 거세지고 있었다. 아버지가 캔버스와 물감을 스튜디오로 옮겼다.

"카드 게임은 언제 할 게냐?" 그가 물었다.

"며칠 내로 올게요." 발란데르가 대꾸했다.

그는 차를 몰고 위스타드로 돌아갔다. 그는 자신이 화가 났는지 충격을 받았는지 결정을 내릴 수가 없었다. 시체에서 나온 구더기가 셔츠에 우글거린다고? 대체 그게 무슨 뜻이야?

그가 사무실에 들어선 시간은 오후 12시 45분이었다. 그때 그는 다음에 아버지를 보면 적절한 대답을 요구하리라 마음먹었다. 그는 다시 경찰이 되려고 자신을 몰아붙이며 그동안은 그 생각을 하지 않기로 결심했다. 해야 할 첫 번째 일은 비에르크에게 연락하는 것이었지만 그가 그의 전화번호를 돌리기도 전에 전화가 울렸다. 그는 수화기를 들었다.

"발란데르입니다."

긁는 소리가 났다. 그는 자신의 이름을 반복했다.

"당신이 그 구명보트를 다루는 사람입니까?"

발란데르는 그 목소리가 누구인지 몰랐다. 말이 빠르고 압박을 느끼는 남자였다.

"누구시죠?"

"그건 상관없습니다. 그 구명보트에 관해서 말씀드릴까 합니다."

발란데르는 수첩으로 손을 뻗었다.

"며칠 전 우리에게 전화하신 분입니까?"

"당신에게 전화했다고요?" 남자는 진짜 놀란 듯했다.

"우리에게 전화로 위스타드에서 멀리 떨어지지 않은 해안 어딘가에 구명보트가 밀려왔다고 말한 분 아닙니까?"

긴 침묵이 흘렀다. 발란데르는 기다렸다.

"됐습니다." 남자는 그렇게 말하고 전화를 끊었다.

발란데르는 대화 내용을 상세히 기록했다. 그는 자신이 실수했다는 것을 알았다. 남자는 구명보트에 있던 시체들에 대해 말하고 싶어서 전화했지만 이미 신고 전화가 있었다는 말을 듣고 놀랐고, 겁을 먹고 전화를 끊기로 결정한 것 같았다. 마르틴손이 말한 사람과 같은 사람이 아님은 분명했다. 따라서 정보가 있는 사람은 한 사람 이상이었다. 마르틴손이 옳았다. 뭔가를 본 사람은 배에 타고 있었을 것이었다. 겨울에는 아무도 혼자 배를 타고 나가지 않을 것이기 때문에 그들은 선원일 것이었다. 하지만 어떤 배? 페리나 어선이나 어쩌면 화물선이거나 영원히 발트해를 횡단하는 유조선일 터였다.

마르틴손이 문가에 나타났다.

"준비됐나?" 그가 물었다.

발란데르는 아직은 그 전화를 언급하지 않기로 했다. 그는 그 모든 것에 대해 충분히 생각한 다음 동료에게 말할 생각이었다.

"비에르크에게는 말하지 않았네." 그는 그 말만 했다. "삼십 분 내로 만날 거야."

마르틴손이 사무실에서 나갔고, 그는 비에르크에게 전화했다.

"비에르크요."

"발란데르입니다. 어떻게 돼 갑니까?"

"오면 알려 주겠네."

비에르크의 사무실로 간 발란데르는 그가 한 말에 놀랐다.

"곧 누가 올 걸세." 비에르크가 그에게 말했다. "외무부에서 우리 수사를 도울 사람을 보냈네."

"외무부에서 사람이요? 그들이 살인 수사에 대해 뭘 압니까?"

"모르겠네. 하지만 그가 오늘 오후에 올 걸세. 자네가 그를 데리러 가는 게 좋을 것 같군. 그의 비행기는 스투루프에 다섯 시 이십 분에 도착하네."

"제발!" 발란데르가 말했다. "그가 우릴 도우러 오는 겁니까, 감시하러 오는 겁니까?"

"모르겠네." 비에르크가 그 말을 반복했다. "게다가 그건 시작에 불과해. 또 누가 연락했는지 맞혀 보게."

"경찰청장이요?"

비에르크가 움찔했다. "어떻게 알았나?"

"가끔은 제 추측도 맞을 때가 있죠. 그가 원하는 게 뭡니까?"

"상황을 보고받기. 그리고 강력반과 마약반 경찰 두 명을 우리에게 보내기."

"그들과도 공항에서 만나야 합니까?"

"아니. 그들은 자신을 돌볼 줄 아네."

발란데르는 잠시 생각했다.

"이상해 보이는군요." 그가 말했다. "특히 외무부에서 온다는 그 사람 말입니다. 그가 왜 오는 겁니까? 그들이 소련 경찰에 연락을 취했습니까? 그리고 동구권에요?"

"모든 게 규정대로거나 외무부 사람이 말하는 대로에 따르는 걸세. 그게 뭐든." 비에르크는 팔을 늘어뜨렸다. "난 이 나라의 정세를 알 만큼은 오래 경찰서장으로 있었네. 때로는 어둠 속에 있는 사람이지. 다른 때라면 그걸 법무부 장관이라고 하겠지만. 하지만 대개의 스웨덴 사람은 무슨 일이 일어나고 있는지 듣지 못해."

발란데르는 최근 몇 년 동안 법과 관련한 많은 추문에 대해 잘 알고 있었고, 그 추문은 국가 조직의 기반을 연결하는 터널망을 노출했다. 각 부처와 기관을 연결하는 터널. 단순한 의혹이나 소수 과격파의 판타지라고 묵살된 비난이라고 생각했던 것이 이제 확인되었다. 실권의 많은 부분이 법치국가에서 필수라고 간주되는 통제를 뛰어넘어 희미하게 불이 켜진 비밀 복도에서 실행되었다.

노크 소리가 났고, 비에르크가 소리쳤다. "들어와!" 들어온 사람은 석간신문을 든 스베드베리였다.

"이걸 보고 싶어 하실 거라고 생각했습니다." 그가 말했다.

발란데르는 1면을 보고 움찔했다. 선정적인 볼드체 헤드라인이 스코네 해안에서의 시체 발견을 알렸다. 비에르크가 의자에서 벌떡 일어나 신문을 잡아챘고, 그들은 모두 어깨를 나란히 하고 그 기사를 읽었다. 놀랍게도 발란데르는 흐릿한 사진 속 자신의 불안해하는 얼굴을 알아보았다. 그는 곧바로 그것이 룬나루프 살인 때 찍힌 게 틀림없다고 생각했다.

"크누트 발만 경위가 수사를 지휘하고 있다."

비에르크는 신문을 내팽개쳤다. 그의 붉어진 이마가 폭발할 조짐을 보이고 있었다. 스베드베리가 문을 향해 옆 걸음질 쳤다.

"여기 모든 게," 비에르크가 으르렁거렸다. "자네, 발란데르 아니면 자네, 스베드베리가 쓰기라도 한 것 같군. 신문은 외무부가 연관됐고, 경찰청장이 추이를 주시하고 있다는 걸 알아. 그들은 그 구명보트가 유고슬라비아제라고까지 말하고 있네. 나도 모르는 걸. 그게 사실인가?"

"사실입니다." 발란데르가 말했다. "마르틴손이 오늘 아침에 말해줬습니다."

"오늘 아침? 젠장! 이 빌어먹을 신문은 언제 인쇄된 거야?"

비에르크는 왔다 갔다 하며 서성였다. 발란데르와 스베드베리는 서로 쳐다보았다. 비에르크의 화는 오래갈 수도 있었다.

비에르크가 다시 움켜쥔 신문을 소리 내어 읽었다. "'소련 죽음의 순찰대. 새로운 유럽은 정치적 편향의 범죄를 스웨덴에 노출시켰다'. 이게 무슨 말이야? 누가 설명해 주겠나? 발란데르?"

"모르죠. 최선의 방책은 언론의 말을 무시하는 것 같습니다."

"어떻게 무시해? 이제 우린 언론에 포위될 텐데."

그가 막 예언을 입 밖에 낸 것처럼 전화가 울렸다. 의견을 요청하는 「데일리 뉴스」 기자였다. 비에르크가 손으로 송화구를 덮었다.

"기자회견을 다시 요청하는 게 나을 것 같아. 아니면 성명서를 내야 할까? 뭐가 최선인가? 어떻게 생각해?"

"둘 다요. 하지만 내일 기자회견을 할 때까지 기다리죠. 외무부에서 온 남자가 뭔가 말할 게 있을지 모릅니다."

비에르크는 기자에게 그렇게 말하고 어떤 질문에도 대답 없이 전화를 끊었다. 비에르크와 발란데르가 짧은 성명서를 준비하는 동안 스베드베리는 방에서 나갔다. 발란데르가 나가려고 몸을 일으키자 비에르크가 그를 잡았다.

"이 정보 유출에 대해 조치를 취해야겠네." 그가 말했다. "내가 안이하게 대처해 온 거야. 룬나르프의 살인 사건으로 자네가 바빴던 작년에 자넨 그에 관해 불평했지만 난 그걸 과잉 반응이라고 생각해서 묵살했지. 이제 내가 어쩌면 좋겠나?"

"뭔가를 할 수 있을지 모르겠군요." 발란데르가 말했다. "그게 제가 작년에 얻은 교훈입니다. 우린 이제 이런 일들을 참아야 할 것 같은데요."

"은퇴가 답일 것 같아." 비에르크가 잠시 생각하더니 그렇게 말했다. "난 가끔 세상이 날 두고 가는 것 같다는 느낌이 드네."

"우리 모두 그렇게 느끼죠." 발란데르가 말했다. "저는 외무부에서 나온 남자를 데리러 가겠습니다. 그 사람 이름이 뭡니까?"

"퇴른."

"성姓 말고요."

"아무도 이름을 부르지 않았네."

발란데르는 마르틴손과 스베드베리가 자신의 방에서 자신을 기다리고 있다는 것을 알게 되었다. 스베드베리는 비에르크가 버럭 화를 낸 모습을 묘사 중이었다. 발란데르는 회의를 간단히 끝내기로 마음먹었다. 그는 두 사람에게 걸려 왔던 전화에 대해 말했고, 구명보트를 본 사람은 한 명 이상인 것 같다고 말했다.

"이 지역 사람이었습니까?" 마르틴손이 물었다.

발란데르가 끄덕였다.

"이번엔 그들을 추적해야 합니다." 마르틴손이 말했다. "유조선과 화물선은 제외해도 됩니다. 남은 게 뭐죠?"

"어선." 발란데르가 말했다. "스코네 남부 해안에서 조업하는 어선이 얼마나 되지?"

"엄청 많죠." 마르틴손이 말했다. "그래도 이월이어서 상당수가 부두에 묶여 있을 겁니다. 그들을 추적하는 게 큰일이겠지만 할 수 있을 겁니다."

"그건 내일 결정하지." 발란데르가 말했다. "그때쯤엔 상황이 완전히 바뀔지도 몰라."

그는 비에르크에게 들은 말을 두 사람에게 전했다. 마르틴손은 자신이 그랬던 것과 거의 같은 반응을 보였지만 스베드베리는 어깨만 으쓱했다.

"오늘은 이만하지." 발란데르가 회의를 마무리하면서 말했다. "난 지금껏 있었던 일의 진행 상황에 대한 보고서를 작성해야 해. 자네들도 그러는 게 좋을 거야. 그럼 내일 강력반과 마약반에서 온 사람들을 어떻게 생각해야 할지 알 수 있겠지. 외무부의 퇴른 씨는 말할 것도 없고."

발란데르는 일찌감치 공항으로 갔다. 그는 출입국 관리 공무원과 커피를 마시며 근무 시간과 임금에 관한 일상적인 불평을 들었다. 오후 5시 15분에 그는 승객 라운지 밖에 있는 벤치에 앉아 벽에 걸린 텔레비전에 나오는 광고를 멍하니 응시했다. 스톡홀름 항공편의 도착을 알리는 방송을 들으며 발란데르는 외무부에서 나온 남자가 제복 경찰을 만나리라고 생각할지도 모른다는 것을 깨달았다. 뒷짐을 지고 앞뒤로 왔다 갔다 하면 알아보겠지. 그는 생각했다.

그는 빠르게 움직이는 승객들을 관찰했다. 그들 중 누구도 누군가를 찾아 헤매는 것처럼 보이지 않았다. 마지막으로 남은 무리가 사라지고 승객의 움직임이 완전히 멈췄을 때, 그는 자신이 그 남자를 놓쳤다는 것을 깨달았다. 외무부 사람들은 어떻게 생겨 먹었지? 그는 궁금했다. 일반인처럼? 아니면 외교관처럼? 하지만 외교관처럼 생긴 게 어떤 거지?

"쿠르트 발란데르?" 그의 뒤에서 목소리가 들렸다.

그는 몸을 돌렸고, 꽤 젊은 여자가 눈에 들어왔다.

"네." 그가 말했다. "내가 쿠르트 발란데릅니다."

여자가 장갑을 벗고 손을 내밀었다.

"외무부의," 그녀가 말했다. "비르기타 퇴른이에요. 남자를 예상하셨죠?"

"그렇습니다, 실은." 그가 말했다.

"아직 여자 외교관이 그리 많지 않지만 스웨덴 외무부의 많은 부분이 여자들의 손에 떨어지는 걸 막지 못해요."

"어쨌든," 발란데르가 말했다. "스코네에 오신 걸 환영합니다."

수화물 컨베이어 벨트에서 기다리며 그는 그녀를 신중히 살폈다. 그녀는 특별히 눈에 띄게 매력적이지는 않았지만 그녀의 눈에 그의 관심을 끄는 무언가가 있었다. 그가 그녀의 가방을 집어 들고 그녀를 보기 위해 몸을 돌렸을 때, 그는 그것이 무엇인지 알 수 있었다. 그녀는 콘택트렌즈를 끼고 있었다. 모나 역시 그들의 결혼 생활 마지막 몇 년 동안 그것을 끼고 있었다.

그들은 밖으로 나가 차로 향했다. 발란데르는 스톡홀름의 날씨는 어떤지, 비행은 편안했는지 물었다. 그녀는 대답했지만 그는 그녀가 자신과 어느 정도 거리를 둔다는 것을 감지했다.

"센추리라는 호텔을 예약했어요." 위스타드로 가는 길에 그녀가 그에게 말했다. "지금까지의 모든 수사 보고서를 보고 싶군요. 모든 수사 자료를 제가 봐야 한다는 말을 들었겠죠?"

"아니요." 발란데르가 말했다. "아무도 그런 말을 하지 않았지만 그에 관한 어떤 비밀도 없으니 봐도 됩니다. 뒷좌석에 서류철이 있습니다."

"잘됐군요." 그녀가 말했다.

"그건 그렇고, 질문이 하나 있습니다." 발란데르가 말했다. "여기에 왜 온 겁니까?"

"동유럽의 불안정한 상황은 외무부가 모든 비정상적 사고를 모니터링해야 한다는 걸 뜻해요. 거기다 우린 인터폴 회원이 아닌 나라들에서 발생할지 모를 공식적인 조사를 도울 수도 있고요."

발란데르는 그녀가 정치가처럼 말한다고 생각했다. 그녀의 말은 의심의 여지가 없었다.

"비정상적 사고라." 그가 말했다. "그렇다고 볼 수도 있죠. 괜찮으시다면 경찰서에 있는 구명보트를 보여 드릴 수 있습니다."

"고맙지만 됐어요." 퇴른이 말했다. "경찰 업무를 방해하고 싶지 않아요. 하지만 내일 아침 미팅을 할 수 있다면 도움이 될 거예요. 현 상황에 대한 브리핑을 해 주시면 감사하겠어요."

"아침 여덟 시가 좋겠군요. 경찰국장이 추가 인원 몇 명을 보냈다는 건 모르실 테죠? 그들이 여기 내일쯤 올 겁니다."

"들었어요." 퇴른이 대답했다.

센추리 호텔은 주 광장에서 벗어난 거리에 있었다. 발란데르는 호텔 앞에 주차하고 서류철에 손을 뻗었다. 이내 그는 트렁크에서 그녀의 슈트케이스를 꺼냈다.

"위스타드에 와 본 적 있습니까?" 그가 물었다.

"아닐걸요."

"그렇다면 위스타드 경찰서가 당신에게 저녁 식사를 대접을 하도록 내가 제안할 수도 있겠군요."

그녀가 대답할 때 입가에 희미한 미소가 어렸다.

"매우 친절하시군요. 하지만 해야 할 일이 많아요."

발란데르는 슬슬 짜증이 이는 것을 느꼈다. 어쩌면 작은 지방 도시의 경찰은 좋은 동료가 되기 충분치 않은지도 모르지.

"저녁 식사는 콘티넨털 호텔이 최고일 겁니다." 그가 말했다. "광장에서 오른쪽으로 도십시오. 내일 아침에 태우러 올까요?"

"쉽게 갈 수 있을 거예요." 그녀가 말했다. "어쨌든 감사해요. 그리고 마중 나와 주셔서 감사합니다."

발란데르는 집으로 차를 몰았다. 오후 6시 30분이었다. 그는 자신의 삶의 모든 면이 완전히 불만족스러웠다. 자신을 맞아 줄 이 없는 아파트로 돌아오는 공허함 때문만은 아니었다. 업무 환경에 대처하기가 점점 더 어려워진다는 느낌 또한 있었다. 그리고 이제 몸이 말썽을 부리기 시작했다. 그는 경찰이라는 자신의 직업이 안정적이라고 생각해 왔는데, 더 이상은 아니었다. 작년 룬나르프에서 있었던 잔인한 두 건의 살인을 해결하려고 분투했을 때 불안감은 증폭되었다. 그와 뤼드베리는 급변하고 있는 나라 스웨덴이 얼마나 점점 낯설고 불확실해져 가는지에 대해, 그에 따른 새로운 부류의 경찰의 필요성에 대해 종종 토론하고는 했다. 그는 날이 갈수록 부족함을 느꼈다. 그것은 스웨덴 경찰 위원회가 제공하는 어떤 교육 과정이 그 치유를 도울 수 있는 유형의 불안감이 아니었다.

그는 냉장고에서 맥주를 꺼낸 다음 텔레비전을 켜고 소파에 털썩 앉았다. 화면은 매일 새로 제작되는 듯 보이는 수많은 토크쇼 중 하나가 점령하고 있었다.

그의 마음은 트렐레보리 고무 회사의 일을 서성였다. 어쩌면 그게 그토록 필요했던 변화의 기회가 아닐까? 할 수 있는 만큼만 경찰 생활을 하고 완전히 다른 일에 삶을 바쳐야 하지 않을까?

그는 거의 자정까지 꼼짝 않고 있다가 침대로 향했다.

불을 막 껐을 때 전화가 울렸다. 오, 안 돼. 어쨌든 오늘 밤은. 그는 생각했다. 또 다른 살인은 안 돼. 그는 수화기를 들었고, 즉시 이른 오후에 전화한 남자의 목소리를 알아들었다.

"그 구명보트에 대해서 내가 뭔가를 알지도 모릅니다."

"우린 우리에게 어떤 도움이 될지 모를 어떤 정보에도 관심이 있습니다."

"경찰이 내가 전화한 사실을 절대 언론에 알리지 않겠다고 보장한다면 내가 아는 걸 당신에게 말하겠습니다."

"원하는 만큼 익명으로 할 수 있습니다."

"그걸론 충분치 않습니다. 이 전화에 대해 어떤 말도 새어 나가지 않을 거라는 보장이 있어야겠습니다."

발란데르는 잠시 생각한 다음 남자에게 약속했다. 그는 여전히 머뭇거리는 것처럼 보였다. 뭔가를 두려워하고 있군. 발란데르는 생각했다.

"저는 경찰로서 약속했습니다."

"믿음이 안 가는군요."

"믿어야 합니다." 발란데르가 말했다. "세상에 어떤 신용기관도 저를 부정적으로 보는 데는 없습니다."

침묵이 흘렀고, 발란데르는 남자의 숨소리를 들을 수 있었다.

"산업도로가 어디 있는지 아십니까?" 남자가 불쑥 물었다.

발란데르는 알았다. 그것은 도시의 동쪽 끝 산업단지에 있었다.

"지금 거기로 차를 갖고 오십시오." 남자가 말했다. "일방통행이지만 문제 될 건 없습니다. 이 밤 시간대에는 차가 막히지 않으니까요. 시동과 라이트를 끄고 계십시오."

"어디에 서 있으라는 겁니까? 거긴 긴 도로요."

"일단 거기에 가 계세요. 내가 찾을 겁니다. 그리고 혼자 오세요. 그러지 않겠다면 없던 일로 하죠."

그가 전화를 끊었다.

발란데르는 걱정이 되었다. 그는 마르틴손이나 스베드베리에게 전화해 백업을 요청해야 한다는 것을 알았다. 하지만 그는 자신의 불안을 억지로 무시했다. 어쨌든 무슨 일이 있겠어?

그는 이불을 걷어차고 몸을 일으켰다. 기온은 영하로 떨어져 있었고, 적막한 거리에 세워 둔 차에 오를 때 그는 몸을 떨었다.

자동차 매장과 작은 영업소 들이 늘어선 산업도로로 방향을 틀자 어떤 불빛도 보이지 않았다. 그는 그 길의 반쯤 달린 다음 시동과 라이트를 끄고 어둠 속에 자리를 잡고 기다렸다. 계기판의 형광 시계가 막 자정이 지났음을 알렸다.

12시 30분에도 아무 일도 일어나지 않았다. 그는 새벽 1시에도 아무도 나타나지 않는다면 집으로 돌아가리라 마음먹었다.

그는 남자가 차 옆에 서 있을 때까지도 그를 알아차리지 못했다. 재빨리 창문을 열었다. 남자의 얼굴은 어둠 속에 묻혀 있었고, 발란데르는 그의 이목구비를 알아볼 수 없었다. 그렇더라도 목소리는 알아들었다.

"내 뒤를 따라와요." 남자는 그렇게 말하고 사라졌다.

잠시 후 반대편에서 차 한 대가 다가와 라이트를 켰다. 발란데르는 뒤를 따랐고, 그들은 도시 밖 동쪽으로 차를 몰았다.

불현듯 그는 자신이 겁을 먹었다는 것을 깨달았다.

5

브란테비크에 있는 부두는 적막했다. 몇몇 고립된 가로등만이 정박지의 시커멓게 고인 물을 비추고 있었다. 발란데르는 그 등들이 고장 난 것인지, 아니면 비용 감축 정책의 일환으로 지방 정부가 수명이 다한 전구들을 교체하지 않은 것인지 궁금했다. 우리 사회의 미래는 점점 음울해지고 있어. 그는 생각했다. 어떤 상징적인 이미지가 점점 현실화되고 있었다.

앞차의 라이트가 꺼졌다. 발란데르는 라이트를 끄고 어둠 속에 앉아 있었다. 계기판 전자시계의 흐름이 시간을 알렸다. 1시 25분. 손전등 하나가 갑자기 개똥벌레처럼 춤추며 어둠을 밝혔다. 발란데르는 차 문을 열고 내렸고, 엄습한 차가운 밤공기에 몸을 떨었다. 손전등을 든 남자는 그에게서 몇 미터 떨어져 있었다. 발란데르는 여전히 그의 얼굴을 식별할 수 없었다.

"부두로 갑시다." 남자가 말했다.

그는 강한 스코네 억양으로 말했다. 그런 억양으로 누굴 협박하긴 불가능하겠군. 발란데르는 생각했다. 그는 그토록 온화한 사투리가 또 있는지 알지 못했다. 그렇긴 해도 모를 일이었다.

"왜," 그가 물었다. "우리가 왜 부두로 가야 합니까?"

"겁나십니까?" 남자가 말했다. "거기에 계류해 놓은 배가 있어서 부두로 가는 겁니다."

몸을 돌린 그가 발걸음을 옮겼고, 발란데르는 그의 뒤를 따랐다. 세찬 바람이 그의 얼굴을 할퀴었다. 그들은 낚싯배의 어두운 실루엣 옆에 멈춰 섰다. 바다와 기름 냄새가 아주 강하게 풍겼다. 남자가 발란데르에게 손전등을 건넸다.

"그걸로 밧줄을 비춰 줘요." 그가 말했다.

발란데르는 처음으로 그를 힐긋 보았다. 40대이거나 어쩌면 그보다 조금 더 많을지 모를 남자. 야외 생활로 햇볕에 거칠어진 얼굴. 그는 짙푸른 색 오버올에 회색 재킷, 눈 위까지 내려 쓴 검은색 뜨개 모자 차림이었다. 남자는 밧줄을 쥐고 갑판 위로 올랐다. 그는 조타실 쪽의 어둠으로 녹아들었고, 발란데르는 기다렸다. 가스등이 켜지고 남자는 이물 쪽의 삐걱거리는 갑판으로 나왔다.

"승선을 환영합니다." 그가 말했다.

발란데르는 얼어붙은 난간을 더듬었고, 갑판 위로 몸을 끌어 올렸다. 그는 감겨 있는 굵은 밧줄에 발이 걸려 비틀거리며 넘실대는 갑판을 가로질러 남자의 뒤를 따랐다.

"찬물에," 남자가 말했다. "떨어지지 마십시오."

발란데르는 비좁은 조타실로 그를 따른 다음, 이내 기관실로 내려갔다. 그곳에서는 경유와 윤활유 냄새가 났다. 남자는 천장의 고리에 랜턴을 걸고 불빛을 낮추었다.

발란데르는 남자가 죽을 만큼 겁을 먹었다는 것을 알아챘다. 그는 침착지 못하게 허둥대며 서두르고 있었다. 발란데르는 더러운 담요가 덮인 불편한 침상에 앉았다.

"당신이 약속을 지킬 거라 믿습니다." 남자가 말했다.

"난 언제나 약속을 지키죠." 발란데르가 대꾸했다.

"아무도 그러지 않죠." 남자가 말했다. "난 내게 일어난 일을 생각 중입니다."

"이름이 뭡니까?"

"그건 상관없습니다."

"하지만 구명보트에 실린 두 시체를 봤고요?"

"어쩌면요."

"못 봤다면 우리에게 전화하지 않았을 테죠."

남자는 침상 위 그 옆의 더러운 해도에 손을 뻗었다.

"여기가," 그가 가리키며 말했다. "내가 그걸 본 위치입니다. 내가 그걸 본 건 십이 일 오후 두 시 직전이었죠. 그러니까, 지난 화요일이요. 난 대체 그게 어디서 온 건지 추측해 보려고 했습니다."

발란데르는 적기 위한 무언가 연필 같은 것을 찾아 주머니를 뒤졌지만 당연히 아무것도 찾을 수 없었다.

"천천히 합시다." 발란데르가 말했다. "처음부터 시작하죠. 그 보트를 발견했을 때 어디쯤 계셨습니까?"

"적어 뒀습니다." 남자가 대답했다. "위스타드에서 육 해리를 막 벗어난 남쪽 직선 방향에 있었습니다. 보트는 북서 방향으로 부유하고 있었죠. 내가 정확한 위치를 적어 뒀습니다."

그가 구겨진 종이쪽을 발란데르에게 건넸다. 그 숫자들이 그에게 아무것도 알려 주지 않았더라도 그 위치의 정확성에 발란데르는 깊은 인상을 받았다.

"그 구명보트가 떠다니고 있었습니다." 그가 말했다. "눈이 내리고 있었다면 난 그걸 알아보지 못했을 겁니다."

우리가 그걸 알아보지 못한 거겠지. 발란데르는 생각했다. 그가 **나**라고 말할 때마다 그는 사실의 일부만을 말하라고 자신을 상기시키듯 거의 감지하기 어려울 만큼 머뭇거렸다.

"부두를 향해 부유하고 있었죠." 남자가 말을 이었다. "난 그걸 스웨덴 해안 쪽으로 견인했고, 육지가 보일 때 그걸 풀었습니다."

그걸로 잘린 로프가 설명되는군. 발란데르는 생각했다. 그들은 서둘렀고, 불안했어. 로프 조각을 희생하는 데 머뭇거리지 않았어.

"당신은 어부입니까?" 그가 물었다.

"네."

발란데르는 아니라고 생각했다. 또 거짓말이군. 거짓말 솜씨가 형편없는 데다 뭘 두려워하는 것 같은데.

"난 집에 가는 중이었습니다." 남자가 말했다.

"배에 무전기가 있었을 텐데요." 발란데르가 말했다. "왜 해안경비대에 알리지 않았습니까?"

"이유가 있었습니다."

발란데르는 자신이 남자의 두려움 덜어 줘야 한다는 것을 알았다.

그러지 않으면 그는 더 이상 말하지 않을 것이었다. 신뢰를 주는 거야. 그는 생각했다. 그가 정말 날 믿을 수 있다고 느껴야 해.

"더 알아야 합니다." 발란데르가 말했다. "분명 여기서 나온 말이 뭐든 그걸 수사에 참고하겠지만 그 말을 한 사람이 당신이라는 건 아무도 모를 겁니다."

"아무도 어떤 말도 안 한 겁니다. 아무도 전화하지 않았고요."

익명으로 남겠다는 남자의 불안한 결정에 대한 완벽하고 간단한 설명이 이것이라는 게 발란데르에게 명백해졌다. 마르틴손과 대화하는 동안 그는 남자가 배에 혼자 있지 않았다는 것을 알아차렸었다. 하지만 이제 그는 거기에 정확히 몇 명의 선원이 있었는지 알았다. 두 명. 셋 이상이 아닌 딱 두 명. 그리고 그가 두려워하는 것이 그 두 번째 남자였다.

"아무도 전화하지 않았습니다." 발란데르가 말했다. "이 배는 당신 겁니까?"

"누구 것이든 그게 무슨 차이라도 있습니까?"

발란데르는 처음부터 다시 시작했다. 그는 이제 확신했다. 남자는 두 남자의 죽음과 아무 관련 없이 배 위에서 그 구명보트를 발견했을 뿐이고, 그것을 해안으로 견인했다. 그러는 편이 더 간단했다. 하지만 그는 목격자가 왜 그토록 겁을 먹었는지 이해할 수 없었다. 또 다른 사람은 누구였을까?

이제 알겠군. 밀수업자. 난민들과 주정뱅이들 간의 밀거래. 이 배는 밀수에 사용되고 있다. 그것이 비린내가 나지 않는 이유다.

"구명보트를 봤을 때 근처에 다른 배들은 없었습니까?"

"네."

"확실합니까?"

"본 대로 말할 뿐입니다."

"하지만 추측이라고 하지 않았습니까?"

발란데르가 얻은 대답은 확고했다.

"그 보트는 바다에 오래 떠 있었습니다. 최근에 던져진 게 아닐 겁니다."

"왜죠?"

"이미 해조류가 달라붙기 시작했더군요."

발란데르는 자신이 직접 그 보트를 조사했을 때 어떤 해조류도 본 기억이 없었다.

"우리가 그걸 발견했을 땐 해조류가 붙어 있지 않았습니다."

남자는 잠시 생각했다.

"내가 해안가로 그걸 끌고 갔을 때 씻겨 나갔을 겁니다. 보트는 내 배가 나아갈 때 계속 위아래로 흔들렸죠."

"그게 바다에 얼마나 오래 있었다고 생각하십니까?"

"일주일쯤이요. 뭐라 말하기 어렵군요."

발란데르는 남자를 보며 앉아 있었다. 그는 잠시도 가만히 있지 못했고, 대화를 나눌 때 주위에서 어떤 소리가 들리지는 않는지 귀를 쫑긋 세우고 있는 것 같았다.

"달리 하고 싶은 말은 없습니까?" 발란데르가 그에게 물었다. "아무리 사소한 거라도 중요할지 모릅니다."

"그 보트는 발트해 국가 중 하나에서 표류해 온 것 같습니다."

"왜 그렇게 생각합니까? 왜 독일은 아닙니까?"

"난 이 조류를 압니다. 그 보트가 발트해 연안 국가에서 온 거라고 생각합니다."

발란데르는 그 지역 지도를 그려 보려고 애썼다.

"먼 길이죠." 그가 말했다. "폴란드 해안 전체를 지나 독일 해역으로 직행이라. 난 그게 믿기지 않는군요."

"이차 세계대전 때 기뢰는 짧은 시간에 아주 먼 거리를 갈 수 있었습니다. 최근에 분 바람이 그걸 가능하게 했을 겁니다."

랜턴의 불빛이 갑자기 어두워지기 시작했다.

"더 말할 게 없습니다." 남자가 해도를 접으며 말했다. "약속한 거 기억하시죠?"

"무슨 약속을 했는지 정확히 압니다. 하지만 질문이 하나 더 있습니다. 뭣 때문에 겁을 먹은 겁니까? 왜 우리가 한밤중에 만나야 했습니까?"

"난 겁먹지 않았습니다." 남자가 해도를 치우며 말했다. "그리고 만약 내가 그랬더라도 내가 알아서 할 일입니다."

발란데르는 너무 늦기 전에 더 물어야 할 어떤 질문이라도 생각해 내려고 애썼다.

그들 중 누구도 배의 미묘한 움직임을 알아차리지 못했다. 막 육지에 도달한 배의 희미한 융기의 느낌처럼 그것은 부드러운 가라앉음이었지만 너무 부드러워서 눈치채지 못하고 지나간 것도 놀랄 일은 아니었다.

발란데르는 기관실에서 위로 올라가 손전등으로 조타실 벽을 빠르게 훑었다. 나중에 배를 쉽게 식별할 수 있게 할 어떤 것도 보이지 않았다.

"나중에 당신과 연락할 일이 있다면 어디로 해야 합니까?" 부두로 되돌아 나왔을 때 그가 물었다.

"안 됩니다." 남자가 말했다. "그리고 어쨌든 그럴 일은 없을 겁니다. 더 말할 게 없습니다."

발란데르는 부두를 따라 걸으면서 보폭을 셌다. 일흔세 보를 셌을 때 그는 부두 광장의 자갈을 느꼈다. 남자는 이미 어둠에 삼켜 있었다. 손전등을 가져간 그가 아무 말도 없이 사라진 뒤였다. 발란데르는 시동도 걸지 않고 차에 앉아 있었다. 순간 그는 어둠 속에서 누군가를 봤다고 생각했지만 이내 그것이 상상이었다는 결론을 내렸다. 자신이 먼저 차를 몰고 떠나야 할 상황이 분명했다. 도로로 나온 그는 속도를 줄였지만 백미러로 보이는 헤드라이트 불빛은 보이지 않았다.

그가 집에 도착했을 때는 새벽 2시 45분이었다. 그는 부엌 테이블에 앉아 어선에서 나누었던 대화의 상세한 내용을 기록했다. 발트해 연안의 나라들이라. 그는 생각했다. 구명보트가 정말 그토록 오래 떠다닐 수가 있을까? 그는 거실로 가서 오래된 잡지와 오페라 프로그램 들을 모아 놓은 벽장에서 누더기가 된 사회과 부도를 찾았다. 스웨덴 남부와 발트해. 발트해 연안의 국가들은 가깝고도 먼 나라들처럼 보였다. 난 바다와 해류와 바람에 대해서는 아무것도 모르잖아. 그는 생각했다. 그 남자의 말이 옳을까? 그리고 그가 왜 사실이 아닌 것을 말하겠는가? 다시 한번 그는 그 사내의 공포와 그가 그토록 두려워한 또 다른 동료인 미지의 사내에 대해 생각했다.

그가 침대에 든 때는 새벽 4시였다. 그는 오랫동안 말똥말똥하게 누워 있다가 간신히 잠이 들었다.

그는 화들짝 잠에서 깨었다. 침대 옆 탁자의 시계가 오전 7시 46분을 가리켰다. 욕설을 내뱉고 침대에서 뛰쳐나와 옷을 입었다. 그는 재킷 주머니에 칫솔과 치약을 넣었고, 8시 직전에 경찰서 앞에 차를 세웠다. 안내 데스크에서 에바가 그에게 손짓했다.

"비에르크가 당신을 찾아요." 그녀가 말했다. "꼴이 그게 뭐예요! 늦잠 잤어요?"

"확실히요." 발란데르는 그렇게 말하고 화장실로 뛰어들어 이를 닦았다. 이를 닦으며 그는 미팅에 관한 생각을 끌어모으려 애썼다. 브란테비크 부두에서 어선으로의 야간 소풍을 대체 어떻게 다뤄야 하지?

그가 비에르크의 사무실에 들어갔을 때 거기에는 아무도 없었다. 그는 경찰서에서 가장 큰 회의실로 발걸음을 돌렸고, 수업에 지각한 학생 같은 기분을 느끼며 문을 노크했다.

타원형 테이블 주위에는 여섯 명이 앉아 있었고, 그들 모두 그를 주시했다.

"제가 몇 분 늦었나 보군요." 그는 그렇게 말하고 가장 가까이에 있는 의자에 앉았다. 비에르크는 그를 노려보았지만 마르틴손과 스베드베리는 씩 웃더니 그가 어디 있었는지 궁금하다는 듯 쳐다보았다. 그는 스베드베리가 자신을 비웃는지도 모른다고 생각했다. 비르기타 퇴른은 변함없이 불가해한 모습으로 비에르크의 왼편에 있었다. 그녀 옆에는 발란데르가 모르는 두 남자가 있었다. 그는 자리에서 일어나 그들에게 인사하러 갔다. 두 남자는 놀랍게도 닮은꼴로 옷을 잘 차려입은, 친근감 넘치는 얼굴의 50대였다. 첫 번째 사람이 자신을 스투레 뢴룬드라고 소개했고, 다른 사람은 베르틸 로벤이었다.

"강력반에서 나왔습니다." 로벤이 말했다. "스투레는 마약반에서 나왔고요."

"쿠르트는 우리 중에서 가장 경험이 많은 경찰입니다." 비에르크가 말했다. "커피는 마음껏 드십시오."

모두가 컵을 들고 오자 비에르크가 회의를 시작했다.

"말할 것도 없이 우리가 받는 모든 도움에 감사드립니다." 그가 입을 열었다. "여러분 모두 이 시체들의 발견을 떠들어 댄 미디어가 일으킨 동요를 눈치채셨으리라고 봅니다. 그렇기 때문에 더욱 열의를 가지고 이 수사에 전념해야 합니다. 비르기타 퇴른이 대개는 참관인 자격으로 우리와 합세했고, 인터폴이 영향을 미치지 못하는 국가 간의 접점이 생길 때 도움이 될 겁니다. 하지만 그녀의 일이 우리 일을 방해하지는 않을 겁니다."

그다음은 발란데르 차례였다. 모두가 사건 자료를 한 부씩 갖고 있어서 그는 그간 있었던 일을 자세하게 설명할 필요 없이 짧게 요약했다. 그는 검시 결과 보고에 시간을 할애했다. 보고를 마쳤을 때, 로벤이 몇 가지 점에 대해 설명을 요구했다. 그뿐이었다. 비에르크가 회의실을 둘러보았다.

"그럼," 그가 말했다. "다음 할 일은?"

발란데르는 비에르크가 외무부에서 나온 여자와 두 스톡홀름 형사들에게 수사를 맡기는 방식에 점점 짜증이 일었다. 그는 경고 사격을 하고 싶은 마음을 참을 수 없었고, 하고 싶은 말이 있다는 뜻을 비에르크에게 내비쳤다.

"불확실한 부분이 너무 많습니다." 그가 말했다. "사건 자체를 뜻하는 것만은 아닙니다. 저는 왜 외무부에서 비르기타 퇴른을 위스타드로 보낼 필요를 고려했는지 이해할 수 없습니다. 외무부가 단지 러시아 경찰과의 접촉과 관련해 우리를 도울 생각이었다고는 믿기지 않습니다. 제게는 외무부가 우리의 수사를 감시하기로 결정한 것처럼 보입니다. 그렇다면 뭘 감시하는지 알고 싶군요. 물론 무엇보다 외무부에서 왜 그런 결정에 이르렀는지를요. 그리고 스톡홀름이 우리가 모르는 뭔가를 명백히 알고 있다고 생각하지 않을 수 없군요. 혹은 어쩌면 이 결론에 이른 건 외무부가 아닐지도 모르고요. 다른 어딘가일까요?"

발란데르가 말을 마치자 죽음과도 같은 정적이 흘렀다. 비에르크가 오싹한 눈초리로 그를 노려보고 있었다.

마침내 비르기타 퇴른이 말했다.

"우리가 위스타드에 온 것에 대한 설명을 의심할 이유는 없어요." 그녀가 말했다. "우리는 동유럽의 불안정한 동향을 주시해야 해요."

"우린 그 남자들이 동유럽에서 온 게 확실한지조차 모릅니다." 발란데르가 끼어들었다. "아니면 우리가 모르는 뭔가를 아는 겁니까? 그렇다면 그 상황을 알고 싶군요."

"어쩌면 우린 흥분을 좀 가라앉힐 필요가 있겠군요." 비에르크가 말했다.

"내 질문에 대한 답을 원합니다." 발란데르가 말했다. "불안정한 정치적 상황 같은 허튼소리에 얼렁뚱땅 넘어갈 생각은 없습니다."

갑자기 비르기타 퇴른의 얼굴에서 불가해한 가면이 사라졌다. 그녀는 발란데르를 노려보았고, 점점 경멸적인 표정을 띠며 그의 입을 막고 싶어 했다. 음, 요령이 없었군. 나야 언제나 골칫거리였으니까. 발란데르는 생각했다.

"그 상황은 말씀드린 대로예요." 퇴른이 말했다. "당신에게 분별이란 게 있다면 그런 말을 늘어놓을 필요가 없다는 걸 알 거예요."

발란데르는 머리를 젓고 로벤과 뢴룬드를 향했다.

"당신들은 어떻습니까?" 그가 물었다. "스톡홀름은 대개 공식적 지원 요청이 없으면 사람들을 보내지 않는데, 내가 아는 한 우린 그런 요청을 한 적이 없습니다. 아니면 우리가 그랬나요?"

비에르크가 머리를 저었다.

"오케이. 그럼 스톡홀름은 자발적으로 이런 결정을 내렸군요. 난 우리가 함께 일해야 한다면 그 이유를 알고 싶습니다. 효율적인 수사에 대한 우리의 능력이 수사 시작도 전에 의심받지 않길 바랍니다."

로벤은 불편한 기색으로 자료를 뒤적였고, 그에 대답한 사람은 뢴룬드였다. 발란데르는 그의 목소리에서 공감의 기색을 감지했다.

"청장님은 여러분이 약간의 도움이 필요할 거라고 생각하셨습니다." 그가 말했다. "여러분의 수사에 따르는 게 우리 소관입니다. 그게 답니다. 수사의 책임은 여러분에게 있고, 우리가 도울 수 있다면 더 좋겠죠. 베르틸과 나는 여러분이 맡은 이 사건에 대한 수사 능력에 조금의 의심도 없을뿐더러, 내 개인적인 생각으로는 지난 며칠간 여러분이 빠르고 과단성 있게 수사했다고 생각합니다."

발란데르가 감사의 뜻으로 고개를 끄덕였다. 마르틴손은 활짝 웃었고, 스베드베리는 생각에 잠긴 채 회의실 테이블에서 떨어져 나온 지저깨비로 이를 쑤시고 있었다.

"뭐, 그럼 이제 일어나도 될 것 같군요." 비에르크가 말했다.

"사실," 발란데르가 말했다. "시험해 보고 싶은 몇몇 이론이 있는데, 우선 어젯밤 제가 겪은 약간의 모험에 대해 말씀드리고 싶군요."

그는 다시 차분한 분위기를 느꼈다. 비르기타 퇴른에게 대항했지만 완패하지는 않았다. 그는 머지않아 그녀가 정말로 여기서 뭘 하고 있는지 알아낼 터였다. 뢴룬드의 지지가 그의 기분을 풀어 주었다. 그는 전화를 받고 브란테비크에 있는 어선에 간 것에 대해 그들에게 말했다. 그 구명보트가 발트해 국가 중 하나에서 흘러왔다고 그 남자가 확신했다는 것을 강조했다. 비에르크는 뜻밖의 주도권을 잡은 것에 고무되었고, 즉시 그곳 전체 지역의 해도를 가져오도록 안내 데스크에 부탁했다. 발란데르는 안내 데스크를 지나치던 경관을 불러 세워 즉각 그 지도를 가져오라고 지시하는 에바를 상상했다. 그는 커피 한 잔을 더 들이켜고 자신의 이론을 설명하기 시작했다.

"증거는 그 남자들이 어떤 배에서 살해됐다는 것을 가리킵니다." 그가 말했다. "그 시체가 그냥 바다에 버려졌으리라 생각할 수도 있지만 저는 살인자들이 그 시체가 발견되길 바랐다고 생각합니다. 왜 그랬어야 했는지는 설명하기 어렵습니다. 특히 구명보트가 언제 어느 해변에 닿을지 매우 불확실했기 때문에요. 어쨌든 그 남자들은 고문을 당한 후에 지근거리에서 총을 맞았습니다. 고문을 한다는 건 처벌의 의미나 정보를 얻기 위함입니다. 다음으로 알아야 할 건 두 남자가 약물에 취해 있었다는 겁니다. 정확히 암페타민이요. 어쨌든 마약이 이 사건에 포함돼 있습니다. 저는 이 남자들이 돈이 궁하지 않았다는 분명한 인상을 받았습니다. 그들이 입은 옷이 그 사실을 명확히 해 주죠. 그들이 착용한 구두와 옷을 살 형편이 됐다면 동유럽 기준을 볼 때 그들은 분명 꽤 부유했습니다. 저는 절대 살 수 없는 것들이죠."

로벤이 그의 마지막 말에 웃음을 터뜨렸지만 비르기타 퇴른은 끈덕지게 노려보았다.

"사건이 일어난 순서와 남자들이 살해된 이유라는, 우리에게 주어진 그림이 완성되도록 그 조각들을 맞출 순 없더라도 우린 많은 걸 알고 있습니다. 우리가 즉시 규명할 필요가 있는 한 가지가 있습니다. 이 남자들은 누구인가? 우리가 집중해야 하는 게 그겁니다. 그리고 그들을 살해한 총알의 탄도학 보고서 또한 지체 없이 입수해야 합니다. 저는 스웨덴과 덴마크 내의 실종자나 지명수배자를 확인하고 싶습니다. 지문, 사진, 그 남자들의 상세 묘사가 즉시 인터폴에 보내질 겁니다. 어쩌면 우린 우리의 전과 기록에서 뭔가를 발견할지도 모릅니다. 그리고 러시아와 발트해 연안 국가들의 경찰과 연락이 필요합니다. 이미 연락이 있지 않았다면요. 어쩌면 비르기타 퇴른이 이 일을 해 줄 수도 있겠죠?"

"오늘 늦게 연락될 거예요." 그녀가 말했다. "우린 모스크바 경찰 국제 부서와 연락할 거예요."

"에스토니아, 라트비아, 리투아니아 경찰과도 연락이 될 테죠."

"그건 모스크바를 통해서일 거예요."

발란데르가 미심쩍은 얼굴로 그녀를 보다가 이내 비에르크를 향했다. "작년 겨울에 리투아니아 경찰의 방문을 받지 않았습니까?"

"비르기타 퇴른의 말은 의심의 여지가 없네." 비에르크가 말했다. "발트해 연안 국가들에는 자신들의 경찰 조직이 있지만 공식적인 결정을 내리는 건 여전히 소련 경찰이지."

"외무부가," 발란데르가 말했다. "이 사건에 대해 나보다 더 많이 아는지 여전히 궁금하군요."

"그래요." 퇴른이 말했다. "분명 그럴 거예요."

비에르크는 회의를 끝내기가 무섭게 비르기타 퇴른과 사라졌다. 기자회견이 오후 2시에 예정되어 있었다. 발란데르는 회의실에 남아 남은 사람들과 여러 업무를 살폈다. 스베드베리는 총알들이 담긴 비닐 봉투를 가져왔고, 로벤은 탄도 검사가 빨리 실행되게 하겠다고 약속했다. 나머지 사람들은 실종자와 지명수배자 목록을 조사하는 엄청난 작업을 분배했다. 마르틴손은 코펜하겐 경찰에 연락해 그들과 접촉하는 일을 맡았다.

"여러분은 기자회견을 신경 쓸 필요 없습니다." 발란데르가 말했다. "그건 비에르크와 제 두통거리가 될 테니까요."

"이곳 기자들도 스톡홀름 기자들만큼이나 무례합니까?" 뢴룬드가 물었다.

"스톡홀름의 기자회견은 어떤지 모르지만," 발란데르가 그에게 말했다. "이곳 기자들이 재미없는 건 분명합니다."

그들은 죽은 남자들에 관한 상세 기술서를 스웨덴과 스칸디나비아 국가들의 모든 경찰 관할에 보내고 다양한 기록과 명부를 조사하는 작업에 남은 하루를 할애했다. 죽은 남자들의 지문이 스웨덴이나 덴마크 기록에 존재하지 않는다는 게 곧 명백해졌지만 인터폴에서 그 대답을 받기까지는 그보다 오랜 시간이 걸릴 것이었다. 발란데르와 로벤은 동독 경찰 기록이 인터폴에 포함되었는지 확신하지 못했다. 그들의 범죄 기록이 통일 독일의 전체를 커버하는 중앙 데이터베이스에 이송되었을까? 그렇다는 것은 GDR독일민주공화국. 통일 전 동독의 국호에 정상적인 범죄 기록이 정말로 존재했다는 것일까? 보안 기관의 방대한 자료와 범죄 기록 사이에 뚜렷한 차이가 있었을까? 로벤은 발란데르가 기자회견을 준비하는 동안 이러한 질문들에 대한 답을 찾는 데 동의했다.

브리핑 시작 전에 그와 비에르크가 만났을 때, 발란데르는 자신의 상관이 매우 조용하다는 사실을 알아차렸다. 그는 그가 왜 아무 말이 없는지 궁금했다. 내가 외무부에서 나온 그 우아한 여성에게 무례했다고 생각하는 걸까?

많은 기자와 텔레비전 리포터가 기자회견이 열릴 방에 모여 있었다. 발란데르는 젊은「익스프레스」기자를 찾았지만 보이지 않았다.

비에르크는 평소와 같은 절차를 밟아 기자회견을 시작하며 언론이 밝힌 '터무니없이 무책임한' 보도에 관한 예기치 않은 공격으로 입을 떼었다. 발란데르의 머리는 브란테비크 부두에서 만난 겁먹은 남자에 관한 생각에 빠져 있었다. 그의 차례가 왔을 때, 그는 사건과 관련 있을지 모를 어떠한 정보라도 가지고 있는 사람은 경찰에 연락해 달라고 거듭 호소하면서 기자회견을 시작했다. 한 기자가 지금까지 어떤 반응이라도 있었는지 물었고, 발란데르는 없었다고 말했다. 기자회견은 놀랄 정도로 절제된 분위기였고, 비에르크는 기자들이 회견실을 떠날 때 자신의 만족감을 드러냈다.

"외무부에서 나오신 여자분은 뭘 하고 있습니까?" 복도로 걸어 나오며 발란데르가 물었다.

"거의 언제나 통화 중이네." 비에르크가 말했다. "자넨 분명 그녀의 전화를 도청해야 한다고 생각하겠지."

"나쁘지 않은 생각 같군요." 발란데르가 웅얼거렸다.

그날은 특별한 성과 없이 지나갔다. 그것은 참을성의 문제이자 그들이 쳐 놓은 그물에 어떤 물고기가 걸릴지 두고 봐야 할 문제였다.

오후 6시 직전에 마르틴손이 발란데르의 사무실 문에 머리를 들이밀고 자신의 집에서의 저녁 식사에 초대했다. 그는 이미 향수병을 앓고 있는 것처럼 보이는 로벤과 뢴룬드를 초대한 뒤였다.

"스베드베리는 바쁘답니다." 그가 말했다. "비르기타 푀른은 오늘 밤에 말뫼에 간다더군요. 어떠십니까?"

"미안하지만 안 되겠네. 약속이 있을 것 같아."

그것은 부분적으로 사실이었다. 그는 브란테비크로 차를 몰고 가서 그 어선을 자세히 살펴볼지 말지 완전히 마음을 정하지 못한 상태였다.

오후 6시 30분에 평소처럼 아버지에게 전화를 건 그는 새 카드를 사서 다음에 올 때 그것을 가져오라는 말을 들었다. 그는 전화를 끊자마자 경찰서를 나섰다. 바람은 잠잠해졌고 하늘은 맑아 있었다. 그는 집으로 가는 길에 먹을거리를 샀다. 식사를 마치고 커피가 끓기를 기다리고 있는 밤 8시 30분에도 그는 여전히 마음을 정하지 못했다. 내일 가도 되겠지. 게다가 그는 전날 밤 일로 지친 상태였다.

그는 커피를 앞에 두고 부엌 테이블에 오래도록 앉아 맞은편에 뤼드베리가 앉아 있다고 상상하며 오늘 있었던 일을 그와 상의하려 애썼다. 그는 보이지 않는 방문자와 사건을 차근차근 검토했다. 모스비스트란드 해변에서 구명보트를 발견한 지 사흘째였다. 죽은 남자들의 신원을 확인하기까지는 큰 진전이 없을 테지만 신원이 확인된다 하더라도 수수께끼는 풀리지 않고 남을 터였다.

그는 개수대에 컵을 놓았다. 창턱에 놓아둔 화초가 시들어 있는 것을 보고 물을 준 다음 거실로 가서 마리아 칼라스의 〈라 트라비아타〉 음반을 골랐다. 그는 어선을 찾아가는 것을 미루기로 결정했다.

그날 밤 늦게 스톡홀름 근교의 딸이 다니는 학교로 딸에게 전화하려고 애썼지만 아무도 전화를 받지 않았다. 10시 30분에 침대로 간 그는 눕자마자 잠이 들었다.

수사 나흘째인 다음 날 오후 2시 직전에 모두가 기대했던 일이 마침내 일어났다. 비르기타 퇴른은 텔렉스를 들고 발란데르의 사무실로 갔다. 리가 경찰이 그들의 윗선인 모스크바를 통해 그 남자들이 라트비아 시민 같다고 스웨덴 외무부에 알려 왔다. 수사를 더 용이하게 할 목적으로 모스크바 경찰의 리트비노프 소령은 스웨덴 동료들이 리가의 강력반과 직접 접촉하는 것이 좋을 것 같다고 제안했다.

“그러니까 그들은 역시 존재했군.” 발란데르가 말했다. “내 말은 라트비아 경찰 말입니다.”

“누가 그들이 존재하지 않는다고 했죠?” 그녀가 대꾸했다. “어쨌든 리가와 직접 접촉했더라면 외교적 영향이 있었을지도 몰라요. 응답을 받을 수 있을진 전혀 확신할 수 없고요. 라트비아의 상황이 꽤 긴장 상태라는 건 아실 테죠.”

발란데르는 알고 있었다. 소련 정예부대가 리가 중앙에 있는 내무부를 공격해 많은 무고한 사람을 죽인 지 거의 한 달이 되었다. 발란데르는 신문에서 돌덩어리와 쇠기둥으로 된 바리케이드 사진을 본 적이 있었다. 여전히 그는 무슨 일이 있었는지 명확히 알지 못했다. 언제나 그런 것처럼 그는 자신이 주위에서 무슨 일이 일어나고 있는지 제대로 모른다고 느꼈다.

“이제 우린 뭘 해야 합니까?” 그가 우물쭈물 물었다.

“리가 경찰과 접촉해야죠. 중요한 건 우리가 조사할 사람들이 텔렉스로 받은 그 사람들이 정말 확실한지 파악하는 거예요.”

발란데르는 다시 한번 그 메시지를 읽었다. 어선의 그 남자가 옳았다. 구명보트는 정말 발트해 연안을 내내 떠다녔다.

“우린 그들이 누군지 여전히 모릅니다.” 그가 말했다.

하지만 세 시간 뒤에 그는 알게 되었다. 리가에서 온 전화 내용이 알려졌고, 수사반은 회의실에 모였다. 지나치게 신경이 곤두서 있던 비에르크는 재킷에 커피를 쏟았다.

“라트비아어 할 줄 아는 사람 있습니까?” 발란데르가 물었다. “난 못해요.”

“영어로 전화할 거예요.” 비르기타 퇴른이 말했다. “우리가 그렇게 부탁했어요.”

“자네가 받게.” 비에르크가 발란데르에게 말했다.

“제 영어 실력은 그 정도로 좋지 않습니다.”

“아마 그쪽도 그럴 겁니다.” 뢴룬드가 말했다. “그의 이름이 뭐라고 그랬죠? 리트비노프 소령? 곧 알게 되겠죠.”

“리트비노프 소령은 모스크바에 있어요.” 비르기타 퇴른이 지적했다. “우린 라트비아 리가 경찰과 얘기할 거예요.”

전화는 오후 5시 19분에 왔다. 통화 상태는 놀랄 만큼 깨끗했다. 한 남자가 자신을 리가 경찰의 리에파 소령이라고 소개했다. 발란데르는 들리는 대로 기록하면서 이따금 질문에 대답했다. 리에파 소령은 영어가 매우 서툴렀고, 발란데르는 그가 한 모든 말을 이해했는지 전혀 자신이 없었다. 그럼에도 전화를 끊었을 때 그는 자신의 수첩에 아주 중요한 정보가 적혔다고 느꼈다.

두 이름, 두 신원. 야니스 레야와 유리스 칼른스.

“리가는 그들의 지문을 갖고 있습니다.” 발란데르가 말했다. “리에파 소령의 말에 따르면 우리가 발견한 시체들이 이 두 사람이라는 데 의심의 여지가 없다는군요.”

“좋아.” 비에르크가 말했다. “그들은 어떤 사람들이지?”

발란데르는 수첩을 읽었다.

“악명 높은 범죄자들이랍니다.” 그가 말했다.

“그들이 왜 살해됐는지는 모른다던가?” 비에르크가 물었다.

"네. 하지만 그가 특별히 놀란 것처럼 보이진 않았습니다. 그의 말을 제대로 이해했다면, 몇 가지 서류를 보내겠다는군요. 그리고 그 수사를 도울 라트비아 경찰들을 우리가 초대하는 데 관심이 있는지 궁금해했습니다."

"좋은 생각인데." 비에르크가 말했다. "이 사건을 빨리 해결할수록 좋아."

"외무부는 물론 어떤 움직임이라도 지원할 거예요." 비르기타 퇴른이 말했다.

그렇게 모두가 그 건에 동의했다. 다음 날 리에파 소령이 텔렉스를 보내 내일 오후 직접 알란다스톡홀름 소재 공항로 날아와 스투루프행 첫 비행기를 타겠다고 알려 왔다.

"소령이라." 발란데르가 말했다. "그게 무슨 뜻이지?"

"모르겠습니다." 마르틴손이 말했다. "대체로 이 바닥에서 저는 상병처럼 느껴지니까요."

비르기타 퇴른은 스톡홀름으로 돌아갔다. 이제 그녀는 떠났고, 발란데르는 그녀의 목소리를 떠올리기가 어려웠다. 얼굴조차. 이걸로 그 여자를 보는 게 마지막이겠지. 그는 생각했다. 무엇보다 여기에 왜 왔는지 모르겠단 말이야.

비에르크는 공항으로 라트비아인 소령을 마중하길 자청했고, 그것은 그날 밤 발란데르가 아버지와 카나스타카드 놀이의 일종를 하며 보낸다는 것을 의미했다. 뢰데루프로 차를 몰고 가며 그는 사건이 곧 해결되리라 생각했다. 그 라트비아인 경찰이 아마 그럴듯한 이유를 제시

할 테고, 그러면 모든 수사는 리가로 이관될 터였다. 살인자가 발견될 곳이 그곳임은 의심의 여지가 없었다. 구명보트가 스웨덴 해변으로 밀려왔지만 모든 것의 시작과 살인자는 바다 저편에 있었다. 남자들의 시체는 라트비아로 보내지고 사건은 해결될 것이었다.

발란데르의 이 생각은 완전히 빗나갔다. 사건은 이제 시작이었다. 스코네에서 본격적으로 사건이 시작된 것은 겨울이었다.

6

위스타드 경찰서에 도착했을 때 발란데르는 제복을 입은 리에파 소령을 기대했지만, 수사 엿새째에 비에르크가 소개한 남자는 후줄근한 회색 양복에 볼품없이 맨 넥타이 차림이었다. 게다가 키가 작고 목이 아예 없는 것처럼 보일 만큼 어깨가 굽어 있어서 발란데르는 그에게서 군인의 흔적을 찾아볼 수 없었다. 리에파 소령의 이름은 카를리스였고, 그는 골초였다. 그의 손가락은 독한 담뱃진으로 노랗게 물들어 있었다.

아침은 우중충했고 바람이 불었다. 저녁때까지 스코네 전역에 눈보라가 예상되었고, 특별히 심각한 독감 바이러스가 경찰들 사이에서 발판을 마련한 이후 비에르크는 이 사건에서 당분간 스베드베리를 제외해야 했다. 시급한 다른 범죄 리스트가 즉각적인 주의를 기다리고 있었기 때문에. 비에르크는 몸이 좋지 않은 관계로 리에파 소령과 수사를 진행하도록 마르틴손과 발란데르를 남기고 자리를 떴다.

그들은 회의실 테이블 주위에 앉아 있었고, 리에파 소령은 줄담배를 피우고 있었다.

소령의 흡연은 경찰서에 심각한 문제로 떠올랐다. 금연 지지자들은 리에파가 하루 종일 담배를 피우는 데다 경찰서 내 금연 구역에서까지 피운다고 비에르크에게 항의했다. 비에르크는 손님은 그럴 권리가 있다며 참을성을 보이라고 동료들을 설득했지만, 그 역시 발란데르에게 금연을 준수해야 한다는 것을 요령껏 설명할 방법을 찾으라고 요구했다. 발란데르가 불안정한 영어로 스웨덴에서 흡연에 관한 규칙 준수가 얼마나 중요한지 설명했을 때, 리에파는 어깨를 으쓱하고 말없이 담배를 비벼 껐다. 그 이후 그는 발란데르의 사무실과 회의실 이외의 장소에서의 흡연을 피하려고 애썼지만 발란데르조차 그 연기를 참기가 힘들었고, 그는 리에파 소령에게 사무실을 하나 내주길 비에르크에게 요구했다. 결국 스베드베리가 마르틴손의 방으로 옮겼고, 리에파는 스베드베리의 사무실에 자리를 잡았다.

리에파 소령은 심한 근시였다. 그의 무테안경은 별 소용이 없어 보였다. 그는 눈앞에서 고작 5센티미터 정도 앞에 서류를 들고 그것을 읽었다. 그가 신문을 면밀히 훑어보는 게 아니라면 거기다 대고 코를 푸는 것처럼 보였고, 보는 사람은 누구나 큰 소리로 웃지 않을 수 없었다. 발란데르는 이따금 경찰들이 그 작은 곱사등이 라트비아 소령을 폄하하는 말을 들었는데, 그는 그런 예의 없는 행동을 야단치는 데 주저하지 않았다. 그는 리에파가 지극히 기민하고 통찰력 있는 경찰이라는 것을 알았다. 뤼드베리만큼은 아니었지만 자신이 보이는 열의에 열심이라는 것에 특히. 범죄 사건들이 거의 언제나 표준 절차를 밟기 마련인지 모르지만 발란데르는 그것이 누군가의 생각을 틀에 박히게 할 이유는 없다는 것을 알았다. 리예파 소령은 탁월한 수사관이었고, 그의 볼품없는 외모가 그가 영리한 사람이자 경험 많은 형사라는 사실을 감추었다.

전날 밤 발란데르는 아버지와 카나스타를 한 뒤 동네 서점 직원이 그를 위해 찾은, 라트비아에 관한 책자를 읽을 시간을 내려고 자명종 시계를 새벽 5시에 맞추었었다. 두 나라의 경찰이 실제로 어떻게 일하는지 서로 정보를 주고받는 것으로 시작하는 것이 좋으리라는 생각이 그에게 떠올랐다. 라트비아 경찰은 군대 계급을 쓴다는 사실이 두 경찰의 가장 큰 차이점이었다. 모닝커피를 마시는 동안 그는 영어로 스웨덴 경찰이 일하는 방식에 관한 일반적인 원칙을 생각해 보려고 애썼지만 자신이 정말 스웨덴 경찰이 어떻게 일하는지 모른다는 것을 깨달았다. 경찰청장이 최근에 광범위한 개혁을 도입했다는 사실이 지금 형편을 더 낫게 하지 않았고, 발란데르는 변화를 기술한 악필 메모를 끝없이 읽어야 할 것 같았다. 그가 비에르크에게 이 변화가 정말로 뜻하는 것이 무엇인지 물었을 때, 그는 모호하게 얼버무리는 대답을 했다. 맞은편에 골초 소령이 앉아 있는 지금, 그는 이러한 모든 문제는 잊어버리는 게 낫겠다고 생각했다. 만약 어떤 오해라도 생기면 자신들은 그 문제를 해결해야 할 것이었다.

비에르크가 심하게 기침을 하며 자리를 떴을 때, 발란데르는 지금이 딱딱한 분위기를 깰 때라고 마음먹었다. 그는 리예파 소령에게 위스타드 어디에서 묵고 있는지 물었다.

"호텔에요. 그걸 뭐라고 부르는지는 모릅니다."

발란데르는 당황했다. 리예파는 사건 이외의 어떤 것에도 관심이 없는 것처럼 보였다.

의례적인 잡담은 나중으로 미루는 게 낫겠군. 그는 생각했다. 우리의 공통점은 두 건의 살인 수사 외에는 아무것도 없으니까.

리예파 소령은 라트비아 경찰이 죽은 두 남자의 신원을 어떻게 확신할 수 있었는지 길고 자세한 설명을 시작했다. 그의 영어는 좋지 않았고, 이것이 명백히 그를 짜증 나게 했다. 휴식 시간 중 한 번, 발란데르는 서점 직원에게 전화해 영어-라트비아 사전이 있는지 물었지만 그는 갖고 있지 않았다. 그들은 공통의 언어가 아닌 언어로 어려운 여행을 함께 떠나야 했다.

아홉 시간 이상 집중적으로 보고서들-리예파 소령이 번역하는 동안 마르틴손과 발란데르는 라트비아에서 등사판으로 찍은 이해할 수 없는 자료 복사본을 노려보고 있었다-을 읽은 후 발란데르는 자신이 일어난 일을 어느 정도 파악했다고 생각했다. 비교적 젊은 나이에도 레야와 칼른스는 변덕스럽고 포악한 범죄자 한 쌍으로 이름을 날렸다. 발란데르는 리예파 소령이 자신의 나라에서 러시아 소수민족의 일원인 그들을 묘사할 때의 경멸을 주목했다. 그는 러시아가 2차 세계대전 말 발트해 연안국들을 합병한 이래 라트비아에서 산 러시아 소수민족의 대규모 집단이 민족해방운동에 반대했다는 것을 알았지만 그 문제의 심각성을 알지 못했다. 난 정치적 식견이 없어. 그가 중얼거렸다. 리예파 소령은 이 상황에 대한 자신의 혐오를 숨기려 들지 않았고, 몇 번쯤 그것을 명백히 드러냈다.

“이 러시아인들은 강도였습니다.” 그가 말했다. “동東마피아 일원.”

레야는 스물여덟이었고 칼른스는 거의 서른이었지만 그들은 각각 엄청난 범죄 기록을 갖고 있었다. 강도, 폭행, 밀수 그리고 불법 외화 거래. 리가 경찰은 적어도 세 건의 살인이 이 한 쌍의 소행임을 의심했지만 기소할 수 없었다.

리에파 소령이 보고서 번역과 범죄 기록의 발췌를 끝냈을 때, 발란데르는 그에게 결정적으로 보이는 질문을 했다.

“이 친구들은 큰 범죄를 많이 저질렀군요.” 그가 말했다. (마르틴손이 영어로 ‘serious(심각한)’가 더 나은 단어일 것이라고 제안하며 끼어들었다.) “이상해 보이는 건 그들이 아주 짧은 기간 동안만 교도소에 있었다는 겁니다. 제 말은, 그들이 유죄를 선고받고 수감됐었다는 뜻입니다.”

리에파 소령의 얼굴이 부드러워지며 함박웃음을 지었고, 그는 그에 대한 대답을 하길 열망하는 것처럼 보였다. 그게 그가 바라고 있던 질문이었군. 발란데르는 생각했다. 그것은 그가 발휘할 그 어떤 공손한 교류보다 더 가치가 있었다.

“우리나라에서의 그 상황을 설명해야겠군요.” 리에파 소령이 또 다른 담배에 불을 붙이며 말했다. “러시아인은 라트비아 인구의 십오 퍼센트에 지나지 않지만 그들은 전후 모든 방식에 있어서 우리나라를 통제해 왔습니다. 러시아인들의 입국이 모스크바가 우리를 억압하는 데 쓰는 한 가지 방법입니다. 그게 가장 효과적인 방법일 겁니다. 당신은 정말 평생을 감옥에서 썩거나 심지어 사형을 당해야 마땅할 레야와 칼른스가 거기서 어떻게 그토록 짧은 시간을 보냈는지 물었습니다. 뭐, 난 모든 검사와 판사가 부패했다고는 말하지 않겠습니다. 그건 지나친 단순화일 것이고, 많은 논란거리이자 비윤리적인 주장일 겁니다. 내가 말하고자 하는 건, 레야와 칼른스는 그들 배후에 강력한 검사들이 있다는 겁니다."

"러시아 마피아군요." 발란데르가 말했다.

"그렇기도 하고 아니기도 합니다. 우리나라의 마피아 또한 영리한 검사들이 필요합니다. 난 레야와 칼른스가 오랜 시간 KGB에서 복무했다고 확신합니다. 비밀경찰은 반역자나 망명자가 아닌 이상 자신들의 사람이 감옥에 있는 모습을 보는 걸 절대 좋아하지 않지요. 스탈린의 그림자가 늘 그런 사람들의 머리 위에 떠돌고 있습니다."

스웨덴도 마찬가지라는 것이 발란데르의 즉각적 반응이었다. 우리 최근 역사에서 그런 괴물을 찾아볼 수는 없을지 몰라도 상호의존적 개인의 복잡한 네트워크는 전체주의적인 국가의 전유물이 아니다.

"KGB와," 리예파 소령이 말했다. "마피아. 그들은 연결돼 있습니다. 모든 게 가담자만이 볼 수 있는 링크로 연결돼 있습니다."

"마피아," 여태 발란데르의 영어를 도우며 잠자코 있던 마르틴손이 끼어들었다. "그건 스웨덴 내 우리에겐 새로운 무언가입니다. 러시아나 동유럽의 잘 조직된 범죄 신디케이트 개념이죠. 몇 년 전 스웨덴 경찰은, 특히 스톡홀름에서, 러시아 출신 갱단을 알게 되었고, 우린 여전히 그들에 대해 아는 게 별로 없습니다. 스웨덴에서 이런 유의 사건이 발생하고 있다는 걸 경고하는 특정 잔혹 사건들이 있었고, 우린 이러한 유형의 범죄자가 앞으로 몇 년간 우리나라의 지하세계에 잠입하려 할 거라는 사실과 그들이 그 자리의 핵심에 자리 잡을 거라는 사실을 알죠."

발란데르는 마르틴손이 유창한 영어로 자신의 의견을 내는 것을 시샘했다. 발음은 끔찍할지 몰라도 어휘는 발란데르보다 풍부했다. 왜 경찰 위원회는 경찰 개발과 평등 대우에 관해 바보처럼 잡다한 잼버리 대신 영어 강좌를 제공하지 않는가?

"분명 당신 말이 맞습니다." 리예파 소령이 말했다. "공산주의 국가들이 붕괴하기 시작하면서 그들은 난파한 돛단배처럼 행동하죠. 범죄자들은 쥐로, 가라앉는 배에서 가장 먼저 떠납니다. 그들은 연줄이 있습니다. 그들은 돈이 있죠. 그들은 정보 또한 있습니다. 동구권의 수많은 망명자는 범죄자들뿐입니다. 탄압에서 도피하는 게 아니라 새 영역을 찾는 거지요. 그들에게 새로운 과거와 신분을 위조하는 건 일도 아닙니다."

"리예파 소령," 발란데르가 말했다. "당신은 이게 당신이 믿는 상황이라고 했습니다. 확신하는 건 아니겠죠?"

"확신합니다." 리예파 소령이 대꾸했다. "하지만 증명할 순 없습니다. 아직은."

발란데르는 리예파 소령의 말이 자신이 인지하거나 이해할 수 없는 언급과 의미라는 것을 깨달았다. 리예파 소령의 나라에서 범죄 행위는 형량에 직접적인 영향을 끼치고 판결을 뒤엎을 수 있는 권한을 가진 경찰 엘리트와 연계되어 있었다. 죽은 두 남자는 범죄의 배후가 있었다. 그들이 죽길 바란 게 누구였을까? 그리고 왜?

리예파 소령과 관련된 모든 범죄 수사는 정치적 영향의 증거를 찾는 것이 포함된다는 게 발란데르의 머리를 스쳤다. 아마 그게 우리가 스웨덴에서 접근해야 할 방식이겠지. 그는 생각했다. 아마 우리 주위에서 일어나는 모든 범죄에 대해 우리가 그러는 것만큼 깊이 파고들 수는 없다는 걸 받아들여야 할 거야.

"그들을 죽인," 마르틴손이 물었다. "자들이 누굽니까?"

"모릅니다." 리예파 소령이 대답했다. "그들이 처형된 건 분명하지만 왜 고문을 당했을까요? 살인자들이 레야와 칼른스를 침묵시키기 전에 알고 싶었던 게 뭐였을까요? 그들은 알고 싶은 걸 알아냈을까요? 내게도 답 없는 질문이 많습니다."

"이곳 스웨덴에선 그 대답들을 찾아내기 어려울 겁니다." 발란데르가 말했다.

"압니다." 리예파 소령이 말했다. "어쩌면 그 답을 라트비아에서 찾을 수 있을지 모르죠."

발란데르가 귀를 쫑긋 세웠다. 왜 '어쩌면'이라고 하지?

"만약 우리가 라트비아에서 그 답을 찾을 수 없다면 어디서 찾아야 합니까?" 그가 물었다.

"더 먼 곳."

"동쪽으로 더 먼 곳 말입니까?" 마르틴손이 암시했다.

"어쩌면 남쪽으로 더 먼 곳일지도요." 리예파 소령이 머뭇거리듯 말했고, 마르틴손과 발란데르는 그가 잠시 생각하고 있던 것을 드러내고 싶지 않아 한다는 것을 알아차렸다.

그들은 그날 할 수 있는 모든 일을 했다고 결론 내렸다. 내내 자리에 앉아 소령과 긴 시간 회의를 한 탓에 발란데르는 만성적인 요통을 느꼈다. 마르틴손은 은행에서 리예파 소령의 환전을 돕기로 약속했고, 발란데르는 마르틴손에게 스톡홀름의 로벤과 연락하여 탄도 검사 결과를 알아보라고도 지시했다. 발란데르의 업무는 회의 보고서를 작성하는 것이었다. 아네테 브롤린 검사는 가능한 한 빨리 최신 정보를 알려 주면 고맙겠다고 알려 왔다.

아, 브롤린. 발란데르는 담배 연기로 꽉 찬 회의실에서 나와 복도를 걸으며 생각했다. 이건 당신이 법정으로 가져갈 성격의 사건이 아니오. 우린 가능한 한 빨리 두 시체와 빨간 구명보트와 함께 그 사건을 리가로 떠넘길 거요. 그럼 우린 우리 수사에 종결 도장을 찍을 수 있는 데다 할 수 있는 모든 걸 했고, '추가 수사를 시작할 이유가 없다'고 주장할 수 있지.

마르틴손이 아내에게 옷을 좀 사 주고 싶다는 리에파 소령을 챙기는 동안 발란데르는 점심을 먹고 보고서를 썼다. 검사실에 전화한 발란데르가 아네테 브롤린에게서 지금 한가하니 보자는 말을 들은 참에 마르틴손이 그의 사무실로 성큼성큼 걸어 들어왔다.

"소령과의 일은 다 마쳤나?" 발란데르가 물었다.

"그는 사무실에서 담배를 피우고 있습니다." 마르틴손이 말했다. "스베드베리의 비싼 카펫이 이미 재투성이더군요."

"그가 뭐라도 먹었나?"

"혼블로워에서 그에게 점심 특선을 사 줬습니다. 만두요. 하루 종일 담배를 피우고 커피를 마셔 대는 그에게 그게 입에 맞았는지는 모르지만요."

"로벤과는 연락이 닿았나?"

"그는 독감입니다."

"다른 사람과 얘기했나?"

"자리에 있지 않아서 전화 통화가 불가능했습니다. 언제 돌아올지 아무도 모르더라고요. 어떤 사람이 전화 주겠다고 했는데, 전화가 없습니다."

"뢴룬드가 도와줄 수 있지 않을까?"

"그에게도 연락해 봤지만 외근 중이었습니다. 아무도 그게 어떤 외근인지, 그가 어디에 있는지, 언제 돌아올지 모르더군요."

"다시 해 보는 게 좋겠군. 난 이 보고서를 가지고 검사를 만나야 해. 우린 꽤 빨리 사건을 리예파 소령에게 넘길 수 있을 걸세. 시체, 구명보트 그리고 자료를. 모든 걸 리가로 가져가면 그가 좋아할걸."

"그걸 말씀드리려고 왔습니다."

"뭘?"

"구명보트요."

"그게 뭐?"

"리예파 소령이 그걸 조사하고 싶어 합니다."

"뭐, 그가 할 일이라면 지하실로 내려가는 거지."

"그게 그렇게 간단하지만은 않습니다."

발란데르는 슬슬 짜증이 이는 것을 느꼈다. 마르틴손은 가끔 요점에 이르는 데 영원의 시간이 걸렸다.

"지하실 계단을 내려가는 게 뭐가 그리 어렵지?"

"구명보트가 거기 없습니다."

깜짝 놀란 발란데르가 마르틴손을 응시했다. "'거기 없다'는 게 무슨 뜻이야?"

“거기 없다고요.”

“대체 그게 무슨 말이야? 그건 자네와 외스테르달 선장이 조사한 가대 위에 있잖아. 그건 그렇고, 우린 그에게 도와줘서 감사하다는 편지를 써야 해. 그걸 생각나게 해 줘서 다행이군.”

“가대는 여전히 거기에 있지만,” 마르틴손이 말했다. “ 구명보트는 없습니다.”

발란데르는 보고서를 책상 위에 내려놓고 허겁지겁 지하실로 내려갔다. 그 뒤를 마르틴손이 바짝 좇았다. 그의 말대로였다. 두 나무 가대는 콘크리트 바닥에 뒤집혀 있었고, 구명보트는 어디에도 보이지 않았다.

“염병할, 대체 어떻게 된 거야?” 발란데르가 소리쳤다.

마르틴손은 자신이 하는 말을 정말 믿지 않는다는 듯이 우물쭈물했다.

“침입자가 있었습니다. 한손이 어젯밤 여기에 내려왔고, 그땐 여기에 구명보트가 있었습니다. 오늘 아침에 교통경찰 한 명이 문이 열린 걸 알아챘죠. 따라서 밤 동안에 도난당한 게 분명합니다.”

“불가능해.” 발란데르가 말했다. “어떻게 경찰서에 도둑이 들 수 있지? 여긴 사람들이 하루 종일 있는 데라고, 젠장. 다른 건 사라지지 않았나? 왜 아무도 이 일에 대해 아무 말 없었지?”

“교통경찰이 한손에게 보고했는데, 그가 경위님께 말하길 잊은 겁니다. 여기엔 보트 외엔 아무것도 없었고, 다른 문들은 모두 잠겨 있었습니다. 억지로 열린 문은 하나도 없었습니다. 누가 이런 짓을 했건 간에 다름 아닌 구명보트를 노린 겁니다.”

발란데르는 뒤집힌 가대들을 노려보았다. 그는 마음속 깊은 곳에서 자신을 갉아먹기 시작하는 걱정을 느꼈다.

"마르틴손," 그가 천천히 입을 뗐다. "자네 어느 신문사가 됐든 구명보트가 경찰서 지하실에 있다고 보도한, 기억나는 신문사 있나?"

"네." 그가 말했다. "그 기사를 읽은 기억이 납니다. 사진사가 여기에 내려온 기억도 나고요. 하지만 구명보트를 손에 넣으려고 누가 경찰서에 침입할 위험을 감수하겠습니까?"

"내 말이 그걸세. 누가 그런 위험을 감수하지?"

"저는 도무지 모르겠는데요." 마르틴손이 말했다.

"어쩌면 리예파 소령이 그 답을 알지 모르지." 발란데르가 말했다. "그를 여기로 데려오게. 그러고 나서 샅샅이 살펴보자고. 그리고 사람을 시켜서 그 교통경찰을 찾아오게 해. 그게 누구였지?"

"페테르스인 것 같습니다. 지금쯤 침대에 있겠죠. 오늘 밤 눈이 내리면 힘든 교대 근무를 해야 할 테니까요."

"그를 깨워야 해." 발란데르가 말했다. "선택의 여지가 없어."

마르틴손이 떠난 뒤 발란데르는 문을 조사했다. 이중 잠금장치가 달린 두꺼운 철문이었지만 도둑들은 문에 어떤 손상도 입히지 않고 이곳에 들어왔다. 자물쇠를 딴 것은 명백했다. 그자들은 자신들이 무슨 짓을 하고 있는지 알았어. 발란데르는 생각했다. 어쨌든 그들은 자물쇠를 따는 법을 알았다고. 뒤집힌 가대들을 다시 보았다. 그는 직접 그 구명보트를 조사했었고, 분명 어떤 것도 놓치지 않았다고 확신했었다. 마르틴손과 외스테르달도 보트를 조사했고, 뢴룬드와 로벤 역시 그랬다.

우리가 알아차리지 못한 게 뭐지? 거기에 뭔가 있어.

마르틴손이 담배를 든 소령과 나타났다. 발란데르는 모든 등을 켰고, 마르틴손은 무슨 일이 일어났는지 소령에게 설명했다. 발란데르는 그를 지켜보았다. 예상대로 리예파는 놀란 모습을 보이지 않았다. 그는 단지 천천히 고개를 끄덕이고 발란데르를 돌아보았다.

"구명보트를 조사했다고 하셨죠." 그가 말했다. "은퇴한 선장이 그게 유고슬라비아제라고 명시했다고 한 것 같습니다만. 경찰 보트를 포함한 라트비아 배 중에 유고슬라비아제가 많다는 건 틀림없습니다. 당신네가 그 보트를 조사한 건 분명하겠지요?"

"그래요." 발란데르가 대꾸했다. 그리고 이내 그는 자신이 저지른 치명적인 실수를 깨달았다. 아무도 고무보트의 바람을 빼지 않았고, 아무도 그 안을 들여다보지 않았다. 그 생각이 그에게 떠오르지 않았다. 리예파 소령은 이미 알았던 것 같았고, 발란데르는 부끄러움을 느꼈다. 어떻게 그 보트 안을 살펴볼 생각을 하지 않았지? 물론 결국에는 그 생각이 떠올랐겠지만 즉시 그렇게 했어야 했다. 그가 이미 안 사실을 소령에게 말하는 것은 시간 낭비일 것이었다.

"안에 뭐가 있었을까요?" 그가 물었다.

리예파 소령이 어깨를 으쓱했다.

"마약이겠지요." 그가 말했다.

발란데르는 잠시 생각했다.

"아닐지도 모릅니다. 두 시체가 마약으로 가득 찬 구명보트에 던져졌다고요? 그런데도 바람이 부는 대로 떠다니게 됐다고요?"

"맞습니다." 리예파 소령이 말했다. "아마 실수가 있었을 겁니다.

그 구명보트를 가져간 자에게 그 실수를 바로잡을 임무가 떨어진 겁니다."

그들은 지하실 전체를 이 잡듯이 조사했다. 발란데르는 허겁지겁 안내 데스크로 가서 자신이 아네테 브롤린에게 보고서를 제출하지 않아도 될 만한 그럴듯한 긴급 상황을 만들어 달라고 에바에게 부탁했다. 경찰서가 도둑맞았다는 뉴스는 들불처럼 번졌고, 비에르크가 득달같이 계단을 내려왔다.

"이 사실이 새면 우린 전국에 웃음거리가 될 걸세."

"새지 않을 겁니다." 발란데르가 말했다. "그건 너무 고통스러우니까요."

발란데르는 비에르크가 심각한 범죄 수사를 할 자신의 능력에 대해 진지한 의구심을 가지리라는 사실을 인식하며 무슨 일이 있었는지 비에르크에게 말했다. 그것은 용납할 수 없는 과실이었다. 난 현실에 안주해 온 걸까? 그는 궁금했다. 트렐레보리 고무 회사의 보안 요원이 될 수 있기나 한 걸까? 어쩌면 다시 말뫼의 순찰 경관으로 돌아가는 게 최선이 아닐까?

그들은 실마리 하나 발견하지 못했다. 먼지 쌓인 바닥에는 지문도 발자국도 없었다. 경찰서 문 밖의 자갈 바닥은 경찰차가 휘저어 놓았고, 경찰차의 타이어 자국 이외의 다른 자국은 전혀 눈에 띄지 않았다. 결국 그들은 거기에서 자신들이 할 수 있는 것이 더 이상 없다는 데 동의했고, 회의실로 돌아갔다. 호출되어 온 페테르스가 뚱한 표정으로 나타났다. 그가 줄 수 있는 도움은 누군가가 건물에 들어온 모습을 보았을 때의 정확한 시간뿐이었다. 발란데르는 야간 근무자 또

한 체크해 보았지만 그들 모두 어떤 것도 보거나 듣지 못했다. 전혀. 아무것도. 발란데르는 갑자기 심한 피로를 느꼈다. 리예파 소령의 담배 때문에 두통까지 얻었다. 이제 뭘 해야 하지? 그는 궁금했다. 뤼드베리라면 뭘 했을까?

이틀 후에도 사라진 구명보트는 여전히 미스터리였다. 리예파 소령은 그것을 추적하려고 애쓰는 것은 인력 낭비라고 충고했다. 발란데르는 마지못해 동의해야 했지만 용서할 수 없는 실수를 저질렀다는 느낌을 떨칠 수 없었다. 그는 낙담했고, 매일 아침 두통과 함께 잠에서 깨었다.

스코네는 맹렬한 눈보라에 휩싸여 있었다. 경찰은 라디오를 통해 사람들에게 집에 머물러 있으라고 경고했고, 꼭 필요한 경우에 한해 집 밖으로 나가는 모험을 감행하라고 했다. 발란데르의 아버지는 눈에 갇혀 있었지만 그가 전화했을 때 아버지는 길이 눈에 깊이 파묻혔다는 것을 알아차리지도 못했다고 말했다. 블리자드가 야기한 혼돈은 사건의 진척이 거의 없다는 것을 뜻했다. 리예파 소령은 스베드베리의 사무실에 틀어박혔고, 탄도 보고서를 연구했다. 발란데르는 아네테 브롤린과 긴 회의를 했다. 그는 그녀를 만날 때마다 작년에 그녀에게 연정을 품었던 기억에 뜨끔했다. 하지만 그 기억은 그가 그 모든 것을 상상이라도 한 것처럼 비현실적으로 보였다. 브롤린은 스웨덴에서 이 사건을 종결하고 사건을 리가 경찰에 이관하겠다는 승인을 얻기 위해 검찰총장과 외무부 법률 부서에 연락했다. 리예파 소령 또한 외무부의 공식적인 요청을 자신의 본부에 알렸다.

블리자드가 최고조에 달했던 어느 날 밤 발란데르는 퇴근하는 리예파 소령을 집으로 초대했다. 그는 위스키 한 병을 사 왔고, 그들은 밤새도록 그것을 비웠다. 발란데르는 두어 잔을 마시자 취기가 오르는 것을 느꼈지만 리예파 소령은 얼굴빛 하나 변하지 않았다. 발란데르는 그를 단지 '소령'이라고 부르기 시작했고, 그는 그것을 꺼리는 것 같지 않았다. 라트비아 경찰과의 대화는 쉽지 않았다. 발란데르는 자신의 형편없는 영어가 그를 당황스럽게 한 것인지, 그의 내성적인 성향 탓인지, 이 어색한 분위기가 무엇에 기인한 것인지 결론을 내릴 수 없었다. 발란데르는 자신의 가족, 주로 린다와 그 애가 스톡홀름에서 다니는 학교에 대해 말했다. 리예파 소령은 자신에 대해 자신이 바이바라는 여자와 결혼했고 아이는 없다는 것에 대해서만 말했다. 밤이 깊어질수록 그들은 아무런 말 없이 글라스를 쥔 채 앉아 있는 시간이 길어졌다.

"스웨덴과 라트비아는," 발란데르가 말했다. "뭔가 공통점이 있습니까? 아니면 모든 게 다릅니까? 난 라트비아를 그려 보려 했지만 안 되는군요. 그렇더라도 우린 이웃인데 말입니다."

그 말을 입 밖에 낸 순간 발란데르는 그것이 쓸데없는 질문이었음을 깨달았다. 스웨덴은 외세의 지배를 받는 나라가 아니었다. 스웨덴 거리에는 바리케이드가 없었다. 무고한 사람들이 총에 맞거나 군용 차량에 쫓기지 않았다. 분명 모든 게 다를 테지?

소령의 대답은 뜻밖이었다.

"난 신앙심이 있는 사람입니다." 그가 말했다. "특정한 신을 믿진 않지만, 그렇더라도 사람은 이성의 한계를 뛰어넘는 어떤 믿음을 가질 수 있지요. 마르크시즘에는 신앙이 내재된 큰 요소가 있습니다. 비록 그게 단순한 이데올로기가 아닌 과학이라고 주장하지만요. 이것이 서방으로의 내 첫 번째 방문입니다. 지금까지 난 소련이나 폴란드나 발트해 연안국들만 갈 수 있었습니다. 당신네 나라에서 난 물질적 풍요를 봅니다. 그건 한계가 없어 보입니다. 하지만 그게 우리나라들 사이의 차이점이자 공통점입니다. 둘 다 빈곤하다는 것. 아시겠지만 가난은 두 면이 존재합니다. 우린 당신들이 가진 풍요가 결핍돼 있고, 우리에겐 자유와 선택이 없지요. 당신네 나라에서 난 당신들은 생존을 위해 싸울 필요가 없다는 일종의 빈곤을 발견합니다. 나에게 투쟁은 신앙적인 차원이고, 난 그것을 당신네 풍요와 바꾸길 원치 않을 겁니다."

발란데르는 소령이 이 연설을 사전에 준비했다는 것을 알았다. 그는 단어를 고르기 위해 쉬지 않았다. 하지만 그가 말한 게 정확히 뭐지? 스웨덴의 빈곤? 발란데르는 자신이 항의해야 한다고 느꼈다.

"틀렸습니다, 소령." 그가 말했다. "이 나라에서도 투쟁이 일어나고 있습니다. 이곳에 있는 많은 사람이 당신이 말하는 풍요에서 배재-맞는 단어인가?-돼 있습니다. 아무도 죽을 만큼 굶주리지 않는 건 사실이지만, 만약 우리가 싸울 필요가 없다고 생각한다면 당신이 틀린 겁니다."

"생존을 위해서라면 사람은 싸울 수 있습니다." 소령이 말했다. "난 자유와 독립을 위한 싸움을 포함합니다. 사람들은 뭘 하든 그게 그들이 선택할 뭔가여야지, 해야만 하는 뭔가여서는 안 됩니다."

침묵이 따랐다. 발란데르는 많은 질문, 특히 리가에서의 최근 사건들에 대한 질문을 하고 싶었지만 무지를 드러내고 싶지 않았다. 대신 그는 자리에서 일어나 마리아 칼라스 음반을 올렸다.

"〈투란도트〉." 소령이 말했다. "매우 아름답지요."

발란데르가 자정이 막 지나 호텔로 성큼성큼 돌아가는 소령을 지켜볼 때 밖에서는 눈과 바람이 성을 내고 있었다. 크고 무거운 오버코트를 입은 그는 바람을 향해 몸을 숙이고 있었다.

눈보라는 다음 날 아침에 잦아들었고, 폐쇄된 도로는 개방되었다.

발란데르는 잠에서 깨었을 때, 숙취가 남은 머리로 결정을 내렸다. 검찰총장의 결정을 기다리는 동안 지난주 어느 날 밤 방문했던 어선을 보여 주러 리에파 소령을 브란테비크로 데려갈 생각이었다.

오전 9시가 막 지난 시각에 그들은 발란데르의 차를 타고 동쪽으로 향하고 있었다. 눈으로 뒤덮인 풍경은 밝은 햇살에 반짝였고, 기온은 영하 3도였다.

부두는 적막했다. 몇몇 어선이 저 먼 쪽 부두에 정박해 있었지만 발란데르는 자신이 탔던 것이 어느 배인지 바로 말할 수 없었다. 그들은 부두를 따라 걸었고, 발란데르는 일흔세 보를 셌다.

그 배에는 뷔론이라는 이름이 붙어 있었다. 12미터 길이의 흰 페인트칠이 된 목선이었다. 발란데르는 두꺼운 계류용 밧줄을 움켜잡고 눈을 감았다. 이게 맞을까? 대답할 수 없었다. 그들은 갑판에 올랐다. 검붉은 방수포가 짐 선반을 후려쳤다. 그들이 커다란 자물쇠가 걸린 조타실로 다가갔을 때 발란데르는 감겨 있는 굵은 밧줄에 발이 걸렸고, 자신이 바로 그 어선에 올랐었다는 것을 알았다. 소령은 방수포의 헐거운 귀퉁이를 당겨 손전등으로 짐 선반을 비추었다. 비어 있었다.

"비린내가 나지 않습니다." 발란데르가 말했다. "생선 비늘의 흔적과 그물이 있는 것 같지도 않고요. 이 배는 밀수에 쓰인 겁니다. 뭘 밀수했을까요? 그리고 어디서?"

"모든 걸요." 소령이 말했다. "지금까지 발트해 연안국들에는 모든 게 극히 부족했고, 그래서 밀수꾼들은 우리에게 뭐든 가져올 수 있었습니다."

"난 이 배의 주인을 알아낼 겁니다." 발란데르가 말했다. "그자와 약속을 했더라도 이 배의 소유주는 알아낼 수 있습니다. 당신이라면 내가 한 약속을 했겠습니까, 소령?"

"아니요. 난 절대 그러지 않았을 겁니다."

이곳에는 더 볼 것이 없었다. 그들은 위스타드로 돌아왔고, 발란데르는 뷔론을 소유한 자가 누군지 밝히려 애쓰며 오후를 보냈다. 쉬운 일이 아니었다. 지난 몇 년간 수도 없이 소유주가 바뀌었고, 그 많은 소유주 중 한 명은 심리스함에서 **재수 없는 새끼의 생선**이라는 창의적인 이름의 무역 회사를 소유하고 있었다. 이어서 외르스트룀이라는 어부에게 팔린 그 배는 고작 몇 달 뒤에 다시 팔렸다. 발란데르는 현재 그 배의 소유주가 위스타드에 사는 스텐 홀름그렌이라는 사실을 마침내 알아냈다. 발란데르는 그가 실제로 자신과 같은 거리인 마리아가탄가街에 산다는 사실을 알아내고 깜짝 놀랐다. 전화번호부에서 스텐 홀름그렌을 찾아보았지만 찾을 수 없었다. 말뫼의 청사들에는 스텐 홀름그렌이 소유한 회사에 대한 기록이 없었다. 신중을 기하기 위해 발란데르는 크리스티안스타드와 칼스크로나의 군청들도 확인했지만 거기에도 스텐 홀름그레의 흔적은 없었다.

발란데르는 연필을 내던지고 커피를 마시러 갔다. 그가 사무실로 돌아왔을 때, 전화기가 울리기 시작했다. 아네테 브롤린이었다.

"내가 당신에게 무슨 말을 할지 맞혀 보세요." 그녀가 말했다.

"우리의 수사 중 하나가 또 불만족스럽다는 거요?"

"당연히 그렇지만 말하려는 건 그게 아니에요."

"그렇다면 모르겠군요."

"그 사건은 종결됐고, 모든 문제는 리가로 넘어갈 거예요."

"그게 분명합니까?"

"검찰총장과 외무부가 완전히 동의했어요. 둘 다 그 사건에서 손을 떼야 한다더군요. 막 들었어요. 형식적인 절차들이 빠른 시간 내에 해결될 것 같아요. 당신네 소령은 이제 시체 두 구를 가지고 고향으로 갈 수 있어요."

"그가 기뻐하겠군요. 그러니까, 집에 가서요."

"아쉬운 거라도 있어요?"

"전혀요."

"그에게 날 보러 오라고 전해 주세요. 비에르크에게는 전했어요. 리예파가 근처에 있나요?"

"스베드베리의 사무실에 처박혀서 담배를 피우고 있습니다. 그보다 심한 골초는 본 적이 없습니다."

다음 날 일찍 리예파 소령은 스톡홀름에서 리가로 가는 비행기에 올랐다. 아연으로 마감한 두 관이 영구차로 스톡홀름으로 갔고, 항공 화물로 부쳐질 예정이었다.

발란데르와 리예파 소령은 스투루프 공항 탑승 수속대에서 작별 인사를 나누었다. 발란데르는 작별 선물로 스코네 화보를 가져왔다. 그것이 그가 생각한 최선이었다.

"진행 상황을 들으면 좋겠군요." 그가 말했다.

"계속 알려 주겠습니다." 소령이 그에게 말했다.

그들은 악수를 나누었고, 리예파 소령은 출발했다.

이상한 사람이야. 발란데르는 공항에서 차를 몰고 돌아올 때 생각했다. 그는 날 어떻게 생각할지 궁금하군.

다음 날은 토요일이었다. 발란데르는 늦잠을 자고 일어나 차를 몰고 뢰데루프로 아버지를 보러 갔다. 그리고 피자집에서 레드 와인 몇 잔을 곁들여 저녁을 먹었다. 그는 내내 트렐레보리 고무 회사에 지원을 해야 할지 말아야 할지 생각했다. 지원 마감 날짜가 빠르게 다가오고 있었다. 일요일 오전을 우선 세탁실에서 보낸 그는 집을 청소하는, 내키지 않은 일에 전념했다. 저녁에는 위스타드에 마지막으로 남은 영화관에 갔다. 미국 경찰이 나오는 스릴러를 상영 중이었는데, 그는 그 영화가 비현실적이게 과장되어 있음에도 흥미진진하다는 것을 인정해야 했다.

월요일 오전 8시가 막 지났을 때 그는 사무실에 들어섰고, 재킷을 벗는 중에 비에르크가 들이닥쳤다.

"리가 경찰에서 텔렉스를 받았네." 그가 말했다.

"리예파 소령에게서요? 그가 뭐랍니까?"

비에르크는 당황스러워 보였다.

"리예파 소령은 어떤 전언도 못 할 것 같네." 비에르크가 거북한 투로 말했다. "그는 살해됐어. 귀국한 날. 푸트니스라는 경찰 대령이 이 텔렉스에 서명했네. 우리 수사 협조를 요청했고, 그 말은 자네가 거기에 가야 한다는 뜻인 것 같네."

발란데르는 책상에 앉아서 텔렉스를 읽었다.

소령이 죽었다고? 살해됐다고?

"이렇게 돼서 유감이군." 비에르크가 말했다. "끔찍한 일이야. 난 경찰청장에게 전화해서 그들이 요청한 답을 들어 봐야겠네."

발란데르는 의자에 털썩 주저앉았다. 리예파 소령이 살해됐다고? 그는 목이 메는 느낌이 들었다. 누가 골초에 근시인 왜소한 남자를 살해할 수 있지? 그리고 왜? 그의 생각이 역시 죽은 뤼드베리에게 옮겨 갔다. 갑자기 그는 심한 고독을 느꼈다.

사흘 뒤 그는 라트비아로 떠났다. 2월 28일 오후 2시가 막 지난 때였다. 리가만灣 상공을 나는 아에로플로트러시아 항공 비행기가 왼쪽으로 기울었을 때, 발란데르는 바다를 내려다보며 자신에게 어떤 운명이 닥칠지 궁금해했다.

7

발란데르가 주목한 첫 번째 것은 추위였다. 그는 입국 수속을 위한 줄에 서 있었을 때와 비행기에서 내려 터미널로 걸었을 때의 기온 차이를 느끼지 못했다. 그는 밖에 있을 때와 똑같이 안이 추운 나라에 도착했고, 내복을 챙겨 오지 않은 것을 후회했다.

떨고 있는 승객들이 음산한 입국 구역을 향해 천천히 움직였다. 라트비아에서 보길 기대한 것과 다른 것에 대해 불평하는 두 덴마크인의 큰 목소리가 두드러졌다. 나이가 더 많은 사람이 이 나라 특유의 냉담하고 불안정한, 형편없는 분위기를 설명 중이었다. 이 시끄러운 덴마크인들 때문에 발란데르는 짜증이 났다. 마치 그들이 며칠 전 살해된 근시 경찰을 존중하기라도 해야 한다는 듯.

열흘 전만 해도 그는 발트해 연안국 세 나라가 정확히 어디에 있는지 확신하지 못했다. 탈린이 라트비아의 수도이고, 리가가 에스토니아의 주요 항구로 알았었다. 그는 학교에서 배운 유럽 지리를 일부만 기억했다. 위스타드를 떠나기 전 그는 이틀 동안 라트비아에 관한 책들을 읽으며 보냈고, 라트비아가 큰 나라들의 분쟁에 끊임없이 희생된, 역사의 변덕에 압박을 받은 작은 나라라는 인상을 받았다. 스웨덴조차 무자비하게 피를 뿌리며 의기양양하게 이 나라로 행진했었다. 하지만 결정적인 순간은 독일 전쟁 기계가 손상된 뒤 어떠한 경쟁자도 맞닥뜨리지 않고 진군한 소련군이 라트비아를 합병했을 때로 보였다. 라트비아 독립 정부를 세우기 위한 시도는 잔인하게 진압당했고, 소위 동쪽에서 온 해방군은 역사가 부과하길 좋아하는 냉소적 반전처럼 정확히 그 반대가 되게 했다. 라트비아 국민의 자주권을 무자비하게 말살한 체제로.

농기계를 거래하기 위해 리가에 온 두 시끄러운 덴마크인이 출입국 관리 창구에 이르렀다. 여권을 꺼내기 위해 안주머니에 손을 넣은 발란데르는 누가 어깨를 두드리는 것을 느꼈다. 범죄자인 것으로 드러날까 봐 두려워하듯 움찔한 그는 몸을 돌렸고, 회청색 제복을 입은 남자와 마주쳤다.

"당신이 쿠르트 발란데르입니까?" 남자가 그에게 물었다. "내 이름은 야젭스 푸트니스입니다. 늦어서 미안하지만 당신 비행기가 빨랐습니다. 분명 당신은 형식적인 절차로 불편을 겪어서는 안 됩니다. 나를 따라오시죠."

리가에서 온 텔렉스에 의하면 야젭스 푸트니스는 대령이었다. 그의 흠 잡을 데 없는 영어는 발란데르에게 적확한 단어와 옳은 발음을 위한 리예파 소령의 끊임없는 분투를 상기시켰다. 그는 푸트니스를 따라 군인이 경비를 서고 있는 문을 통과했고, 카트에서 여행 가방이 내려지던 조금 전 로비처럼 추레하고 어둑한 또 다른 로비로 나갔다.

"당신의 짐이 지연되지 않길 바랍시다." 푸트니스가 말했다. "이렇게 말해도 좋다면, 라트비아에 오신 걸 환영합니다. 게다가 더 특별히 리가에! 전에 여기에 와 보신 적 있습니까?"

"아니요." 발란데르가 말했다. "유감스럽게도 없습니다."

"하나 마나 한 말이지만 상황이 달랐더라면 좋았을 텐데요." 푸트니스가 말했다. "리예파 소령의 죽음은 매우 애석합니다."

발란데르는 자세한 설명을 기다렸지만 그는 말이 없었다. 푸트니스는 바랜 푸른색 오버올을 입고 털모자를 쓴, 벽에 기대어 있는 한 남자에게 성큼성큼 다가갔다. 남자는 푸트니스가 말을 걸자 자세를 바로 하고 공항으로 통하는 문 중 하나로 사라졌다.

"시간이 꽤 걸리는군요." 푸트니스가 미소를 지으며 말했다. "스웨덴도 이렇습니까?"

"가끔은," 발란데르가 말했다. "네, 때로 우린 기다려야 하죠."

푸트니스 대령은 리예파 소령과 완전히 반대였다. 그는 키가 매우 컸고, 과단성 있고 정력적으로 움직였으며, 흔들림 없는 눈빛은 발란데르를 관통할 듯했다. 그는 깨끗하게 면도를 했고, 회색 눈은 주변에 일어나는 모든 것을 담고 있는 것 같았다. 그는 발란데르에게 어떤 동물을 연상시켰다. 스라소니. 어쩌면 청회색 제복을 입은 표범. 그의 나이를 추측해 보려 했다. 아마 쉰? 어쩌면 더 많을 수도.

배기가스를 내뿜는 트랙터가 끄는 수하물 트레일러가 덜거덕거리며 다가왔다. 발란데르는 자신의 여행 가방을 바로 알아보았고, 푸트니스 대령이 그것을 드는 것을 말리는 데 실패했다. 검은색 볼가구 소련제 자동차 경찰차가 택시 승차장에서 그들을 기다리고 있었다. 운전사가 그를 위해 문을 열며 인사를 건넸다. 발란데르는 깜짝 놀랐지만 머뭇거리며 간신히 답례 인사를 했다. 비에르크가 이걸 못 봐서 애석하군. 그는 생각했다. 리예파 소령이 스웨덴의 작고 하찮은 도시 위스타드에 도착했을 때, 아무도 인사를 건네지 않는 청바지 차림의 경찰들을 어떻게 이해했는지 궁금한걸.

"라트비아 호텔을 예약해 두었습니다." 차에 올라 공항을 벗어날 때 푸트니스 대령이 말했다. "여기서 제일 좋은 호텔이지요. 이십오층이 넘습니다."

"분명 그러리라 생각합니다." 발란데르가 말했다. "위스타드 동료들의 심심한 위로를 전하고 싶군요. 리예파 소령은 우리와 며칠 있었을 뿐이지만 모두가 좋아했습니다."

"고맙습니다." 푸트니스 대령이 말했다. "소령의 죽음은 우리 모두에게 큰 손실입니다."

할 말이 그것뿐인가. 발란데르는 궁금했다. 왜 무슨 일이 있었는지 말이 없는 거지? 소령은 왜 살해됐지? 누구에게? 어떻게? 왜 나에게 와 달라고 한 거지? 소령의 죽음이 스웨덴 방문과 연관이 있을지 모른다고 의심한 걸까?

그는 주변 환경을 둘러보았다. 드문드문 눈이 쌓인 적막한 들판. 여기저기에 고립된, 페인트칠이 되어 있지 않은 울타리에 싸인 잿빛 주택. 여기저기 널린 퇴비 더미에 눌러앉은 돼지들. 그는 끝없는 비참함을 느끼며 최근 아버지와 한 말뫼 여행을 생각했다. 스코네는 겨울에 지내기 힘들어 보일지 몰라도 여기서 그가 보고 있는 풍경은 그가 어떤 상상을 하든 그 상상을 뛰어넘는 황량함을 암시했다.

그는 주변을 바라보며 슬픔에 압도되었다. 나라의 고통스러운 역사가 회색 페인트로 들판을 덮은 것 같았다. 그는 가식적인 연기를 하고 싶은 충동을 느꼈다. 자신은 단지 음울한 겨울 풍경에 우울해하기 위해 리가에 온 것이 아니었다.

"가능한 한 빨리 보고서를 보고 싶습니다." 그가 말했다. "정확히 무슨 일이 있었습니까? 내가 아는 건 리에파 소령이 리가에 도착한 날 살해됐다는 것뿐입니다."

"일단 방에 짐을 풀면 내가 당신을 데리러 가겠습니다." 푸트니스 대령이 말했다. "오늘 저녁에 미팅이 있을 예정입니다."

"여행 가방은 던져 놓으면 그만입니다." 발란데르가 말했다. "몇 분이면 되죠."

"미팅은 일곱 시 반에 합니다." 푸트니스 대령이 말했다. 자신의 열의와는 별 상관이 없다는 게 명백하다고 발란데르는 생각했다. 계획은 이미 정해져 있었다.

도시의 중심을 향해 리가의 교외를 지날 때 어둠이 내려앉기 시작했다. 발란데르는 길 양편으로 뻗어 있는 음울한 주택 단지를 받아들였다. 그는 자신에게 닥칠 일을 어떻게 느껴야 할지 마음을 정할 수 없었다.

호텔은 둔치의 넓은 산책로가 끝나는 도심에 있었다. 동상이 눈에 들어왔고, 그것이 레닌일 것이라는 사실을 깨달았다. 검푸른 기둥 같은 라드비아 호텔이 밤하늘에서 툭 튀어나왔다. 푸트니스 대령이 그를 적막한 프런트로 안내했다. 발란데르는 자신이 긴급하게 호텔 로비로 바뀐 주차 빌딩 1층에 있는 것처럼 느껴졌다. 비좁은 벽 중 하나에 승강기가 늘어서 있었고, 머리 위에는 사방팔방으로 향하는 계단들이 있었다.

그는 자신이 체크인할 필요가 없다는 것을 알고 놀랐다. 여자 접수원에게서 방 열쇠를 받아 온 푸트니스 대령이 그를 삐걱거리는 승강기 중 하나로 안내했고, 15층으로 올라갔다. 발란데르의 방은 도시의 옥상이 내려다보이는 1506호실이었다. 그는 낮에 리가만灣을 볼 수 있을지 궁금했다.

푸트니스 대령은 발란데르가 방에 만족한지 확인하고 떠나면서 두 시간 내로 와서 경찰 본부에서 있을 미팅에 데려가겠다고 말했다.

발란데르는 지붕들을 내려다보며 창가에 서 있었다. 대형 트럭 한 대가 덜거덕거리며 거리 저 아래로 지나갔다. 창문을 통해 냉기가 스며들었고, 라디에이터를 만지자 거의 미지근하다는 것을 알았다. 어딘가에서 아무도 받지 않는 전화가 울리고 있었다.

내복. 그는 생각했다. 그게 내일 아침에 제일 먼저 사야 할 거야.

그는 여행 가방을 풀고 꺼낸 세면도구를 널찍한 욕실에 두었다. 공항에서 위스키 한 병을 샀었고, 잠시 망설이다가 양치 컵에 그것을 넉넉히 따랐다. 테이블 옆에는 러시아제 라디오가 있었다. 그것을 켰다. 한 남자가 매우 빠르고 예측할 수 없이 움직이는 어떤 스포츠를 중계하듯 아주 빠르게, 흥분한 것처럼 떠들고 있었다. 그는 침대보를 젖히고 침대에 누웠다.

그래, 난 여기 리가에 있어. 그는 생각했다. 리예파 소령에게 무슨 일이 있었는지는 여전히 모르고. 내가 아는 건 그가 죽었다는 것뿐이야. 무엇보다 가장 중요한 건 이 푸트니스 대령이 내가 뭘 할 수 있길 기대하는지 모른다는 거야.

침대에 누워 있기에는 너무 추워서 그는 로비로 내려가 돈을 좀 바꾸기로 했다. 아마도 호텔에는 커피 한 잔을 마실 수 있는 카페가 있을 것이었다.

로비로 내려갔을 때 그는 공항에서 자신을 짜증 나게 했던 두 덴마크 사업가를 보고 놀랐다. 나이 든 사람이 프런트에서 화난 기색으로 지도를 흔들며 서 있었다. 마치 연이나 글라이더를 어떻게 만드는지 프런트의 여자에게 보여 주려고 애쓰는 것처럼 보여서 발란데르는 웃음을 참을 수 없었다. 환전을 한다는 간판이 보였다. 나이 든 여성에게 2백 달러가 조금 넘는 돈을 건네자 그녀가 친근한 태도로 고개를 끄덕이며 어마어마한 양의 라트비아 지폐 뭉치를 건넸다. 그가 프런트 쪽으로 갔을 때 두 덴마크인은 사라진 뒤였다. 프런트 담당자에게 커피를 마실 수 있는 곳을 묻자 여자가 큰 식당이 있는 방향을 가리켰다. 그곳에서 웨이터가 그를 창가 테이블로 안내하고 메뉴판을 주었다. 그는 오믈렛과 커피 한 잔을 시키기로 했다. 철커덕거리는 전차와 털코트를 입은 사람들이 높이 난 창문을 통해 지나는 모습이 보였고, 아귀가 맞지 않는 창문틀 사이로 부는 바람에 무거운 커튼이 흔들렸다.

그는 황량한 식당을 둘러보았다. 한 테이블에서 나이 든 커플이 완전한 침묵 속에서 저녁을 먹고 있었다. 회색 양복을 입은 한 남자는 혼자서 차를 마시고 있었다. 손님은 그게 다였다.

발란데르는 스투루프에서 오후 비행기를 타고 스톡홀름에 도착했던 전날 저녁을 생각했다. 센트랄 역에 선 공항버스에서 내리자 딸 린다가 기다리고 있었고, 두 사람은 가까이에 있는 센트랄 호텔로 걸었다. 그녀는 대학에서 가까운 브롬마에서 셋방에 살고 있어서 그는 호텔에 딸의 방을 예약했었다. 그날 저녁 그는 딸을 데리고 올드타운에 있는 레스토랑으로 저녁을 먹으러 갔다. 오랜만에 만난 탓인지 화제가 자주 바뀌는 대화가 부자연스럽게 느껴졌다. 린다가 편지에 쓴 게 사실인지 궁금해지기 시작했다. 딸은 즐거운 대학 생활을 하고 있다고 썼지만 그가 그에 관해 물었을 때 딸의 대답은 매우 간결했다. 딸에게 장래에 어떤 계획이 있는지 물었고, 딸이 뭘 해야 할지 모르겠다고 대답했을 때 그는 짜증을 숨길 수 없었다.

"이제 슬슬 계획을 세워야 할 때 아니니?" 그가 물었다.

"그게 아빠랑 무슨 상관이에요?" 그녀가 말했다.

이내 두 사람은 목소리를 높이지 않고 다투었다. 그는 딸에게 아무 생각 없이 학교를 옮겨 다녀서는 안 된다고 했고, 딸은 자신이 좋아하는 게 뭐든 자신이 알아서 할 나이라고 말했다. 린다가 자신을 빼다 박은 게 분명하다고 그는 생각했다. 그 말을 할 수는 없었지만 그는 딸의 말을 들으면서 자신의 목소리를 듣는 것 같다고 느꼈다. 역사가 반복되고 있었다. 그는 딸과의 대화에서 자신과 아버지의 복잡한 관계가 메아리치고 있다는 것을 깨달았다.

식사가 길어졌고, 그들은 와인을 마셨다. 점차 긴장과 마찰이 사그라들었다. 발란데르는 이제 떠날 참인 여행에 대해 말했고, 아주 잠깐 딸을 데려가면 어떨지 생각했다. 시간이 빠르게 흐르기 시작했다. 그가 계산을 한 때는 자정이 지나서였다. 밖은 추웠지만 두 사람은 걸어서 호텔로 돌아왔다. 그런 다음 새벽 3시가 넘어서까지 그의 방에 앉아 두 사람은 대화를 나누었다. 딸이 마침내 자러 갔고, 발란데르는 어색하게 시작했음에도 성공적인 저녁이었다고 느끼면서도 딸이 삶을 이끄는 방식을 이해할 수 없는 데서 비롯한 계속되는 걱정을 완전히 떨칠 수 없었다.

아침에 체크아웃했을 때 린다는 여전히 자고 있었다. 그는 딸의 방값을 지불하고 프런트 직원을 통해 딸에게 메모를 남겼다.

나이 든 부부가 침묵 속에 자리를 떴을 때 그는 몽상에서 깨어났다. 새 손님은 없었고, 식당에 있는 다른 사람은 차를 마시고 있는 남자뿐이었다. 그는 손목시계를 힐끗 보았다. 푸트니스 대령이 데리러 오기까지 거의 한 시간이 남아 있었다.

그는 돈을 치르며 재빨리 암산한 결과 저녁값이 지극히 싸다는 것을 알았다. 방으로 돌아와 자신이 가져온 서류를 검토했다. 그는 천천히 사건으로 돌아가기 시작하고 있었다. 자신이 망각의 기록 보관소로 보냈다고 생각했던 사건. 다시금 콧구멍에서 소령의 독한 담배의 매캐한 냄새가 나기까지 했다.

푸트니스 대령은 7시 17분에 그의 방문을 노크했다. 차가 호텔 앞에서 대기하고 있었고, 그들은 경찰 본부를 향해 어두운 거리를 달렸다. 저녁 동안 날씨는 점점 더 추워졌다. 도시에는 사람이 거의 없었다. 거리와 광장의 불빛은 희미했고, 발란데르는 도시가 실루엣과 무대 세트로 지어졌다는 인상을 받았다. 그들은 아치형 문을 통과해 벽으로 둘러싸인, 뜰처럼 보이는 곳에 도착했다. 푸트니스 대령은 이동하는 동안 말이 없었고, 발란데르는 그가 자신을 리가로 부른 이유를 듣길 기다렸다. 그들은 텅 비어 메아리치는 복도를 따라 걷다가 계단을 내려간 다음 또 다른 복도를 따라갔다. 마침내 푸트니스 대령은 노크 없이 어떤 문을 열고 안으로 들어갔다.

발란데르는 녹색 펠트 천을 씌운 타원형 회의 테이블이 점령한, 넓고 따뜻하지만 조명이 빈약한 방에 들어섰다. 테이블에는 열두 개의 의자가 있었고, 테이블 가운데에는 주전자와 글라스 몇 개가 놓여 있었다. 어둠에 깊이 묻혀 기다리고 있던 한 남자가 몸을 일으켜 걸어오는 발란데르에게 다가갔다.

"리가에 오신 걸 환영하오." 남자가 말했다. "나는 유리스 무르니에르스라고 하오."

"무르니에르스 대령과 난 리예파 소령 살인 사건을 해결할 책임을 지고자 힘을 모았습니다." 푸트니스가 말했다.

발란데르는 두 남자 사이에 흐르는 긴장을 직감했다. 푸트니스의 목소리 톤의 무언가가 그 비밀을 발설했다. 짧은 대화 속에 감춰진 무언가 또한 있었다.

바짝 깎은 회색 머리의 무르니에르스 대령은 50대였다. 그의 얼굴은 당뇨병 환자처럼 창백했고, 부어 있었다. 그는 키가 작았고, 발란데르는 조금도 소리를 내지 않는 그의 움직임을 관찰했다. 또 다른 고양이. 잿빛 제복을 입은 두 대령, 두 고양이.

발란데르와 푸트니스는 오버코트를 벗어 걸고 테이블 앞에 앉았다. 기다림의 시간이 끝났군. 발란데르는 생각했다. 리예파 소령에게 무슨 일이 있었던 걸까? 이제 알게 되겠지. 무르니에르스가 그 이야기를 했다. 발란데르는 그가 자신의 얼굴이 어둠에 거의 잠기도록 자리를 잡았다는 것을 눈치챘고, 그가 유창한 영어로 조리 있게 말할 때 그의 목소리는 끝이 보이지 않는 어둠에서 흘러나오는 것 같았다. 푸트니스 대령은 귀를 기울이지조차 않는 듯 정면을 응시하며 앉아 있었다.

"아주 이상하오." 무르니에르스가 말했다. "리예파 소령이 스톡홀름에서 돌아온 날, 그는 푸트니스 대령과 내게 보고서를 주었소. 우리는 이 방에 앉아 있었고, 그 사건을 논의했소. 그는 이곳 라트비아에서 그 수사의 책임을 계속 질 예정이었소. 오후 다섯 시에 회의를 마쳤고, 우린 리예파 소령이 아내를 보러 곧장 집으로 갔다는 걸 나중에 알았소. 그들은 성당 뒤쪽에 있는 집에 사오. 그녀는 남편이 집에 와서 물론 기뻐했다는 걸 빼면 완전히 평상시와 같아 보였다고 했소. 두 사람은 저녁을 먹었고, 그는 스웨덴에서의 경험을 말했소. 그건 그렇고, 그는 당신에게 아주 좋은 인상을 받은 것 같더군, 발란데르 경위. 밤 열한 시가 막 지나서 전화가 왔소. 리예파 소령은 잠자리에 들 참이었지. 아내는 누구에게서 온 전화인지 몰랐지만 소령은 다시 옷을 입었고, 당장 경찰 본부에 가야 한다고 했소. 그가 해외에서 돌아온 날 밤 불려 가는 게 그녀에게 실망스러웠는지는 몰라도 전혀 드문 일이 아니었소. 그는 나가야 하는 이유를 밝히지 않았소."

무르니에르스는 말을 끊었고, 주전자에 손을 뻗었다. 발란데르는 푸트니스를 힐끗 보았다. 그는 정면을 주시하고 있었다.

"그 후로 모든 게 매우 혼란스럽소." 무르니에르스가 말을 이었다. "다음 날 아침 일찍 부두 노동자 몇 명이 다우가브그리바에서 리예파 소령의 시체를 발견했소. 그러니까, 이곳 리가에 있는 큰 항구의 끝자락에서 말이오. 소령은 선창에 죽은 채로 누워 있었소. 우린 그가 무거운 흉기, 아마 철봉이나 나무 곤봉 같은 것으로 뒤통수를 가격당했다고 추정할 수 있었소. 검시 결과, 집에서 나온 후 길어야 한두 시간 내에 살해된 걸로 밝혀졌지. 그게 그야말로 우리가 아는 전부요. 그가 집에서 나오는 모습이나 항구에 있는 모습을 본 목격자는 없소. 모든 게 아주 불투명하오. 이 나라에서 경찰이 살해되는 건 아주 드문 일이오. 특히 소령이라는 리예파의 계급을 단 사람은. 당연히 우린 가능한 한 빨리 살인자를 찾길 간절히 바라고 있소."

무르니에르스는 할 말을 마치고 어둠 속에 잠겼다.

"그러니까 사실은, 아무도 그에게 전화해 여기로 부르지 않았군요." 발란데르가 말했다.

"그렇습니다." 푸트니스가 빠르게 대답했다. "우린 그걸 조사 중입니다. 당직사령인 코즐로프 대위가 그날 저녁 누구도 리예파 소령에게 연락하지 않았다는 걸 확인했습니다."

"그렇다면 두 가지 가능성만이 남는군요." 발란데르가 말했다.

푸트니스가 끄덕였다. "그가 아내에게 거짓말을 했거나 누군가에게 속았거나."

"후자의 경우, 그는 목소리를 알아챘을 겁니다." 발란데르가 말했다. "그랬거나 전화를 한 자가 누구든 의심을 사지 않은 방식으로 자신을 소개했거나요."

"우리도 그런 결론을 내렸습니다." 푸트니스가 말했다.

"물론 우린 스웨덴에서의 그의 일과 그의 살해 사이에 연관성이 있을 가능성을 배제할 수 없소." 무르니에르스가 그림자 속에서 말했다. "우린 어떤 것도 배제할 수 없고, 그게 우리가 스웨덴 경찰의 도움을 부탁한 이유요. 당신, 발란데르 경위의 도움을. 우린 우리에게 도움이 될 당신의 어떤 생각이나 사고에 감사드릴 거요. 그리고 당신은 요구하는 모든 지원을 받을 거요."

무르니에르스가 자리에서 일어났다.

"오늘 밤은 이만하지." 그가 말했다. "오시느라 피곤하실 것 같군."

발란데르는 조금도 피곤을 느끼지 않았다. 필요하다면 밤을 새워 일할 준비가 되어 있었지만 푸트니스 역시 자리에서 일어났을 때 회의가 끝났다는 것을 받아들여야 했다.

무르니에르스가 테이블 귀퉁이에 고정된 벨을 누르자 거의 즉시 문이 열리고 젊은 제복 경찰이 나타났다.

"지드스 병장이오." 무르니에르스가 말했다. "이 친구는 영어가 유창하고, 당신이 여기에 있는 동안 당신의 운전사가 될 거요."

지드스가 뒷굽을 부딪치며 경례했지만 발란데르는 그 답례로 고개를 끄덕이는 것밖에 할 수 없었다. 푸트니스도 무르니에르스도 자신을 저녁 식사에 초대하지 않은 것으로 보아 그는 오늘 밤을 혼자 보내리라는 것을 깨달았다. 그는 지드스를 따라 안뜰로 나갔고, 난방이 잘된 회의실에 있은 후라 자신을 후려치는 메마른 추위가 충격적이었다. 지드스가 그를 위해 검은색 차의 뒷문을 열었고, 발란데르는 차에 올랐다.

"춥군요." 그들이 아치형 문 밖으로 나갈 때 발란데르가 말했다.

"네, 대령님. 딱 지금의 리가는 매우 춥죠."

대령이라고. 발란데르는 생각했다. 그는 스웨덴 경찰이 푸트니스와 무르니에르스보다 더 낮은 계급이라는 것을 상상할 수 없었다. 그 생각이 자신을 즐겁게 했지만, 그와 동시에 특권만큼 쉽게 익숙해지는 게 없다는 것을 알 수 있었다. 자동차, 개인 운전사, 많은 배려.

지드스 병장은 텅 빈 거리를 빠르게 달렸다.

발란데르는 피로를 전혀 느끼지 않았고, 싸늘한 호텔 방 생각에 불안했다.

"배가 고프군요." 그가 병장에게 말했다. "너무 비싸지 않은 괜찮은 레스토랑으로 데려다주시오."

"라트비아 호텔에 있는 식당이 최곱니다." 지드스가 말했다.

"거기엔 이미 가 봤습니다." 발란데르가 말했다.

"리가엔 음식이 그만한 레스토랑이 없습니다." 트램이 철컹거리며 모퉁이를 돌아 나오자 브레이크를 급하게 밟으며 지드스가 말했다.

"인구가 백만인 도시에 괜찮은 레스토랑이 하나 이상은 있겠지요." 발란데르가 말했다.

"음식은 별로지만," 병장이 말했다. "그게 라트비아 호텔에 있는 겁니다."

내가 어디로 가야 할지 명백해졌군. 발란데르는 좌석에 몸을 묻으며 생각했다. 아마 날 도시에 풀어 놓지 말라는 명령을 받은 거겠지? 특정한 환경에서 개인 운전사를 둔다는 것은 자유의 반대를 뜻할 수도 있다.

지드스가 호텔 정문에 차를 세웠고, 발란데르가 문손잡이에 팔을 뻗기도 전에 병장이 그를 위해 차 문을 열었다.

"제가 내일 아침 몇 시에 모시러 오면 되겠습니까, 대령님?"

"여덟 시면 괜찮을 것 같군요." 발란데르가 대꾸했다.

로비는 이제 더 적막해져 있었다. 어디에선가 음악 소리가 들렸다. 그는 프런트에서 방 열쇠를 받으며 식당이 열었는지 물었다. 무르니에르스 대령을 연상시키는, 창백하고 눈꺼풀이 두툼한 남자가 고개를 끄덕였다. 발란데르는 음악 소리가 어디에서 나는지 물었다.

"호텔에 나이트클럽이 있습니다." 프런트 직원이 무뚝뚝한 말투로 말했다.

프런트 데스크를 떠날 때 발란데르는 아까 식당에서 차를 마시고 있던 남자를 알아보았다. 이제는 그는 가죽이 해진 소파에 앉아서 신문을 읽고 있었다. 발란데르는 그가 그 남자였다고 확신했다.

난 감시받고 있군. 그는 생각했다. 냉전 시대 최악의 소설들처럼 보이지 않는 척을 하는 회색 양복을 입은 남자가 있어. 대체 푸트니스와 무르니에르스는 내가 어쩔 거라고 생각하는 거지?

식당은 조금 전 저녁때만큼이나 거의 비어 있었다. 어두운색 양복을 입은 남자 한 무리가 식당 저 끝의 긴 테이블에 둘러앉아 낮은 목소리로 이야기를 나누고 있었다. 놀랍게도 발란데르는 아까와 같은 테이블로 안내되었다. 그는 야채수프와 너무 익혀 질긴 갈비를 먹었다. 하지만 라트비아 맥주는 좋았다. 그는 뒤숭숭한 생각에 커피 생각이 나지 않았고, 음식값을 지불한 다음 호텔의 나이트클럽을 찾으러 갔다. 그 남자는 여전히 소파에 앉아 있었다.

발란데르는 미로를 걷는 듯한 인상을 받았다. 각양각색의 계단들이 그를 어디로도 아닌, 다시 식당으로 이끄는 듯했다. 그는 음악 소리를 따라가려 했고, 결국 어두운 복도 끝에서 환한 간판을 만났다. 한 남자가 발란데르가 이해할 수 없는 무언가를 말하더니 그를 위해 문을 열었다. 그는 자신이 어둑어둑한 불빛의 바 안에 있다는 것을 알았다. 식당과는 아주 대조적으로 바는 사람으로 빽빽했다. 댄스 플로어와 바를 나눈 커튼 뒤편의 밴드가 요란한 소리를 내고 있었고, 발란데르는 그게 아바의 노래라는 것을 알았다. 공기가 탁했다. 다시 한번 소령의 담배를 떠올렸다. 비어 있는 듯한 테이블을 발견하고 사람들을 헤집고 나아갔다. 그는 내내 감시를 받고 있다는 느낌을 받았고, 조심해야 할 충분한 이유가 있다는 것을 깨달았다. 동구권 국가의 나이트클럽은 종종 서방에서 온 여행객을 털어 생계를 잇는 범죄자들의 집합소였다.

그는 온갖 소음을 뚫고 고함을 쳐 겨우 웨이터에게 주문을 했고, 잠시 후 그 앞 테이블에 위스키 한 잔이 놓였다. 위스키 한 잔이 거의 조금 전에 먹었던 저녁값이었다. 그는 독을 탄 술이라는 음모를 상상하며 글라스의 내용물을 킁킁거린 다음 우울한 축배를 들었다.

그림자 속에서 튀어나온 이름 모를 여자가 그 옆 의자에 앉았다. 그는 그녀가 머리를 자신에게 기댈 때까지 그녀의 존재를 눈치채지 못하다가 겨울 사과 냄새를 연상시키는 그녀의 향수를 맡았다. 그녀는 그에게 독일어로 말을 걸었고, 그는 머리를 저었다. 그녀의 영어는 소령의 영어보다 끔찍했지만 친구가 되어 주겠다며 마실 것을 요구했다. 발란데르는 어찌해야 할지 몰랐다. 그는 그녀가 매춘부라는 것을 깨달았지만 그 사실을 잊어버리려고 애썼다. 리가는 음울하고 추웠고, 그는 대령이 아닌 누군가와 대화를 나누고 싶은 충동을 느꼈다. 그는 그녀에게 술을 살 수 있었다. 어쨌든 자신이 칼자루를 쥐고 있었다. 드물게 술에 잔뜩 취할 때가 있는데, 그럴 때 그는 통제력을 잃을 확률이 높았다. 마지막으로 그랬던 때가 지난겨울로, 분노와 욕망의 한순간 아네테 브롤린 검사에게 집적댔던 때였다. 그는 그 기억에 몸서리를 쳤다. 그런 일은 결코 다시는 없을 것이었다. 적어도 이곳 리가에서는 아니었다. 그럼에도 그는 여자의 관심에 우쭐함을 느꼈다. 그녀는 너무 빨리 내 테이블로 왔어. 그는 생각했다. 난 이제 막 도착했고, 이 낯선 나라에 아직 익숙해지지도 않았는데.

"내일이나." 그가 말했다. "오늘 말고요."

그녀가 이제 막 스물쯤 되었다는 생각이 뇌리를 스쳤다. 그 진한 화장 안쪽의 얼굴이 그에게 딸을 생각나게 했다. 그는 잔을 비우고 일어나서 나갔다. 아슬아슬했군. 그는 생각했다. 구사일생이었어. 회색 양복을 입은 남자는 여전히 신문을 읽으며 로비에 있었다.

잘 자게. 발란데르는 혼잣말을 했다. 의심할 여지 없이 내일 다시 보겠지.

그는 잠을 푹 자지 못했다. 이불은 너무 무거웠고, 침대는 불편했다. 잠결에 전화가 끊임없이 울리는 소리를 들었다. 침대에서 빠져나와 전화를 받고 싶었지만 잠에서 깼을 때는 사방이 고요했다.

다음 날 아침 그는 노크 소리에 잠에서 깼다. 반쯤만 깬 채로 소리쳤다. "들어와요." 다시 노크 소리가 들렸을 때 자신이 열쇠 구멍에 열쇠를 꽂아 두었다는 것을 깨달았다. 바지를 입고 문을 연 그는 아침 식사 쟁반을 든 청소부 앞치마 차림의 여성을 보았다. 아침을 주문한 적이 없어서 놀랐지만 일반적인 서비스일 뿐일까? 아마 지드스 병장이 준비한?

호텔 종업원이 라트비아어로 아침 인사를 했고, 그는 그 인사를 기억하려고 애썼다. 그녀는 쟁반을 테이블 위에 놓고 살짝 쑥스러워하는 미소를 지은 다음 문으로 향했다. 그는 문을 잠그려고 그녀의 뒤를 따라갔지만 여종업원은 방을 나가는 대신 문을 닫고 입술에 손가락을 댔다. 발란데르는 놀라서 그녀를 바라보았다. 그녀가 앞치마 주머니에서 천천히 종이 한 장을 꺼냈을 때 발란데르는 입을 열었지만 그녀가 그의 입을 손으로 덮었다. 그는 그녀의 공포를 감지할 수 있었고, 그녀가 호텔 종업원이 아니라는 것을 알았지만 그녀가 위협적이지 않다는 것 또한 알 수 있었다. 그녀는 겁을 먹었을 뿐이었다. 그는 그 종이를 받아 영어로 적힌 말을 읽었다. 기억하기 위해 그것을 두 번 읽은 다음 그녀를 보았다. 또 다른 주머니에 손을 넣은 그녀가 꾸깃꾸깃한 포스터처럼 보이는 무언가를 꺼냈다. 그녀가 그것을 건넸고, 그가 그것을 펼쳤을 때 그것이 지난주 자신이 그녀의 남편 리예파 소령에게 준 스코네에 관한 책의 재킷이라는 것을 알았다. 그는 다시 그녀를 쳐다보았다. 그녀의 얼굴에는 공포뿐 아니라 다른 무언가—아마 결단 아니면 고집—도 비쳤다. 그는 차가운 바닥을 가로질러 책상에서 연필을 가져왔다. 룬드에 있는 대성당 사진이 있는 재킷 뒷면에 그는 썼다. **이해합니다.** 그는 그녀에게 다시 재킷을 건넸고, 바이바 리예파가 자신의 상상과 전혀 닮지 않았다는 데 생각이 미쳤다. 소령이 위스타드 마리아가탄가 자신의 집 소파에 앉아 마리아 칼라스를 들으며 아내에 대해 했던 말이 기억나지 않았지만 자신이 상상한 인상은 그녀 같은 얼굴이 아닌 다른 것이었다.

그는 헛기침을 하며 조심스럽게 문을 열었고, 그녀는 사라졌다.

그녀는 죽은 남편인 소령에 대해 자신에게 할 말이 있어서 왔다. 그리고 그녀는 겁을 먹었다. 누군가가 자신의 방으로 전화를 걸어 에케르스 씨를 찾으면, 그는 엘리베이터를 타고 로비로 간 다음 호텔 사우나로 통하는 계단을 내려가 식당의 적재 구역 옆 회색 페인트칠이 된 철제문을 찾기로 했다. 문은 잠겨 있지 않을 터였고, 호텔 뒷거리로 나가면 자신을 기다리고 있던 그녀가 죽은 남편에 관해 자신에게 말할 것이었다.

제발. 그녀는 썼다. **제발, 제발요.** 이제 그는 그녀의 얼굴에 단순한 공포 이상의 것이 있었다고 확신했다. 거기에는 저항 또한 있었고, 아마 증오조차 있었다. 여기엔 내가 의심한 것보다 더 큰 무언가가 진행되고 있어. 그는 생각했다. 내게 알리기 위해서는 호텔 종업원복을 입은 메신저가 필요했던 거야. 내가 외계 세상에 있다는 걸 까먹고 있었군.

8시 직전 그는 엘리베이터에서 1층으로 나왔다. 신문을 읽고 있는 남자는 없는 듯했지만 매대의 엽서를 보고 있는 남자가 있었다. 발란데르는 거리로 나갔다. 전날보다 따뜻했다. 지드스 병장이 차 안에 앉아 그를 기다리고 있었고, 그에게 아침 인사를 건넸다. 발란데르가 뒷좌석에 오르자 병장이 시동을 걸었다. 리가가 서서히 밝아 오고 있었다. 차가 막혀서 병장은 자신이 원하는 만큼 빨리 차를 몰 수 없었다. 발란데르는 마음속으로 내내 바이바 리예파의 얼굴을 보았다. 그는 예고 없는 갑작스러운 공포를 느꼈다.

8

오전 8시 30분이 되기 직전 발란데르는 무르니에르스 대령이 리에파 소령이 피웠던 담배와 똑같은, 독한 담배를 피운다는 것을 알았다. 그는 대령이 제복 주머니에서 꺼내 자신 앞 테이블에 내려놓은 담뱃갑의 '프리마'라는 브랜드를 알아보았다.

발란데르는 미로 한가운데에 있는 것처럼 느꼈다. 무르니에르스의 사무실로 드러난 어떤 문 앞에 멈춰 서기까지 지드스 병장이 가도 가도 끝이 없어 보이는 경찰 본부의 계단들로 그를 이리저리 이끌었었다. 무르니에르스의 사무실로 가는 더 짧고 간단한 길이 있는 게 분명했지만 자신이 그것을 아는 게 허락되지 않는 것처럼 보였다.

사무실에는 크지 않은 가구들이 드문드문 놓여 있었고, 발란데르의 관심을 즉시 끈 것은 전화기 세 대가 놓여 있다는 것이었다. 한쪽 벽에는 자물쇠가 달린 찌그러진 서류 캐비닛이 있었다. 책상 위에는 전화기 외에 정교하게 디자인된, 주철로 만든 커다란 재떨이가 있었다. 처음에 발란데르는 그 디자인이 백조 한 쌍이라고 생각했다가 역풍 속에서 깃발을 든 근육질의 남자라는 것을 깨달았다.

재떨이, 전화기. 하지만 종이는 없었다. 무르니에르스의 등 뒤에 난 두 높은 창에는 베니션블라인드가 있었는데, 발란데르는 그것이 반쯤 내려진 것인지 망가진 것인지 확신할 수 없었다. 그는 무르니에르스가 막 전한 중요한 뉴스를 소화하며 그 블라인드를 응시했다.

"용의자를 체포했소." 대령은 그렇게 말했었다. "야간 수사가 우리가 바랐던 결과를 낳았지."

처음에 발란데르는 그가 소령의 살인자를 언급한 것이라고 생각했지만 이내 무르니에르스의 말이 구명보트에서 죽은 남자들을 뜻한다는 것을 알았다.

"범죄 조직이었소." 무르니에르스가 말했다. "탈린과 바르샤바에 지부를 둔 범죄 조직. 밀수, 강도, 절도 등 돈이 되는 거라면 뭐든 하며 살아가는 막 나가는 범죄 집단이오. 우린 놈들이 최근 불행하게도 라트비아에 침투한 마약 거래에서 돈맛을 보기 시작했다고 의심하오. 푸트니스 대령이 지금 그자를 심문 중이오. 곧 더 많은 걸 알게 될 거요."

차분하고 침착한 마지막 몇 마디 말은 사실에 기반을 둔 것처럼 들렸다. 발란데르는 고문을 받은 남자에게서 천천히 사실을 이끌어 내는 푸트니스를 마음의 눈으로 볼 수 있었다. 내가 라트비아 경찰에 대해 아는 게 뭐지? 독재국가에서 허용 범위로 제한된 것이 있던가? 그는 바이바 리예파의 얼굴을 생각했다. 두려움. 하지만 두려움의 반대도. 누가 전화로 에케르스 씨를 찾으면 오셔야 해요.

무르니에르스는 스웨덴 경찰의 생각을 읽을 수 있다고 확신한다는 듯이 그를 보고 미소를 지었다. 발란데르는 사실이 아닌 무언가를 말함으로써 비밀을 감추려고 애썼다.

"리예파 소령은 자신의 신변 안전이 걱정이라고 했지만," 그가 말했다. "그는 그 걱정에 대해 아무런 이유도 말해 주지 않았습니다. 그게 푸트니스 대령이 대답을 찾아야 할 의문 중 하나입니다. 구명보트에서 죽은 채 발견된 남자들과 리예파 소령 살해 사이의 직접적인 연관성이 있는지요."

발란데르는 무르니에르스의 표정에서 거의 보이지 않는 변화를 감지했다고 생각했다. 따라서 자신이 예상 밖의 무언가를 말한 것이었다. 그것이 예상 밖의 자신의 통찰력이었을까? 아니면 리예파 소령이 정말 걱정했었고, 무르니에르스는 이미 알고 있었던 걸까?

"대령님은 그 중요한 질문을 하셨을 테죠." 발란데르가 말했다. "누가 한밤중에 리예파 소령을 유인할 수 있었을까요? 누구에게 그를 죽일 이유가 있었을까요? 논란 많은 정치인이 살해됐을 때조차 개인적인 동기가 있었는지 물어야 합니다. 그게 케네디가 암살당했을 때 있었던 일입니다. 그리고 스웨덴 총리가 몇 년 전 길거리에서 총에 맞아 쓰러졌던 사건과 같은 겁니다. 대령님이 이 모든 걸 생각하셨다고 봐도 되겠습니까? 대령님은 거기에 납득이 갈 만한 개인적인 동기가 없었다고도 결론 내리셨겠죠. 그렇지 않으면 저를 리가로 부르지 않으셨을 테니까요."

"맞소. 당신은 경험이 많은 경찰이고 당신의 분석은 정확하오. 리예파 소령은 행복한 결혼 생활을 했소. 재정적인 어려움도 없었지.

그는 도박도 하지 않았고, 바람도 피우지 않았소. 자신이 하는 일이 나라의 발전을 돕는다고 확신한 성실한 경찰이었소. 우린 그의 죽음이 그의 일과 관련이 있다고 생각하오. 그가 구명보트에서 발견된 죽은 남자들 사건 말고는 맡은 사건이 없었기 때문에 우린 스웨덴의 도움을 요청한 거요. 혹시 그가 죽은 날 그가 제출한 보고서에 쓰이지 않은 뭔가를 당신에게 말하지 않았소? 우린 그걸 알 필요가 있고, 당신이 우리에게 도움을 줄 수 있길 바라오."

"리예파 소령은 마약에 대해 말했습니다." 발란데르가 말했다. "동유럽에서의 암페타민 공장의 확산을 언급했죠. 그 두 남자가 마약 밀매와 관련 있는 신디케이트 내 내부 분쟁의 결과로 죽었다고 확신하더군요. 그는 그 남자들이 복수 때문에 살해됐는지, 뭔가를 발설하길 거부해서 살해됐는지 밝히려고 온 힘을 쏟았습니다. 그뿐 아니라 그 구명보트가 마약을 운반했다고 믿을 만한 이유가 있습니다. 우리 경찰서에서 그걸 도둑맞았습니다. 우리가 알아내지 못한 건 이 많은 것들이 어떻게 연결되느냐는 겁니다."

"푸트니스 대령이 그 대답을 알아내길 바랍시다." 무르니에르스가 말했다. "그는 신문 기술이 매우 뛰어난 사람이오. 그동안 난 당신에게 리예파 소령이 살해된 곳을 보여 줘야겠다고 생각했소. 푸트니스 대령은 그럴 가치가 있다고 생각하면 신문에 시간을 들일 거요."

"그가 발견된 곳이 실제로 그가 살해된 곳입니까?"

"달리 생각할 이유가 없소. 그곳은 외진 곳이오. 밤의 부둣가에는 사람이 많지 않소."

그건 사실이 아니야. 발란데르는 생각했다. 소령은 싸웠으리라. 한

밤중에 그를 부두로 끌고 가기는 쉽지 않았을 터였다. 그곳이 외진 곳이라는 것은 충분한 설명이 되지 않는다.

"소령의 아내를 만나 보고 싶습니다." 그가 말했다. "아내의 말이 중요할 수도 있습니다. 그녀와 몇 차례 얘기를 나눠 보셨겠죠?"

"우린 바이바 리예파와 아주 세세한 이야기를 나누었소." 무르니에르스가 말했다. "당연히 우린 당신이 그녀와 만나도록 주선할 수 있소."

그들은 겨울 아침 미명에 차를 타고 강을 따라 달렸다. 발란데르와 무르니에르스 대령이 시체가 발견된 곳, 무르니에르스가 살해 현장이라고도 주장한 곳으로 차를 타고 가는 동안 지드스 병장은 바이바 리예파의 소재를 파악하라는 지시를 받았다.

"대령님의 이론은 뭡니까?" 두 사람이 발란데르가 배당받은 차보다 더 크고 안락한 무르니에르스의 차 뒷좌석에 기대었을 때 발란데르가 물었다. "생각이 있으실 텐데요, 대령님과 푸트니스 대령님은."

"마약." 무르니에르스가 머뭇거림 없이 대답했다. "우린 하루 치 마약을 얻기 위해서라면 무슨 짓이라도 할 마약쟁이 경호원들에 둘러싸인, 마약 산업의 큰 보스들을 아오. 어쩌면 그 보스들은 리예파 소령이 점점 위험한 인물이 돼 간다고 생각한 게 아닐까?"

"그가 그랬습니까?"

"아니오. 만약 그 추리가 맞는다면, 죽음의 리스트에 적어도 이곳 리가 경찰서의 여남은 명의 경찰이 리예파 소령보다 먼저 올랐을 거요. 이상한 건 리예파 소령이 전에 마약반 수사에 가담한 적이 없었다는 거요. 그가 스웨덴으로 보내지기에 가장 적합한 경찰로 보인 건

순전한 우연이었소."

"리에파 소령은 어떤 사건들을 다뤘습니까?"

무르니에르스는 차창 밖을 멀거니 응시했다. "그는 아주 다재다능한 형사였소. 최근 리가에 살인이 연루된 강도 사건이 있었소. 리에파 소령이 그 사건을 훌륭하게 수사해 그 범인들을 체포했지. 그만큼 경험이 많은 수사관들이 벽에 부딪힐 때, 리에파 소령은 대개 우리에게 의지가 되는 경찰이었소."

그들은 몇 차례 신호등에 걸려 멈춰 서 있는 동안 말없이 앉아 있었다. 발란데르는 버스 정거장에서 추위에 몸을 웅크리고 있는 한 무리의 사람들을 지켜보았고, 그들을 위해 문을 열어 줄 어떤 버스도 오지 않으리라는 강한 인상을 받았다.

"마약은," 그가 말했다. "서방의 우리에겐 익숙한 게 됐지만 대령님네는 새로운 뭔가입니다."

"완전히 새로운 건 아니지만," 무르니에르스가 말했다. "우린 그 정도 규모는 본 적이 없소. 우리의 국경 개방이 완전히 다른 규모의 기회와 시장을 낳았지. 이런 말 하고 싶지 않지만 우린 때때로 무력감을 느끼오. 라트비아를 거친 많은 양의 마약이 실제로 스웨덴으로 가기 때문에 우린 서방의 경찰과 협력할 필요가 있을 거요. 경화硬貨 미국의 달러나 스위스의 프랑처럼 언제든지 금이나 다른 화폐로 바꿀 수 있는 화폐는 미끼요. 이곳 라트비아의 범죄 조직에 가장 흥미 있는 시장 중 하나가 스웨덴이라는 건 우리에게 명확하오. 확실한 이유로. 벤츠필스Ventspils 라트비아 북서부에 있는 발트해에 면한 도시에서 스웨덴은 멀지 않은 데다 그 해변은 순찰하기엔 너무 길고 어렵소. 그들이 고전적인 밀수 루트를 장악해 왔다고 말해도 좋을 거요. 그들은 같은 루트로 보드카를 운반하곤 했소."

"더 알려 주십시오." 발란데르가 말했다. "마약은 어디서 제조됐습니까? 그 모든 것의 뒤엔 누가 있습니까?"

"당신은 우리가 빈곤한 나라에서 살고 있다는 걸 이해해야 하오." 무르니에르스가 말했다. "우리 이웃 나라만큼이나 빈곤하고 노후하지. 우린 오랜 세월 우리에 갇힌 것 같은 강제적인 삶을 살아왔소. 멀리서 서방의 부를 관측할 수 있을 뿐이었소. 이제 갑자기 모든 걸 입수할 수 있게 됐소. 하지만 거기에는 한 가지 조건이 있지. 돈이 필요하다는 것. 어떤 먼 곳이라도 갈 준비가 된 사람, 양심의 가책을 전혀 느끼지 않는 사람이 그 돈을 얻는 가장 빠른 방법은 마약을 통해서요. 당신이 우리의 장벽을 허무는 걸 돕고 고립되어 온 나라들의 문을 여는 걸 돕는다면 당신은 만족을 요하는 모든 욕구의 수문도 여는 거요. 먼 데서 지켜보도록 강요받았으되 만지는 건 금지되었던 그 모든 것들에 대한 욕구 말이오. 말할 필요도 없이 우린 상황이 어떻게 풀릴지 여전히 모르고 있소."

무르니에르스는 몸을 숙여 연석에 멈추려고 속도를 이미 줄인 운전사에게 무언가 말했다.

무르니에르스가 맞은편에 있는 건물의 외관을 가리켰다.

"총알 자국이오." 그가 말했다. "일 년 된."

발란데르가 보기 위해 몸을 숙였다. 그 벽은 정말 총알구멍투성이였다.

"이건 무슨 건물입니까?" 그가 물었다.

"우리 정부 부처 중 하나요." 무르니에르스가 말했다. "당신의 이해를 돕기 위해 이걸 보여 주는 게요. 무슨 일이 일어날지 우리가 왜 여전히 모르는지 이해하시라고. 우리가 더 많은 자유를 얻겠소? 아니면 우리가 가진 자유가 제한되겠소? 아니면 자유가 완전히 사라질까? 우린 여전히 모르오. 당신은 자신이 아직 아무것도 결정되지 않은 나라에 있다는 걸 이해해야 하오, 발란데르 경위."

그들은 항만 지역의 광대한 구역에 이를 때까지 달렸다. 발란데르는 무르니에르스가 한 말을 소화하려고 애썼다. 그는 붓고 창백한 얼굴의 남자를 동정하기 시작했고, 그가 말한 모든 게 자신과도 관련이 있다고 느끼기 시작했다. 아마 다른 누구보다 더 자신과 관련이 있을지 몰랐다.

"당신은 암페타민과 어쩌면 모르핀, 에페드린 같은 또 다른 약들을 제조하는 실험실이 있다는 걸 알 거요." 무르니에르스가 말했다. "우린 아시아와 남아메리카 코카인 카르텔이 구 동유럽에서 새로운 네트워크를 수립하려 한다고도 의심하고 있소. 그들이 서유럽으로 직행하던 이전 루트를 대체해야 할 필요성을 느끼고 있다고 말이오. 많은 루트가 유럽 경찰에 의해 폐쇄됐지만 카르텔들은 동유럽의 미개척지에서 날카로운 눈의 경찰을 피할 수 있을 거라고 믿고 있소. 예를 들어 부패하고 뇌물 공세를 펴기 더 쉬운 우릴 찾는 거지."

"리예파 소령 같은 경찰이요?"

"그는 절대 뇌물을 받으려고 하지 않았을 거요."

"제 말은 그가 날카로운 눈의 경찰이었다는 뜻이었습니다."

"그의 눈이 너무 날카로웠다면, 그를 죽음으로 몰고 간 게 그거라면, 난 푸트니스 대령이 곧 그걸 밝혀내리라 믿소."

"당신들이 체포한 사람은 누굽니까?"

"그 두 죽은 남자가 연루된 정황에서 우리가 종종 맞닥뜨린 사람이오. 우리가 끊임없이 싸워 온 범죄 조직의 우두머리 중 하나로 리가 출신의 전직 도살업자요. 놀랍게도 놈은 늘 감옥행을 피해 왔소. 하지만 이번에 우린 놈의 유죄를 확정할 수 있을 거요."

차가 느려지더니 고철 더미와 버려진 크레인들이 있는 선창에 멈춰 섰다. 그들은 차에서 내려 물가로 걸었다.

"여기가 리예파 소령이 발견된 곳이오."

발란데르는 주위를 둘러보고 기본적인 사실을 입증해 보려 했다. 살인자들과 소령은 어떻게 여기에 왔을까? 왜 꼭 여기여야 했을까? 선창의 이곳은 외따로 떨어져 있다고 말하기엔 충분치 않았다. 발란데르는 예전에 크레인이었던 잔재를 둘러보았다. **제발.** 바이바 리예파는 그렇게 썼다. 무르니에르스는 담배에 불을 붙이고 온기를 유지하기 위해 리드미컬하게 발을 구르고 있었다.

왜 내게 진짜 살인 현장을 말하고 싶어 하지 않는 거지? 발란데르는 생각했다. 바이바 리예파는 왜 비밀리에 날 만나려 하는 거지? **누가 전화로 에케르스 씨를 찾으면……**. 난 이곳 리가에서 정말 뭘 하고 있는 걸까?

그가 오늘 아침에 느꼈던 불안감이 찾아왔다. 그것이 이 미지의 나라에서 자신이 이방인이라는 사실과 관계가 있는지 궁금했다. 경찰 일은 자신이 속한 환경을 다루는 것이었다. 여기서 자신은 아웃사이더였다. 어쩌면 에케르스 씨로 가장해 이 외국의 환경을 뚫고 나갈 수 있을까? 쿠르트 발란데르는 스웨덴 경찰이었고, 그는 이 생경한 환경에서 무력감을 느꼈다. 그는 차로 돌아갔다.

"대령님네 서류들을 자세히 살펴보고 싶습니다." 그가 말했다. "검시 보고서, 법의학 보고서, 사진을요."

"우린 그 모든 서류를 번역할 거요." 무르니에르스가 말했다.

"제가 해석하는 게 더 빠를지 모릅니다." 발란데르가 제안했다. "지드스 병장이 영어를 유창하게 하니까요."

무르니에르스가 쓴웃음을 짓더니 또 다른 담배에 불을 붙였다.

"서두르시는군." 그가 말했다. "당신은 참을성이 부족하오. 물론 지드스 병장은 당신을 위해 그 보고서를 번역할 수 있소."

경찰 본부로 돌아갔을 때 그들은 커튼 뒤로 가 이중 거울을 통해 푸트니스 대령과 그가 신문 중인 남자를 지켜보았다. 취조실은 추웠고, 작은 나무 테이블과 의자 두 개가 있을 뿐이었다. 푸트니스 대령은 재킷을 벗은 채였다. 맞은편에 앉은 남자는 면도를 하지 않았고 지쳐 보였다. 푸트니스가 묻는 말에 그의 대답은 매우 느렸다.

"시간이 좀 걸리겠지만," 무르니에르스가 생각에 잠겨 말했다. "우린 곧 사실을 밝혀낼 거요."

"무슨 사실 말입니까?"

"우리가 옳은지 그른지."

그들은 미로의 내실로 들어왔고, 발란데르는 무르니에르스의 방과 같은 복도에 있는 작은 사무실로 안내되었다. 지드스 병장이 소령의 죽음에 관한 수사 파일을 가져왔다. 무르니에르스가 그 방을 나서기 전에 병장과 라트비아어로 몇 마디 말을 나누었다.

"오늘 오후 두 시에 여기로 바이바 리예파를 데려와 심문할 거요."

무르니에르스가 말했다.

발란데르는 소름이 끼쳤다. **날 배신했군, 에케르스 씨. 왜 그랬지?**

"내가 생각한 건 대화지," 발란데르가 말했다. "심문이 아닙니다."

"'심문'이란 단어를 쓰지 말았어야 했군." 무르니에르스가 말했다. "설명하자면, 그녀는 당신을 보면 기쁠 거라는 뜻을 내비쳤소."

무르니에르스가 방에서 나갔고, 지드스는 두 시간에 걸쳐 파일에 있는 모든 서류를 번역했다. 발란데르는 흐릿한 리에파의 시체 사진을 조사했고, 무언가 중요한 것을 놓쳤다는 느낌이 강하게 들었다. 그는 자신이 일에서 벗어난 다른 무언가를 하고 있을 때 생각이 더 명확해진다는 것을 알았기 때문에 병장에게 내복을 살 수 있는 가게에 데려다 달라고 부탁했다. 병장은 그의 요구에 놀라움을 드러내지 않았다. 발란데르는 병장이 고른 옷 가게로 들어가며 이 불합리한 모든 상황에 깊은 인상을 받았다. 마치 자신이 경찰의 에스코트하에 팬티를 사고 있는 듯했다. 지드스가 통역을 했고, 발란데르는 돈을 치르기 전에 그 내복을 입어 봐야겠다고 고집을 피웠다. 그는 두 벌을 샀고, 내복은 갈색 종이로 포장된 다음 끈으로 묶였다. 두 사람이 가게 밖으로 나왔을 때, 그는 점심을 먹어야지 않겠느냐고 말했다.

"하지만 라트비아 호텔에서는 말고." 그가 말했다. "거기만 아니면 되오."

지드스 병장은 큰길에서 차를 돌려 구시가로 향했다. 그것이 발란데르에게는 혼자서는 결코 출구를 찾을 수 없는 새로운 미로로 들어가는 것 같았다.

그들은 시굴다 레스토랑 앞에 멈췄다. 발란데르는 오믈렛을, 병장은 수프 한 그릇을 먹었다. 공기가 담배 연기로 무겁고 답답했다. 그들이 레스토랑에 들어섰을 때 만석이었는데, 발란데르는 병장이 테이블을 요구하는 모습에 주목했다.

"스웨덴에서는 그런 게 불가능하지요." 식사를 하며 그가 말했다. "그러니까, 경찰이 손님 많은 레스토랑에 들이닥쳐서 테이블을 요구하는 거 말이오."

"여긴 다릅니다." 지드스 병장이 개의치 않으며 말했다. "사람들은 경찰과 잘 지내는 편을 선호하죠."

발란데르는 슬슬 짜증이 나는 것을 느꼈다. 지드스 병장은 그런 오만을 떨기엔 어린 나이였다.

"앞으로 난 어떤 새치기도 하고 싶지 않소." 그가 말했다.

병장이 놀라 그를 응시했다.

"그럼 우린 어떤 식사도 할 수 없을 겁니다." 그가 말했다.

"라트비아 호텔의 식당은 항상 비어 있습니다." 발란데르가 퉁명스럽게 대꾸했다.

두 사람은 오후 2시 직전에 경찰 본부로 돌아왔다. 식사하는 내내 발란데르는 지드스가 번역했던 보고서가 뭐가 잘못되었는지 알아내려고 애쓰며 말없이 앉아 있었다. 그는 자신을 신경 쓰이게 한 것이 그 모든 게 완벽하다는 것이라고 결론을 내렸다. 그 보고서는 질문이 불필요한 방식으로 쓰인 것 같았다. 그 보고서가 그가 얻을 수 있는 전부였고, 그는 지드스가 옳게 했다는 확신이 들지 않았다. 유령이 없는 곳에서 유령을 보고 있었던 게 아닐까?

무르니에르스는 그의 방에 없었고, 푸트니스 대령은 여전히 신문으로 바빴다. 병장은 바이바 리에파를 데리러 갔다. 발란데르는 자신의 방에 홀로 남겨졌다. 그는 방에 도청 장치가 되어 있는지, 이중 거울을 통해 누가 자신을 관찰하고 있는지 궁금했다. 어떤 의심도 없다는 것을 주장하기라도 하듯 그는 바지를 벗고 내복을 입었다. 노크 소리가 들렸을 때, 다리가 가렵기 시작한다는 것을 느낀 참이었다. 그는 "들어와요."라고 소리쳤고, 병장이 바이바 리에파를 안내했다.

난 에케르스 씨가 아닙니다. 에케르스 씨 같은 사람은 없어요. 당신과 말하고 싶은 이유가 정확히 그겁니다.

"리에파 소령의 아내는 영어를 합니까?" 그가 병장에게 물었다.

지드스가 끄덕였다.

"그럼 나가 봐도 좋아요."

그는 마음의 준비를 하려고 애썼다. **내가 말하고 행동하는 모든 게 관찰될 수도 있다는 걸 기억해야 해. 우린 쓰는 건 고사하고 손가락을 입에 댈 수도 없어. 하지만 바이바 리에파는 에케르스 씨가 여전히 존재한다는 걸 알아야 하지.**

그녀는 검은색 오버코트와 털모자 차림이었다. 아침 일찍 본 모습과는 다르게 안경을 쓰고 있었다. 그녀는 모자를 벗고 검은 머리를 흔들어 내려뜨렸다.

"앉으십시오, 리에파 부인." 발란데르가 말했다. 그녀는 그가 손전등으로 비밀 신호를 보냈다는 듯 즉각 미소를, 아주 짧은 미소를 지었다. 그는 그녀가 다른 어떤 것은 전혀 기대하지 않았다는 듯이 놀란 기색을 보이지 않고 자신의 말을 받아들이는 모습에 주목했다. 그는 자신이 이미 알고 있는 대답 모두를 그녀에게 질문해야 한다는 것을 알았다. 어쩌면 그녀는 대답을 통해 자신에게 어떤 메시지를 보내지 않을까? 에케르스 씨만이 알아들을 수 있는 메시지를.

그는 동정을 표했다. 의례적인 말이었지만 진심을 담아. 이내 그는 미지의 누군가가 자신들을 관찰하리라는 것을 유념해 두고 이 상황에서 자연스러울 질문을 했다.

"리예파 소령과 결혼하신 지는 얼마나 됐습니까?"

"팔 년이요."

"제가 알기론 아이들은 없으시고요."

"우린 기다리고 싶었어요. 난 직업이 있어서요."

"직업이 뭡니까, 리예파 부인?"

"엔지니어예요. 하지만 최근 요 몇 년간 내 시간을 과학 논문을 번역하는 데 썼어요. 그중 어떤 건 우리 기술 대학을 위한 거죠."

당신은 어떻게 내게 아침 식사를 가져왔습니까? 그는 궁금했다. 라트비아 호텔의 당신 연줄은 누굽니까? 그 생각에 그는 집중을 할 수 없었다. 그는 다음 질문을 했다.

"그래서 그 일 때문에 아이를 가질 수 없다고 생각하셨습니까?"

그는 그 질문을 곧바로 후회했다. 그것은 개인적인 문제고, 적절치 않은 질문이었다. 그는 대답을 기다리지 않고 사과하며 다른 질문을 이어 나갔다.

"리예파 부인," 그가 말했다. "남편에게 정말 무슨 일이 있었는지 궁금해하고 걱정하고 고민하셨을 겁니다. 난 당신을 신문한 경찰 보고서 번역본을 갖고 있습니다. 당신은 아무것도 모르고, 이해도 안 된다고 말씀하셨습니다. 분명 그러실 겁니다. 당신만큼 남편의 살인자가 잡혀서 처벌을 받길 바라는 사람은 없죠. 그래서 말인데, 남편이 스웨덴에서 돌아온 날을 한 번 더 떠올려 봐 주셨으면 합니다. 남편이 살해됐다는 말에 충격을 받아서 간과하신 뭔가가 있을지도 모르니까요."

그녀의 대답이 그가 해석해야 할 첫 번째 간접적 신호를 주었다.

"아니요." 그녀가 말했다. "난 아무것도 잊지 않았어요. 하나도요." 에케르스 씨, 난 생각도 못 한 어떤 것에 충격받은 게 아니에요. 일어난 일은 우리가 두려워하던 거였어요.

"그렇다면 조금 더 전으로 가 보죠." 발란데르가 말했다. 이제 그녀에게 너무 어렵지 않도록 아주 조심스럽게 발을 디뎌야 할 터였다.

"남편은 자신의 일에 대해 말하지 않았어요." 그녀가 말했다. "남편은 경찰이 됐을 때 한 침묵의 서약을 깬 적이 한 번도 없어요. 난 도덕 수준이 아주 높은 남자와 결혼했죠."

그럴 거야. 발란데르는 생각했다. 그의 아주 높은 도덕 수준이 그를 죽였지. "리에파 소령에 대한 내 인상도 정확히 같습니다. 스웨덴에서 우리가 만난 게 며칠에 불과하다는 사실에도요."

이제 내가 당신 편이라는 걸 이해했을까? 바로 그 이유로 나를 보러 오라고 한 것을? 아무 의미 없는 질문의 연막을 피울 수 있도록?

그는 다시 기억을 더듬어 보라는 자신의 요구를 반복했다. 두 사람은 발란데르가 멈출 때라고 여겨질 때까지 한동안 질문과 답 들을 주고받았다. 그는 지드스 병장이 듣고 있을 것이라는 생각에 자리에서 일어나 그녀와 악수했다.

당신은 내가 리가에 온 걸 어떻게 알았습니까. 그는 궁금했다. 누군가가 당신에게 말했겠지. 우리가 만나길 바랐던 누군가가. 하지만 왜? 스웨덴의 대수롭지 않은 작은 마을에서 온 일개 경찰이 당신을 도울 수 있을 거라고 생각한 게 뭐지?

멀리 떨어져 있는 출구로 바이바 리예파를 에스코트하기 위해 병장이 나타났다. 발란데르는 외풍이 드는 창문 앞에 서서 뜰을 살폈다. 진눈깨비가 도시에 내리고 있었고, 높은 담 너머로 교회 첨탑과 드문드문 서 있는 고층 빌딩이 보였다. 그는 갑자기 이의를 제기할 것도 없는, 그 모든 게 자신의 상상이라는 기분에 사로잡혔다. 음모가 전혀 없는 곳에서의 음모들을 의심 중이었다. 그는 동구권 독재국가들이 시민들을 이간질시킨다는 것에 기초한 근거 없는 신화를 받아들이고 말았다. 내가 무르니에르스와 푸트니스를 믿지 못하는 타당한 이유가 뭐지? 바이바 리예파가 호텔 종업원으로 가장하고 자신의 호텔 방에 나타났다는 사실은 자신이 상상한 것보다 훨씬 덜 극적인 것으로 판명된 설명이 가능할 수도 있었다.

꼬리에 꼬리를 문 생각이 노크 소리에 깨졌다. 푸트니스 대령이었다. 그는 피곤해 보였고, 억지로 미소를 지었다.

"용의자 신문을 잠시 중단했습니다. 불행히도 용의자가 우리가 바랐던 자백을 하지 않는군요. 우린 지금 그가 준 다양한 정보의 조각들을 체크하는 중이고, 그런 다음 신문을 재개할 겁니다."

"의심의 근거가 뭡니까?" 발란데르가 물었다.

"과거에 놈은 레야와 칼른스를 배달원이자 똘마니로 썼습니다." 푸트니스가 말했다. "우린 놈들이 자년에 마약을 밀매했었다는 걸 증명할 수 있길 바라고 있지요. 하겔만이라는 그자는 필요하다고 생각되면 자신의 동료를 고문하거나 살해하길 주저할 타입이 아닙니다. 물론 그 혼자 행동해 온 건 아닙니다. 우린 현재 그자의 범죄 조직의 다른 일원을 찾는 중입니다. 그들 중 많은 수가 소련 시민이라, 불행히도 그들은 지금 자신의 나라에 있을 겁니다. 하지만 우린 포기하지 않을 겁니다. 우린 하겔만이 썼던 몇몇 무기도 찾아냈고, 레야와 칼른스를 죽인 총알들이 그중 어디에서 나왔는지 조사 중입니다."

"리예파 소령의 살인자와의 연결점은," 발란데르가 물었다. "어디에서 들어맞습니까?"

"모르지만," 푸트니스가 대답했다. "그건 계획된 살인이었고, 처형이었습니다. 소령은 강도조차 당하지 않았습니다. 그게 그의 일과 관련이 있었다고 결론 내려야 합니다."

"리예파 소령이 이중생활을 했을 가능성이 있습니까?" 발란데르가 물었다.

푸트니스가 지친 미소를 지었다.

"우린 시민들이 서로 뭘 하고 있는지의 인식이 예술의 경지에 이른 나라에 살고 있습니다." 그가 말했다. "동료 경찰 간의 경우도 마찬가집니다. 만약 리예파 소령이 이중생활을 했다면 우린 그걸 알았을 겁니다."

"누군가가 그를 비호하고 있지 않았다면요." 발란데르가 말했다.

푸트니스가 놀란 표정으로 그를 바라보았다.

"누가 그를 비호해 왔다는 겁니까?"

"모릅니다." 발란데르가 말했다. "그냥 떠오른 생각입니다. 특별히 근거가 있는 생각은 아니고요."

푸트니스가 방에서 나가려고 자리에서 몸을 일으켰다.

"오늘 저녁 우리 집으로 당신을 식사 초대 할 생각이었지만," 그가 말했다. "불행히도 신문을 계속해야 할 것 같아 안 될 것 같군요. 아마 무르니에르스 대령도 같은 생각이지 않을까요? 낯선 도시에 당신을 그냥 내버려 두는 게 가장 무례한 일일 것 같군요."

"라트비아 호텔은 아주 좋습니다." 발란데르가 말했다. "게다가 리예파 소령의 죽음에 관한 내 생각을 정리할 계획입니다. 밤새 걸리겠지만요."

푸트니스가 끄덕였다.

"그럼 내일 저녁으로." 그가 말했다. "당신을 초대해 우리 가족을 소개하고 싶습니다. 내 아내 아우스마는 훌륭한 요리사죠."

"좋지요." 발란데르가 말했다. "아주 좋을 겁니다."

푸트니스가 방에서 나갔고, 발란데르는 마음을 놓았다. 그는 무르니에르스가 집으로나 레스토랑으로나 어디로든 간에 자신을 초대하기 전에 경찰 본부 밖으로 나가고 싶었다.

"지금 호텔로 돌아갔으면 합니다만." 지드스가 문가에 나타났을 때 발란데르가 말했다. "오늘 밤 내 방에서 메모할 게 아주 많습니다. 내일 아침 여덟 시에 날 데리러 오면 됩니다."

병장이 호텔에 발란데르를 내려 주고 간 뒤, 그는 프런트에서 엽서와 우표 몇 장을 샀다. 그는 시내 지도도 달라고 했지만 호텔이 비치한 지도가 상세하지 않아서 곧장 멀지 않은 서점으로 갔다.

발란데르는 로비를 둘러보았지만 차를 마시거나 신문을 읽고 있는 사람은 보이지 않았다. 그건 그들이 여전히 여기 있다는 뜻이야. 그는 생각했다. 명백히 눈에 띄는 날이 있다면 다음 날은 안 보이겠지. 미행의 그림자가 존재하는지 의심해야 해.

그는 호텔에서 나와 서점을 찾으러 갔다. 이미 어두워졌고, 보도는 진눈깨비로 젖어 있었다. 길에는 많은 사람이 있었다. 발란데르는 이따금 멈춰서 쇼윈도를 들여다보았다. 진열된 상품들은 제한적이었고, 모두 대동소이했다. 서점에 도착해 그는 어깨 너머를 힐끗 돌아보았다. 걷다가 멈칫하는 사람의 기색은 보이지 않았다.

영어를 한마디도 하지 못하는 나이 든 신사가 그에게 리가 지도를 팔았다. 주인은 발란데르가 모든 말을 이해할 것이라고 대수롭게 여기지 않는 듯 계속해서 라트비아어로 말했다. 그는 호텔로 돌아왔다. 그의 앞 어디엔가 그가 볼 수 없는 그늘이 있었다. 내일 대령 중 한 명에게 왜 자신이 감시를 받는지 묻기로 마음먹었다. 비꼬거나 공격적인 태도를 버리고 친근한 방식으로 그 이야기를 꺼내리라고 생각했다.

그는 프런트에 자신에게 연락을 남긴 사람이 있는지 물었다. "없습니다, 발란데르 씨, 전혀요."가 대답이었다.

그는 방으로 올라가 외풍을 피하기 위해 창가에서 책상을 옮겨 와 엽서를 쓰려고 앉았다. 비에르크에게 보낼 리가 대성당 사진이 있는 엽서를 골랐다. 거기서 멀지 않은 어딘가에 바이바 리예파가 살았다. 어느 날 밤 늦게 소령은 전화를 받고 호출되었다. 누가 그 전화를 했소, 바이바? 에케르스 씨가 그 물음에 대한 답을 기다리며 호텔 방에 있소.

그는 비에르크, 린다 그리고 아버지에게 엽서를 썼다. 마지막 엽서를 누구에게 보낼지 주저하다가 누나 크리스티나에게 보내기로 결정했다.

이제 오후 7시였다. 그는 미지근한 물로 욕조를 채운 다음 욕조 가장자리에 위스키가 든 글라스를 균형 있게 놓았다. 이내 눈을 감고 모든 것을 처음부터 검토하기 시작했다. 구명보트, 죽은 남자들, 그들이 취했던 이상한 포옹 자세. 그는 자신이 일찍이 놓친 무언가를 찾으려고 애썼다. 뤼드베리는 보이지 않았던 것을 볼 가능성에 대해 말하고는 했었다. 자연스러워 보이는 것에서 이상한 것을 관찰하기. 그는 사건 전체를 체계적으로 살폈다. 보지 못한 단서가 어디에 있는 걸까?

목욕을 마친 그는 책상 앞에 앉아 더 많은 메모를 시작했다. 라트비아 경찰인 두 대령이 올바른 방향으로 나가고 있다는 확신이 들었다. 구명보트에 죽어 있던 두 사람이 조직 내 잘못된 행동으로 처벌을 받았다는 이론을 부정할 것은 아무것도 없었다. 그들이 셔츠 차림으로 총을 맞은 다음 구명보트에 던져졌다는 것이 진짜 문제는 아니었다. 그는 누가 그랬든 시체를 발견하게 할 의도로 그랬다는 것을 더 이상 믿지 않았다.

왜 구명보트를 훔쳤을까? 그는 썼다. 누가? 라트비아 범죄자들이 그토록 쉽게 스웨덴으로 가는 게 어떻게 가능했을까? 스웨덴인이 훔쳤을까, 아니면 스웨덴인 인맥이 있는, 스웨덴에 사는 라트비아인 짓이었을까? 리예파소령은 스웨덴에서 돌아간 날 밤 살해되었다. 그가 침묵을 지켰다는 것을 암시하는 많은 것이 있었다. 리예파 소령은 뭘 알고 있었을까? 그는 썼다. 살인이 일어난 장소를 입증하길 피하는, 완전히 불만족스러운 사건이 왜 내게 주어졌을까? 바이바 리예파. 그는 썼다. 알고 있지만 그녀가 경찰에게 말하고 싶지 않은 게 뭘까?

그는 노트를 한쪽으로 치우고 위스키 한 잔을 더 따랐다. 오후 9시가 다 되었고, 배가 고팠다. 그는 연결이 되는지 확인하기 위해 수화기를 들어 본 다음 프런트로 내려가 누가 전화하면 자신이 식당에 있을 것이라고 그들에게 알렸다. 식당에 들어서자 앞서와 같은 테이블로 안내되었다. 재떨이에 도청 장치가 있나 보군. 그는 속으로 빈정거렸다. 아니면 테이블 밑에서 누가 내 맥박을 재고 있나? 그는 구운 닭과 감자에 곁들여 아르메니아 와인 반병을 비웠다. 회전문이 열릴 때마다 전화가 왔다고 알리러 오는 프런트 직원일지 모른다고 생각했다. 커피와 브랜디 한 잔을 마시고 식당을 둘러보았다. 오늘 밤은 테이블 상당수가 차 있었다. 한쪽 구석에 몇몇 러시아인들이 있었고, 긴 테이블에는 독일인 한 단체가 라트비아인 인솔자들과 함께 있었다. 놀랄 만큼 싼 저녁값을 치른 때는 거의 밤 10시 30분이었고, 나이트클럽에 들러야 할지 잠깐 고민했다. 이내 그는 더 나은 생각이 났다. 그리고 15층을 향해 계단을 올랐다.

자물쇠에 열쇠를 막 꽂았을 때, 전화벨이 울리는 소리가 들렸다. 소리 내어 욕하며 그는 문을 열어젖히고 수화기를 집었다. 에케르스 씨와 통화할 수 있을까요? 남자가 말하고 있었고, 그의 영어는 형편없었다. 발란데르는 여기에 에케르스 씨가 없다고 시킨 대로 대답했다. 오, 제가 잘못 걸었나 보군요. 남자는 사과하고 전화를 끊었다. 부디 뒷문을 이용해 주십시오.

그는 오버코트를 입고 털모자를 들었다가 마음을 바꿔 그것을 주머니에 넣었다. 로비에 이르렀을 때 프런트에서 자신이 보이지 않을 것이라고 확신했다. 회전문에 닿았을 때 독일인 단체가 막 식당을 떠나는 참이었다. 그는 서둘러 호텔 사우나로 통하는 계단을 내려가 식당의 적재 구역 입구로 통하는 복도로 갔다. 회색 페인트칠이 된 철문은 정확히 바이바 리에파가 묘사한 대로였다. 그는 문을 열고 주의 깊게 얼굴에 바람을 느낀 다음 화물용 경사로를 내려갔고, 곧 자신이 호텔 뒤편에 있다는 것을 알았다.

거리에는 몇몇 가로등에만 불이 켜져 있었고, 그는 그림자 속으로 미끄러지듯 들어갔다. 그가 본 유일한 사람은 개를 산책시키는 노인이었다. 그는 어둠 속에서 미동도 없이 기다리며 서 있었다. 아무도 오지 않았다. 개가 오줌을 누는 동안 쓰레기통 옆에서 참을성 있게 서 있던 남자가 걸음을 옮겨 발란데르를 지나치며 그에게 자신과 개가 모퉁이를 돌면 따라오라고 말했다. 발란데르가 기다릴 때 어딘가 먼 곳에서 트램이 철컹거렸다. 그는 털모자를 썼다. 눈은 멈췄고, 점점 추워지고 있었다. 남자가 모퉁이를 돌아 사라졌다. 발란데르는 천천히 그의 뒤를 따라 걸었다. 모퉁이를 돌자 또 다른 골목이 나왔다. 남자와 개는 보이지 않았다. 차 문이 소리도 없이 그의 바로 옆에서 열렸다. **에케르스 씨.** 어둠 안쪽에서 목소리가 말했다. **우린 즉시 출발해야 합니다.** 뒷좌석에 오르고 나니 자신의 행동이 전부 잘못됐다는 생각이 들었다. 그는 오늘 아침에 들었던 기분을 기억했다. 지드스가 모는 차에 있었을 때. 그는 그 공포를 기억할 수 있었다. 이제 그것이 돌아왔다.

9

습기 찬 모직의 톡 쏘는 냄새.

그것이 쿠르트 발란데르가 차를 타고 리가를 관통한 밤 시간을 기억하는 방식이었다. 그는 뒷좌석에 올라 몸을 웅크렸고, 눈이 어둠에 익기 전에 미지의 손이 그의 머리 위로 두건을 씌웠다. 모직 냄새가 났다. 땀이 흐르기 시작했을 때 그는 피부가 가렵기 시작했다는 것을 느꼈다. 그럼에도 공포 그리고 더할 나위 없이 나쁘게 모든 것이 잘못되었다는 강한 확신은 차에 오른 순간 사라졌다. 머리에 두건을 씌운 손의 주인으로 추정되는 목소리가 그를 진정시키려고 했다. 우린 테러리스트가 아닙니다. 우린 조심하고 있을 뿐입니다. 그는 그 목소리가 에케르스 씨를 찾고 잘못 건 것을 사과한 전화의 목소리라는 것을 알았다. 마음을 진정시키는 그 목소리에는 강한 설득력이 있었고, 그것이 혼돈 상태로 붕괴된 동구권 나라에 사는 사람들이 배웠어야 할 것이라는 생각이 들었다. 정말 모든 것이 위협적일 때, 위협이 없다고 주장하는 게 어떻게 설득력 있게 들리겠는가.

차는 불편했다. 엔진 소리가 그에게 차가 러시아제라고 말했다. 아마 라다. 차 안에 적어도 둘 외에 몇 명이 더 있는지 알 수 없었다. 앞좌석에서 계속 기침을 하는 운전사와 마음을 퍽 진정시키는 말을 하는 옆 남자. 누군가가 창문을 내려 담배 연기를 밖으로 내뿜는 것처럼 이따금 얼굴에 찬바람이 닿았다. 잠시 그는 차 안의 희미한 향수 냄새를 맡았다고 생각했다. 바이바의 향수. 하지만 그것이 단지 상상이나, 어쩌면 바람이었다는 것을 깨달았다. 이들이 얼마나 빨리 달리는지 판단하기는 불가능했지만 도로 표면의 갑작스러운 변화로 이들이 도시를 벗어났다고 추측했다. 차는 간간이 느려졌고, 왼쪽이나 오른쪽으로 방향을 바꿨으며, 한 번은 로터리를 지났다. 그는 시간을 체크하려고 했다가 곧 포기했다. 마침내 차는 마지막으로 한 번 턴을 하고 나서 완전히 포장도로를 벗어난 방식으로 덜거덕거리기 시작했고, 여행은 끝이 났다. 운전사가 시동을 끄고 문을 열었다. 그는 도움을 받아 차에서 내렸다.

날씨는 끔찍하게 추웠고, 그는 침엽수의 냄새를 맡았다고 생각했다. 누군가가 넘어지지 않도록 자신의 팔을 잡고 있었다. 몇 발걸음을 이끌린 그는 문이 삐걱거리는 소리가 난 후 등유 냄새가 나는 따뜻한 방에 들어섰고, 두건이 벗겨졌다. 그는 움찔했다. 다시 볼 수 있었고, 그 충격이 처음 머리에 두건이 씌워졌을 때보다 훨씬 크게 다가왔다. 방은 거친 나무 벽으로 된 직사각형이었다. 사냥꾼이 쓰는 임시 오두막 같다는 것이 즉각적인 인상이었다. 벽난로 위에는 수사슴의 머리가 걸려 있었다. 모든 가구는 밝은색 나무로 만든 것이었으며, 유일한 빛은 두 개의 등유 램프에서 나오는 것이었다.

안정감을 주는 목소리의 남자가 입을 열었다. 그의 얼굴은 발란데르의 상상과 전혀 달랐다. 그가 상상한 한에서는 전혀. 그는 작은 키에 끔찍한 어려움을 견뎠거나 단식 투쟁이라도 한 것처럼 비쩍 말라 있었다. 얼굴이 창백했다. 그가 쓴 뿔테 안경은 그의 광대뼈에 너무 크고 무거워 보였고, 발란데르는 그가 스물다섯에서 쉰 사이의 어느 나이라 해도 가능하리라 생각했다. 그가 미소를 지으며 의자를 가리켰다. 발란데르는 앉았다. 보온병과 컵 몇 개를 든 남자가 그림자 속에서 불쑥 나왔다. 운전사겠군. 발란데르는 생각했다. 그는 더 나이가 들었고, 살결이 거무스름했으며, 분명 거의 미소를 짓지 않는 부류의 사람이었다. 발란데르는 차 한 잔을 따랐다. 두 남자는 테이블 반대편에 앉았다. 운전사가 테이블 위에 놓인 하얀색 자기 등유 램프의 불을 키웠다. 등유 램프 빛 너머의 그림자에서는 거의 아무 소리도 들리지 않았고, 발란데르는 거기에 또 다른 사람이 있다는 것을 알아챘다. 누군가가 차를 끓이며 날 기다리고 있었어.

"우리가 드릴 수 있는 건 차뿐입니다, 발란데르 씨." 남자가 말했다. "하지만 당신은 우리가 데리러 가기 바로 전에 저녁을 드셨고, 우린 당신을 오래 잡아 두지 않을 겁니다."

남자의 말에는 발란데르의 신경을 긁는 무언가가 있었다. 자신이 에케르스 씨인 동안에는 그것이 자신과 개인적으로 아무 관련이 없다고 느꼈었다. 하지만 이제 자신은 발란데르 씨였고, 그들은 어떤 보이지 않는 작은 구멍으로 지켜보며 저녁을 먹는 자신을 관찰했으며, 그들이 저지른 유일한 실수는 자신이 간신히 문을 열기 몇 초 일찍 전화했다는 것뿐이었다.

"내게는 당신들을 믿지 못할 충분한 이유가 있습니다." 그가 말했다. "난 당신들이 누군지조차 모릅니다. 소령의 아내 바이바 리예파는 어디 있습니까?"

"부디 우리의 무례를 용서하십시오. 내 이름은 유피티스입니다. 완전히 마음을 놓으셔도 됩니다. 우리의 대화가 끝나는 순간 호텔로 돌아갈 수 있다는 걸 약속하죠."

유피티스라고. 발란데르는 생각했다. 에케르스 씨 같은 거로군. 이름이 뭐든 그게 아니라는 게 확실해.

"모르는 사람과의 약속은 아무짝에도 쓸데없죠." 발란데르가 말했다. "당신들은 내 머리에 두건(두건이 옳은 단어 맞나?)을 씌우고 날 데려왔습니다. 난 리예파 부인의 남편을 알았기에 그녀의 조건대로 만나길 동의했습니다. 난 그녀가 리예파 소령이 살해된 이유를 설명하는 데 경찰에 도움이 될 뭔가를 말할 거라고 생각했습니다. 난 당신들이 누군지 모릅니다. 다시 말해서 내겐 당신들을 믿지 못할 충분한 이유가 있습니다."

유피티스가 잠시 생각하더니 동의의 의미로 고개를 끄덕였다. "당신 말이 맞습니다. 타당한 이유 없이 우리가 그토록 주의를 기울였다고는 생각 마십시오. 죄송하지만 그게 필수였습니다. 리예파 부인은 오늘 밤 우리와 함께할 수 없지만 난 그녀 편입니다."

"그걸 내가 어떻게 확신합니까? 당신들이 원하는 게 뭡니까?"

"당신의 도움을 원합니다."

"왜 내게 가짜 신분을 줘야 했습니까? 왜 이렇게 한적한 장소에서 만나야 합니까?"

"이미 말씀드렸다시피, 죄송하지만 그럴 필요가 있었습니다. 당신은 아직 라트비아에 오래 있지 않았습니다, 발란데르 씨. 차츰 이해하시게 될 겁니다."

"내가 도움이 될 거라고 생각합니까?"

다시 한번 그는 등유 램프의 희미한 불빛 너머의 그림자에서 거의 감지하기 힘든 소리를 들었다. 바이바 리예파야. 그는 생각했다. 모습을 드러내지 않지만 그녀는 저기 있어. 나와 아주 가까운 데에.

"잠시만 참아 주십시오." 유피티스가 말했다. "라트비아가 실제로 어떤 곳인지 설명하는 걸로 시작하겠습니다."

"그게 필요합니까? 당신네 국기가 어떻게 생겼는지 모른다는 걸 인정해야겠지만 라트비아는 여느 나라와 다를 바 없는 나라입니다."

"설명할 필요가 있다고 생각합니다. 당신이 우리나라가 다른 여느 나라와 똑같다고 한 바로 그 사실이 당신이 정말 이해해야 할 어떤 게 있다는 걸 뜻합니다."

발란데르는 차를 한 모금 마셨다. 그는 그림자를 꿰뚫어 보려 애썼다. 제대로 닫히지 않은 문을 통해 안을 볼 수 있는 것처럼 시야 끝으로 보이는 한 줄기 불빛으로 힌트를 얻을 수 있을 터였다.

운전사는 머그잔을 감싸 손을 덥히고 있었다. 눈이 감겨 있는 것으로 보아 자신과 유피티스만의 대화가 될 것이 분명했다.

"당신은 누굽니까?" 그가 물었다. "적어도 그건 말하십시오."

"우린 라트비아인입니다." 유피티스가 대답했다. "우린 이 불행한 때에 이 어려운 나라에서 태어났고, 당신과 우리의 길은 엇갈렸습니다. 그리고 우린 우리와 당신이 수행되어야 할 임무에 관여하고 있다는 걸 알아차렸습니다."

"리예파 소령은?" 발란데르가 물었지만 그의 질문은 미완으로 남았다.

"처음부터 말씀드리겠습니다." 유피티스가 말했다. "우리나라가 붕괴 직전이라는 걸 아셔야 합니다. 소련에 의해 식민지로 전락한 다른 나라들은 말할 것도 없이, 발트해의 다른 두 나라 사람들은 이차대전 이후 잃어버린 자유를 찾으려고 애쓰고 있습니다. 하지만 자유는 혼돈에서 태어납니다, 발란데르 씨. 그리고 무시무시한 목표들을 달성하는 데 열중한 괴물들이 어둠 속에 숨어 있습니다. 자유에 찬성하거나 반대할 수 있다고 가정하는 건 치명적 오류입니다. 자유에는 많은 면이 있습니다. 라트비아 인구를 희석해 우리의 궁극적인 종말을 초래할 목적으로 이곳으로 이주된 많은 러시아인들은 의문시되는 자신들의 존재를 걱정할 뿐 아니라, 당연히 자신들의 특권을 잃는 것 또한 두려워합니다. 자신들의 특권을 자발적으로 넘긴 사람들의 역사적 선례는 없습니다. 따라서 그들은 자신들의 위치를 지키고자 스스로 무장 중이고, 비밀리에 그렇게 하고 있습니다. 그게 지난가을 여기서 일어났던 일의 원인입니다. 소련군이 지배권을 장악하고 비상상태를 선포했죠. 잔혹한 독재 정권에서 통일국가로 부상해 수월하게 민주국가 같은 체제로 나아갈 수 있다고 생각하는 건 착각입니다. 우리에게 자유는 저항할 수 없는 아름다운 여자같이 매혹적인 거죠. 하지만 이떤 이들은 자유를 어떻게든 반대해야 할 위협으로 간주합니다."

유피티스는 자신의 말이 자신마저 떨릴 정도의 폭로였다는 듯 침묵에 빠졌다.

"위협이요?" 발란데르가 말했다.

"우린 시가전에 직면할 수 있습니다." 유피티스가 말했다. "정치적 대화가 사람들이 복수에 미쳐 날뛰는 상황으로 바뀔지도 모릅니다. 자유에 대한 욕망이 아무도 예견할 수 없는 끔찍한 상황으로 바뀔 수도 있고요. 괴물들이 날개를 펴고 맴돌고 있고, 칼들은 어둠 속에서 벼려지고 있습니다. 미래를 예측하는 것만큼이나 결전이 어떻게 될지 말하기 힘듭니다."

수행되어야 할 임무. 발란데르는 유피티스가 정확히 뭘 의미하는지 판단하려고 애썼지만 그는 자신이 시간을 낭비하고 있다는 것을 진작 알고 있었다. 유럽에서 일어나는 일을 파악하는 자신의 능력은 사실상 존재하지도 않았다. 정치적 행위는 자신의 경찰 세계 어디에도 존재한 적이 없었다. 선거철이 다가오면 그는 대개 투표를 했지만 진지한 관심 없는, 되는 대로의 투표였다. 그의 삶에 즉효를 나타내지 않는 변화들이 그를 무관심한 사람으로 만들었다.

"괴물들을 쫓는 건 경찰들이 할 수 있는 일이 아닙니다." 그가 자신의 무지를 변명하려 애쓰며 머뭇거리듯 말했다. "난 진짜 사람이 저지른 진짜 범죄를 수사합니다. 난 바이바 리에파가 아무도 없는 자리에서 날 보길 원했다고 생각해서 에케르스 씨가 되는 데 동의한 겁니다. 라트비아 경찰이 리에파 소령을 살해한 자를 찾는 데 내게 협조를 요청했습니다. 그것과 스웨덴 해안에 떠밀려 온 구명보트에 든 두 라트비아인 시체와 어떤 연관이 있는지 알아내는 게 주된 일이죠.

그리고 갑자기 이제는 당신들이 내게 도움을 요청하는 사람이 된 걸로 보입니다. 맞습니까? 그렇다면 내가 이해할 수 없는 사회문제에 관한 긴 연설 없이 좀 더 간단히 요청해야 할 겁니다."

"맞는 말씀입니다." 유피티스가 말했다. "서로 돕는 일이라고 해두죠."

발란데르는 '수수께끼'라는 영어 단어가 생각나지 않아 그 의미를 우회적인 방식으로 표현해야 했다.

"무슨 말인지 모르겠군요." 그가 말했다. "당신들이 원하는 게 뭔지 정확히 요점만 말해 주시겠습니까?"

유피티스는 등유 램프 뒤에 숨어 있던 수첩을 끌어당기고 추레한 재킷의 주머니에서 펜을 꺼냈다.

"라트비아인 시체 두 구가 스웨덴 해변을 표류했습니다." 그가 말했다. "리예파 소령은 스웨덴으로 갔고요. 당신은 그와 함께 일했습니까?"

"그래요. 그는 좋은 경찰이었습니다."

"하지만 그는 스웨덴에 며칠간 혼자 있었고요?"

"그래요."

"그렇게 짧은 기간에 그가 실력 있는 경찰이었다는 걸 어떻게 아십니까?"

"철저함과 경험은 거의 항상 즉각적으로 눈에 띄는 법입니다."

발란데르에게 그 질문들은 충분히 순수해 보였지만 유피티스는 자신이 무엇을 노리고 있는지 꽤 확신하고 있었다. 그 질문들은 보이지 않는 그물을 잣는 방식이었다. 그는 처음부터 명확한 목적을 향하는 실력 있는 수사관 같았다. 질문의 단순성은 착각을 일으킬 환상이었다. 어쩌면 그는 경찰일지 모르겠군. 발란데르는 생각했다. 그림자 속에 숨은 사람이 바이바 리에파가 아닐 수도 있을까? 푸트니스 대령일까? 아니면 무르니에르스 대령?

"그래서 리에파 소령을 높이 평가하셨습니까?"

"물론이오. 내가 그렇게 말하지 않았던가요?"

"만약 경찰로서의 리에파 소령의 경험과 철저함을 무시한다면요?"

"어떻게 그걸 무시합니까?"

"사람으로서의 그의 인상은 어땠습니까?"

"경찰로서 봤던 생각과 같습니다. 그는 차분하고, 빈틈없고, 매우 참을성이 많았고, 아는 게 많았고, 똑똑했습니다."

"리에파 소령도 당신에 대해 같은 의견을 갖고 있었습니다, 발란데르 씨. 그는 당신이 좋은 경찰이라고 생각했죠."

발란데르의 머리에 경종이 울렸다. 단지 모호한 느낌이었지만 유피티스가 중요한 질문들을 하기 시작했다고 생각했다. 그와 동시에 그는 무언가가 잘못되었다는 것을 깨달았다. 리에파 소령은 살해되기 전 몇 시간 동안만 집에 있었는데, 여기에 있는 유피티스는 스웨덴으로의 소령의 여행의 상세한 부분을 명백히 알고 있었다. 오직 소령만이 직접적으로든 아내를 통해서든 그런 정보를 전달할 수 있었을 터였다.

"친절한 사람이군요." 발란데르가 말했다.

"리에파 소령이 스웨덴에 있는 동안 당신들은 꽤 바빴습니까?"

"살인을 수사할 땐 늘 할 일이 많습니다."

"어울릴 시간이 없었습니까?"

"뭐라고요? 그 질문을 이해 못 하겠군요."

"어울리다. 긴장을 풀다. 웃고 노래하다. 난 스웨덴인이 노래하길 좋아한다고 들었습니다."

"리예파 소령과 난 합창단을 창단하지 않았습니다. 당신이 뜻한 게 그거라면. 난 어느 날 밤 그를 집으로 초대했지만 그게 다였습니다. 우린 위스키 한 병을 비우고 음악을 들었지요. 눈이 엄청나게 내린 밤이었습니다. 그리고 그는 호텔로 돌아갔습니다."

"리예파 소령은 음악을 아주 좋아했습니다. 그는 가끔 콘서트에 갈 시간을 거의 낼 수 없다고 불평했습니다."

경종이 더 크게 울렸다. 발란데르는 그가 대체 뭘 알아내려고 하는지 궁금했다. 이 유피티스라는 자는 누굴까? 그리고 바이바 리예파는 어디 있는 걸까?

"무슨 음악을 들었는지 물어봐도 되겠습니까?"

"마리아 칼라스. 어떤 오페라였는지는 기억나지 않습니다. 〈투란도트〉 같습니다."

"난 그 오페라를 잘 모릅니다."

"푸치니의 가장 아름다운 오페라 중 하나죠."

"그리고 당신들은 위스키를 마셨습니까?"

"그래요."

"눈이 엄청나게 내렸고요?"

"그래요."

이제 요점으로 가고 있군. 발란데르의 머리가 뜨거워졌다. 나도 모르게 내가 무슨 말을 하길 바라는 걸까?

"위스키의 브랜드가 뭐였습니까?"

"짐빔 같소."

"리예파 소령은 센 술이 들어가면 아주 유해지죠. 뭐랄까, 그는 이따금 술을 한잔하면서 쉬길 좋아했습니다."

"그래요?"

"그는 모든 면에서 온건한 사람이었죠."

"아마 그 술이 그보다 내게 더 영향을 미쳤던 것 같습니다. 당신이 알고 싶은 게 그거라면 말입니다."

"그럼에도 그날 저녁의 당신 기억은 분명해 보이는군요."

"우린 음악을 들었습니다. 손에 글라스를 들고 앉아서. 잡담을 나눴죠. 조용히 앉아서. 내가 그걸 왜 기억해야 합니까?"

"아마 당신들은 구명보트 안의 시체들에 관해 논의했겠죠?"

"내 기억으론 그런 적 없습니다. 리예파 소령이 가장 많이 한 말은 라트비아에 대한 것이었을 겁니다. 그건 그렇고, 그가 결혼했다는 걸 안 건 그때였습니다."

발란데르는 갑작스러운 분위기 변화를 알아챘다. 유피티스는 유심히 그를 관찰 중이었고, 운전사는 거의 감지할 수 없는 움직임으로 의자에서 자세를 바꾸었다. 발란데르는 유피티스가 이제껏 끌고 왔던 자신들의 이 대화의 핵심에 막 도달했다는, 믿을 만한 자신의 직감을 확신했다. 하지만 정확히 그게 뭐지? 그는 마음의 눈으로 소파에 앉아 한쪽 다리에 위스키 잔을 올려놓고 음악을 듣고 있는 소령을 볼 수 있었다. 거기에 무언가가 더 있는 게 분명했다. 스웨덴 경찰을 위한 비밀 신분으로서 에케르스 씨의 창조를 정당화할 무언가가.

"리예파 소령이 떠날 때 책을 한 권 선물하셨던데, 맞습니까?"

"그에게 스코네 사진책을 사 줬습니다. 아주 창의적인 선물은 아니었겠지만 더 나은 걸 생각할 수 없었습니다."

"리예파 소령은 그 선물을 매우 고마워했습니다."

"당신이 어떻게 압니까?"

"그의 아내가 말해 줬습니다."

이제 본론이 나오겠군. 발란데르는 생각했다. 이 질문들은 대화의 핵심에서 주의를 돌리기 위해서였을 뿐이야.

"전에 동구권 경찰과 일해 보신 적 있습니까?"

"폴란드 형사의 방문을 받은 적 있죠. 그게 답니다."

유피티스는 수첩을 한쪽으로 밀었다. 그는 여태 메모 한 번 하지 않았지만 발란데르는 유피티스가 자신이 알고 싶은 것을 알아냈다고 확신했다. 그게 뭘까. 그는 궁금했다. 나도 모르게 내가 그에게 말하고 있는 게 뭘까?

발란데르는 이제 얼음처럼 차가운 차를 한 모금 마셨다. 이제 내 차례야. 이제 내가 이 대화를 역전해야 해.

"소령은 왜 살해됐습니까?" 그가 물었다.

"소령은 이 나라에서 진행되고 있는 일의 방식을 매우 걱정했습니다." 유피티스가 머뭇거리며 대답했다. "우린 종종 어떻게 하면 좋을지 생각하며 그에 관해 이야기를 나눴습니다."

"그가 살해된 이유가 그거였습니까?"

"왜 누군가가 그를 살해하고 싶을까요?"

"그건 대답이 아닙니다. 그건 다른 질문입니다."

"우린 그게 사실인 게 두렵습니다."

"누가 그를 죽일 이유라도 있습니까?"

"내가 좀 전에 한 말을 기억하십시오. 자유를 두려워하는 사람들에 대한."

"어둠 속에서 누가 자신들의 칼을 갈았다는 겁니까?"

유피티스가 천천히 고개를 끄덕였다. 발란데르는 자신이 들은 모든 이야기를 받아들여 생각하기가 피곤했다.

"내가 옳게 이해했다면 당신은 조직의 일원이군요." 그가 말했다.

"꽤 느슨하게 연결된 단체죠. 조직은 추적당해 와해되기 아주 쉽습니다."

"이루고자 하는 게 뭡니까?"

유피티스는 머뭇거리는 것 같았다. 발란데르는 기다렸다.

"우린 자유인입니다, 발란데르 씨. 이 부자유의 한가운데에서요. 라트비아 내에서 무슨 일이 벌어지고 있는지 분석할 수 있다는 의미에서 우린 자유롭습니다. 아마 우리 대부분이 지식인이라는 점을 더해야 할지도 모르겠군요. 저널리스트, 학자, 시인. 어쩌면 우리가 붕괴에서 우리나라를 구할 정치 운동이 될 것의 핵심을 이루고 있을 겁니다. 혼란이 일어난다면요. 소련이 침략을 개시한다면요. 시가전을 피할 수 없다면요."

"리예파 소령은 당신들 중 하나였습니까?"

"네."

"리더?"

"우리에겐 리더가 따로 없지만, 발란데르 씨, 리에파 소령은 우리 단체의 중요한 일원이었습니다. 그의 위치를 고려하면 그는 상황을 보는 눈이 뛰어났습니다. 우린 그가 배신당했다고 생각합니다."

"배신당해요?"

"이 나라의 경찰은 전적으로 점령국 지배하에 있습니다. 리에파 소령은 예외였지요. 그는 그의 동료들과 이중 게임을 하고 있었습니다. 엄청난 위험을 무릅썼습니다."

발란데르는 잠시 생각했다. 그는 대령들이 한 어떤 말을 기억해 냈다. 우린 서로를 감시하는 데 아주 능숙하다.

"경찰 내의 누군가가 살인의 배후라는 뜻입니까?"

"물론 확신할 순 없지만 우린 그럴 거라 생각하고 있습니다. 달리 만족스러운 설명이 없지요."

"누굴까요?"

"그게 우리가 당신에게 바라는 겁니다. 그걸 알아내는 데 우릴 돕는 것."

이것이 마침내 지그소 퍼즐에 대한 해결책이 가까이에 있을지도 모른다는 첫 번째 징후라는 생각이 발란데르의 머리를 스쳤다. 그는 소령의 시체가 발견된 장소에 대한, 수상쩍으리만큼 허술한 수사에 대해 생각했다. 그는 리가에 발을 들인 순간부터 자신이 미행당한 방식에 대해 생각했다. 갑자기 그는 서로 시종일관 감시해 온 그 모든 활동 뒤에 패턴이 있었다는 것을 보았다.

"대령 중 한 명입니까?" 그가 말했다. "푸트니스 아니면 무르니에르스?"

유피티스가 머뭇거림 없이 대답했다. 그것은 나중에 그의 목소리에 승리의 울림이 있었다고 발란데르의 머리에 떠오를 터였다.

"우린 무르니에르스를 의심하고 있습니다."

"왜죠?"

"이유가 있습니다."

"어떤 이유요?"

"무르니에르스 대령은 충실한 소련 시민으로, 여러 방면으로 명성을 떨쳤습니다."

"그가 러시아인입니까?" 발란데르가 놀라서 물었다.

"무르니에르스는 전쟁 중에 라트비아로 왔습니다. 그의 아버지는 적군赤軍이었습니다. 그는 젊었을 때인 1957년에 경찰에 몸을 담았지요. 아주 젊고 유망했던."

"그래서 당신은 그가 자신의 부하 중 한 명을 죽였다고 말하는 겁니까?"

"달리 설명할 길이 없습니다. 하지만 우린 무르니에르스가 직접 그 살인을 저질렀는지는 모릅니다."

"리예파 소령은 왜 스웨덴에서 돌아온 날 밤 살해됐습니까?"

"리예파 소령은 과묵한 사람이었습니다." 유피티스가 말했다. "그는 필요 없는 말은 하지 않았죠. 그게 이 나라에서 습득하는 습관입니다. 난 그의 가까운 친구였음에도 그는 절대 해야 할 말 이외에는 어떤 말도 하지 않았습니다. 이 나라에서는 너무 많은 비밀로 친구에게 부담을 줘선 안 된다는 걸 배우게 됩니다. 그럼에도 그는 가끔 자신이 뭔가를 알고 있음을 내비쳤습니다."

"뭘요?"

"모릅니다."

"분명 짚이는 게 있으시겠죠?"

유피티스는 머리를 저었다. 그는 갑자기 매우 피곤해 보였다. 운전사는 의자에서 미동도 없었다.

"날 믿을 수 있다는 걸 어떻게 아십니까?" 발란데르가 물었다.

"모르지만 우린 위험을 감수해야 합니다. 우린 스웨덴 경찰이 우리나라에서는 일반적인 끔찍한 혼돈에 지나치게 연루되는 것에 관심 없어 한다고 생각합니다."

정확해. 발란데르는 생각했다. 난 미행당하고 싶지 않고, 사냥꾼 오두막에서 비밀 미팅을 하러 차에 태워져 끌려오고 싶지 않아. 그중 내가 가장 원하는 건 집으로 돌아가는 거야.

"바이바 리에파를 봐야겠습니다." 그가 말했다.

유피티스가 끄덕였다.

"우리가 전화해서 에케르스 씨를 찾을 겁니다." 그가 말했다. "아마 빠르면 내일쯤이요."

"난 심문을 위해 그녀를 데려오라고 요청할 수도 있습니다."

유피티스가 머리를 저었다. "너무 많은 사람이 듣고 있을 겁니다." 그가 말했다. "우리가 만남을 준비하죠."

그것으로 모임은 끝이 났다. 유피티스는 사색에 잠긴 것처럼 보였다. 발란데르는 그림자 안을 힐끗 보았다. 희미한 빛은 더 이상 보이지 않았다.

"당신이 알고 싶은 걸 알아냈습니까?" 그가 물었다.

유피티스는 대답 없이 미소를 지었다.

"리예파 소령이 우리 집에 들러 위스키를 마시며 〈투란도트〉를 들었던 밤, 그는 자신의 살해와 관련이 있을지 모를 것에 대해 아무것도 말하지 않았습니다. 당신은 단도직입적으로 물을 수도 있었을 텐데요."

"우리의 이 나라에서 지름길은 없습니다. 우회로가 가장 자주 쓰이는 유일한 접근 방법이죠. 그리고 가장 안전한."

그가 수첩을 챙기고 자리에서 일어났다. 운전사가 의자에서 벌떡 일어났다.

"돌아가는 길엔 두건을 쓰지 않았으면 합니다." 발란데르가 말했다. "가려워서요."

"당연히 그럴 겁니다." 유피티스가 말했다. "하지만 조심하는 게 당신에게도 이로울 거라는 걸 아실 겁니다."

리가로 돌아가는 길은 추웠고, 달빛이 환했다. 발란데르는 차창에 스치는 어두운 마을들의 실루엣을 보았다. 그들은 불이 켜지지 않은 수많은 거리와 높은 건물들의 그늘이 이어진 교외를 달렸다.

발란데르는 차에 올랐던 곳과 같은 곳에서 내렸다. 유티피스가 호텔의 뒷문을 사용하라고 말했었다. 그 문으로 들어갈 때, 그는 자물쇠가 잠긴 것을 알았다. 안에서 조심스럽게 잠금장치가 풀리는 소리를 들었을 때, 그는 어떤 행동을 취해야 할지 몰랐다. 놀랍게도 문을 연 남자는 며칠 전 호텔 나이트클럽의 문을 열어 주었던 사람이었다. 그는 비상계단으로 발란데르를 이끌었고, 그가 1506호의 문을 열 때까지 같이 있어 주었다. 새벽 2시가 막 지난 시간이었다.

방은 얼음장 같았다. 그는 양치 컵에 위스키를 따른 다음 담요를 몸에 두르고 책상 앞에 앉았다. 피곤했지만 방금 있었던 일을 요약하기 전까지는 잘 수 없을 것이라는 사실을 알았다. 손에 쥔 펜이 차갑게 느껴졌다. 그는 수첩을 끌어당기고 위스키를 한 모금 마신 다음 생각에 빠졌다.

시작으로 돌아가. 뤼드베리는 그렇게 말했었다. 모든 구멍과 수수께끼는 잊어버려. 자네가 확실히 아는 걸 가지고 시작해.

하지만 실제로 내가 아는 게 뭐지? 유고슬라비아제 구명보트에 실려 위스타드 근처 해안으로 떠내려온, 살해된 두 라트비아인. 분명 그것이 하나의 시작점이었다. 리가 경찰에서 온 소령이 수사를 도울 목적으로 위스타드에서 며칠을 보냈다. 발란데르 자신이 구명보트를 철저히 조사하지 않은 변명의 여지가 없는 실수를 저질렀다. 그리고 그것을 도둑맞았다. 누가 훔쳤을까? 리예파 소령이 리가로 돌아갔다. 그는 두 대령, 푸트니스와 무르니에르스에게 보고서를 제출했다. 그리고 집으로 가 스웨덴 경찰 발란데르, 자신이 준 책을 아내에게 보여 주었다. 아내와 무슨 말을 했을까? 직접 호텔 종업원으로 가장하기까지 한 그녀는 무엇 때문에 모든 걸 유피티스에게 일임했지? 왜 그녀는 에케르스 씨를 지어냈을까?

발란데르는 글라스를 비우고 위스키를 조금 더 따랐다. 손끝이 하얬고, 그는 따뜻하게 하기 위해 곱은 손을 담요 안에 넣었다.

연결 고리가 있을 수 없다고 생각되는 곳에서 연결 고리를 찾아봐. 뤼드베리는 그렇게 말하곤 했었다. 하지만 연결 고리가 있기는 할까? 유일한 공통분모는 리에파 소령이었다. 소령은 밀수에 관해, 마약에 관해 말했었다. 무르니에르스도 그랬다. 하지만 증거 없는 추측일 뿐이었다.

발란데르는 리에파 소령이 뭔가 알고 있었다고 유피티스가 한 말을 생각하면서 자신이 쓴 것을 죽 읽어 보았다. 하지만 뭘? 유피티스가 말했던 괴물 중 하나를? 그는 창문 틈새로 들어오는 외풍에 살짝 떠 있는 커튼들을 보며 깊은 생각에 빠졌다. 누군가가 그를 배신했습니다. 우린 무르니에르스가 의심스럽습니다.

그게 가능할까? 발란데르의 생각이 작년, 말뫼의 한 경찰이 망명을 희망하는 이민자에게 냉혹하게 총을 쐈던 때로 돌아갔다. 있을 수 없는 일이라는 게 정말 있을까?

그는 계속 썼다. 구명보트 안의 죽은 남자들–마약–리에파 소령–무르니에르스 대령. 그 연결이 뭘 가리킬까? 유피티스가 알고 싶었던 게 뭘까? 그는 리에파 소령이 내 소파에 앉아 마리아 칼라스를 들었던 날 밤 뭔가를 누설했다고 생각했을까? 그는 그것을 알고 싶었던 걸까? 아니면 그는 리에파 소령이 뭐든 나에게 털어놨는지 알고 싶었을 뿐이었을까?

거의 새벽 3시 15분이었다. 발란데르는 자신이 한계에 이르렀다는 것을 감지했다. 그는 욕실로 가서 이를 닦았다. 거울로 모직 두건 때문에 여전히 벌겋게 된 얼굴의 반점을 보았다.

바이바 리에파가 아는 건 뭘까? 내가 보지 못한 게 뭘까?

그는 옷을 벗고 아침 7시에 알람을 맞춘 다음 침대를 파고들었지만 잠이 오지 않았다. 손목시계를 보았다. 오전 3시 45분. 어둠 속에서 자명종 시침이 보였다. 오전 3시 35분. 베개를 바로잡고 눈을 감았다. 불현듯 그는 깜짝 놀라 손목시계를 다시 보았다. 3시 51분. 손을 뻗어 침대 옆의 등을 켰다. 자명종 시계는 오전 3시 41분을 가리키고 있었다. 그는 일어나 앉았다. 왜 자명종이 느려졌지? 아니면 내 손목시계가 빨라졌나? 왜 차이가 생겼지? 전에는 그런 적이 없었다. 그는 자명종 시계를 집어 들고 자신의 손목시계에 맞춰 시침을 조정했다. 오전 3시 44분. 이내 그는 불을 끄고 눈을 감았다. 막 잠이 들려는 찰나에 의식이 돌아왔다. 그는 어둠 속에 조용히 누워서 이 모든 게 자신의 상상이었다고 중얼거렸다. 하지만 결국 다시 한번 불을 켰고, 침대에 앉아 자신의 자명종 시계의 뒷면을 열었다.

삼사 밀리 두께의 작은 동전만 한 크기의 마이크가 들어 있었다. 두 배터리 사이에 끼어 있었다. 처음에 발란데르는 그것이 보풀 덩어리거나 회색 테이프 조각이라고 생각했다. 하지만 등을 기울여 부품을 세밀히 조사하자 배터리 사이에 끼인 무선 마이크가 보였다. 그는 손에 든 시계를 노려보며 오랫동안 거기에 앉아 있었다. 이내 그는 시계 뒷면을 닫았다. 오전 6시 직전 그는 침대 등을 켜 둔 채 선잠에 빠져들었다.

10

발란데르는 참을 수 없는 분노의 상태로 깨어났다. 누군가가 자신의 자명종 시계에 마이크를 설치했다는 사실에 굴욕과 분노를 느꼈다. 그는 자신의 몸을 장악한 피로를 씻어 내기 위해 샤워를 한 뒤 일단 도청을 당하고 미행을 당하는 이유가 무엇인지 알아내기로 마음먹었다. 두 대령의 짓이라고 생각했지만 왜 자신을 와서 돕도록 초청한 다음 감시하에 두면서 자신을 얼마나 신뢰하지 않는지 즉각 증명했을까? 그는 그 회색 양복을 입은 남자를 이해할 수 있었다. 그는 철의 장막 뒤에 아직도 분명히 존재하는 나라에서 감시는 당연하다고 생각했다. 하지만 호텔 방에 잠입해 도청 장치를 심다니!

오전 7시 30분에 그는 식당에서 커피 한 잔을 주문했다. 어떤 미행의 징후라도 있는지 보기 위해 주위를 둘러보았지만 한쪽 구석 테이블에서 불안해하며 조용히 대화 중인 일본인 커플을 제외하면 자신

뿐이었다. 그는 8시가 되기 전에 거리로 나갔다. 공기는 더 온화했다. 아마 봄이 오는 중이리라. 차 옆에 선 지드스 병장이 손을 흔들고 있었다. 발란데르는 불쾌감을 드러내며 높은 벽이 둘러쳐진 경찰 본부로 가는 내내 단호한 표정으로 말없이 앉아 있었다. 지드스 병장이 무르니에르스의 방이 있는 복도에서 그의 방으로 발란데르를 데려가려 했을 때, 그는 손을 저어 거절했다. 그는 이제 그 방으로 가는 길을 알았다. 하지만 몹시 짜증 나게도 길을 잃었고, 길 안내를 부탁해야 했다. 무르니에르스의 방문 앞에 멈춰서 노크를 하려고 손을 들었다가 마음을 바꿔 자신의 방으로 갔다. 그는 여전히 피곤했고, 무르니에르스에게 분노를 터뜨리기 전에 자제할 필요를 느꼈다. 그는 전화가 울렸을 때에야 재킷을 벗었다.

"안녕하십니까." 푸트니스 대령이 말했다. "잘 주무셨길 바랍니다, 발란데르 씨."

내가 거의 자지 못했다는 걸 분명 아주 잘 알 텐데. 발란데르는 생각했다. 내가 코 한 번 안 골았다는 걸 도청 장치가 말해 줬겠지. 이미 당신 책상 위에 보고서가 올라갔다는 걸 장담해.

"그럭저럭요." 그가 말했다. "신문은 어떻게 돼 갑니까?"

"유감스럽게도 썩 좋지 않지만 오늘 아침에 다시 해 볼 겁니다. 자신이 처한 상황을 재고하게 할 새로운 많은 자료로 용의자와 대면할 겁니다."

"내가 할 일은 없을 것 같은데요." 발란데르가 말했다. "내가 무슨 도움이 될지 정말 모르겠습니다."

"좋은 경찰은 안달하는 법이죠." 푸트니스 대령이 말했다. "괜찮으시다면 당신을 보러 갈까 생각했습니다."

"나는 여기 있습니다." 발란데르가 말했다.

푸트니스 대령은 15분 뒤에 왔다. 커피 두 잔이 놓인 쟁반을 든 젊은 경찰과 함께였다. 푸트니스의 눈 밑에 다크서클이 있었다.

"피곤해 보이는군요, 푸트니스 대령님."

"취조실은 늘 공기가 나쁩니다."

"담배를 너무 많이 피우신 거 아닙니까?"

푸트니스가 어깨를 으쓱했다. "분명 그럴 겁니다." 그가 말했다. "스웨덴 경찰들은 거의 담배를 피우지 않는다면서요. 난 담배 없는 삶을 생각하기 어렵습니다."

리예파 소령. 발란데르는 생각했다. 그가 지정된 구역 이외에서는 흡연이 허락되지 않는 스웨덴의 이상한 경찰서에 대해 말했을까?

푸트니스는 담배 한 갑을 꺼냈다.

"피워도 되겠습니까?" 그가 물었다.

"그럼요. 난 담배를 피우지 않지만 담배 연기가 싫지 않습니다."

발란데르는 커피를 마셔 보았다. 뒷맛이 썼고 매우 진했다. 푸트니스는 천장으로 피어오르는 담배 연기를 지켜보며 생각에 잠겨 앉아 있었다.

"왜 나를 감시하십니까?" 발란데르가 그에게 물었다.

푸트니스가 묻는 듯한 눈으로 응시했다.

"뭐라고요?"

연기할 줄 아는군. 발란데르는 생각했다. 그리고 분노가 밀려오는 것을 느꼈다.

"왜 나를 감시하십니까? 당신들이 날 미행해 왔다는 걸 압니다. 하지만 왜 내 자명종 시계에 도청 장치를 할 필요까지 있다고 생각하십니까?"

푸트니스가 그를 주의 깊게 관찰했다.

"당신 자명종 시계의 도청 장치는 불운한 오해 때문일 겁니다." 그가 말했다. "내 부하 중 어떤 친구는 이따금 과잉 충성을 하죠. 당신을 지켜보는 사복 경찰들은 당신의 안전을 위해 거기 있는 겁니다."

"왜입니까? 내게 무슨 일이 일어날 수도 있습니까?"

"우린 당신에게 어떤 일도 일어나지 않길 바랍니다. 리예파 소령이 살해된 이유를 알기까진 우린 각별히 주의하고 있습니다."

"난 나 자신을 돌볼 수 있습니다." 발란데르가 경멸하는 투로 말했다. "더 이상 도청 장치를 심을 계획을 삼가 주시면 감사하겠습니다. 만약 또 다른 걸 발견한다면 즉시 스웨덴으로 돌아가겠습니다."

"미안합니다." 푸트니스가 말했다. "책임이 있는 사람이 누구든 내가 엄중히 질책하겠습니다."

"하지만 명령을 내린 사람은 대령님 아닙니까?"

"도청 장치는 아닙니다." 푸트니스가 주장했다. "내 대위 중 하나가 유감스러운 솔선수범을 했나 봅니다."

"도청 장치는 매우 작았습니다." 발란데르가 말했다. "아주 신식이더군요. 누가 옆방에 앉아서 듣고 있었을 것 같던데요?"

푸트니스가 끄덕였다.

"당연히." 그가 말했다.

"냉전이 끝났다고 생각했습니다만." 발란데르가 말했다.

"역사적인 한 시기가 다른 시기로 대체될 때, 거기에는 한 무리의 사람이 옛 사회의 잔재로 남아 있기 마련입니다." 푸트니스가 철학적으로 말했다. "그건 경찰들에게도 해당되는 말입니다."

"수사와 직접 상관없는 질문을 해도 괜찮겠습니까?" 발란데르가 물었다.

푸트니스의 희미한 미소가 돌아왔다. "물론이지만," 그가 말했다. "만족스러운 답변을 드릴 수 있을지는 모르겠군요."

푸트니스의 과장된 예의가 동구권 국가의 경찰들에게서 받은 인상과 어긋난다는 생각이 발란데르에게 들었다. 처음 푸트니스를 만났을 때 그는 그에게서 큰 고양이를 떠올렸었다. 미소 짓는 맹수. 점잖게 미소 짓는 맹수.

"이런 말씀 드리기 뭣하지만, 난 라트비아에서 어떤 일이 일어나고 있는지 잘 모릅니다." 그가 입을 열었다. "하지만 지난가을 여기서 무슨 일이 있었는지는 압니다. 거리에 탱크가 깔렸고, 사람들은 배수로에서 죽었죠. 러시아 '검은 베레'의 무서운 진격 말입니다. 거리에서 바리케이드의 잔재를 봤습니다. 집 벽에 남은 총알구멍들을 봤죠. 거기엔 마침내 소련 점령을 끝내고 소련에서 독립하고자 하는 열망이 퍼져 있습니다. 그 결의가 반대에 부딪히고 있고요."

"그 반대를 보는 다른 관점들이 있습니다." 푸트니스가 머뭇거리다 말했다.

"이 상황에서 경찰은 어느 쪽에 서 있습니까?"

푸트니스가 놀란 표정으로 그를 응시했다. "우린 질서를 유지합니다, 당연히." 그가 대답했다.

"어떻게 탱크들의 질서를 유지합니까?"

"내 말은 우리가 사람들의 평정심을 유지하게 한다는 뜻입니다. 아무도 불필요하게 다치지 않도록요."

"하지만 분명 탱크들은 무질서의 원인으로 간주될 테죠?"

푸트니스는 대답하기 전에 담배를 주의 깊게 비벼 껐다. "당신과 난 둘 다 경찰입니다." 그가 말했다. "우리에겐 똑같은 고상한 목적이 있습니다. 범죄와 싸워 사람들의 안전을 보장하는 거요. 하지만 우린 다른 환경에서 일하고, 그게 우리가 하는 일의 방식에 영향을 미칩니다."

"대령님은 그것들을 보는 다른 관점들이 있다고 하셨습니다. 마찬가지로 경찰 내에서도 다른 관점들이 있겠지요?"

"난 서방에서는 경찰이 정치에 좌우돼서는 안 되는 걸로 알고 있습니다. 경찰은 어떤 정부가 집권하든 중립을 지켜야 합니다. 마찬가지로 그건 우리나라에서도 똑같이 적용됩니다."

"하지만 여긴 정당이 하나뿐이지 않습니까?"

"이제 더는 아닙니다. 최근 몇 년 사이 새로운 정치 조직들이 생겨났습니다."

발란데르는 푸트니스가 자신의 어떤 질문에도 능숙하게 대답을 피하고 있다는 것을 알 수 있었다. 그는 정면 돌파 하기로 마음먹었다.

"대령님 생각은 뭡니까?" 그가 물었다.

"뭐에 대해서요?"

"독립에 대해서. 자유를 얻는 것이요."

"라트비아 경찰 내 일개 대령은 그 질문에 견해를 밝힐 권리가 없습니다. 특히 이방인에게는요."

"여기에 도청 장치가 되어 있으리라고는 생각지 않습니다." 발란데르가 말했다. "대령님 대답은 새어 나가지 않을 겁니다. 게다가 난 조금 있으면 스웨덴으로 돌아갑니다. 마을 광장의 임시 연단에 서서 대령님이 내게 말한 비밀을 떠들 일은 없을 겁니다."

푸트니스는 대답하기 전 한동안 그를 위아래로 쳐다보았다.

"난 물론 당신, 발란데르 경위님을 믿습니다. 난 이 나라에서 일어나는 일에 공감하고 있다고 말하고 싶군요. 그리고 우리의 이웃 나라 그리고 소련을요. 하지만 내 동료 모두가 이런 견해를 가지고 있는 건 아닙니다."

예를 들면, 무르니에르스 대령. 발란데르는 생각했다. 하지만 그는 인정하지 않으리라, 당연히.

푸트니스 대령이 자리에서 몸을 일으켰다. "많은 생각을 하게 하는 대화였지만," 그가 말했다. "이제 난 취조실에서 달갑지 않은 인간을 대면해야 합니다. 당신에게 전화한 건 내 아내 아우스마가 당신이 내일 저녁 우리와 식사를 해도 괜찮은지 궁금해해서였습니다. 난 우리가 오늘 밤 약속을 잡았다는 걸 깜빡했습니다."

"좋고말고요." 발란데르가 말했다.

"무르니에르스 대령은 오늘 아침에 당신을 만나고 싶어 합니다. 당신과 수사를 집중해야 할 지역에 관해 이야기를 나누려고요. 그리고 신문에 돌파구가 생기면 꼭 알려 드리겠습니다."

푸트니스가 방에서 나갔다. 발란데르는 숲속 사냥꾼 오두막에서 돌아온 어젯밤 작성했던 메모들을 꼼꼼히 읽어 보았다. 우린 무르니에르스 대령을 의심합니다. 유피티스는 그렇게 말했었다. 우린 리예파 소령이 배신당했다고 생각합니다. 달리 설명할 길이 없죠.

그는 지붕들을 내다보며 창가에 서 있었다. 그는 이런 수사에 관여해 본 적이 없었다. 자신이 전혀 몰랐던 삶을 영위하는 사람들의 점령된 땅에 자신이 있다는 것을 깨달았다. 어떻게 해 나가야 할까? 집에 가는 편이 낫지 않을까? 그럼에도 호기심이 인다는 사실을 부인할 수 없었다. 그 근시에 키 작은 소령이 왜 살해되었는지 알고 싶었다. 어디서 연결되어 있을까? 그는 책상으로 돌아가 다시 한번 메모들을 살펴보기 시작했다. 전화기가 울렸고, 그는 무르니에르스의 목소리를 기대하며 수화기를 들었다. 처음 들린 것은 귀청이 터질 듯 치직대는 소리였고, 이내 그는 그것이 형편없는 영어로 자신을 이해시키려고 애쓰는 비에르크라는 사실을 깨달았다.

"접니다!" 그가 송화구에 대고 소리쳤다. "발란데르. 잘 들립니다."

"쿠르트!" 비에르크가 외쳤다. "자넨가? 잘 들리지 않아. 난 발트해 맞은편에 있을 뿐인데, 연결이 왜 이리 엉망이지? 내 말 들리나?"

"들립니다. 소리치지 않으셔도 됩니다."

"뭐라고 했나?"

"소리치지 말라고요! 그리고 천천히 말씀하세요!"

"잘돼 가나?"

"더디게요. 전 우리가 어디로 가고 있는지조차 모릅니다."

"여보세요?"

"디디게 진행되고 있다고요. 안 들리십니까?"

"간신히. 천천히 말하게. 소리치지 말고. 자넨 괜찮나?"

갑작스레 연결이 명료해졌다. 비에르크는 옆방에 있는 것일지도 몰랐다.

"이제 좀 낫군. 자네 말이 들리지 않았네."

"수사는 천천히 진행되고 있고, 저는 우리가 어디로 향하고 있는지조차 모릅니다. 푸트니스라는 대령이 어제부터 용의자를 신문 중이지만 그게 어디로 이어질지 모르겠습니다."

"자네가 도움이 될 것 같은가?"

발란데르는 잠시 주저했다가 자신 있게 대답했다. "네." 그가 말했다. "여기 있는 게 좋을 것 같습니다. 서장님이 제게 좀 더 시간을 주신다면요."

"여긴 특별할 게 없네. 아주 조용해. 자네가 하는 일에 집중해도 되네."

"구명보트에 관해서 어떤 단서라도 있습니까?"

"전혀."

"제가 알아야 할 거라도 있습니까? 옆에 마르틴손 있습니까?"

"마르틴손은 감기로 침대에 누워 있네. 라트비아가 인계한 이래 우린 그 수사를 놨어. 수사할 새로운 사건이 전무하네."

"눈이 또 내렸습니까?"

발란데르는 비에르크의 대답을 듣지 못했다. 누군가가 가위를 갖다 댄 것처럼 연결이 끊겼다. 수화기를 내려놓으면서 발란데르는 아버지에게 전화해야 한다는 데 생각이 미쳤다. 그는 아직 써 놓은 엽서를 보내지 않았다. 리가 기념품이라도 사야 하는 거 아닐까? 라트비아에서 집에 가져갈 만한 게 대체 뭐지? 그는 모호한 향수병을 치워 버리고 다 식은 커피를 마저 비운 다음 메모들로 돌아갔다. 30분 뒤 그는 삐걱거리는 의자에 몸을 기대고 기지개를 켰다. 마침내 피곤을 덜 느끼기 시작했다. 가장 먼저 해야 할 일은 바이바 리에파와 이야기를 나누는 거야. 그는 생각했다. 그걸 하기 전엔 모든 게 추측일 뿐이지. 그녀에게 결정적으로 중요한 정보가 있을 거야. 어젯밤 유피티스가 왜 만남을 주선했는지 알아야 해. 내가 말하길 바란 게 뭔지, 내가 알까 봐 두려웠던 게 뭔지.

그는 종이쪽에 그녀의 이름을 쓰고 그 둘레에 동그라미를 쳤다. 그리고 그녀의 이름 뒤에 느낌표를 썼다. 그리고 무르니에르스의 이름을 쓰고 그 뒤에 물음표를 썼다. 그는 종이를 한데 모아 자리에서 일어선 다음 복도로 나갔다. 무르니에르스의 방문을 노크했을 때 웅얼대는 소리가 들려 안으로 들어갔다가 무르니에르스가 통화 중인 것을 알았다. 대령이 불편해 보이는 방문자용 의자를 가리켜 발란데르는 거기에 앉아 기다렸다. 그는 무르니에르스가 하는 말을 들었다. 대화가 과열된 것처럼 보였고, 이따금 대령의 목소리가 고함에 가깝게 높아졌다. 발란데르는 저 붓고 방치된 몸에 엄청난 힘이 내재되어 있음을 알아차렸다. 그는 한마디도 알아들을 수 없었지만, 문득 무르니에르스가 라트비아어를 하고 있는 게 아니라는 것을 분명히 알 수 있었다. 억양이 달랐다. 그 사실을 안 것은 무르니에르스가 러시아어로 말하는 게 분명하다는 것을 알기 전이었다. 대화는 무르니에르스가 일련의 위압적인 명령 같은 소리로 엄포를 놓은 다음 수화기를 내동댕이침과 함께 끝났다.

"멍청한 것들." 그가 손수건으로 얼굴을 훔치며 중얼거렸다. 그는 태연자약한 모습으로 돌아와 발란데르를 향하고 미소를 지었다. "부하들이 해야 할 일을 하지 않은 땐 늘 곤란하오. 스웨덴에서 당신도 같은 문제가 있소?"

"자주요." 발란데르는 예의상 그렇게 대답했다.

그는 맞은편에 앉은 남자를 바라보았다. 그가 리에파 소령을 죽였을 가능성이 있을까? 당연히 가능하고말고! 오랜 세월 경찰에 몸담았던 경험이 그에게 이 명백한 답을 주었다. 살인자라는 것은 없다. 살인을 저지르는 평범한 사람이 있을 뿐.

"난 우리가 모든 자료를 한 번 더 검토해야 할 것 같다고 생각했소." 무르니에르스가 말했다. "푸트니스 대령이 신문하고 있는 자가 어떤 식으로든 관련이 되어 있다고 난 확신하지만 신문이 진행되고 있는 동안 어쩌면 우리가 새로운 방향을 찾을 수도 있지 않겠소?."

발란데르는 정면 돌파 하기로 마음먹었다.

"그 사건 현장의 조사는 부적절한 것 같습니다." 그가 말했다.

무르니에르스가 눈썹을 치켜올렸다.

"어떤 면에서 말이오?"

"지드스 병장이 나를 위해 번역해 준 보고서를 보면 몇몇 세부 사항이 사실처럼 보이지 않습니다. 우선, 아무도 그 부두 자체를 수색하는 데 신경 쓴 것 같지 않습니다."

"거기서 발견될 거라도 있소?"

"타이어 자국이요. 리에파 소령은 그날 밤 부두에 걸어가지 않았을 겁니다."

발란데르는 무르니에르스가 어떤 말이라도 하길 기다렸지만 대령이 아무 말이 없자 말을 이었다.

"아무도 흉기 역시 찾은 것 같지 않습니다. 시체가 발견된 곳에서 살인이 저질러지지 않은 것 같다는 게 내 대체적인 인상입니다. 지드스 병장이 번역해 준 보고서는 범죄 현장과 시체가 발견된 장소가 동일하다고 언급하지만 그렇다는 걸 뒷받침할 증거를 제시하지 못합니다. 어쨌든 그중에서 가장 이상하게 생각되는 건 참고인 조사를 받은 목격자가 한 명도 없다는 겁니다."

"목격자는 없소." 무르니에르스가 말했다.

"어떻게 아십니까?"

"우린 부두 경비원과 이야기를 나눴소. 아무도 어떤 것도 보지 못했지. 게다가 리가는 밤이면 잠드는 도시요."

"난 오히려 리예파 소령이 살았던 동네에 대해 생각 중이었습니다. 그가 집을 나섰을 땐 늦은 밤이었습니다. 누군가가 문이 닫히는 소리를 듣고 그렇게 늦게 나가는 사람이 누군지 보려고 했을지도 모릅니다. 어떤 차가 서 있었을지도 모르고요. 대령님이 깊이 파 보시면 뭔가 보거나 듣는 사람은 거의 항상 있을 겁니다."

무르니에르스가 끄덕였다. "우리가 지금 하려는 게 바로 그거요." 그가 말했다. "경관들이 지금 리예파 소령 사진을 들고 가가호호 탐문 중이오."

"좀 늦었다고 생각하지 않으십니까? 사람들은 곧 잊습니다. 아니면 날짜를 헷갈려하죠. 리예파 소령은 매일 자신의 집 계단을 오르내리곤 했습니다."

"때로는 조금 기다리는 게 유리할 수도 있소." 무르니에르스가 대답했다. “리예파 소령이 살해됐다는 소문이 돌기 시작하면 사람들은 온갖 것들을 봤다고 주장할 거요. 아니면 자신들이 봤다고 상상하거나. 그들이 봤을지도 모른다고 상상한 것과 정확한 관찰을 구분하도록 며칠 기다리는 게 사람들이 충분히 심사숙고하게 하는 한 가지 방법이 될 수도 있소.”

발란데르는 무르니에르스의 말이 일리 있다는 것을 알았지만 자신의 경험에 비추어 볼 때, 며칠을 사이에 두고 두 번 방문하는 게 도움이 될 수도 있었다.

“그 밖에 신경 쓰이는 게 있소?” 무르니에르스가 물었다.

“리예파 소령은 뭘 입고 있었습니까?”

“무슨 소리요?”

“제복 차림이었습니까, 사복 차림이었습니까?”

“제복. 그는 아내에게 업무 때문에 나가야 한다고 말했소.”

“주머니에서 뭐가 나왔습니까?”

“담배와 성냥. 잔돈 조금. 펜 하나. 거기에 있을 필요가 없는 건 아무것도 없었소. 빠진 것도 없었고. 신분증은 가슴 주머니에 있었고, 지갑은 집에 두고 나왔소.”

“그는 총을 가지고 다녔습니까?”

“리예파 소령은 그걸 억지로 사용해야 할지도 모를 진짜 위험이 없는 한 총을 소지하길 선호하지 않았소.”

“그는 보통 경찰서를 어떻게 갔습니까?”

“물론 운전사가 딸린 차가 있었지만 종종 걷길 선택했소. 이유야 신만이 아시겠지.”

"보고서에 바이바 리예파는 밖에서 차가 멈추는 소리를 들은 기억이 없다고 했습니다."

"당연하오. 그는 당직이 아니었으니까. 그는 속은 거요."

"그렇긴 해도 그때 그는 그걸 몰랐습니다. 다시 집 안으로 들어가지 않았으니, 그는 차에 고장이 생긴 거라고 추측한 게 틀림없습니다. 그때 그는 뭘 했을까요?"

"아마 걷기 시작했겠지. 우린 모르오."

발란데르는 더 이상 질문을 하지 않았지만 수사가 제대로 진행되지 않았다고 이제 확신했다. 누명을 씌우고 있다는 인상을 줄 만큼 아주 형편없이. 하지만 뭘 감추기 위해서?

"몇 시간쯤 그의 집과 그 주변 거리를 조사했으면 합니다." 발란데르가 말했다. "지드스 병장이 날 도울 수 있을 겁니다."

"아무것도 못 찾겠지만," 무르니에르스가 그에게 장담했다. "얼마든지 해 보시오. 신문에서 뭔가 중요한 게 나오면 당신을 찾으러 사람을 보내지."

그가 벨을 누르자 지드스 병장이 문가에 나타났다. 발란데르가 그에게 그 동네 안내를 부탁했다. 그는 리예파 소령의 운명을 알기 전에 머리에 바람을 쐴 필요가 있다고 느꼈다.

지드스 병장은 방문자에게 자신의 도시를 안내하는 일이 즐거워 보였다. 그는 지나치는 거리와 공원 들을 상세히 설명했고, 발란데르는 그가 얼마나 자랑스러워하는지 알 수 있었다. 그들은 왼편에 강을 끼고 아스파시아스 대로를 내려갔다. 병장은 발란데르에게 자유를 상징하는 높은 기념물을 보여 주기 위해 연석에 차를 댔다. 발란데르는 그 거대한 오벨리스크가 상징하는 게 무엇인지 이해하려고 애쓰다, 자유를 갈망하지만 그것이 두려울 수도 있다던 유피티스의 말을 떠올렸다. 좀 추레한 옷차림을 한 불량배 같아 보이는 남자들이 추위에 떨며 기념물 밑동에 쭈그리고 앉아 있었다. 발란데르는 그들 중 길바닥에서 담배꽁초를 줍는 한 사람을 지켜보았다. 리가는 대조적인 것들로 가득 차 있어. 그는 생각했다. 보이는 모든 것, 이해되기 시작했다고 생각한 모든 것에는 그 즉시 그 반대가 따랐다. 페인트칠이 되지 않은 고층 건물들이 전쟁 전 상당히 잘 꾸몄지만 노쇠한 아파트들 위로 솟구쳐 있었다. 거대한 둔치 산책로들은 결국 좁은 골목길이나 화려한 광장-회색 콘크리트와 화강암 기념물들의 냉전 연병장-들이 되었다.

병장이 빨간 신호에 멈췄을 때 발란데르는 보도를 흐르는 끝없는 사람의 물결을 지켜보았다. 저들은 행복할까? 저들은 내 고향 사람들과 다를까? 그는 판단할 수 없었다.

"베르만 공원입니다." 지드스 병장이 말했다. "저기에 영화관이 두 곳 있습니다. 스파르타크와 리가. 왼쪽에 있는 게 에스플라나데 공원이죠. 이제 우린 발데마르가로 향하고 있습니다. 시市 운하의 다리를 건너면 오른편으로 공연장이 보일 겁니다. 지금 우린 다시 십일 번 노벰베르 부두를 향해 좌회전하고 있습니다. 계속 갈까요, 발란데르 대령님?"

"아니, 됐습니다. 이만하면 충분합니다." 전혀 대령답지 않은 느낌으로 발란데르가 말했다. "나중에 내가 기념품 사는 걸 도와주시고, 지금은 리예파 소령의 집 근처 어디에 세워 주면 좋겠습니다."

"스카르누가街." 지드스 병장이 그에게 말했다. "리가의 가장 오래된 지역 중심부에 있죠."

그는 트럭 운전사가 감자 몇 포대를 내리는 동안 배기가스를 내뿜고 있는 트럭 뒤에 차를 세웠다. 발란데르는 병장을 데려가야 할지 말아야 할지 잠시 망설였다. 그 없이는 어떤 질문도 할 수 없을 테지만, 그렇다 하더라도 혼자서 관찰과 생각을 할 필요를 느꼈다.

"저기가 리에파 소령의 집입니다." 지드스 병장이 두 고층 건물 사이에 끼어 있는 아파트를 가리키며 말했다.

"그의 아파트에서 거리가 내다보입니까?" 발란데르가 물었다.

"네, 이 층 왼쪽에 있는 네 창문에서요."

"여기서 기다려요." 발란데르가 그에게 말했다.

한낮이었지만 거리는 조용했다. 발란데르는 리에파 소령이 마지막으로 혼자서 걸어 나왔던 집을 향해 천천히 걸었다. 그는 범죄자나 희생자 속으로 들어가 그들의 생각과 반응을 이해하려 애쓰며 그 미지의 세계로 접근하기 위해 배우가 되어야 한다는 뤼드베리의 말을 기억했다. 발란데르는 현관 입구로 가 문을 열었다. 계단은 어두웠고 알싸한 오줌 냄새가 났다. 문에서 손을 놓자 작게 딸깍하는 소리를 내며 문이 닫혔다.

그는 그 통찰력이 어디서 나왔는지 추적할 수 없었지만 어두운 계단을 응시하고 서 있을 때, 갑자기 무언가가 명확해졌다. 마치 작은 빛줄기가 퍼진 것 같았고, 눈앞에서 본 그 섬광의 모든 것을 기억할 수 있었다. **그전에 뭔가가 있었어.** 그는 생각했다. 리에파 소령이 스웨덴에 왔을 땐 이미 많은 일이 일어났어. 모스비 스트란드에서 포르셀 부인이 맞닥뜨린 그 구명보트는 리예파 소령이 쫓고 있던 일련의 사건 중 작은 부분이었을 뿐이었다. 유피티스가 알고자 했던 것이 그것이었다. 리예파 소령이 그의 의혹 중 어떤 것이라도 드러냈을까? 자신의 고국에서 일어난 범죄를 알았거나 의심한 것에 대해 그가 어떤 말이라도 했을까? 발란데르는 했어야 할 일련의 추리를 자신이 놓쳤다는 것을 이제 아주 명확히 알 수 있었다. 만약 유피티스가 옳았고, 리예파 소령이 그의 동료 중 하나, 아마 무르니에르스 대령에게 배신을 당했다면, 유피티스가 아니더라도 다른 사람이 같은 질문을 했을 가능성이 있지 않았을까? 이 스웨덴 경찰이 정말로 얼마나 알고 있는지? 리예파 소령이 알거나 의심한 것의 일부를 발란데르에게 전했을 가능성이 있는지?

리가에 도착한 이래 몇 차례 경험했던 공포가 경고의 신호였다는 것이 그의 머리를 스쳤다. 어쩌면 지금껏 생각했던 것보다 더 경계해야 하지 않을까? 구명보트에 탔던 남자들과 리예파 소령을 죽인 살인자들의 배후가 누구든 다시 살인하는 데 주저하지 않을 것이라는 사실은 의심의 여지가 없었다.

그는 길을 건넌 다음 그 창문들을 올려다보았다. 바이바 리예파는 분명 알 거야. 그는 생각했다. 하지만 왜 그녀는 사냥꾼 오두막에 오지 않았지? 그녀는 감시받고 있을까? 그게 내가 에케르스 씨가 된 이유일까? 왜 나는 유피티스와 이야기를 나누길 동의했을까? 유피티스는 누구일까? 등유 램프의 흐릿한 불빛 너머 문가에서 듣고 있던 사람은 누구였을까?

깊숙이 파고들어. 그는 생각했다. 이제 뤼드베리라면 혼자서 역할

극 게임을 시작했을 거야.

리예파 소령이 스웨덴에서 돌아온다. 그는 푸트니스 대령과 무르니에르스 대령에게 보고서를 제출한 다음 집으로 간다. 스웨덴에서의 자신의 활동을 설명할 때 그가 말한 무언가가 누군가로 하여금 즉각적인 사형선고를 내리게 하는 결과를 낳았다. 그는 집으로 가서 아내와 저녁을 먹으며 스웨덴 경찰 발란데르 경위에게서 받은 책을 그녀에게 보여 준다. 그는 집에 돌아와서 기뻤고, 그것이 생애 마지막 저녁이라는 것을 모른다. 그가 죽자 그의 아내는 스웨덴 경찰과 연락을 취하려고 애쓴다. 그녀는 에케르스 씨라는 인물을 지어내고, 자칭 유피티스라는 남자는 발란데르가 아는 것 혹은 모르는 것을 알아낼 시도로 그에게 질문한다. 스웨덴 경찰은 도와 달라는 요청을 받지만 어떻게 도울 수 있는지는 전혀 알 수 없다. 그럼에도 그 범죄가 라트비아의 정치적 불안과 관련되어 있음은 명확하고, 그 중심에는 리예파라는 이름의 죽은 경찰 소령이 있다. 다시 말해 거기에는 정치적 문제라는 이미 입증된 연결 고리에 더할 또 다른 고리가 있다. 그게 소령이 자신의 마지막 저녁에 아내와 나눴던 이야기일까? 전화가 밤 11시 직전에 울렸다. 누가 건 전화인지 아무도 모르지만 리예파 소령은 그것이 사형선고의 집행과 관련 있다는 것을 몰랐던 것처럼 보인다. 그는 야간 근무 때문에 온 전화라고 말하고 아파트를 나선다. 그는 다시 돌아오지 못한다.

그를 데리러 온 차는 없었어. 발란데르는 생각했다. 물론 그는 잠시 기다렸고. 그는 뭔가 잘못됐다는 걸 의심하지 않은 거야. 잠시 후 차가 고장 났을지도 모른다는 생각에 그는 걷기로 결정했어. 발란데르는 주머니에서 리가 지도를 꺼낸 다음 걷기 시작했다. 시드스 병장이 차 안에서 자신을 지켜보고 있었다. 그는 누구에게 보고할까? 발란데르는 궁금했다. 무르니에르스 대령?

한밤중에 그를 불러낸 전화의 목소리는 분명 신뢰를 주는 목소리였겠지. 그는 생각했다. 리예파 소령은 한 점의 의심도 없었어. 한편 그는 모든 사람을 극도로 경계할 이유가 있었을 거야. 그가 믿을 수 있는 사람은 누구였을까? 그 답은 명백했다. 아내 바이바 리예파.

발란데르는 손에 지도를 들고 배회한들 그 이상은 알아내지 못하리라고 생각했다. 소령을 함정에 빠뜨린 사람들–한 명 이상이었을게 틀림없다–은 매우 주의 깊게 계획했을 터였다. 더 앞으로 나아간다면 또 다른 방향을 생각해야 할 것이었다.

차로 돌아가며 발란데르는 소령의 스웨덴 출장에 관한 보고서가 없는 것이 이상하다는 데 생각이 미쳤다. 발란데르는 소령이 위스타드에 있는 동안 어떻게 보고서를 작성하는지 직접 보았었다. 그는 자세한 보고서를 작성하는 것이 얼마나 중요한지 몇 차례나 말했다.

하지만 지드스 병장은 번역된 어떠한 서면 보고서도 자신에게 주지 않았다. 소령과의 마지막 미팅에 대해 말한 사람은 푸트니스와 무르니에르스였다.

그는 마음의 눈으로 리예파 소령을 볼 수 있었다. 스투루프에서 비행기가 떴을 때 앞 좌석 등받이에 부착된 작은 테이블을 펴고 보고서를 쓰기 시작했으리라. 알란다에서 갈아탈 비행기를 기다리는 동안에도 계속 썼을 터였고, 마지막 여정–리가로 가는 비행– 중에도 계속 그 작업을 했을 것이었다.

"리예파 소령이 스웨덴에서의 업무 보고서를 제출하지 않았소?" 차에 올라탄 후에 그가 물었다.

지드스 병장이 놀란 표정으로 그를 응시했다. "어떻게 그가 그럴 시간이 있었겠습니까?"

오, 그는 시간을 냈지. 발란데르는 생각했다. 보고서는 분명 존재하지만 내가 그걸 보길 원치 않는 누군가가 있을 테지.

"기념품을 사러," 발란데르가 말했다. "백화점에 가 보고 싶소. 그런 다음 점심을 먹읍시다. 하지만 새치기는 잊어버립시다."

그들은 중심가의 백화점 앞에 차를 세웠다. 발란데르는 병장을 달고 한 시간을 돌아다녔다. 상점은 많았지만 진열된 제품은 많지 않았다. 그가 흥미를 일으킨 곳은 책과 CD를 파는 데가 유일했다. 러시아 가수들과 오케스트라들의 오페라 음반들을 발견했고, 그것들은 매우 쌌다. 비슷하게 싼 가격인 예술 서적들도 몇 권 샀다. 그것들을 누구에게 줘야 할지 몰랐지만 그것들을 포장했고, 병장은 여러 계산대 사이로 그를 안내했다. 발란데르는 땀이 날 만큼 모든 게 너무 복잡했다.

그들이 다시 거리로 나왔을 때, 그는 더 이상의 고생 없이 라트비아 호텔에서 점심을 먹자고 제안했다. 병장은 자신이 줄곧 주장해 왔던 점이 받아들여졌다는 것을 내비치듯 찬성의 의미로 고개를 끄덕였다.

발란데르는 선물을 들고 방으로 가서 재킷을 벗고 욕실에서 손을 씻었다. 전화벨이 울리고 누군가가 에케르스 씨를 찾을 것이라는 헛된 희망을 품었지만 아무에게서도 전화는 오지 않았다. 등 뒤로 방문을 잠근 다음 엘리베이터에 올라 1층으로 내려왔다. 지드스 병장이 옆에 있었지만 그는 방 열쇠를 가지러 갔을 때 자신에게 온 메시지가 있는지 물었었다. 프런트 직원은 머리를 저었다. 대령의 부하들이 로비에 있는지 주위를 둘러보았지만 아무도 보이지 않았다. 이것으로 평소와는 다른 테이블에 앉을 수 있을지도 모른다는 희망을 갖고 그는 지드스 병장을 먼저 식당으로 보냈다.

한 여자가 그에게 손을 흔들었다. 그녀는 신문과 엽서를 파는 매대에 있었다. 그는 그녀가 자신에게 손짓했는지 확인하기 전에 주위를 둘러보아야 했다. 그는 그녀에게 걸어갔다.

"엽서 좀 사시겠어요, 발란데르 씨?" 그녀가 물었다.

"지금은, 아니요." 그녀가 자신의 이름을 어떻게 아는지 궁금해하며 발란데르가 말했다. 여자는 회색 옷을 입었고, 50대로 보였다. 그녀는 선홍색 립스틱을 바르는 실수를 저질렀다. 그것이 얼마나 끔찍해 보이는지 말해 줄 정직한 여자 친구가 그녀에게 필요하다는 생각이 발란데르에게 들었다.

그녀는 엽서 몇 장을 내보였다. "아름답지 않나요?" 그녀가 말했다. "우리나라를 좀 더 보고 싶지 않으세요?"

"유감스럽게도 시간이 많지 않군요." 그가 말했다. "그렇지 않다면 라트비아 여행을 하고 싶을 겁니다."

"하지만 당신이 오르간 콘서트를 위한 시간을 내실 수 있을 거라 확신해요." 여자가 말했다. "어쨌든 당신은 클래식 음악을 좋아하시잖아요, 발란데르 씨."

그는 내심 놀랐다. 어떻게 내 음악 취향을 알았지?

"성게르트루데 교회에서 오늘 밤 오르간 콘서트가 있어요." 그녀가 말했다. "일곱 시에 시작한답니다. 가고 싶으실지 몰라 약도를 그려 놨죠."

그녀가 약도를 내밀었고, 그는 종이 뒤에 연필로 에케르스 씨라고 쓰여 있는 것을 알아챘다.

"그 콘서트는 공짜예요." 지갑을 찾아 안주머니를 뒤적이는 그를 보고 여자가 말했다.

발란데르는 고개를 끄덕인 다음 약도를 주머니에 넣었다. 그는 엽서를 몇 장 산 다음 식당으로 갔다. 이번에는 바이바 리예파와 만나리라 확신했다.

똑같은 자리인 오래된 테이블에 앉은 지드스 병장이 그에게 손짓했다. 식당은 평소와 다르게 손님으로 가득 차 있었고, 이번만큼은 웨이터들이 총출동한 것처럼 보였다. 발란데르는 자리에 앉아 지드스에게 엽서들을 보였다.

"우린 아주 아름다운 나라에 살고 있죠." 병장이 말했다.

하지만 불행한 나라. 발란데르는 생각했다. 다친 동물처럼 상처 입고 불구가 된. 오늘 밤 난 날개를 다친 이 새 중 하나를 만날 거야. 바이바 리예파를.

11

발란데르는 오후 5시 30분에 호텔을 나섰다. 그는 앞으로 한 시간 동안 미행의 그림자를 떨칠 수 없다면 결코 그럴 수 없으리라고 생각했다. 함께 점심을 먹은 뒤 지드스 병장에게 작별 인사를 했을 때— 그는 해야 할 서류 작업이 있고, 호텔 방에서 그 일을 하는 게 좋겠다고 변명했다— 그는 자신을 미행하는 자들을 어떻게 따돌릴지 해결 방안을 찾으며 남은 오후를 보냈었다.

그는 미행당한 경험이 없었고, 직접 용의자를 미행한 것도 극히 드물었다. 미행자의 어려움에 대한 뤼드베리의 지혜의 말을 떠올려 보려고 기억을 뒤졌지만 그가 미행의 기술에 관해 어떤 의견도 낸 적이 없었다고 결론 내려야 했다. 발란데르는 리가 거리에 익숙지 않은 자신이 어떠한 묘책도 세울 수 없으리라는 것 또한 깨달았다. 일어날 어떤 기회라도 잡아야 할 터였고, 성공할 자신은 없었지만 그 기회를 시도하지 않을 수 없었다. 바이바 리예파에게 정당한 이유가 없다면 자신들의 비밀리의 만남을 확신하며 그렇게까지 하지는 않았을 것이었다. 발란데르는 소령과 결혼한 사람이 매우 극적인 제스처를 쉽사리 취하리라는 게 상상이 가지 않았다.

호텔을 나섰을 때 날은 이미 어두워져 있었고, 바람이 불기 시작했다. 그는 자신이 어디로 가는지, 언제 돌아올지 밝히지 않고 프런트에 방 열쇠를 맡겼다. 콘서트가 열리는 성게르트루데 교회는 라트비아 호텔에서 멀지 않았다. 그는 서둘러 퇴근하는 사람들 사이에서 그들을 따돌릴 수 있으리라는 막연한 희망을 품었다.

거리로 나온 그는 재킷의 단추를 잠그고 주위를 힐끗 둘러보았지만 자신을 따르는 듯한 사람은 볼 수 없었다. 어쩌면 한 명 이상일까? 경험 많은 미행자들은 결코 타깃을 쫓지 않고 늘 앞선 위치를 잡으려고 한다는 것을 알았다. 그는 쇼윈도를 보기 위해 자주 걸음을 멈추며 천천히 걸었다. 집에 가져갈 적절한 기념품을 찾는 외국인인 척하는 것보다 더 나은 계책을 생각해 낼 수 없었다. 넓은 에스플라나데 공원을 가로질러 관공서 뒷거리로 내려갔다. 택시를 잡아타고 아무 데나 내려서 다시 갈아탈까 생각했다가 추적자에게 너무 쉽게 간파당할 계략이라고 결론 내렸다. 자신을 미행하는 자는 의심할 여지 없이 택시를 탄 사람이 누구이며, 어디로 갔는지 아주 빨리 알아낼 것이었다.

그는 칙칙해 보이는 남성용 의류가 진열된 쇼윈도 앞에 멈춰 섰다. 자신의 뒤를 지나치는 유리에 비친 사람 중 누구도 알아볼 수 없었다. 난 뭘 하고 있는 걸까. 그는 궁금했다. **바이바, 당신은 미행당하지 않고 교회로 가는 방법을 에케르스 씨에게 말해 줬어야 해.** 그는 다시 발걸음을 떼었다. 손이 차가워 장갑을 가져오지 않은 것을 후회했다.

충동적으로 그는 맥주와 담배와 땀 냄새가 강하게 풍기는, 사람들로 꽉 차 있고 담배 연기 자욱한 카페 안으로 들어가 테이블을 찾아 이곳저곳을 둘러보았다. 빈 테이블은 없었지만 한쪽 구석에 놓인 빈 의자가 보였다. 앞에 맥주 한 잔씩을 놓고 깊은 대화에 빠져 있던 두 노인이 발란데르가 묻는 듯한 표정으로 그 의자를 가리키자 고개를 끄덕였다. 겨드랑이 밑이 축축하게 젖은 웨이트리스가 그에게 뭐라고 소리쳤고, 그는 맥주 한 잔을 가리켰다. 그는 내내 출입구에서 눈을 떼지 않았다. 미행자가 안으로 따라 들어올까? 웨이트리스가 거품이 인 잔을 가져왔다. 그는 그녀에게 지폐 한 장을 주었고, 그녀는 끈끈한 테이블 위에 잔돈을 놓았다. 낡아 빠진 검은 가죽 재킷을 입은 남자가 들어왔다. 발란데르는 그가 그를 기다리고 있었던 듯한 사람들에게 가더니 거기에 앉는 모습을 지켜보았다. 발란데르는 맥주를 한 모금 마시고 손목시계를 힐끗 보았다. 오후 5시 55분. 이제 어떻게 해야 할지 마음을 정해야 할 터였다. 화장실로 통하는 문이 그의 뒤 대각선 방향에 있었다. 문이 열릴 때마다 악취를 풍기는 소변 냄새의 공격을 받았다. 잔을 반쯤 비웠을 때 자리에서 일어나 화장실로 갔다. 그는 자신이 전구 하나가 켜져 있고, 양쪽으로 작은 칸들이 늘어서 있으며, 저 끝에 소변기가 놓인 통로에 있다는 것을 알았다. 뒷문이 하나 있을 것이라고 생각했지만 통로는 벽돌 담으로 막혀 있었다. 곤란한데. 그는 생각했다. 시도해 볼 것도 없겠어. 볼 수조차 없는 것한테서 어떻게 도망친단 말인가? **불행히도 에케르스 씨는 콘서트장에 갈 때 반갑지 않은 손님이 있을 거야.** 해결책을 찾지 못하는 자신의 무능력함에 짜증이 났다. 그가 소변기 앞에 섰을 때 문이 열렸고, 한 남자가 들어와 한 칸에 들어가더니 문을 잠갔다.

발란데르는 그가 자신을 따라 카페에 들어온 사람이라는 것을 즉시 알아보았다. 그는 사람들의 얼굴을 잘 기억했다. 그는 잘못 판단할 위험을 감수해야 할 것을 알았고, 주저하지 않았다. 그는 서둘러 담배 연기 자욱한 카페로 돌아간 다음 밖으로 나갔다. 길거리에서 주위를 둘러본 뒤 카페 출입구를 주시했지만 아무도 나타나지 않았다. 그는 잽싸게 왔던 길을 되돌아가 다시 에스플라나데 공원이 나올 때까지 최대한 빨리 달렸다. 정류장에 버스 한 대가 서 있었고, 문이 닫히기 직전에 간신히 버스에 올랐다. 요금을 내지도 않고 다음 정거장에서 내린 그는 큰 도로에서 벗어나 수없이 많은 골목 중 하나로 들어갔다. 지도를 확인하기 위해 가로등 불빛 아래 잠시 멈춰 섰다. 아직 시간이 있었고, 어느 어둠침침한 출입구 안으로 들어가 기다렸다. 다음 10분간 미행자이리라 판단되는 사람은 아무도 지나가지 않았다. 그는 여전히 감시당하는지도 모른다는 것을 알았지만 이제 할 수 있는 일은 없었다.

그는 7시 직전에 교회에 닿았다. 이미 사람들로 꽉 차 있었지만 측면 통로 중 하나 가까이에 있는 자리를 발견했고, 거기서 교회 안으로 여전히 줄지어 들어서는 사람들을 지켜보았다. 미행자 같아 보이는 사람은 볼 수 없었다. 바이바 리에파도 보이지 않았다.

오르간의 음향은 충격적이었다. 음악의 순수한 힘만으로 교회가 곧 산산조각 날 것 같았다. 발란데르는 아이였을 때 아버지가 교회에 데리고 간 것을 기억했다. 그는 오르간 음악이 너무 큰 공포를 안겨 주어서 눈물을 터뜨렸다. 이제 그는 그 음악에서 마음을 진정시키는 무언가를 알았다. 바흐는 조국이 없어. 그는 생각했다. 그의 음악은 모든 곳에 속하니까. 발란데르는 그 음악을 의식에 스미게 했다.

리예파 소령에게 전화한 사람은 무르니에르스일지도 몰라. 소령이 스웨덴에서 돌아와 한 말이 그를 빠르게 침묵시키게끔 무르니에르스를 몰고 갔을지도 몰라. 리예파 소령은 출근하라는 명령을 받았을지도 몰라. 그는 심지어 경찰서에서 살해됐을지도 몰라.

그는 갑자기 누군가가 지켜보고 있다는 느낌에 꼬리에 꼬리를 무는 생각에서 깨어났다. 양옆을 보았지만 음악에 집중하고 있는 얼굴들만 보일 뿐이었다. 광대한 중앙 합창단에서 보이는 것은 사람들의 등뿐이었다. 그는 시선이 반대편 통로에 닿을 때까지 계속 주위를 둘러보았다.

신자석 중앙에 노인들에게 에워싸인 바이바 리예파가 있었다. 그녀는 털모자를 쓰고 있었고, 발란데르가 자신을 보았다는 것을 확인한 그녀는 일단 눈길을 돌렸다. 그 후 한 시간 동안 그는 다시 그녀를 쳐다보지 않으려고 애썼지만 간간이 그녀가 있는 쪽을 힐끗거리지 않을 수가 없었고, 눈을 감고 앉아 음악을 듣고 있는 그녀를 볼 수 있었다. 발란데르는 비현실적인 느낌에 압도되었다. 불과 몇 주 전만 해도 그녀의 남편은 창밖으로 블리자드가 몰아치는 가운데 자신과 함께 〈투란도트〉에서 마리아 칼라스가 부르는 노래를 들으며 자신의 소파에 앉아 있었다. 이제 그는 그 소령이 죽은 도시 리가에 있는 한 교회에 있었고, 소령의 아내는 눈을 감고 바흐의 푸가를 들으며 앉아 있었다.

그녀는 여기서 빠져나갈 방법을 분명 알고 있을 거야. 그는 생각했다. 미팅 장소로 교회를 고른 사람은 내가 아닌 그녀니까.

콘서트가 끝나자마자 집에 가려고 자리를 뜬 사람들이 출입구에 몰려 있었다. 그 쇄도에 발란데르는 놀랐다. 신자들은 마치 음악이 존재한 적 없었다는 듯 행동했고, 폭파 경고에서 도망치려고 애쓰는 듯했다. 그는 그 군중 속에서 바이바 리예파를 놓쳤고, 사람들에게 떠밀려 갔다. 현관까지 떠밀렸을 때 북쪽 트랜셉트십자형 교회당에서 본당과 부속 건물을 연결하여 주는 공간의 그림자 속에서 그녀를 발견했다. 그는 자신에게 손짓하는 그녀를 보고 문을 향해 돌진하는 사람의 무리에서 빠져나왔다.

"날 따라오세요." 그녀가 말했다. 그녀는 오래된 묘지 뒤편의 좁은 문을 자신의 손보다 더 큰 열쇠로 열었다. 그들은 묘지로 나왔고, 재빨리 주위를 둘러본 그녀는 노쇠한 비석들과 녹슨 철 십자가들 사이를 서둘러 빠져나갔다. 문을 통해 묘지에서 뒷거리로 나오자 헤드라이트를 끈 차 한 대가 소음을 내며 시동을 걸기 시작했다. 그들은 그 차에 재빨리 올라탔다. 이번에야말로 발란데르는 이 차가 라다라고 확신했다. 운전석에 앉은 매우 젊은 남자는 독한 담배를 피우고 있었다. 바이바 리예파는 발란데르에게 머뭇거리는 듯한 수줍은 미소를 살짝 지었고,그들은 발란데르가 발데마르가이리라 확신한 넓은 간선도로로 향했다. 차는 발란데르가 지드스 병장과 지났다고 기억한 어느 공원을 지나 계속 북쪽으로 향하다가 왼쪽으로 틀었다. 바이바 리예파가 운전사에게 무언가를 묻자 운전사에게서 고개를 젓는 대답이 돌아왔다. 발란데르는 운전사가 끊임없이 백미러를 확인하는 것을 알아챘다. 그들은 다시 왼쪽으로 돌았고, 운전사는 갑자기 속력을 높이더니 유턴을 했다. 다시 그 공원을 지나쳤고, 발란데르는 이제 그 공원이 베르만 공원이라고 확신했다. 이내 그들은 다시 도심을 향했다. 운전사의 목덜미에 바짝 붙은 바이바 리예파는 조용한 지시라도 내리듯 몸을 숙이고 앉아 있었다. 그들은 아스파시아스 대로를 따라 가다가 적막한 광장들을 지나 발란데르가 이름을 모르는 다리를 건넜다.

그들은 금방이라도 무너질 듯한 공장들과 음산한 주택단지 구역으로 들어섰다. 이제 천천히 가는 듯했다. 바이바 리예파는 좌석에 등을 기댔고, 발란데르는 그들이 뒤에 따라붙는 미행자들이 아무도 없으리라 확신한다고 추측했다.

몇 분 뒤 그들은 황폐한 2층 건물 앞에 차를 세웠다. 바이바가 발란데르에게 고개를 끄덕였고, 그들은 차에서 내렸다. 그를 이끌고 재빨리 철문을 지나 자갈길을 오른 그녀가 어느 문을 열었다. 발란데르는 자신들 뒤로 차가 떠나는 소리를 들었다. 희미한 소독약 냄새를 풍기는 홀 안으로 들어간 그는 그곳이 붉은색 천으로 감싼 등 하나의 불빛에 의지하고 있다는 것에 주목했고, 그것 때문에 자신들이 평판이 안 좋은 나이트클럽의 입구에 있는지도 모른다는 생각이 들었다. 그는 두꺼운 오버코트를 벗어 걸고 의자 등받이에 재킷을 걸친 다음 그녀를 따라 거실로 갔는데, 거기서 처음 본 것은 한쪽 벽에 걸린 십자가상이었다. 불을 몇 개 켠 그녀는 갑자기 매우 차분해진 듯했다. 그녀가 그에게 앉으라는 손짓을 했다.

훗날, 아주 먼 훗날 그는 바이바 리예파와 만났던 그 방에 대해 아무것도 기억할 수 없다는 사실에 놀랄 터였다. 그의 기억에 남은 유일한 것은 커튼이 주의 깊게 쳐진 두 창문 사이에 걸린 1미터 높이의 검은 십자가 그리고 홀 안에 남아 있는 소독제 냄새였다. 바이바 리예파의 끔찍한 이야기를 들으며 앉았던 그 낡은 안락의자가 무슨 색이었지? 그는 기억할 수 없었다. 마치 보이지 않는 가구가 놓인 방에서 이야기를 나눈 것 같았다. 검은 십자가는 신성한 힘에 들려 공중에 걸린 것 같았다. 그녀는 소령이 위스타드의 백화점에서 그녀에게 사 주었다고, 그가 나중에 안 적갈색 옷을 입고 있었다. 그녀는 남편을 기리려고 그 옷을 입었다고 말했고, 그녀는 또한 그 옷이 남편 살해와 배신으로 자신이 고통받은 그 범죄를 상기시키리라 생각했다. 이야기의 대부분은 발란데르의 질문이었고, 그녀는 그 질문에 절제된 목소리로 대답했다.

그들이 첫 번째로 한 것은 에케르스 씨를 처분하는 것이었다.

"그 특정한 이름은 뭡니까?" 그가 물었다.

"그냥 이름일 뿐이에요." 그녀가 말했다. "어쩌면 그런 사람이 있을 수도 있고, 없을 수도 있죠. 내가 지었어요. 기억하기 쉬워서요."

처음에 그녀는 발란데르에게 유피티스를 생각나게 하는 방식으로 말했다. 마치 자신이 도달하기 두려울 그 점에 다가갈 시간이 필요한 듯이. 그는 어떤 함축된 중요한 말을 놓칠까 봐 두려워 신중히 경청했다. 그가 발견한 것은 라트비아 사회의 어떤 미래였지만 그녀는 라트비아에서 일어난 투쟁에 대한 유피티스의 설명을 더 분명히 했다. 그녀는 복수와 증오, 천천히 열의를 잃기 시작하고 있다는 두려움,

억압받아 온 전후 세대에 대해 말했다. 발란데르에게 그녀는 반공산주의자, 물론 반소비에트, 서방 세계 친구 중 하나처럼 보였다. 역설적이게도 동구권 국가들은 늘 자신들의 적들이라고 생각한 서방 세계에서 원조를 받아 왔다. 그럼에도 그녀는 탄탄한 논거로 지지할 수 없는 주장에는 의존하지 않았다. 후에 그는 그녀가 자신을 이해시키려고 애썼다는 것을 깨달았다. 그녀는 그의 선생이었다. 그녀는 그가 전체적 관점을 밝히기엔 너무 이른 사건들의 이유가 된 현 상황의 이면에 있는 사정들에 대해 무지하도록 남겨지길 원치 않았다. 그는 자신이 동유럽에서 실제로 일어나고 있는 일에 대해 지나치게 무지했었다는 것을 깨달았다.

"쿠르트라고 부르십시오." 그는 그렇게 말했지만 그녀는 머리를 젓고 자신이 애초에 정한 그와의 거리를 유지했다. 그는 발란데르 씨를 유지할 터였다.

그는 그녀에게 그들이 어디에 있었는지 물었다.

"친구네 아파트에요." 그녀가 그에게 말했다. "견디기 위해, 그리고 살아남기 위해 우린 모든 걸 공유해야 해요. 우리가 어떤 나라에 살면서 모두가 자신들만 생각하도록 몰릴 땐 더욱 그래요."

"내가 아는 한 공산주의는 그 반대인데요." 발란데르가 말했다. "난 그게 집단적 사고와 수행만이 허용된다는 걸 주장한다고 생각했습니다."

"그런 식이었지만," 그녀가 말했다. "요즘엔 모든 게 달라졌어요. 미래에 언젠가 그 꿈을 되살릴 수도 있을지 모르지만, 죽은 꿈을 되살리는 건 불가능할 테죠? 일단 죽으면 영원히 죽는 거예요."

"정확히 어떤 일이 있었습니까?" 그가 물었다.

처음에 그녀는 그가 한 말의 의미를 이해하지 못한 듯 보였지만, 이내 그가 자신의 남편에 대해 묻고 있다는 것을 이해했다.

"카를리스는 배신 끝에 살해됐어요." 그녀가 말했다. "그이는 목숨을 부지하기엔 중요한 사람이 너무 많이 연루된 어떤 엄청난 범죄의 표면 아래로 너무 깊숙이 침투했어요. 남편은 자신이 위험하게 살고 있다는 걸 알았지만 아직 반역자로 드러나진 않았었죠. 노멘클라투라소련의 특권 계층 내 반역자로요."

"그는 스웨덴에서 돌아왔습니다." 발란데르가 말했다. "보고서를 가지고 곧장 경찰 본부로 갔죠. 공항에서 그를 만났습니까?"

"난 남편이 집에 오는지도 몰랐어요." 그녀가 대답했다. "남편이 전화하려고 애썼는지 몰라도 난 결코 몰랐을 거예요. 아마 남편은 경찰 본부에 전보를 보냈을 테고, 내게 알리라고 했을 거예요. 정말 그랬는지 난 절대 모를 테지만요. 남편은 리가에 도착했을 때 내게 전화하지 않았어요. 난 그이의 귀환을 축하할 적절한 음식을 준비하지조차 못했죠. 내 친구 중 하나가 내게 닭을 줬어요. 내가 막 식사 준비를 마쳤을 때 그이가 그 아름다운 책을 들고 나타났어요."

발란데르는 약간 죄책감을 느꼈다. 별 고민 없이 급하게 산 그 책은 감정적인 의미가 결여된 것이었다. 지금 그녀에게서 그런 말을 들으니 그녀를 속인 것처럼 느껴졌다.

"그는 집에 와서 뭔가 말했을 겁니다." 발란데르가 영어의 한계를 고통스럽게 인식하며 말했다.

"그이는 마냥 고무돼 있었어요." 그녀가 말했다. "당연히 걱정하고 화도 냈죠. 하지만 무엇보다 내가 기억하는 건 그이가 고무돼 있었다는 거예요."

"무슨 일이 있었습니까?"

"마침내 뭐가 확실해졌다고 했어요. '이제 내가 올바른 방향으로 가고 있다고 확신해.' 그이는 연거푸 그렇게 말했어요. 그이는 우리 아파트가 도청되고 있다고 생각해서 날 부엌으로 데려간 다음 수도꼭지를 틀고 내 귀에 속삭였어요. 그이는 발트해 국가들에서 무슨 일이 일어나고 있는지 당신네 서방국가 사람들이 마침내 인식할, 아주 역겹고 아주 잔인한 어떤 음모가 드러났다고 했어요."

"그가 그렇게 말했다고요? 발트해 국가들에 어떤 음모가 있다고요? 라트비아에서만이 아니라?"

"난 그걸 확신해요. 그이는 세 발트해 국가가 서로 큰 차이가 있는데도 한 나라로 간주되는 경향 때문에 종종 짜증을 냈지만 이번에 그이는 라트비아에 대해 말한 것만은 아니었어요."

"그가 분명 '음모'라는 말을 썼습니까?"

"네."

"당신은 그 말이 암시하는 게 뭔지 이해했습니까?"

"모두와 마찬가지로 그이는 어떤 범죄자들, 정치가들 그리고 심지어 경찰들이 직접 연관돼 있다는 걸 알았어요. 그들은 온갖 종류의 범죄 행위를 용이하게 할 목적으로 서로를 보호했고, 그런 다음 돈을 나눴어요. 카를리스에게도 여러 차례 뇌물이 전해졌지만 그는 그게 뭐든 받기엔 자존심이 너무 셌죠. 오랫동안 그이는 무슨 일이 일어나고 있고, 누가 연관돼 있는지 찾아내려고 애쓰며 비밀 수사를 했어요. 물론 난 그 모든 걸 알았죠. 난 우리가 근본적으로 음모 이외엔 아무것도 없는 사회에 산다는 걸 알았어요. 공동 생활철학은 괴물로 변했고, 결국 그 음모가 유일하게 타당한 이데올로기였어요."

"그가 이 음모를 조사한 지 얼마나 됐습니까?"

"결혼한 지 팔 년 됐지만 그는 우리가 만나기 오래전에 이미 이 수사를 시작했어요."

"그는 잘 해내고 있다고 생각했습니까?"

"일단, 진실보다 나은 건 아무것도 없죠."

"진실?"

"후세를 위해서요. 그이는 결국 얼마 안 있어 그때가 올 거라고 확신했어요. 점령 기간 동안 실제로 무슨 일이 일어나고 있었는지 밝힐 수 있는 때."

"그러니까 그는 공산주의 체제 반대에 있었다고요? 그렇다면 그가 어떻게 고위 경찰이 될 수 있었습니까?"

마치 그가 남편을 중상모략이라도 했다는 듯 그녀의 반응은 분노였다.

"이해 못 하시겠어요? 그이는 정확히 공산주의자였어요! 그이를 그토록 실망하게 한 것이 그 엄청난 배신이었어요! 부패와 무관심. 새로운 사회의 꿈이 거짓으로 바뀐 거예요."

"그래서 그는 이중생활을 했습니까?"

"당신은 그게 뭘 수반하는지 이해할 수 없을 거예요. 해가 갈수록 자신이 아닌 다른 사람인 척하기, 자신이 혐오하는 신념 주장하기, 자신이 증오하는 체제 옹호하기. 하지만 그건 카를리스에게만 해당하는 건 아니었어요. 그건 내게도 해당할 뿐 아니라 새 세상의 희망을 포기하길 거부한 이 나라의 모든 사람에게도 마찬가지예요."

"그를 그토록 고무하게 한 발견이 뭐였습니까?"

"몰라요. 우린 그에 대해 말할 시간이 없었어요. 우린 아무도 우리 말을 들을 수 없는 이불 속에서 가장 은밀한 대화를 나눴으니까요."

"그가 아무 말도 안 했다고요?"

"그이는 허기져 있었어요. 남편은 음식과 와인을 원했죠. 난 그이가 마침내 몇 시간이나마 쉴 수 있다고 느꼈다고 생각했어요. 고무된 기분에 젖어. 만약 그 전화가 울리지 않았다면 난 그가 와인 잔을 들고 노래를 불렀을 거라고 믿어요."

그녀가 잠시 말을 끊었고, 발란데르는 기다렸다. 리에파 소령이 이미 묻혔는지조차 모른다는 생각이 그의 머리를 스쳤다.

"돌이켜 생각해 보시면," 그가 부드러운 어조로 말했다. "그가 뭔가를 암시했는지도 모릅니다. 중요한 돌파구를 마련한 사람들은 가끔 그들이 말할 생각이 없던 걸 흘리기도 합니다."

그녀가 머리를 저었다. "생각해 봤어요." 그녀가 말했다. "그리고 난 남편이 그러지 않았다고 분명히 확신해요. 그게 그이가 스웨덴에서 알게 된 무언가일까요? 결정적인 문제에 대한 해결책이 머리에 떠올랐을까요?"

"그가 집에 어떤 서류든 남겼습니까?"

"찾아봤어요. 하지만 그이는 매우 주의 깊은 사람이었어요. 글로 남기는 건 너무 위험했을 거예요."

"그가 친구에게 뭔가를 줬습니까? 유피티스에게?"

"아니요. 그랬다면 알았을 거예요."

"그가 당신에게 털어놨을까요?"

"우린 비밀이 없었어요."

"그가 다른 사람에게도 털어놨습니까?"

"분명 그이는 친구들을 믿었어요. 하지만 우린 우리가 다른 사람에게 털어놓는 모든 비밀이 그들에게 짐이 될 수 있다는 걸 이해해야 했어요. 난 아무도 나만큼은 몰랐을 거라고 확신해요."

"난 모든 걸 알아야겠습니다." 발란데르가 말했다. "당신이 이 음모에 대해 아는 아주 사소한 것 모두가 중요합니다."

그녀는 입을 열기 전 한동안 말없이 앉아 있었다. 발란데르는 자신이 땀이 날 만큼 집중하고 있었다는 것을 깨달았다.

"우리가 만나기 전인 1970년대 말 몇 년간 이 나라에서 일어나고 있었던 일 가운데 그이가 정말 눈을 뜨게 된 어떤 일이 있었어요. 남편은 모든 사람이 눈을 뜰 필요가 있다며 그에 대해 말하곤 했죠. 처음엔 내가 이해할 수 없는 비유로 표현했어요. '어떤 사람은 수탉이 울어서 깨지만 어떤 사람은 침묵이 너무 커서 깬다'. 이제 난 남편이 의미한 걸 알아요. 십 년도 더 전에 무슨 일이 있었냐면, 그이는 길고 치밀한 수사에 참여해 결국 범인을 체포하게 됐어요. 그 범인은 우리 나라의 교회들에서 수많은 성화를 훔친 남자로, 귀중한 예술 작품들을 밀반출해 거액을 받고 팔았어요. 카를리스는 그 남자에게 유죄판결이 내려지리라는 걸 의심하지 않았죠. 하지만 그렇지 않았어요."

"왜죠?"

"그는 법정에 서지조차 않았어요. 그 사건은 기각되었죠. 카를리스는 당연히 어떻게 된 일인지 이해할 수 없었고, 재판을 요구했지만 아무런 말 없이 그 남자는 풀려난 다음 그 사건의 일체 서류가 비밀이라고 공표됐어요. 카를리스는 그 사건에 관한 모든 걸 잊어버리라는 명령을 받았어요. 그 명령을 내린 사람은 그이의 상관이었죠. 난 아직 그의 이름을 기억해요. 암트마니스. 카를리스는 암트마니스가 그 범인을 보호한다고, 그 일에 한몫 끼기까지 했을지 모른다고 확신했어요. 그 사건은 그이에게 큰 타격이었어요."

발란데르의 마음이 근시에 키 작은 소령이 자신의 소파에 앉아 있던 눈 내리던 밤으로 돌아갔다. "난 신앙심이 있는 사람입니다." 그는 그렇게 말했었다. "특정한 신을 믿진 않지만 그렇더라도 사람은 믿음을 가질 수 있지요."

"그리고요?"

"난 그때도 카를리스를 만나기 전이었지만 그이는 심각한 위기를 겪었던 것 같아요. 아마 경찰을 그만두려는 생각까지요. 사실 그이가 자신의 일을 계속하도록 확신시킨 사람이 나였다고 난 믿어요."

"두 분은 어떻게 만났습니까?"

그녀가 놀란 표정으로 그를 보았다. "그게 중요한가요?"

"그럴지도요. 모르겠습니다. 내가 아는 건 내가 당신을 도울 수 있으려면 계속 물어야 한다는 것뿐입니다."

"사람들이 어떻게 만나겠어요?" 그녀가 슬픈 미소를 지으며 말했다. "친구들을 통해서죠. 난 여느 경찰과 다른 그 젊은 경찰에 대해 들었어요. 잘생기진 않았지만 그이를 보자마자 사랑에 빠졌어요."

"그래서 결혼하셨습니까? 그는 일을 계속했고요?"

"우리가 만났을 때 그이는 대위였지만 이례적으로 빠르게 승진했어요. 그이는 한 계단 올라갈 때마다 집에 와서 자신의 견장에 보이지 않는 또 하나의 장례식 화환이 걸렸다고 말했죠. 남편은 우리나라의 주도적 정치인, 경찰 그리고 다양한 범죄자들이 유착돼 있다는 증거를 찾으려고 계속 노력했어요. 그이는 그 모든 관계를 파헤치기로 마음먹었고, 한번은 암흑가와 정치인들과 경찰들 간의 관계를 조직화할 목적으로 존재하는 이곳 라트비아의 비밀 정부 부서에 대해 말한 적이 있어요. 일 년 전쯤 난 그이가 처음으로 '음모'라는 말을 쓰는 걸 들었어요. 그이가 그때 시대와 보조를 맞췄다고 느꼈다는 걸 잊으시면 안 돼요. 모스크바의 페레스트로이카는 라트비아에까지 퍼졌었고, 우린 더 자주 만나기 시작했고, 우리나라에서 행해져야 할 것에 대해 더 드러내 놓고 토론하기 시작했죠."

"그의 상사는 여전히 암트마니스였습니까?"

"암트마니스는 죽었어요. 무르니에르스와 푸트니스가 그의 직속 상관이 됐죠. 그이는 둘 다 믿지 않았고, 둘 중 하나가 음모에 연관돼 있으며, 그이가 파헤치려고 노력 중이었던 그 음모의 리더일지도 모른다는 확실한 생각을 하고 있었어요. 그이는 경찰 내에 '콘도르'와 '댕기물떼새'가 있다고 했지만 누가 어느 쪽인지는 몰랐죠."

"콘도르와 댕기물떼새요?"

"콘도르는 독수리지만 댕기물떼새는 순진한 섭금류다리, 목, 부리가 모두 긴, 물속에 있는 물고기나 벌레 따위를 잡아먹는 새를 통틀어 이르는 말예요. 카를리스는 어릴 때 새에 아주 관심이 많아서 조류학자가 되려는 꿈도 꿨었어요."

"하지만 그는 누가 어느 쪽인지 몰랐다고요? 난 그가 그게 무르니에르스 대령이었다고 결정 내렸다고 생각했는데요?"

"그건 한참 후인 십 개월 전쯤이었어요. 카를리스는 거대 마약 밀매 조직을 쫓고 있었어요. 그이는 그게 우릴 두 번 죽일 수 있는 사악한 계획이었다고 했어요."

"그 말이 무슨 뜻입니까?"

"몰라요." 그녀가 갑자기 더 이상 나아가기 두렵다는 듯이 자리에서 벌떡 일어났다. "차 한 잔 드릴 수 있어요." 그녀가 말했다. "커피는 다 떨어진 것 같지만."

"차도 좋아합니다." 발란데르가 말했다.

그녀는 부엌으로 사라졌고, 발란데르는 다음으로 물을 가장 중요한 질문들을 정하려고 애썼다. 그는 그녀가 자신에게 솔직했다고 확신했지만, 여전히 그녀와 유피티스가 자신들을 돕기 위해 자신이 뭘 할 수 있다고 생각하는지 몰랐다. 그는 그들이 자신에게 품은 기대를 자신이 충족시킬 수 있을지 의심스러웠다. 난 위스타드에서 온 일개 경찰일 뿐이야. 그는 생각했다. 당신들이 필요한 사람은 뤼드베리 같은 사람이지만 그는 소령처럼 죽었지. 그는 당신들을 도울 수 없어.

그녀가 찻주전자와 컵들을 올린 쟁반을 들고 왔다. 여기에 다른 누군가가 있는 게 분명하군. 그는 생각했다. 물이 그렇게 빨리 끓을 순 없으니까. 내가 어딜 가든 나를 지켜보는 감시자가 있고, 정말 무슨 일이 일어나고 있는지 아주 조금은 이해하겠군.

그는 그녀가 지쳐 있는 것을 볼 수 있었다.

"얼마나 더 얘길 나눌 수 있습니까?" 그가 물었다.

"오래 걸리진 않아요. 내 집은 분명 감시당하고 있을 거예요. 너무 오래 머무를 순 없지만 우린 내일 밤 여기서 계속할 수 있어요."

"푸트니스 대령의 집에 초대받았습니다."

"이해해요. 그다음 날 밤은 어때요?"

그는 차(아주 옅은)를 한 모금 마시며 끄덕였고, 질문을 이어 나갔다. "마약 밀매 조직이 두 번 죽인다는 카를리스의 말이 무슨 뜻인지 궁금하실 테죠." 그가 말했다. "그에 관해 분명 유피티스와 이야기를 나누셨겠죠?"

"카를리스는 협박을 목적으로 뭐든 사용할 수 있다고 말했어요." 그녀가 대답했다. "그에게 그게 무슨 뜻인지 물었더니 그게 대령 중 하나가 자기에게 한 말이었다고 했어요. 왜 내가 그걸 특별히 자세하게 기억하는지는 모르겠어요. 아마 그때 카를리스가 아주 조용히 자기 안에 틀어박혔기 때문일 거예요."

"협박이요?"

"그게 그이가 쓴 단어예요."

"누가 협박당했을까요?"

"라트비아요."

"정말 그렇게 말했습니까? 한 나라가 협박을 당할 수 있습니까?"

"네. 확실하지 않았다면 난 그 말을 하지 않았을 거예요."

"두 대령 중 누가 '협박'이라는 말을 썼습니까?"

"무르니에르스인 것 같지만 확실치는 않아요."

"카를리스는 푸트니스 대령을 어떻게 생각했습니까?"

"푸트니스는 최악은 아니라고 했어요."

"그게 무슨 뜻이었을까요?"

"그이는 법을 지켰어요. 누구에게서도 뇌물을 받지 않았어요."

"하지만 그는 뇌물을 받았고요?"

"그들 모두가요."

"하지만 카를리스는 아니고요?"

"결코. 그이는 달랐어요."

발란데르는 그녀가 몸을 들썩이기 시작했다는 것을 알 수 있었다. 나머지 질문들은 기다려야 할 터였다.

"바이바." 그가 말했다. 그가 그녀를 이름으로 부른 것은 이번이 처음이었다. "난 당신이 오늘 밤 나에게 말한 모든 걸 생각해 보고 싶습니다. 모레 난 당신에게 같은 질문을 다시 할지도 모릅니다."

"네." 그녀가 말했다. "내가 하는 건 생각뿐이에요."

순간 그는 그녀가 울음을 터뜨리리라고 생각했지만 그녀는 자제력을 되찾았고, 자리에서 일어났다. 그녀가 한쪽 벽에 걸린 커튼을 젖히자 문이 드러났다. 그녀는 그 문을 열었다. 젊은 여자가 들어와 미소를 짓더니 차 쟁반을 치우기 시작했다.

"이쪽은 이네세예요." 바이바 리예파가 그에게 말했다. "당신은 오늘 저녁 그녀를 방문한 거예요. 만약 당신이 묻는다면 그게 당신의 설명이에요. 당신은 라트비아 호텔 나이트클럽에서 그녀를 만났고, 그녀는 당신의 애인이 된 거예요. 당신은 그녀가 사는 곳이 어딘지 정확히 알 필요 없이 그냥 다리 건너편이라고 알면 돼요. 그녀는 당신이 리가에 있는 며칠간의 애인일 뿐으로 그녀의 성姓은 몰라요. 당신은 그녀가 사무직원이라고 생각해요."

발란데르는 입을 벌리고 그 말을 들었다. 바이바 리예파가 라트비아어로 무언가를 말했고, 이네세는 그를 위해 자세를 취했다.

"그녀의 얼굴을 기억하세요." 바이바 리예파가 말했다. "그녀가 모레 당신을 데려올 거예요. 오후 여덟 시 이후에 나이트클럽으로 가서 그녀를 찾으세요."

"당신의 알리바이는 뭡니까?"

"난 오르간 콘서트에 간 다음 내 형제를 방문했어요."

"당신 형제?"

"차를 운전한 사람이요."

"내가 유피티스를 만나러 갔을 때, 왜 당신은 내 머리에 두건을 씌웠습니까?"

"그의 판단이 나보다 나으니까요. 당신을 믿을 수 있을지 우린 그땐 몰랐어요."

"정말 내가 도움이 될 거라고 생각하십니까?"

"모레 보죠." 그녀는 내 말을 못 들은 척하며 말했다. "우린 허비할 시간이 없어요."

차가 문 앞에 있었다. 그녀는 도심으로 돌아가는 동안 한마디도 하지 않았다. 발란데르는 그녀가 울고 있다고 추측했다. 그들이 그를 호텔에서 멀지 않은 곳에 내려 주었을 때, 그녀는 손을 내밀어 그와 악수했다. 그녀가 라트비아어로 무언가 중얼거렸고, 발란데르는 차에서 잽싸게 내렸다. 차는 눈 깜짝할 사이에 사라졌다. 그는 배가 고팠지만 곧장 자신의 방으로 갔다. 위스키 한 잔을 따른 다음 이불 속 침대에 누웠다.

그는 바이바 리예파만을 생각했다.

그가 옷을 벗고 침대에 다시 누운 때는 새벽 2시가 지나서였다. 꿈속에서 누군가가 그의 옆에 누워 있었다. 그 사람은 그의 '애인' 이네세가 아닌 다른 누군가로, 그의 꿈을 감독 중인 두 대령은 그에게 그 사람을 보도록 허락하지 않았다.

지드스 병장이 다음 날 아침 정확히 8시에 그를 데리러 왔다. 8시 30분에 무르니에르스 대령이 그를 자신의 사무실로 호출했다.

"리예파 소령의 살인범을 찾은 것 같소." 그가 말했다.

발란데르가 놀란 표정으로 그를 보았다.

"지난 며칠 푸트니스 대령이 신문했던 자를 말씀하시는 겁니까?"

"아니, 그가 아니오. 그자는 어떤 식으로든 그 일에 연루된 비열한 범죄자임은 틀림없지만 우린 다른 자를 찾았소. 가서 봅시다!"

그들은 지하로 내려갔다. 무르니에르스가 한쪽 벽에 이중 거울이 설치된 대기실의 문을 열었다. 무르니에르스가 들어와서 보라는 뜻으로 발란데르에게 손짓했다.

거울 뒤의 방은 맨 벽에 테이블 하나와 의자 두 개가 있었다. 의자 중 하나에는 유피티스가 앉아 있었다. 이마에는 더러운 붕대가 감겨 있었다. 그는 사냥꾼 오두막에서 대화를 나누었던 밤 입고 있던 것과 같은 셔츠를 입고 있었다.

"그는 누굽니까?" 발란데르가 유피티스에게서 눈을 떼지 않고 물었다. 그는 자신의 충격이 자신을 배반할까 봐 두려웠다. 반면 무르니에르스는 이미 알고 있는지도 몰랐다.

"그는 우리가 감시하던 자요." 무르니에르스가 말했다. "실패한 교수, 시인, 나비 수집가, 저널리스트지. 말 많은 주정뱅이요. 그는 온갖 위법 행위로 오랜 시간을 감옥에서 보냈소. 증명은 못 하더라도 우린 그가 중범죄에 연루됐다는 걸 알아 왔소. 그가 리예파 소령의 죽음과 연관이 있을지 모른다는 첩보를 받았지."

"증거가 있습니까?"

"말할 것도 없이 그는 아무것도 털어놓지 않았지만 우린 자백만큼이나 중요한 증거를 갖고 있소."

"뭡니까?"

"흉기."

발란데르는 몸을 돌려 무르니에르스를 보았다.

"흉기." 무르니에르스가 반복했다. "내 사무실로 올라가 이 체포의 배경을 당신에게 설명해 줄 수도 있겠지. 푸트니스 대령도 이제 내 사무실로 올 거요."

발란데르는 계단을 오르는 무르니에르스의 뒤를 따랐다. 그는 대령이 콧노래를 부르는 것을 알아차렸다. 누군가는 날 속이고 있어. 그는 생각했다. 끔찍하군. 누군가는 날 속이고 있지만 난 그게 누군지 몰라. 누구인지도 모르고 이유도 몰라.

12

유피티스는 기소되었다. 경찰이 그의 아파트를 수색했을 때 그들은 머리털이 붙은 오래된 나무 곤봉을 찾아냈다. 유피티스는 리예파소령이 살해된 날 밤의 알리바이가 없었다. 그는 술에 취해 있었고, 친구들과 있었다고 주장했지만 그 친구들을 기억하지 못했다. 무르니에르스는 아침에 유피티스에게 알리바이를 제공할 수 있을지도 모를 사람들을 신문하기 위해 경찰들을 보냈지만 아무도 그를 보았거나 만났는지 기억하지 못했다. 푸트니스 대령은 조금 더 기다리며 사태 추이를 살피려는 것처럼 보인 반면 무르니에르스는 수색에 총력을 다했다.

발란데르는 진실을 찾기 위해 자신이 할 수 있는 모든 일을 했다. 이중 거울을 통해 그가 유피티스를 봤을 때 처음 든 생각은 유피티스가 배신당했다는 것이었지만, 이내 그는 의심을 품기 시작했다. 너무 많은 것이 여전히 불확실했다. 음모가 공통분모가 되는 사회의 삶에 대한 바이바 리예파의 묘사가 그의 귀에서 메아리쳤다. 리예파 소령의 의심이 옳았고 무르니에르스가 부패 경찰이었다고 하더라도, 만약 그가 소령의 죽음의 배후 인물이라면 사건 전체가 비현실적으로 다가오는 것 같았다. 무르니에르스는 단지 그를 제거하기 위해 무고한 남자를 법정으로 보낼 위험을 감수했을까? 그것은 대단히 오만한 행위 아닐까?

"그가 유죄로 밝혀진다면," 그가 푸트니스에게 물었다. "그는 어떤 처벌을 받습니까?"

"우린 사형을 유지할 만큼 충분히 구식입니다." 푸트니스가 말했다. "고위 경찰을 살해하는 건 저지를 수 있는 최악의 범죄지요. 난 그가 총살되리라 생각됩니다. 개인적으론 그게 적절한 처벌이라고 생각하지요. 당신 생각은 어떻습니까, 발란데르 경위님?"

발란데르는 대답하지 않았다. 범죄자들을 처형하는 나라에 있다는 것이 너무 끔찍해서 그는 순간적으로 말문이 막혔다.

푸트니스는 기다리는 전술을 쓰고 있었고, 발란데르는 두 대령이 종종 서로에게 아무 말 없이 다른 방향을 향한다는 것을 자각했다. 푸트니스는 무르니에르스의 익명의 제보에 대해 듣지조차 못했다. 무르니에르스가 활동 과잉으로 가장 광분하는 시간인 아침에 발란데르는 푸트니스를 자신의 사무실로 청해 지드스 병장에게 커피를 좀 가져다 달라고 부탁한 후 그에게 실제로 일이 어떻게 진행되고 있는지 설명하게 하려고 했었다. 처음부터 그는 두 대령 간의 확실한 긴장을 감지했었고, 그 어느 때보다 더 혼란스러운 지금 그는 푸트니스에게 자신의 의혹을 말해도 잃을 것이 없다고 생각했다.

“정말 진범이 맞습니까?” 그가 물었다. “동기가 뭡니까? 핏자국이 있고 머리털이 붙은 나무 곤봉. 어떻게 그게 법의학 검사도 하기 전에 증거가 될 수 있습니까? 그 털은 고양이에게서 나온 것일 수도 있지 않습니까?”

푸트니스가 어깨를 으쓱했다. “지켜봅시다.” 그가 말했다. “무르니에르스는 자신이 뭘 하고 있는지 꽤 확신하고 있습니다. 그가 잘못 체포하는 경우는 좀처럼 없지요. 그는 나보다 훨씬 더 유능합니다. 하지만 당신은 의심하는 것처럼 보이는군요, 발란데르 씨. 이유를 물어봐도 될까요?”

“그냥 궁금했을 뿐입니다. 그게 답니다.” 발란데르가 말했다. “난 가장 용의자 같지 않아 보이는 범죄자들을 너무 많이 체포했습니다.”

그들은 커피를 마시며 말없이 앉아 있었다.

“물론 리예파 소령의 살인자를 잡을 수 있다면 더할 나위 없이 좋겠지만,” 발란데르가 말했다. “이 유피티스라는 자는 경찰을 처리할 마음을 먹은 범죄 조직의 리더처럼 보이지 않습니다.”

“아마 그는 마약중독자일 겁니다.” 푸트니스가 주저하며 말했다. “마약중독은 어떤 일이라도 하도록 몰아갈 수 있지요. 배후의 누군가가 그에게 명령했는지도 모릅니다.”

“나무 곤봉으로 고위 경찰을 죽이라고요? 칼이나 총이라면 몰라도 나무 곤봉으로요? 그리고 어떻게 그는 시체를 부두로 옮겼을까요?”

“모릅니다. 무르니에르스가 그걸 알아내겠지요.”

“대령님이 신문하고 있는 남자는 어떻게 돼 갑니까?”

“음. 놈은 아직 아무것도 인정하지 않았지만 인정하게 될 겁니다.

난 놈이 구명보트에 태워져 해안으로 떠밀려 왔던 사내들과 연관된 마약 밀매의 일원이라고 확신합니다. 지금 난 자신이 처한 상황을 생각할 시간을 주면서 놈을 기다리게 하는 중입니다."

푸트니스는 자신의 사무실로 돌아갔고, 발란데르는 상황을 파악하려고 애쓰며 완벽히 고요한 상태로 의자에 앉아 있었다. 바이바 리에파가 그녀의 친구 유피티스가 남편 살해로 체포된 것을 아는지 궁금했다. 그는 숲속 사냥꾼 오두막으로 마음의 눈을 돌렸고, 나무 곤봉으로 스웨덴 경찰의 머리를 내리치게 했을지도 모를 무언가를 자신이 알고 있을까 봐 유피티스가 두려워했는지도 몰랐다는 것을 깨달았다. 발란데르는 모든 이론과 추측이 하나씩 허물어지고 있는 것을 볼 수 있었다. 그는 건질 수 있는 것이 있는지 보기 위해 조각들을 재조립하려고 애썼다.

한 시간 동안의 조용한 사색 후 그는 자신이 할 일은 하나뿐이라고 결론 내렸다. 스웨덴으로 돌아가기. 그는 라트비아 경찰이 도움을 요청해 리가에 왔다. 그는 그들에게 어떤 도움도 줄 수 없었고, 이제 범인은 체포된 것처럼 보였기에 더 이상 머물 이유가 없었다. 그는 자신의 혼란을 받아들일 수밖에, 자신이 찾던 사람일지 모를 한 남자에게 어느 날 밤 신문을 받았다는 사실을 인정할 수밖에 없었다. 자신이 참가했다고 생각한 연극에 대해 아무것도 모른 채 에케르스 씨의 역할을 연기했다. 해야 할 분별 있는 일은 가능한 한 빨리 집으로 돌아가 모든 것을 잊는 것뿐이었다. 그럼에도 그는 그렇게 하기가 주저되었다. 모든 거북함과 혼란 너머에는 무언가가 있었다. 바이바 리에파의 공포와 저항, 유피티스의 지친 눈. 라트비아 사회에 대해 많은 것을 떠올리게 하는 그것들은 그의 이해 밖에 있었고, 그것들이 다른 사람은 볼 수 없는 것을 자신에게 보게 해 줄 수 있을지도 몰랐다.

그는 며칠 더 시간을 갖기로 결정했다. 사무실에 앉아 생각만 하는 대신 무언가 실용적인 일을 할 필요를 느낀 그는 복도에서 참을성 있게 대기하고 있던 지드스 병장에게 지난 1년간 리예파 소령이 관여했던 모든 사건 서류들을 가져다 달라고 부탁했다. 뚜렷하게 앞을 내다볼 수 없어서 그는 소령의 최근 과거로 잠시 돌아가기로 했다. 어쩌면 실마리를 제공할지 모를 기록에서 무언가를 발견할 수 있을지도 몰랐다.

지드스 병장이 평소의 효율성을 발휘해 30분 뒤 먼지 쌓인 파일들을 가지고 돌아왔다. 여섯 시간 후 지드스 병장이 쉰 목소리로 두통을 호소했다. 발란데르는 지드스에게도 자신에게도 점심 식사 후의 휴식을 허락하지 않았었다. 그들은 파일을 하나씩 훑었고, 지드스 병장은 번역하고 설명하고 발란데르의 질문에 대답한 다음 번역을 계속 이어 나갔다. 이제 그들은 마지막 파일, 마지막 보고서의 마지막 페이지에 다다라 있었다. 발란데르는 실망과 대면해야 했다. 리예파 소령은 그의 마지막 한 해 동안 리가 교외를 한동안 두려움에 떨게 했던 강도 한 명과 강간범 한 명을 체포했고, 두 건의 우표 위조를 해결했으며, 세 건의 살인을 해결했다. 그중 두 건은 살인자와 피해자가 서로 알고 지낸 가족 내에서 일어난 사건이었다. 그는 바이바 리예파가 남편의 실제 업무였다고 말했던 사건의 흔적은 찾지 못했다. 가끔은 지나칠 만큼 규칙에 얽매이긴 했지만 리예파 소령이 성실했던 것은 의심의 여지가 없었으나 발란데르가 그날의 작업에서 얻을 수 있었던 것은 그것뿐이었다. 그가 파일을 돌려놓으라고 지드스를 보냈을 때, 그 서류들이 거기에 없었던 이유에 대해 유일하게 주목할 만한 것이 그의 머리에 떠올랐다. 리에파 소령은 비밀 수사에 관한 자신의 데이터를 따로 저장했을 테고, 발란데르는 그것을 확신했다. 그 모든 것을 전부 머리에 담아 둘 수는 없었을 것이었다. 그는 들킬 위험이 있다는 것을 확신했었다. 그렇다면 어떻게 어디에도 증거를 남기지 않고 미래를 겨냥한 수사를 진지하게 고려할 수 있었을까? 그는 버스에 치일 수도 있었고, 그러면 기록도 남지 않을 것이었다. 어딘가에 기록이 있을 게 분명했다. 누군가는 그것이 어디에 있는지 알 것이 틀림없었다. 바이바 리에파가 알까? 아니면 유피티스? 소령의 배후에 또 다른 사람이 있었을까, 소령이 아내에게조차 비밀로 했던 누군가? "우리가 다른 사람에게 털어놓는 모든 비밀이 그들에게 짐이 될 수 있어요." 바이바는 그렇게 말했었고, 그것은 남편의 말이 분명했다.

지드스 병장이 기록 보관실에서 돌아왔다.

"리에파 소령에게 아내 말고 또 다른 가족이 있었소?" 발란데르가 그에게 물었다.

"모르겠지만," 그가 대답했다. "분명 리에파 부인이 있을 겁니다."

발란데르는 아직 바이바 리에파에게 그 질문을 하고 싶지 않았다. 그는 이제부터 여기서 정상적인 절차라고 보이는 것을 따라야겠다고 생각했고, 불필요한 정보나 비밀을 누설하지 않고 개인적인 판단에 따라 행동해야 한다고 생각했다.

"분명 리에파 소령의 개인 자료가 있을 거요." 그가 말했다. "그걸 보고 싶군요."

"저는 거기에 접근할 수 없습니다." 지드스 병장이 말했다. "개인 정보에 접근할 수 있는 사람은 몇 사람뿐입니다."

발란데르는 전화기를 가리켰다. "거기에 접근할 수 있는 사람에게 전화해서," 그가 말했다. "스웨덴 경찰이 리예파 소령의 개인 자료를 보고 싶다고 말해요."

지드스 병장은 결국 무르니에르스에게 연락했고, 그는 즉시 리예파 소령의 자료를 볼 수 있게 해 주겠다고 약속했다. 자료는 45분 후에 발란데르의 책상 위에 놓였다. 빨간색 파일을 펼치자마자 그의 눈에 띈 것은 소령의 얼굴이었다. 오래전 사진이었고, 그는 10년이 넘도록 거의 달라지지 않은 소령의 얼굴을 보고 놀랐다.

"번역!" 그가 지드스에게 말했다.

병장은 머리를 저었다. "저에게는 빨간 파일의 내용을 볼 권한이 없습니다." 그가 말했다.

"그 파일을 가져가도록 허락받았다면, 분명 날 위해 그 내용을 번역하도록 허락받은 게 아니겠습니까?"

지드스 병장이 슬프다는 듯 머리를 저었다. "저에게는 권한이 없습니다." 그가 말했다.

"내가 그 권한을 주지요. 당신이 내게 말해 줄 건 리예파 소령에게 아내 외에 다른 가족이 있었느냐는 것뿐입니다. 그런 다음 난 모든 걸 잊어버리라고 명령할 겁니다."

지드스 병장은 마지못해 자리에 앉아 그 서류들을 뒤적였다. 발란데르는 지드스가 그 종이들이 시체라는 양 매우 불쾌해하며 서류를 다루고 있다는 인상을 받았다.

리에파 소령에게는 아버지가 있었다. 서류에 따르면 그는 아들과 같은 카를리스라는 이름이었고, 벤츠필스 우체국장으로 은퇴했다. 발란데르는 호텔에서 빨간 립스틱을 바른 부인이 보여 주었던 책자를 기억해 냈다. 거기에는 벤츠필스 마을과 해안을 여행하는 상세한 정보가 담겨 있었다. 리에파 소령의 아버지는 일흔넷의 홀아비였다. 발란데르는 다시 한번 소령의 얼굴을 자세히 들여다본 다음 파일을 한쪽으로 치웠다. 그 순간 무르니에르스가 방으로 들어왔다. 급하게 일어난 지드스 병장은 빨간 파일에서 가능한 한 멀찍이 떨어지려고 애썼다.

"흥미로운 거라도 찾았소?" 무르니에르스가 물었다. "우리가 간과한 거라도?"

"전혀요. 자료를 기록 보관실에 돌려놓으려던 참이었습니다."

병장이 파일을 집어 들고 방에서 나갔다.

"대령님이 체포한 사람의 신문은 어떻게 돼 갑니까?" 발란데르가 물었다.

"그를 자백시킬 거요." 무르니에르스가 차갑게 말했다. "푸트니스 대령은 의심하고 있지만 난 범인을 잡았다고 확신하오."

나도 의심스럽습니다. 발란데르는 생각했다. 오늘 밤 만나서 푸트니스에게 그 말을 해도 될까? 우리가 품은 의심의 근거를 찾으려고 할까?

그는 혼란에서 벗어나 외로운 행진을 할 때라는 것을 그 자리에서 결정했다. 더 이상 속마음을 밝히지 않을 이유가 없었다. 거짓말의 영역에서는 아마도 반쪽짜리 진실이 왕이겠지. 그는 중얼거렸다. 진실이 어느 쪽으로든 뒤틀릴 때, 왜 진실만을 말하겠는가?

"리예파 소령이 스웨덴에 머문 동안 난 그가 내게 한 말 때문에 매우 혼란스럽습니다." 그가 말했다. "그가 한 말은 명확하지 않았습니다. 술을 많이 마셨지만 그는 자신의 동료 중 일부가 전적으로 믿을 만하지 않다고 걱정하는 것 같았습니다."

무르니에르스는 발란데르가 한 말에 놀란 기색을 보이지 않았다.

"물론 그는 좀 취했지만," 발란데르는 죽은 동료를 중상하는 것에 약간의 불편함을 느끼며 말을 이었다. "자신의 상관 중 하나가 이곳 라트비아 내 여러 범죄 조직과 결탁했다고 의심하는 것 같았습니다."

"그 말이 술 취한 사람에게서 나왔다고 해도 흥미로운 주장이군." 무르니에르스가 생각에 잠겨 말했다. "그가 '상관'이라는 말을 썼다면 푸트니스 대령과 나를 언급한 말일 텐데 말이오."

"그는 어떤 이름도 대지 않았습니다." 발란데르가 말했다.

"그가 의심하는 이유를 말했소?"

"마약 밀매에 대해 말했습니다. 동유럽을 통하는 새 루트에 대해서요. 그는 어떤 고위직 인물의 비호 없이 이 밀매 루트들을 이용하기가 불가능할 거라고 생각했죠."

"흥미롭군." 무르니에르스가 말했다. "난 늘 리예파 소령이 드물게 이성적인 사람이라고 생각했소. 아주 특별한 양심이 있는 남자라고 말이오."

태연한데. 발란데르는 생각했다. 만약 리예파 소령이 옳았다면 태연한 게 가능할까?

“내린 결론이 있소?” 무르니에르스가 말했다.

“전혀요. 난 그걸 말해야겠다고 생각했을 뿐입니다.”

“그러길 잘했소.” 무르니에르스가 말했다. “어쩌면 그걸 내 동료 푸트니스 대령에게도 말해야 할 거요.”

무르니에르스는 방에서 나갔다. 발란데르는 재킷을 입었고, 복도에서 지드스 병장을 발견했다. 그는 호텔로 돌아가 침대에 누워 한 시간 동안 잠을 잤다. 그리고 찬물로 후다닥 샤워를 하고 스웨덴에서 가져온 짙푸른 양복을 입었다. 오후 7시가 지나자마자 그는 지드스 병장이 프런트에 기대 자신을 기다리고 있는 로비로 내려갔다.

푸트니스 대령은 리가 남쪽 끝에 살고 있었다. 가는 길에 발란데르는 자신이 항상 밤에 라트비아를 가로질렀다는 것에 생각이 미쳤다. 그는 밤에 움직였고, 어둠 속에서 생각했다. 뒷좌석에 앉은 그는 갑자기 강렬한 향수를 느꼈다. 그것이 자신의 모호한 임무 때문이라고 느꼈다. 그는 어둠을 내다보면서 내일 아버지에게 전화하는 것이 좋겠다고 생각했다. 아버지는 자신이 언제 집에 올지 물을 것이었다. 조만간이요. 자신은 말할 터였다. 곧.

지드스 병장은 간선도로에서 벗어나 우뚝 솟은 철문들을 통과했다. 푸트니스 대령의 집으로 향하는 도로는 발란데르가 라트비아에서 머문 동안 만난 가장 잘 정비된, 쭉 뻗은 도로였다. 지드스 병장은 환한 조명이 비치는 테라스 옆에 주차했다. 발란데르는 다른 세상에 있다는 강한 느낌을 받았다. 차에서 내리자 자신의 주위의 모든 것은 더 이상 어둡고 노쇠하지 않았다. 그는 라트비아에서 떠나 있었다.

푸트니스 대령은 테라스에서 두 사람을 맞았다. 그는 제복 대신 구명보트 안의 죽은 남자들이 입었던 옷을 연상시키는 잘 재단된 양복을 입고 있었다. 그의 옆에는 남편보다 훨씬 젊은 아내가 서 있었다. 발란데르는 그녀가 서른이 채 안 되었을 것으로 추측했다. 인사를 나눌 때 그녀는 훌륭한 영어를 구사했고, 발란데르는 길고 힘든 여정을 마쳤다는 특별한 행복을 느끼며 당당한 저택 안으로 성큼성큼 발을 옮겼다. 크리스털 위스키 잔을 든 푸트니스 대령은 집 안 구석구석을 안내하며 자부심을 숨기려 들지 않았다. 그는 서방에서 수입한 가구들로 꾸며진, 호화스러우면서도 절제된 분위기를 풍기는 방들을 보았다. 내가 모든 것이 부족하거나 고장 나기 직전인 곳에 산다면 분명 나도 이 커플과 똑같은 마음이겠지. 그는 생각했다. 하지만 이 집은 엄청난 돈을 들인 것이 분명했고, 그는 경찰 대령이 그만큼 많이 번다는 사실에 놀랐다. 뇌물. 그는 생각했다. 뇌물과 부패. 하지만 그는 그 생각을 즉시 떨쳤다. 그는 푸트니스 대령과 그의 아내 아우스마에 대해 알지 못했다. 정부가 50년도 안 돼 모든 금융 기준을 바꾸었다는 사실에도 불구하고 여전히 가문의 재산 같은 게 남아 있는 걸까? 내가 그것에 관해 아는 게 뭐지? 아무것도.

그들은 나뭇가지 모양의 키 큰 촛대의 불빛 아래 저녁을 들었다. 발란데르는 대화를 통해 아우스마 역시 경찰이었지만 다른 분야에서 일했다는 것을 알았다. 그는 그녀가 일급비밀을 다루는 일을 했다는 인상을 받았고, 그녀가 KGB 라트비아 지구에 속했을지도 모른다는 생각을 했다. 그녀는 스웨덴에 관해 그에게 많은 질문을 했다. 자제하려는 노력에도 불구하고 와인이 그에게 말을 부추겼다.

저녁 식사 후 아우스마는 커피를 내오기 위해 부엌으로 사라졌다. 푸트니스는 멋진 가죽 안락의자가 다양하게 모여 있는 거실에서 코냑을 꺼냈다. 얼마나 오래 일하든 발란데르는 그런 가구를 살 형편이 안 될 터였고, 그 생각이 그를 공격적으로 만들었다. 그는 막연한 개인적 책임을 느꼈다. 마치 자신이 아무런 이의를 제기하지 않음으로써 푸트니스 대령의 집을 감당하게 한 뇌물의 원인을 제공했다는 듯.

"라트비아는 엄청나게 대비를 이루는 나라군요." 그가 영어 단어를 자신 없이 고르며 말했다.

"스웨덴은 안 그렇습니까?"

"물론 그렇지만 이곳만큼 확실하진 않습니다. 스웨덴 경찰이 대령님네 같은 집에서 산다는 건 상상도 할 수 없을 겁니다."

푸트니스 대령이 변명하듯 손을 뻗었다.

"아내와 난 부자가 아니지만," 그가 말했다. "우린 오랫동안 검소하게 살았습니다. 난 지금 쉰다섯이고 노년을 편하게 살고 싶지요. 그게 잘못됐습니까?"

"옳고 그름을 말하려는 게 아닙니다." 발란데르가 말했다. "차이를 말하는 거죠. 발트해 국가 중 한 곳에서 온 사람을 만난 게 리예파 소령이 처음이었습니다. 난 그가 많은 게 부족한 나라에서 왔다는 인상을 받았습니다."

"여기에 가난한 사람이 많다는 걸 부정하진 않습니다."

"난 실정을 알고 싶습니다."

푸트니스 대령의 시선이 날카로웠다. "내가 당신의 질문을 이해하지 못한 것 같군요."

"뇌물에 관해서요. 부패. 범죄 조직들과 정치가들의 유착. 리예파 소령이 스웨덴의 내 아파트를 방문했을 때 했던 말의 답을 알고 싶습니다. 그가 지금 나만큼 마셨을 때 한 말이요."

푸트니스 대령이 미소를 띠고 그를 관찰했다. "당연히," 그가 말했다. "당연히 내가 설명할 수 있다면 하겠지만, 우선 리예파 소령이 정확히 무슨 말을 했는지 알아야겠군요."

발란데르는 몇 시간 전 무르니에르스 대령에게 했던, 지어낸 말을 반복했다.

"라트비아 경찰에서도 부정행위가 일어납니다." 푸트니스가 말했다. "많은 경찰이 낮은 임금을 받으니 뇌물의 유혹에 빠질 수 있지요. 하지만 그럼에도 리예파 소령이 현 상황을 과장한 경향이 있었다고 말해야겠군요. 물론 그의 정직함과 근면함은 존경할 만하지만 그는 감정적 오해로 사실들을 혼동하는 죄를 저질렀는지 모릅니다."

"그가 과장했다는 말씀입니까?"

"유감스럽게도 그런 것 같습니다."

"고위 경찰이 범죄 행위에 깊이 연루됐다는 주장도요?"

푸트니스 대령은 손의 체온으로 코냑 잔을 따뜻하게 했다. "그가 무르니에르스 대령이나 나를 언급했겠군요." 그가 말했다. "그거 놀라운데요. 그의 비난은 부정확하고 비이성적입니다."

"하지만 거기엔 어떤 설명이 있겠지요?"

"어쩌면 리예파 소령은 무르니에르스와 내가 너무 천천히 늙어 간다고 생각했는지도 모르겠군요." 푸트니스가 미소를 띠며 말했다. "우리가 자신의 승진을 막는다는 사실에 실망했을까요?"

"리예파 소령이 경력을 염려한다는 인상은 받지 못했습니다."

푸트니스가 안다는 듯 고개를 끄덕였다. "내가 그럴듯한 설명을 해 드리겠지만," 그가 말했다. "이건 우리끼리만 알아야 합니다."

"난 대개는 신뢰를 저버리지 않습니다."

"십 년 전쯤 무르니에르스 대령은 약점을 잡혔습니다." 푸트니스가 말했다. "그는 횡령 혐의로 체포된 어느 섬유 공장 임원에게서 뇌물을 받다가 들켰지요. 무르니에르스가 받은 돈은 체포된 남자의 동료 몇몇이 결정적인 증거를 제공할 어떤 서류를 감췄다는 사실을 모른 척해 주는 대가로 보였습니다."

"그래서 어떻게 됐습니까?"

"그 문제는 덮였습니다. 그 임원은 형식적인 판결을 받고 일 년이 안 돼 그 도시에서 가장 큰 제재소의 책임자로 임명됐습니다."

"무르니에르스는 어떻게 됐습니까?"

"아무 일도요. 그는 회한에 차 있었지요. 그는 그 당시에 혹사당했고, 길고 괴로운 이혼 과정을 거쳤었습니다. 조사 위원회가, 위법 행위가 용서돼야 한다고 결정된 그 사건을 판단하는 역할을 맡았지요. 어쩌면 리예파 소령은 일시적인 약점을 만성적 성격 결함으로 잘못 추측했을까요? 그게 내가 당신에게 할 수 있는 유일한 설명입니다. 코냑을 좀 더 드릴까요?"

발란데르는 잔을 내밀었다. 전에 푸트니스 대령 그리고 무르니에르스도 말했던 무언가가 자신을 계속 괴롭혔는데, 그는 그것을 정확히 짚어 낼 수 없었다. 그때 아우스마가 커피 쟁반을 들고 왔고, 리가를 떠나기 전에 꼭 보아야 할 명소들에 관해 발란데르에게 대단히 열정적으로 이야기했다. 그녀의 말을 듣고 있자니 그의 마음에서 불안이 사라졌다. 푸트니스가 한 말에는 거의 알아채기 힘든 어떤 것, 중요한 어떤 것이 있었다. 잘은 몰라도 그것이 그의 주의를 끌었다.

"스웨덴 관문1698년 리가에 건립된 성벽의 문. 17세기 라트비아를 지배하던 폴란드와의 전쟁에서 승리한 스웨덴이 기념하여 붙인 이름." 아우스마가 말했다. "경위님은 스웨덴이 유럽의 강대국 중 하나였던 때 세운 우리 기념물도 못 보셨죠?"

"놓쳤나 봅니다."

"스웨덴은 오늘날에도 여전히 강대국이지요." 푸트니스 대령이 말했다. "작은 나라지만 그 막대한 부가 무척 부럽습니다."

발란데르는 직감적으로 알아챈 막연한 의혹의 실마리를 잃을까 두려워 양해를 구하고 화장실로 갔다. 그는 문을 잠그고 변기에 앉았다. 수년 전 뤼드베리는 눈에 너무 가까이 있어서 보기 어려워 보이는 단서를 즉시 추적하는 것의 중요성을 가르쳤었다. 그 생각이 났다. 무르니에르스가 했던 어떤 말은 조금 전 푸트니스 대령이 거의 같은 말을 사용함으로써 반박되었다.

무르니에르스는 리예파 소령이 이성적이라고 했고, 푸트니스 대령은 그가 비이성적이라고 했다. 푸트니스가 무르니에르스에 대해 한 말의 관점은 어쩌면 이해하기 어렵지 않았다. 발란데르는 변기 뚜껑에 앉았을 때, 두 사람이 정확히 반대의 관점을 가지리라는 사실을 자신이 예상했다는 것을 깨달았다.

"우린 무르니에르스를 의심해요." 바이바 리예파는 그렇게 말했었다. "우린 그이가 배신당했다고 생각하죠."

어쩌면 난 모든 걸 잘못 생각했는지도 몰라. 발란데르는 생각했다.

어쩌면 난 푸트니스 대령에게서 봐야 할 것을 무르니에르스에게서 보고 있었던 걸까? 리에파 소령이 이성적이라고 말했던 사람은 그 반대를 생각하리라 예상했던 사람이었다. 그는 무르니에르스의 목소리를 떠올리려고 했고, 그 대령이 무언가 더 많은 것을 암시했는지도 모른다는 데 생각이 미쳤다. 리에파 소령은 이성적인 사람이고 이성적인 경찰이다. 그것이 자신의 의심이 옳다는 것을 말해 주리라.

그는 그 문제를 고민했다. 간접적으로, 그리고 제삼자를 통해 자신에게 전해진 의혹들과 정보를 받아들일 만반의 준비가 되어 있었다. 그는 변기 물을 내리고 커피와 코냑으로 돌아갔다.

"우리 딸," 아우스마가 액자에 든 두 초상화에 손을 뻗으며 말했다. "알다와 리야예요."

"나도 딸이 있습니다." 발란데르가 말했다. "린다라고 하죠."

남은 저녁 시간 동안 대화는 두서없이 이어졌고, 발란데르는 무례하게 비치지 않고 자리에서 일어날 수 있길 바랐다. 그럼에도 지드스가 라트비아 호텔 앞에 차를 세운 시간은 거의 새벽 1시에 가까워 있었다. 발란데르는 뒷좌석에서 깜빡 잠이 들었었고, 그는 자신의 주량보다 많이 마셨다는 것을 깨달았다. 다음 날은 숙취에 시달려 기진맥진할 것이었다.

그는 잠이 들기 전 오랫동안 어둠을 응시하며 침대에 누워 있었다. 두 대령이 한 가지 이미지로 녹아들었다. 그는 리에파 소령의 죽음에 어떤 빛을 비출 자신의 능력을 최대한 발휘하기 전에는 집으로 돌아가려는 자신과 절대 타협하지 않을 것이었다. 연결 고리들이 있어. 그는 생각했다. 리에파 소령, 구명보트 안의 죽은 자들, 유피티스의 체포. 모든 것이 연결되어 있어. 아직 그 사슬이 보이지 않을 뿐이야. 내 머리 뒤 저 얇은 벽 너머에는 내가 쉬는 모든 숨을 기록하고 있는 보이지 않는 사람들이 있지. 그들은 내가 잠들기 전 말똥말똥한 정신으로 몇 시간 동안 누워 있다는 사실을 기록하고 또 기록할까? 그들은 내 생각을 자신들이 읽을 수 있다고 생각할까? 트럭 한 대가 저 아래 거리를 덜그럭대며 지나갔다. 까무룩 잠들기 전 그는 자신이 벌써 엿새 동안 리가에 있었다는 것을 상기했다.

13

다음 날 아침 일어났을 때, 발란데르는 우려했던 그대로 피곤했고 숙취가 심했다. 관자놀이가 욱신거려 이를 닦으며 병이 나겠다는 생각을 했다. 그는 글라스에 두통약 두 알을 녹였고, 저녁에 독한 술을 마시는 능력이 과거의 일이 되었다고 한탄했다.

그는 거울로 얼굴을 살피며 점점 더 아버지를 닮아 가는 자신의 모습을 보았다. 숙취는 이제 무언가가 영원히 사라졌다는 비참한 기분을 들게 했을 뿐 아니라 창백하고 부은 얼굴에서 나이를 먹었다는 첫 흔적들을 알아차리게 했다. 7시 30분에 식당으로 내려간 그는 커피 한 잔을 마시고 계란 프라이를 억지로 삼켰다. 몸 안에 커피가 들어가자 기분이 한결 나아진 느낌이었다. 그는 지드스 병장이 데리러 오기 전 30분간 혼자 있으며 모스비 해안에 떠밀려 온, 잘 차려입은 죽은 두 남자에게서 시작된 이 일련의 사건의 사실들을 다시 한번 복기했다. 전날 밤 발견한 사실, 배후에서 조종하는 자가 무르니에르스가 아닌 푸트니스일 가능성을 소화하려 애썼지만 이 생각은 자신을 단지 원점으로 이끌 뿐이었다. 분명한 것은 아무것도 없었다. 라트비아에서 그가 한 수사는 스웨덴에서의 방식과는 전혀 다른 환경에서 한 것이었다. 사실의 축적과 일련의 증거 수립은 전체주의 국가의 그늘진 배경에서 훨씬 더 복잡했다.

어쩌면 여기서 가장 먼저 결정됐어야 할 건, 어쨌든 어떤 범죄가 조사되어야 하는지의 여부야. 그는 생각했다. 아니면 그게 '비범죄'의 범주에 들어갈 수도 있는지. 그것은 자신이 두 대령에게서 설명을 이끌어 내려는 노력을 배가해야 한다는 것처럼 보였다. 현시점에서 그는 그들이 자신 앞의 보이지 않는 문을 열고 있는지 닫고 있는지 알 길이 없었다.

결국 그는 자리에서 일어나 지드스 병장을 찾으러 밖으로 나갔다. 그들이 리가를 가로지를 때, 노쇠한 건물들과 끔찍하고 암울한 광장들의 조합이 그가 이전에 결코 경험한 적 없는 특별한 종류의 우울함으로 다시 한번 그를 채웠다. 그는 자신이 전에 봤던 버스 정류장에 서 있는 사람들이나 보도를 종종걸음 치는 사람들이 똑같은 황량함을 느낀다고 상상하다가 그 생각에 몸서리를 쳤다. 비록 그는 집에 있는 무엇이 자신을 그리움으로 가득 채우게 했는지 확신하지 못했지만 다시 향수를 느꼈다.

그가 자신의 사무실 문을 열었을 때 전화벨이 울렸다. 그는 지드스 병장에게 커피 심부름을 시켰었다.

"안녕하시오." 무르니에르스가 그렇게 말했고, 발란데르는 음울한 대령이 기분이 좋다는 것을 알았다. "즐거운 저녁을 보내셨소?"

"리가에 온 이래 가장 맛있는 음식을 즐겼습니다만," 발란데르가 대답했다. "너무 많이 마신 것 같습니다."

"절제는 이 나라에 알려지지 않은 미덕이오." 무르니에르스가 말했다. "내가 이해하기론, 스웨덴의 성공은 절제된 삶을 사는 능력에 기반하오."

발란데르가 적당한 대답을 떠올리기 전에 무르니에르스가 말을 이었다. "내 앞 책상 위에 아주 흥미로운 서류가 있소." 그가 말했다. "이게 당신이 푸트니스 대령의 훌륭한 코냑을 과음했다는 사실을 잊도록 도와줄 것 같소."

"어떤 서류입니까?"

"유피티스의 자백. 밤새 써서 사인한."

발란데르는 할 말을 잃었다.

"듣고 있소?" 무르니에르스가 물었다. "어쩌면 내 사무실로 당장 와야 할지 모르겠소."

복도에서 지드스 병장과 마주친 그는 손에 컵을 들고 무르니에르스의 방으로 들어갔다. 대령은 엷은 미소를 띠고 책상 뒤에 앉아 있었고, 발란데르가 자리에 앉자 책상에서 파일 하나를 들어 올렸다.

"자, 여기 범인 유피티스의 자백이 들어 있소." 그가 말했다. "당신을 위해 그걸 번역하는 게 내 진정한 기쁨이 될 거요. 놀라신 것처럼 보이는데?"

"그렇습니다." 발란데르가 말했다. "그를 신문한 사람이 대령님이었습니까?"

"아니오. 푸트니스 대령이 에마누엘리스 대위에게 맡겼소. 그는 우리의 기대보다 더 잘 일을 끝냈소. 에마누엘리스는 분명 미래가 밝은 경찰이오."

무르니에르스의 목소리에 비꼬는 기색이 있었나? 아니면 지치고 환멸을 느낀 경찰의 일반적인 목소리였을 뿐일까?

"그러니까, 주정뱅이 나비 수집가이자 시인인 유피티스는 모든 걸 털어놓기로 결정한 거요." 무르니에르스가 말을 이었다. "다른 두 사람, 베르그클라우스 씨와 라핀 씨와 함께 그는 이월 이십삼일 한밤중에 리예파 소령을 살해했다고 인정했소. 그 세 사람은 리예파 소령의 목숨에 관한 계약을 이행하기로 약속했었소. 유피티스는 살인 청부의 배후가 누군지는 모른다고 주장했고, 그건 아마 사실일 거요. 올바른 주소에 다다르기 전에 그 계약은 많은 손을 거쳤소. 고위 경찰의 목숨에 관한 건이었기 때문에 청부 금액은 상당했지. 유피티스와 다른 두 신사는 이곳 라트비아 노동자의 백 년 치 임금에 해당하는 보수를 나눴소. 살인 청부는 두 달도 더 전에 계약됐지. 리예파 소령이 스웨덴에 가기 훨씬 전에 말이오. 살인을 청부한 자는 기한을 정해 놓지 않았소. 유피티스와 그의 공범들이 실패하지 않는 게 중요했지. 그때 갑자기 그게 바뀌었소. 살인이 있기 사흘 전 리예파 소령이 아직 스웨덴에 있었을 때, 그러니까 유피티스는 중개인을 통해 리예파가 리가로 돌아오는 즉시 그를 처리하라는 지시를 받았소. 그 갑작스러운 상황에 대한 이유는 몰랐지만 보수가 올랐고, 유피티스는 차를 한 대 받았소. 유피티스는 매일 아침저녁으로 시내에 있는 극장에 가기로 되어 있었소. 정확히 말해 스파르타크 극장에 말이오. 극장 지붕을 받치는 검은 기둥 중 하나에 누군가가 낙서를 남겼소. 당신네 서방에서 그래피티라고 부르는 것 말이오. 그리고 그 낙서가 나타나자마자 리에파 소령은 제거되었소. 리에파 소령이 돌아오기로 된 날 아침에 그 낙서가 생겼지. 유피티스는 즉시 베르그클라우스와 라핀에게 연락했소. 중개자는 그들에게 리에파 소령이 그날 밤 집 밖으로 유인될 거라고 말했소. 그다음은 그들에게 달린 일이었지. 그건 분명 세 명의 살인자에게 상당한 문제를 야기했소. 그들은 상당히 경계한 리에파 소령이 무기를 소지하고 저항하리라 예상했소. 그건 그가 건물에서 나온 순간 덮쳐야 한다는 걸 뜻했지. 당연히 거기엔 큰 위험이 따랐소."

무르니에르스가 갑자기 말을 끊고 발란데르를 보았다.

"내가 너무 빠르오?" 그가 물었다.

"아니요. 따라갈 수 있을 것 같습니다."

"그들은 리에파 소령의 집 앞 거리로 차를 몰고 갔소." 무르니에르스가 계속했다. "다양한 흉기를 소지한 그들은 현관 램프의 전구를 헐겁게 한 뒤 어둠 속에 숨었소. 앞서 그들은 바에 가서 많은 양의 독한 술로 의기를 다졌지. 리에파 소령이 문밖으로 걸어 나오자 그들은 덮쳤소. 유피티스는 그의 뒤통수를 친 자가 라핀이었다고 주장하오. 라핀과 베르그클라우스를 소환하면 그들은 분명 서로에게 책임을 전가할 거요. 스웨덴 법과 달리 우린 둘 중 누가 진짜 살인자인지 판단하기가 불가능하다고 드러나면 한 명 이상의 사람에게 선고를 내리는 게 허용되오. 길바닥에 고꾸라진 소령은 가져온 차 뒷좌석에 쑤셔 넣어졌소. 부두로 가는 길에 그가 정신을 차리자 라핀이 다시 머리를 쳤다지. 유피티스는 부둣가로 리에파 소령을 데려갔을 땐 그가 죽어 있었다고 주장했소. 리예파 소령이 어떤 사고의 희생자로 보이게 하는 게 그들의 의도였지. 그건 실패할 운명이었지만 유피티스와 그의 공범들이 경찰을 속이기 위해 많은 노력을 기울인 것 같진 않소."

무르니에르스는 책상 위에 보고서를 내려놓았다.

발란데르는 사냥꾼 오두막에서 보낸 저녁을 떠올렸다. 유피티스와 그의 많은 질문, 누군가 듣고 있던 곳의 닫힌 문에서 새어 나온 불빛.

"우린 리예파 소령이 배신당했다고 생각하고, 무르니에르스 대령을 의심합니다."

"그들은 리예파 소령이 그날 집으로 돌아온다는 걸 어떻게 알았습니까?" 그가 물었다.

"아에로플로트 항공사에서 일하는 누군가가 뇌물을 먹었는지도 모르오. 어쨌든 거기엔 승객 명단이 있으니까. 우린 그걸 확실하게 조사해 볼 거요."

"소령은 왜 살해됐습니까?"

"우리 같은 사회엔 소문이 빨리 퍼지지. 어쩌면 리예파 소령은 어떤 영향력 있는 범죄자들에게 참기 어려울 만큼 곤란한 존재가 됐는지도 모르오."

발란데르는 다음 질문을 하기 전에 한동안 생각에 잠겼다. 그는 유피티스의 자백에 대한 무르니에르스의 설명을 들었고, 무언가 잘못—끔찍한 잘못—되었음을 깨달았다. 어쨌든 그는 그것이 날조된 것이라는 것을 알았지만 진실을 짐작할 수 없었다. 거짓말들은 서로를 보완했고, 실제로 무슨 일이 일어났는지와 그 이유는 알기가 불가능했다.

그는 자신에게 물을 만한 어떤 질문도 없다는 것을 깨달았다. 더 이상의 질문거리는 없었고, 모호하고 도움이 안 되는 진술만 남았다.

"대령님은 유피티스의 자백이 사실이 아니라는 걸 아실 텐데요." 그가 말했다.

무르니에르스가 그를 뚫어지게 쳐다보았다. "왜 그게 사실이 아니라는 거요?"

"당연히 유피티스가 리예파 소령을 죽이지 않았다는 단순한 이유 때문입니다. 모든 자백은 날조됐습니다. 그는 그렇게 하도록 강요받았고요. 그가 미치지 않았다면."

"왜 유피티스 같은 범죄자가 리예파 소령을 죽일 수 없다는 거요?"

"왜냐하면 내가 그를 만났기 때문입니다." 발란데르가 말했다. "난 그와 얘기를 나눴습니다. 이 나라에서 리예파 소령을 살해했다는 혐의를 피할 수 있는 사람이 있다면 그건 유피티스일 겁니다."

무르니에르스의 놀란 표정은 연기일 수가 없었다. 따라서 사냥꾼 오두막 어둠 속에 서서 누군가가 듣고 있다고 발란데르가 알아챈 사람은 그가 아니었다. 그렇다면 그 사람은 누구였을까? 바이바 리예파? 아니면 푸트니스 대령?

"당신이 유피티스를 만났다는 거요?"

발란데르는 다시 한번 반쪽 진실로 가 보자는 빠른 결정을 내렸다. 그에게는 선택의 여지가 없었고, 바이바 리예파를 보호해야 했다.

"그가 내 호텔 방으로 와서 자신을 소개했습니다. 취조실의 이중 거울을 통해 푸트니스 대령이 그를 가리키는 걸 봤을 때 난 그를 알아봤습니다. 그가 날 보러 왔을 때 그는 자신이 리예파 소령의 친구라고 했죠."

무르니에르스는 긴장한 채 의자에 꼿꼿한 자세로 앉아 발란데르가 방금 한 말에 모든 주의를 집중했다.

"이상하군." 그가 말했다. "아주 이상해."

"그는 리예파 소령이 동료 중 한 명에게 살해된 것 같다는 말을 하고 싶어서 날 보러 온 겁니다."

"경찰?"

"네. 유피티스는 어떻게 된 일인지 알아내는 데 내가 도움이 될 수 있길 바랐습니다. 리가에 스웨덴 경찰이 있다는 건 어떻게 알았는지 모르겠군요."

"그가 또 무슨 말을 했소?"

"리예파 소령의 친구들은 어떠한 증거도 갖고 있지 않았지만 리예파 소령이 위협을 느끼고 있다고 자기 입으로 말했다는군요."

"누구에게 위협을 느꼈단 말이오?"

"경찰 내 누군가에게요. 어쩌면 KGB에게도요."

"왜 그가 위협을 느껴야 했소?"

"리가의 범죄자들이 소령을 제거해야 한다고 결정했다고 유피티스가 믿는 것과 같은 이유로요. 거기엔 분명 연결 고리가 있습니다."

"어떤 연결?"

"유피티스가 한 번은 거짓말을 한 게 분명하지만, 두 가지 점에서는 옳았다는 사실이요."

무르니에르스가 자리에서 벌떡 일어났다. 발란데르는 자신이 운을 지나치게 믿고 도를 넘었는지 궁금했지만 자신을 보는 무르니에르스의 시선은 그가 거의 자신에게 애원하고 있다는 것을 암시했다.

"푸트니스 대령이 이 말을 들어야겠군." 무르니에르스가 말했다.

"정말," 발란데르가 말했다. "그가 들어야 합니다."

10분 후 푸트니스가 문을 통해 성큼성큼 걸어 들어왔다. 무르니에르스가 라트비아어로 발란데르와 유피티스의 만남에 대해 흥분한 어조로 열변을 토했기 때문에 그는 푸트니스에게 저녁 식사에 대한 감사 인사를 할 기회가 없었다. 발란데르는 푸트니스의 표정에서 그가 그날 밤 사냥꾼 오두막에서 그림자 속 인물이었는지 드러나리라 확신했지만 그는 아무것도 내보이지 않았다. 발란데르는 유피티스가 거짓 자백을 한 이유에 대한 타당한 설명을 생각해 보려 했지만 모든 것이 혼란스럽고 모호해서 그 생각을 포기했다.

푸트니스의 반응은 무르니에르스와 아주 달랐다.

"왜 전에 이 범죄자 유피티스를 만났다는 걸 말하지 않았습니까?" 그가 물었다.

발란데르는 무슨 말을 해야 할지 몰랐다. 자신이 그들과의 신뢰를 깨뜨렸다고도 할 수 있었지만, 동시에 그는 유피티스가 자백했다고 한 날 밤 푸트니스 부부와 저녁 식사를 한 것이 우연이었는지 궁금했다. 전체주의 사회에서 우연 같은 게 있었나? 푸트니스는 늘 죄수를 혼자 신문하길 선호한다고도 하지 않았던가?

푸트니스의 분개는 발끈했던 것만큼이나 빠르게 가라앉았다. 그는 다시 미소를 지으며 발란데르의 어깨에 팔을 둘렀다.

"나비 수집가이자 시인인 유피티스는 교활한 친구입니다." 그가 말했다. "리가에 방문하기로 된 스웨덴 경찰을 만남으로써 자신의 혐의를 딴 데로 돌린 아주 교묘한 수작을 인정해야겠지만 그의 자백에 거짓은 없습니다. 난 그가 무너지리라 예상해 왔습니다. 리예파 소령 살해는 해결됐습니다. 그건 더 이상 당신이 리가에 머물 이유가 없다는 걸 뜻하지요. 바로 집으로 갈 수 있도록 준비해 놓겠습니다. 우린 공식 채널을 통해 스웨덴 외무부에 감사를 전할 겁니다."

이 거대한 음모 전체가 어떻게 조직되었는지 발란데르에게 확신을 준 것은 그때였다. 자세히는 알 수 없었다. 진실 그리고 거짓, 가짜 흔적 들의 교묘한 혼합과 원인과 결과의 진짜 연결 고리는 알 수 없었지만 자신이 생각했던 대로 리예파 소령은 실력 있고 고결한 경찰이었던 것 또한 분명했다. 그는 바이바 리예파의 저항만큼이나 그녀의 공포를 이해했다. 비록 이제 강제로 귀국해야 했지만 그는 다시 그녀를 만나야 한다는 것을 알았다. 자신이 죽은 소령에게 의무가 있다는 것을 아는 만큼 그는 그녀에게 빚을 지고 있었다.

"당연히 귀국해야겠지만," 그가 말했다. "내일까지는 머물겠습니다. 그동안 머문 아름다운 도시를 볼 시간이 거의 없었으니까요. 지난밤 대령님 아내분이 말씀해 주셔서 알게 된 것들 말입니다."

그는 두 대령에게 그렇게 말했고, 마지막 말은 푸트니스를 보며 말했다.

"지드스 병장은 훌륭한 가이드입니다." 그가 말을 이었다. "비록 내 일은 지금 여기서 끝났지만 남은 오늘, 그의 서비스를 이용할 수 있다고 믿겠습니다."

"물론이오." 무르니에르스가 말했다. "어쩌면 우린 이 기괴한 사건의 해결을 목전에 뒀다는 걸 축하해야 할지도 모르오. 기념품을 선물하거나 우리의 건강을 위해 한잔하지 않고 당신을 돌려보낸다는 건 무례한 일이 될 거요."

발란데르는 다가오는 저녁에 대해 생각했다. 이네세가 바이바 리예파와의 약속에 자신을 데려가기 위해 자신의 정부인 척하며 호텔 나이트클럽에서 기다릴 것이었다.

"조용히 보내죠." 그가 말했다. "어쨌든 우린 성공적인 첫날 밤 무대를 축하하는 배우가 아니라 경찰이니까요. 게다가 난 이미 오늘 밤 약속이 있습니다. 어떤 젊은 숙녀와 밤을 같이 보내기로 했죠."

무르니에르스가 미소를 짓고 책상 서랍 중 하나에서 보드카 한 병을 꺼냈다.

"우리가 방해하면 안 될 일이로군." 그가 말했다. "지금 축배를 듭시다!"

그들은 서두르고 있어. 발란데르는 생각했다. 날 원하는 만큼 이 나라 밖으로 빨리 쫓아 버릴 순 없을걸.

그들은 서로의 건강을 기원하며 마셨다. 발란데르는 두 대령에게 잔을 들어 보였고, 자신이 소령 살해 명령서에 누가 사인을 했는지 알아낼지 궁금했다. 그것이 자신이 여전히 확신하지 못하는 유일한 것이었고, 알지 못하는 유일한 것이었다. 푸트니스일까, 아니면 무르니에르스? 지금 아주 확실한 것은 리예파 소령이 옳았다는 사실이었다. 그의 비밀 수사는 기록을 남기지 않았다는 것을 빼면 그를 무덤으로 데려간 진실로 그를 이끌었다. 무르니에르스든 푸트니스든 남편을 죽인 자를 알고 싶다면, 바이바 리예파가 알아내야 할 것이 그것이었다. 그때야 그녀는 왜 유피티스가 두 대령 중 누구에게 소령의 죽음에 책임이 있는지 알아내기 위한 필사적인 시도로 거짓 자백을 했는지 알게 될 터였다.

여기서 난 내가 겪은 최악의 범죄자 부류 중 하나와 술을 마시고 있군. 발란데르는 생각했다. 문제는 그게 누군지 모른다는 거지.

"물론 아침에 공항에 가는 데 우린 당신과 동행할 겁니다." 건배를 하고 나서 푸트니스가 말했다.

발란데르는 지드스 병장의 몇 걸음 뒤를 따라 막 방면된 죄수 같은 기분으로 경찰 본부에서 나왔다. 다양한 명소를 가리키는 지드스 병장이 운전하는 차를 타고 그들은 거리를 통과했다. 발란데르는 그것이 적절하다고 보일 때면 "그렇군." 그리고 "아주 예쁘군."이라고 중얼거리며 고개를 끄덕였다. 하지만 그의 생각은 딴 데 가 있었다. 발란데르는 유피티스와 분명 그에게 주어진 선택지에 대해 생각했다. 무르니에르스나 푸트니스가 그의 귀에 무엇을 속삭였을까? 내가 감히 상상도 할 수 없는 범위 내에서 그들이 자신들의 협박 저장고에서 꺼낸 것은 무엇이었을까? 어쩌면 유피티스가 바이바 리에파를 가졌는지도 모르고, 어쩌면 그에게 자식들이 있는지도 모른다. 아직도 라트비아에서는 아이들을 죽일까? 아니면 그들을 위한 미래의 모든 문이 닫혀, 시작도 하기 전에 그들의 미래가 끝날 거라고 협박하는 걸로 충분할까? 그것이 전체주의 국가들이 기능한 방법이었을까? 유피티스가 가진 선택권은 무엇이었을까? 살인자인 척을 함으로써 자신의 목숨, 자신의 가족, 바이바 리에파를 구했을까? 발란데르는 공산주의 역사 내내 일련의 끔찍한 부당함을 이끌어 냈던 여론 조작용 재판에 대해 자신이 아는 약간의 지식을 떠올리려고 애썼다. 유피티스는 어딘가 그 패턴에 들어맞았다. 발란데르는 자신이 결코 저지르지 않은 범죄를, 자신의 가장 친한 친구를 의도적으로 냉혹하게 살해했다는 것을 사람이 어떻게 억지로 인정할 수 있는지 절대 이해할 수 없을 것이었다.

난 결코 모를 거야. 그는 생각했다. 난 무슨 일이 있었는지 결코 모를 테고, 어쨌든 절대 이해하지 못하겠지. 그래도 좋아. 하지만 바이바 리에파는 이해할 테고, 그녀는 알아야 한다. 누군가가 소령의 유언장과 증거물을 가지고 있고, 소령의 수사는 죽지 않았다. 그 증거물은 여전히 살아 있지만 매장되었고, 소령의 영혼만이 감시하는 곳에 숨어 있다.

내가 찾는 것은 그 증거물의 '수호자'이며, 그것이 바이바 리에파가 알아야 할 것이다. 절대 잃어버려서는 안 될 비밀이 있는 곳을 그녀는 알 것이었다. 너무 교묘하게 숨겨져 있어서 그녀 외에는 아무도 그것을 찾을 수 없고, 그것을 이해할 수 없으리라. 그녀는 소령이 믿은 사람이었고, 그녀는 모든 천사가 타락한 세상에서 그의 천사였다.

지드스 병장이 리가의 고대 도시 성벽 문 앞에 멈추었다. 발란데르는 그것이 푸트니스 부인이 말했던 스웨덴 관문이리라고 생각하며 차에서 내렸다. 몸이 떨렸다. 날씨가 다시 추워졌다. 그는 갈라진 벽돌 벽을 넋을 잃고 살폈고, 벽에 새겨진 고대 상징들을 판독하려 애썼다. 이내 곧 포기하고 차로 돌아갔다.

"계속 돌까요?" 병장이 물었다.

"그럽시다." 발란데르가 말했다. "볼 만한 건 모두 보고 싶군요."

그는 지드스가 운전을 좋아한다는 것을 눈치챘었다. 추위에도 불구하고, 백미러를 통해 끊임없이 힐끗거리는 병장의 눈길에도 불구하고 그는 호텔 방보다 차의 뒷좌석에 홀로 앉아 있길 택했다. 그는 오늘 저녁에 대해, 바이바 리예파와의 만남을 방해할 게 아무것도 없어야 한다는 것이 얼마나 중요한지에 대해 생각 중이었다. 잠시 그는 그녀를 대학에서 접촉해 황량한 복도에서 자신이 안 것을 그녀에게 말하는 것이 어떨지 고민했다. 하지만 그는 그녀가 가르치는 과목이 무엇인지 몰랐고, 리가에 대학이 하나 이상 있는지조차 알지 못했다.

머릿속에서 형태를 갖추기 시작한 다른 무언가도 있었다. 비록 아주 순간적이었고 암울한 이야기의 시작으로 빛을 잃었지만 바이바 리예파와의 짧은 만남은 단순한 갑작스러운 죽음에 관한 대화 이상이었다. 그들의 대화는 그가 익숙했던 것보다 훨씬 더 감정적인 내용이었다. 마음속 깊은 곳에서, 나쁜 길로 빠져 경찰이 되었을 뿐 아니라 죽은 라트비아 경찰의 아내에게 빠질 만큼 멍청한 아들을 비통해하는 아버지의 화난 목소리가 들렸다.

세상사가 그런 걸까? 난 정말 바이바 리예파와 사랑에 빠진 걸까?

지드스 병장이 마치 그의 생각을 읽었다는 듯 팔을 뻗어 길쭉하고 보기 흉한 건물을 가리키더니 저것이 리가 대학교의 일부라고 말했다. 발란데르는 김이 서려 부옇진 차창을 통해 음울한 벽돌 건물을 응시했다. 저기 어딘가에 바이바 리예파가 있었다. 이 나라의 모든 공적 건물은 수용소처럼 보였고, 발란데르에게 그 건물의 사용자들은 정말 포로들처럼 보였다. 그는 소령도 아니고 유피티스도 아니지만 끝없는 악몽에 갇혔을 뿐 아니라 이제 정말 포로였다.

병장과 시내를 도는 데 갑작스러운 피곤을 느낀 그는 병장에게 호텔로 돌아갈 것을 요구했다. 왜 그랬는지 모르지만 그는 그에게 오후 2시에 와 달라고 부탁했다.

그는 즉시 회색 양복을 입은 남자 중 한 명을 알아보았고, 대령들은 더 이상 감시를 가장할 필요가 없으리란 생각이 머리를 스쳤다. 식당으로 간 그는 일부러 다른 테이블에 앉아 자신을 맞으러 온 웨이터의 불안해하는 얼굴을 무시했다. 난 자리 배치에 신경을 쓴 정부 부서와의 협력을 거부함으로써 문제를 일으킬 수 있어. 그는 화가 끓어오르는 것을 느끼며 생각했다. 의자에 털썩 주저앉았던 그는 맥주와 슈납스를 한 잔씩 주문하며 이따금 재발하는 엉덩이의 종기를 알아챘고, 그것이 더 화를 돋우었다. 식당에서 두 시간 이상을 머물렀다. 잔이 빌 때마다 웨이터에게 손짓해 잔을 채우게 했다. 술이 취함에 따라 격앙된 감정에 마음속으로 비틀거리며 바이바 리예파를 스웨덴으로 데려가는 상상을 했다. 식당을 나설 때 그는 흩어져 있는 소파 중 하나에 앉아 감시 중인 회색 양복을 입은 남자에게 손을 흔드는 자신을 말릴 수가 없었다. 엘리베이터를 타고 방으로 간 그는 침대에 누워 잠이 들었다. 한참 뒤 누군가가 머릿속 어딘가의 문을 노크하기 시작했다. 호텔 방 문을 두드리고 있는 사람이 병장이라는 것을 깨닫는 데는 시간이 걸렸다. 발란데르는 침대에서 벌떡 일어나 그에게 기다리라고 외친 다음 얼굴에 찬물을 끼얹었다. 그는 병장에게 산책을 할 수 있는 시외로 데려다 달라고 부탁했고, 자신을 바이바 리예파에게 데려다줄 정부와의 만남을 준비했다.

발밑의 땅이 단단한 숲은 추웠고, 발란데르는 자신이 불가능한 상황에 놓인 것처럼 보인다고 생각했다. 우린 쥐가 고양이를 사냥하는 시대에 살고 있어. 그는 생각했다. 하지만 누가 쥐고 누가 고양이인지 더 이상 아무도 모르기 때문에 그것 역시 사실이 아니다. 그것이 내 상황을 정확히 압축해 보여 준다. 더 이상 아무것도 말이 되지 않는 것처럼, 보이는 것이 아무것도 없을 때 어떻게 내가 경찰이겠는가. 내가 일단 이해했다고 생각한 나라인 스웨덴조차 예외는 아니다. 1년 전 나는 만취 상태로 운전했지만 동료들이 날 보호해 준 덕에 처벌받지 않았다. 범죄자가 자신을 쫓는 사람과 악수한 또 하나의 사례일 뿐.

지드스가 검은색 리무진에서 기다리는 동안 그는 전나무 숲을 걸으며 트렐레보리 고무 회사에 지원하기로 마음먹었다. 그는 그것이 불가피한 결정처럼 느껴지는 상황에 와 있었다. 어떠한 의구심도 없이, 자신을 확신시킬 필요도 없이 그는 경찰 옷을 벗을 때임을 깨달았다.

그 생각에 기분이 나아진 그는 차로 돌아갔다. 그들은 리가로 돌아갔다. 병장과 헤어진 다음 열쇠를 받으러 프런트 데스크로 간 그는 거기서 내일 아침 9시 30분에 헬싱키행 비행기를 탈 것이라는 푸트니스 대령의 편지를 건네받았다. 그는 방으로 올라가 미지근한 물로 목욕을 한 다음 침대로 갔다. 이네스와 만나기로 한 시간이 세 시간 남아 있었고, 일어난 모든 일을 다시 한번 검토했다. 소령의 입장에서 카를리스 리에파가 느꼈을 혐오의 정도를 상상하려 애썼다. 혐오 그리고 증거에 접근할 수 있지만 그것을 어떻게도 할 수 없다는 무력감을. 그는 범죄자들과 접촉을 하고, 마피아조차 성취하지 못한 상황을 창조한 푸트니스나 무르니에르스나 어쩌면 그 둘 모두가 연루된 부패의 핵심을 들여다보았다. 국가가 관리하는 범죄를. 리예파는 보았었다. 그는 너무 많이 보았고, 살해되었다. 어딘가에 그가 한 수사와 찾은 증거에 대한 기록과 증언이 있었다.

발란데르는 침대 위에 꼿꼿이 앉아 있었다. 그는 이 증거의 가장 심각한 결과를 간과했었다. 그것은 푸트니스나 무르니에르스의 머리에도 떠올랐을 터였다. 그들은 같은 결론에 이르렀을 것이었고, 리예파 소령이 숨긴 증거를 찾으려고 혈안이 되어 있을 터였다. 공포가 엄습했다. 스웨덴 경찰을 사라지게 하는 것보다 쉬운 일은 없을 것이었다. 사고가 날 수도 있었다. 범죄 수사는 사실 말장난일 뿐이었으며, 아연으로 마감한 관이 깊은 유감과 함께 스웨덴으로 보내질 수도 있었다.

어쩌면 그들은 이미 내가 너무 많이 알고 있다고 의심하고 있는지도 몰랐다. 아니면 나를 집으로 돌려보낸다는 급한 결정은 내가 아무것도 모른다는 그들의 확신의 표시일까?

여기서 내가 믿을 수 있는 사람은 아무도 없어. 발란데르는 생각했다. 난 혼자고, 바이바 리예파처럼 누구에게 털어놓을지 결정해야 하고, 잘못된 것으로 판명될지 모를 결정을 내릴 위험을 무릅써야 해. 하지만 난 고립된 상태고, 내 주위에 있는 눈과 귀는 날 소령과 같은 길로 모는 데 주저하지 않을 거야. 아마 바이바 리예파와의 또 한 번의 대화는 너무 위험할 테지.

그는 침대에서 일어나 창가에 서서 지붕들을 내려다보았다. 날은 어두워져 있었고, 거의 7시였으며, 마음의 결정을 내려야 할 터였다.

난 용감한 사람이 아니야. 그는 생각했다. 특히 난 주저하지 않고 위험을 무릅쓸, 죽음을 도외시하는 경찰은 아니야. 내가 가장 좋아하는 일은 어느 조용한 스웨덴 시골에서 피 볼 일 없는 절도범과 사기꾼을 수사하는 거지.

이내 그는 바이바, 그녀의 공포와 저항을 생각했고, 지금 그녀를 등지고는 결코 살아갈 수 없으리라는 것을 알았다. 옷을 입고 8시가 막 지난 시각에 아래로 내려갔다. 로비에는 다른 신문을 든 회색 양복 차림의 다른 남자가 있었지만 이번에 발란데르는 손을 흔들 생각은 하지 않았다. 이른 저녁이었는데도 나이트클럽은 이미 사람들로 빽빽했다. 팔꿈치로 인파를 밀치며 나아갈 때 몇몇 여자가 그에게 도발적인 미소를 보냈다. 마침내 빈 테이블에 닿았다. 그는 술을 한 모금도 입에 대지 말아야 한다는 것을 알았지만 테이블로 웨이터가 다가왔을 때 위스키 한 잔을 주문했다. 무대에 밴드는 없었지만 검은 천장에 달린 스피커에서 음악이 요란하게 울려 퍼지고 있었다. 그는 이 뿌옇고 어두운 세계에 있는 사람들을 파악해 보려 했지만 끔찍한 음악에 빠진 그림자와 목소리 들뿐이었다. 어딘가에서 나타난 이네세가 그를 놀라게 한 자신감으로 자신의 역할을 연기했다. 그녀에게서 며칠 전에 만난 부끄러운 여인의 기색은 찾아볼 수 없었다. 그녀는 짙은 화장에 자극적인 미니스커트 차림이었고, 그는 자신이 이 연기에 몰입할 준비가 되어 있지 않음을 알았다. 그는 그녀를 맞으려고 손을 내밀었지만 그녀는 그 손을 무시하고 허리를 숙여 그에게 키스했다.

"아직 나갈 수 없어요." 그녀가 말했다. "내 술을 시켜요. 그리고 웃어요. 날 봐서 기쁘다는 듯이요."

그녀는 위스키를 마시고 초조하게 담배를 피우며 나이트클럽 입구에서 눈을 떼지 않았다. 발란데르는 젊은 여자의 관심에 우쭐한 중년 남자를 연기하려고 애썼다. 그는 소음의 벽을 뚫고 가이드 역할의 병장과 함께한 긴 도시 여행에 대해 그녀에게 말하려고 했다. 내일 집으로 돌아가게 될 것 같다는 발란데르의 말이 그녀를 놀라게 했다. 그는 그녀가 이 일에 얼마나 깊이 연관되어 있는지, 그녀가 바이바 리예파가 언급한 '친구' 중 한 명이 맞는지, 그녀가 자신들 나라의 장래가 개들에게 던져지지 않으리라는 것을 장담하는 꿈을 꾸는 친구 중 하나인지 궁금했다. 하지만 이 여자도 믿을 순 없어. 발란데르는 생각했다. 그녀 역시 선택의 여지가 없거나 최후의 필사적인 계책으로써 이중생활을 하고 있는지도 몰랐다.

"이제 돈을 내요." 그녀가 말했다. "우린 곧 나갈 거예요."

발란데르는 무대 위에 조명이 켜지고 핑크색 실크 재킷을 입은 밴드 단원들이 악기 조율을 시작한 것을 눈치챘다. 그는 웨이터에게 돈을 치렀고, 이네세는 미소를 짓고 그의 귀에 달콤한 말을 속삭이는 척했다.

"화장실 옆에 뒷문이 있어요." 그녀가 말했다. "잠겨 있지만 노크하면 누가 문을 열 거예요. 나가면 차고예요. 거기에 오른쪽 앞바퀴에 노란색 흙받기가 달린 흰색 모스크비치가 서 있을 거예요. 차 문은 잠겨 있지 않아요. 뒷좌석에 타세요. 난 곧 당신 뒤를 따라갈 거예요. 이제 웃고 내 귀에 속삭이면서 키스하세요. 그리고 가세요."

그는 그녀의 말대로 하고 자리에서 일어섰다. 화장실 옆의 철제문을 노크하자 즉시 열쇠가 돌아가는 소리가 들렸다. 사람들이 화장실을 들락날락했지만 그가 그 문을 통해 차고로 슬쩍 나갈 때 아무도 주의를 기울이는 것 같지 않았다. 난 비밀 출구와 비밀 입구로 가득한 나라에 있군. 그는 생각했다. 겉보기엔 아무 일도 없는 듯한.

차고는 비좁고 어두컴컴했고, 엔진오일과 휘발유 냄새가 났다. 발란데르는 바퀴 하나가 빠진 트럭 한 대와 자전거 몇 대 그리고 하얀색 모스크비치를 볼 수 있었다. 차 문을 열어 줄 사람의 기색은 없었다. 발란데르는 차 문에 손을 댔다. 잠겨 있지 않았다. 그는 뒷좌석에 올라 기다렸다. 잠시 후 이네세가 나타났다. 눈에 띄게 서두르고 있었다. 그녀가 시동을 걸자 차고 문이 열렸고, 그녀는 호텔에서 벗어나 중심에 라트비아 호텔이 위치한 블록을 둘러싼 넓은 거리를 빠져나와 왼쪽으로 돌았다. 그는 그녀가 끊임없이 백미러를 살피며 보이지 않는 지도를 따라 계속 방향을 바꾸는 것을 눈치챘다. 20분쯤 돌고 돈 그녀는 뒤따르는 차가 없다는 것에 안심한 듯했다. 그녀는 발란데르에게 담배가 있는지 물었고, 그는 그녀에게 불을 붙인 담배를 건넸다. 그들은 긴 철교를 건너 더러운 공장들과 아파트들이 끝도 없이 군집한 블록들의 미로로 들어갔다. 그녀가 건물 앞에 차를 세웠고, 발란데르는 자신이 그 건물을 알아보았는지 확신하지 못했다.

"서둘러요." 그녀가 말했다. "우린 시간이 없어요."

바이바가 그들을 안으로 들이더니 이네세와 몇 마디 말을 급하게 주고받았다. 발란데르는 자신이 내일 아침에 리가를 떠난다는 것을 그녀가 들었는지 궁금했지만 그녀는 아무런 말이 없었고, 단지 그의 재킷을 받아 그것을 의자 등받이에 걸칠 뿐이었다. 이네세는 사라졌다. 그들은 다시 한번 무거운 커튼들이 달린 적막한 방에 단둘이 남겨졌다. 발란데르는 무슨 말을 어떻게 시작해야 할지 몰라 뤼드베리가 종종 자신에게 하라고 했던 것을 했다. 있는 그대로 말하게. 상황을 더 악화시킬 순 없어. 그냥 있는 그대로 말하라고!

유피티스가 소령 살해를 자백했다고 발란데르가 말하자 그녀는 끔찍한 통증이 엄습한 것처럼 소파에 털썩 주저앉았다.

"그건 사실이 아니에요." 그녀가 속삭였다.

"날 위해 번역된 그의 자백서를 보았습니다." 그가 말했다. "거기엔 두 공범자가 있다고 쓰여 있더군요."

"사실이 아니에요!" 버티고 버틴 수문이 터진 것처럼 외침이 터져 나왔다. 이네세가 어둠 속에서 나타나 발란데르를 보았다. 그는 즉시 자신이 무엇을 해야 할지 알았다. 그는 소파로 다가가 몸을 떨고 흐느끼는 바이바의 어깨에 팔을 둘렀다. 발란데르는 유피티스가 저지른 배신행위가 너무 충격적이고 그것을 이해할 수 없어서 그녀가 울거나, 강요된 거짓 자백으로 진실이 묻혔기 때문에 그녀가 우는 것인지도 모른다는 것을 알았다. 그녀는 지속되는 경련으로 고통받는 것처럼 그에게 매달려 광적으로 흐느꼈다.

나중에 회고했을 때, 발란데르는 바이바 리예파와 사랑에 빠졌다고 어쩔 수 없이 인정하기 시작한 순간이 그때였던 것 같았다. 그는 자신이 지금 느낀 사랑이 타인이 자신을 필요로 한 데서 기인했다는 것을 깨달았다. 그는 잠시 자신이 전에 그런 기분을 느낀 적이 있었는지 자문했다.

이네세가 차 두 잔을 가지고 왔다. 그녀가 바이바 리예파의 머리를 살며시 어루만지자 소령의 아내는 그 즉시 울음을 멈추었다. 얼굴이 창백했다.

발란데르는 그녀에게 그간 있었던 모든 일과 자신이 아침에 스웨덴으로 돌아간다는 것을 말했다. 그는 자신이 그럭저럭 추리한 사건의 전말을 이야기하며 그 말이 얼마나 확신 있게 들리는지 놀랐다. 그는 결국 어딘가에 존재할 그 비밀 수사까지 언급했고, 그녀는 이해했다는 것을 보이려고 고개를 끄덕였다.

"네," 그녀가 말했다. "그이가 어딘가에 숨겼을 거예요. 기록을 남겼을 게 분명해요. 진정한 증거는 쓰이지 않은 생각으론 이루어질 수 없으니까요."

"하지만 그게 어디 있는지는 모르고요?"

"그이는 그에 관해 말한 적이 없어요."

"알 만한 사람이 있을까요?"

"없어요. 그이는 내게만 비밀을 털어놨어요."

"그의 아버지가 벤츠필스에 있지 않습니까?"

그녀가 놀란 표정으로 그를 보았다.

"그를 찾아냈습니다." 그가 말했다. "난 그가 갖고 있을 가능성이 있을 것 같습니다."

"그이는 아버지를 아주 좋아했지만," 그녀가 말했다. "아버지에게 절대 서류를 맡기지 않았을 거예요."

"그럼 그가 그걸 어디에 숨겼을까요?"

"우리 아파트는 아니에요. 그건 너무 위험했을 거예요. 만약 경찰이 거기에 뭔가 숨겨져 있다고 생각했다면 건물 전체를 분해했겠죠."

"생각해 봐요." 발란데르가 말했다. "그때로 돌아가 기억해 봐요.

그가 그것들을 숨겼을 만한 곳을요."

그녀가 머리를 저었다. "모르겠어요."

"그는 이런 일이 일어나리란 걸 예견했을 겁니다. 당신이 알아차리고, 찾을 증거가 있다는 걸 당신이 알리라 예측했을 겁니다. 그건 당신만이 생각해 낼 어딘가에 있을 겁니다."

그녀가 갑자기 그의 손을 움켜잡았다. "당신이 도울 수 있을 거예요." 그녀가 말했다. "당신은 떠나선 안 돼요."

"머무는 게 불가능합니다." 그가 말했다. "대령들은 내가 스웨덴으로 돌아가지 않는 이유를 절대 이해하지 못할 테고, 그들 모르게 내가 어떻게 여기에 머물 수 있겠습니까?"

"다시 오면 돼요." 그녀가 여전히 그의 손에 매달리며 말했다. "당신은 여기에 여자 친구가 있어요. 여행객처럼 올 수 있어요."

하지만 내가 사랑에 빠진 사람은 당신이오. 그는 생각했다. 이네세가 아니라.

"당신은 여기에 여자 친구가 있어요." 그녀가 재차 말했다.

그가 끄덕였다. 그는 리가에 여자 친구가 있었지만 그 사람은 이네세가 아니었다.

그는 아무 말도 하지 않았고, 그녀는 그에게 말을 하게 하려고 애쓰지 않았다. 그가 다시 오리라 확신하는 듯했다. 이네세가 돌아왔다. 이제 바이바 리에파는 유피티스가 자백했다는 말의 충격에서 벗어나 있었다.

"우리나라에선 뭔가 말하다 죽을 수도 있고, 어떤 말도 하지 않다가 죽을 수도 있어요. 아니면 잘못된 걸 말하거나요. 아니면 잘못된 사람에게 말하거나. 하지만 유피티스는 강해요. 그는 우리가 자신을 저버리지 않으리란 걸 알아요. 우리가 그의 자백이 사실이 아니라는 걸 안다는 걸 알아요. 그게 우리가 끝내는 승리할 이유죠."

"승리?"

"우리 모두가 구하는 건 진실이에요. 우리 모두가 구하는 건 뭔가 근본적인 품위예요. 우리가 살기 위해 선택한 자유 속에서 살 자유."

"그건 내게 너무나 큰 무언가입니다." 발란데르가 말했다. "난 리예파 소령을 살해한 자가 누군지 알고 싶습니다. 왜 죽은 두 남자가 스웨덴 해안으로 떠내려왔는지 알고 싶죠."

"다시 돌아오면 내 나라에 대해 가르쳐 줄게요." 바이바 리예파가 말했다. "나뿐 아니라 이네세도 가르쳐 줄 거예요."

"모르겠습니다." 발란데르가 말했다.

바이바 리예파가 그를 쳐다보았다. "당신은 사람들을 실망시키는 사람이 못 돼요." 그녀가 말했다. "만약 그렇다면 카를리스가 틀린 거겠죠. 그리고 그이는 틀린 적이 없어요."

"불가능합니다." 발란데르가 재차 말했다. "내가 만약 여기로 돌아온다면 그 즉시 대령들이 알 겁니다. 가짜 신분증과 가짜 여권이 있어야 할 겁니다."

"준비할 수 있어요." 바이바 리예파가 열정적으로 말했다. "당신이 돌아올 거라면요."

"난 경찰입니다." 발란데르가 말했다. "위조 여권으로 세계 여행을 해서 내 입지를 위태롭게 할 수 없습니다."

그는 그 말을 내뱉자마자 후회했다. 그는 바이바 리예파의 눈을 보았고, 거기서 죽은 소령의 얼굴을 보았다.

"좋아요." 그가 천천히 말했다. "돌아오죠."

깊어진 밤은 자정이 되었다. 발란데르는 소령이 증거를 숨겼을 만한 곳의 단서를 찾는 바이바 리예파를 도우려고 애쓰는 중이었다. 그녀는 온 신경을 집중했지만 그들이 찾을 수 있는 단서는 어디에도 없었다. 결국 그들의 대화는 잦아들었다.

발란데르는 저 밖의 어둠 속 어딘가에서 자신을 찾고 있는 개들을 생각했다. 결코 자신을 찾길 포기하지 않는 대령들의 개들. 비현실적인 느낌이 강해짐에 따라 그는 비밀리에 범죄 수사를 수행하기 위해 다시 리가로 돌아오는 자신의 모습을 보았다. 자신은 완전히 낯선 나라에서 경찰 신분이 아닐 테고, 이 경찰이 아닌 자는 이미 해결되고 마무리되고 종료되었다고 많은 사람이 간주한 범죄의 진상을 밝혀내려고 애쓸 것이었다. 이 모든 모험이 미친 짓이라는 것을 알았지만 그는 바이바 리예파의 얼굴에서 눈을 뗄 수 없었다. 그녀의 목소리는 자신이 견뎌 낼 수 없는 신념으로 가득 차 있었다.

이네세가 그만 끝내야 한다고 알렸을 때는 거의 새벽 2시였다. 그녀는 그를 바이바 리예파와 단둘이 있게 남겨 놓았고, 그녀와 바이바 리예파는 말없이 서로에게 작별을 고했다.

바이바 리예파가 몸을 기울여 그의 볼에 키스했다. "우린 스웨덴에 친구들이 있어요." 그녀가 말했다. "그들이 당신을 접촉할 거예요. 그들이 당신의 귀환 준비를 도울 거예요."

이네세가 그를 호텔로 데려다주기 위해 차를 몰았다. 다리에 이르렀을 때 그녀가 백미러를 보고 고개를 끄덕였다.

"지금 그들이 우릴 미행하고 있어요. 호텔 앞에서 헤어질 때 우린 헤어지는 게 참을 수 없을 만큼 사랑에 푹 빠진 것처럼 보여야 해요."

"최선을 다하리다." 발란데르가 말했다. "어쩌면 당신을 내 방으로 데려가려는 설득을 시도해 봐야겠군."

그녀가 웃음을 터뜨렸다.

"난 순진한 여자지만," 그녀가 말했다. "당신이 돌아오면 우린 그럴 수 있을지도 모르죠."

그녀가 떠났고, 그는 매서운 추위 속에 한동안 선 채 그녀가 가 버려 망연자실한 것처럼 보이려고 애썼다.

다음 날 그는 헬싱키를 거쳐 집으로 날아갔다.

두 대령이 그를 공항으로 에스코트했고, 그에게 따뜻한 작별 인사를 건넸다. 이 두 남자 중 하나가 소령을 살해했어. 발란데르는 중얼거렸다. 아니면 둘이 공모한 짓일까? 하지만 위스타드에서 온 일개 경찰이 정말 무슨 일이 있었는지 어떻게 알아내리라 기대하겠는가?

그가 마리아가탄가에 있는 아파트의 문을 연 때는 늦은 저녁이었다. 이미 모든 일이 희미해지고 꿈처럼 느껴지기 시작했다. 그리고 다시는 바이바 리예파를 볼 수 없을 것 같았다. 그녀는 무슨 일이 있었는지 전혀 모른 채 남편의 죽음을 애도해야 하리라.

그는 비행기에서 산 위스키를 홀짝였다. 잠자리에 들기 전에 피곤과 불안을 느끼며 오랜 시간 마리아 칼라스의 노래를 들었다. 그는 모든 게 어떻게 끝이 날지 궁금했다.

14

돌아온 엿새 후에 그는 편지 한 통을 받았다.

경찰서에서 길고 힘든 하루를 보내고 집으로 돌아왔을 때, 그는 그것을 현관 바닥에서 발견했다. 오후 내내 진눈깨비가 내렸고, 그는 문을 열기 전에 현관 앞에서 옷을 털고 발을 구르며 잠깐 시간을 보냈었다.

그는 나중에야 그들이 연락해 올 때를 대비해 자신이 마음을 단단히 먹고 있던 것 같았다는 생각이 들었다. 마음속으로는 그들이 그러리라는 것을 내내 알고 있었지만 그는 여전히 그에 대한 준비가 되지 않았다고 느꼈다.

문 앞 매트 위의 봉투는 흔한 갈색이었다. 처음에 그는 봉투에 적힌 회사 이름을 보고 전단이려니 했다. 그것을 복도에 있는 테이블 위에 올려놓고 까맣게 잊어버렸다. 냉장고에 너무 오래 있었던 피시 그라탱을 저녁으로 먹다가 그 편지가 생각났고, 그것을 가지러 갔다.

그것은 '리프만 화원'에서 온 것으로, 화원에서 카탈로그를 보내기에는 이상한 때라는 생각이 들었다. 그 즉시 그것을 쓰레기통에 넣으려다가 버리기 전에 아무리 관심 없는 전단이라도 봐야 할 것 같은 마음을 억누를 수 없었다. 직업병이었다. 컬러풀한 브로슈어에 무언가가 숨겨져 있을지도 몰랐다. 때로는 자신이, 찾은 돌을 모조리 뒤집어 봐야 하는 사람의 삶을 살아온 것 같았다. 그는 늘 그 밑에 무엇이 있는지 알 필요가 있었다.

개봉하고 나서 손으로 쓰인 편지가 든 것을 보고 그들의 연락이라는 것을 알아차렸다. 그는 편지를 식탁 위에 두고 커피를 끓였다. 읽기 전에 약간의 시간을 가질 필요가 있었다. 일주일 전 알란다 공항에 도착한 비행기에서 내렸을 때, 그는 막연한 불편함을 느꼈지만 늘 감시당하고 있던 나라에 더 이상 있지 않게 되어서 안도했고, 창구를 통해 여권을 내밀며 일순 익숙지 않은 자발성으로 출입국 관리소의 여자와 대화를 시작하려고 애썼다. "귀국하니 좋군요." 그는 그렇게 말했지만 여자는 무시하는 듯한 눈으로 그를 힐끗 보더니 여권을 펼쳐 보지도 않고 되밀었다.

이게 스웨덴이지. 그는 생각했었다. 먼지나 그림자가 끼어들 여지 없게 지어진 우리의 공항은 겉보기엔 모든 것이 밝고 활기찼다. 모든 것이 가시적이었고, 모든 것이 보이는 것과 다르지 않았다. 우리의 국가적 염원과 우리의 종교는 스웨덴 헌법으로 보장되어 있으며, 스웨덴 헌법은 굶어 죽는 것이 범죄라는 것을 전 세계에 알린다. 하지만 익숙지 않은 어떤 것이 우리를 해치고, 우리의 땅을 더럽히고, 우리의 네온 불빛을 어둡게 할 수 있기 때문에 우리는 그래야 할 필요가 없다면 이방인과 말을 섞지 않는다. 우리는 제국을 건설한 적이 없고, 따라서 몰락을 목격한 적도 없지만 우리는 최선의 것을 창조했다고 우리 자신을 설득시켰고, 작으나마 우리는 천국을 지키는 특권을 가진 수호자들이었다. 이제 그 파티는 끝났고, 우리는 세계에서 가장 불친절한 출입국 관리소 직원들을 보유함으로써 우리의 복수를 수행한다.

그의 안도감은 거의 즉시 우울함으로 대체되었다. 쿠르트 발란데르의 세계, 이 진부하거나 적어도 부분적으로 뒤집힌 천국에서 바이바 리예파의 자리는 없었다. 그는 이 모든 불빛, 결코 꺼진 적 없는 이 네온 불빛들이 빛나는 이곳에 있는 그녀를 상상할 수가 없었다. 그럼에도 그는 벌써 그녀를 갈망하기 시작했고, 말뫼로 가는 비행기로 갈아탈 국내선 청사의 길고 수용소 같은 통로로 여행 가방을 끌고 갈 때, 보이지 않는 개들이 자신을 감시했던 도시, 리가로 돌아갈 꿈을 벌써 꾸기 시작했다. 말뫼행 비행기는 지연이 되었고, 샌드위치를 먹을 수 있는 쿠폰을 받았다. 그는 카페에 오랫동안 앉아 흩날리는 눈 속에 이륙하고 착륙하는 비행기를 지켜보았다. 주변에 양복을 말쑥하게 차려입은 남자들은 핸드폰으로 수다를 떠는 중이었고, 놀랍게도 정말 그는 어떤 뚱뚱한 세탁기 세일즈맨이 엄청나게 큰 그의 장난감에다 대고 아이에게 『헨젤과 그레텔』 이야기를 들려주는 것을 들었다. 공중전화 부스를 발견한 그는 딸의 전화번호를 돌렸다. 놀랍게도 딸이 바로 전화를 받았다. 딸의 목소리를 들은 즉시 기쁨을 느꼈다. 그는 잠깐 스톡홀름에 며칠 머물면 어떨지 생각했다가 딸아이가 매우 바쁘다는 것과 미리 말을 하지 않았다는 것을 깨달았다. 그리고 바이바, 그녀의 공포와 저항을 떠올렸고, 그녀가 스웨덴 경찰이 자신을 실망시키지 않으리라고 정말 믿을지 궁금했다. 하지만 내가 할 수 있는 게 뭐지? 만약 자신의 냄새를 맡을 그 개들에게 돌아간다면 절대 그들을 따돌릴 수 없을 터였다.

스투루프 공항에 내린 때는 저녁 늦은 시간이었다. 마중 나온 사람이 아무도 없어서 그는 택시를 잡아타고 뒷좌석에 앉아 위스타드를 향해 차를 너무 빨리 모는 운전사와 날씨에 관한 담소를 나누었다. 안개와 헤드라이트 불빛 속에 춤추는 눈송이에 관해 할 말이 떨어지자 그는 갑자기 차 안에서 바이바 리에파의 향수 냄새가 난다는 상상을 하며 다시 그녀를 볼 수 없다는 생각에 비통함을 느꼈다.

다음 날 그는 아버지를 보러 가기 위해 뢰데루프로 차를 몰았다. 도우미 아주머니가 아버지의 머리를 잘랐고, 아버지는 지난 몇 년간보다 건강해 보였다. 그는 코냑 한 병을 가져왔다. 아버지는 라벨을 보고 만족스럽게 고개를 끄덕였다.

놀랍게도 그는 아버지에게 바이바 리에파에 대해 말했다. 그는 아버지가 작업실로 쓰는 낡은 창고에 아버지와 앉아 있었다. 이젤 위에는 배경이 늘 똑같은 그림이 완성되지 않은 채 놓여 있었다. 발란데르는 왼쪽 아래 구석에 뇌조 한 마리가 그려질 그림이라는 것을 알았다. 그가 코냑 한 병을 들고 왔을 때 아버지는 뇌조의 부리에 색을 칠하는 중이었지만 붓을 놓고 테레빈유 냄새가 나는 헝겊에 손을 닦았다. 발란데르는 아버지에게 리가 여행에 대해 말하다가 정말 왜인지 모르게 도시에 대한 묘사를 멈추고 바이바 리에파와의 만남을 이야기했다. 그는 그녀가 살해된 경찰의 아내라는 것을 말하지 않았고, 단지 그녀의 이름, 그녀를 만난 것과 그녀가 그립다는 말만 했다.

"아이가 있는 여자니?" 아버지가 물었다.

발란데르가 머리를 저었다.

"가질 순 있고?"

"그럴걸요. 대체 제가 그걸 어떻게 알겠어요?"

"분명 몇 살인지는 알겠지?"

"저보다는 어려요. 아마 서른셋쯤이요."

"그럼 아이를 가질 수 있겠구나."

"그녀가 아이를 가질 수 있을지 그게 왜 궁금하세요?"

"네가 필요한 게 그것 같으니까."

"린다가 있잖아요."

"하나 갖곤 안 돼. 자식이 뭔지 이해하려면 적어도 둘은 있어야 해. 그 여자를 스웨덴으로 데려오려무나. 그 여자와 결혼해!"

"그렇게 쉬운 일이 아니에요."

"네가 경찰이기 때문에 넌 모든 걸 그렇게 복잡하게 만들어야 하는 거냐?"

또 시작이시군. 발란데르는 생각했다. 또 시작이셔. 아버지와 대화를 시작하면 아버지는 내가 경찰에 들어간 거에 대해 잔소리할 구실을 찾으시지.

"비밀 지키실 수 있으세요?" 그가 노인에게 물었다.

아버지가 그를 미심쩍은 눈으로 보았다. "어떻게 안 지킬 수가 있니?" 그가 물었다. "내가 그걸 누구에게 말하겠니?"

"경찰을 그만둘까 생각 중이에요." 발란데르가 말했다. "다른 일에 지원할까 봐요. 트렐레보리에 있는 고무 회사의 보안 요원으로요. 생각만 하고 있어요."

아버지는 대답하기 전에 잠시 그를 응시했다. "분별력을 찾는 데 늦는 일이란 없는 법이다." 아버지가 마침내 말했다. "네가 유일하게 후회할 건 마음을 먹는 데 너무 오래 걸렸다는 거야."

"생각만 하고 있다고 말씀드렸잖아요. 확실히 결정했다고는 안 했어요."

하지만 아버지는 듣고 있지 않았다. 아버지는 이젤로 돌아가 있었고, 뇌조의 부리를 마무리하는 중이었다. 발란데르는 낡은 썰매에 앉아 한참 동안 말없이 아버지를 지켜보았다. 이윽고 그는 어떻게 이야기를 나눌 사람이 아무도 없는지 생각하며 집으로 갔다. 그는 마흔세 살이었고, 이야기를 털어놓을 누군가가 그리웠다. 뤼드베리가 죽자 상상했던 것보다 더 외로웠다. 그에게 남은 유일한 사람은 린다였다. 전처 모나에게는 말할 수 없었다. 그녀는 더 낯선 사람이 되었고, 말뫼에서의 그녀의 삶에 대해서는 아무것도 알지 못했다.

코세베르가로 빠졌을 때 그는 크리스티안스타드로 가서 그곳 경찰서에 있는 예란 보만을 방문해야겠다고 생각했다. 어쩌면 그에게는 그간 있었던 일을 말해도 될지 몰랐다. 하지만 그는 그러지 않았다. 그는 비에르크에게 제출할 보고서를 쓴 다음 근무에 복귀했다. 구내식당에서 커피를 앞에 놓고 마르틴손과 다른 동료들이 몇 가지 질문을 했지만 그들이 그의 말에 관심이 없다는 것은 곧 명백해졌다. 그는 트렐레보리에 있는 공장에 우편으로 지원서를 보냈고, 업무에 대한 약간의 열정을 회복하기 위한 시도로 자신의 사무실의 가구를 재배치했다. 비에르크는 그의 마음이 딴 데 가 있는 것을 알아차린 듯했다. 그는 발란데르를 격려하려는 막연한 노력으로 자신을 대신해 로터리 클럽에서 강연을 해 달라는 선의의 말을 했다. 그는 그 말에 동의했고, 정찬 시간에 콘티넨털 호텔에서 경찰 업무의 기술적 실패에 대해 강연했다. 그는 자리에 앉자마자 한 말을 모두 잊어버렸다.

어느 날 아침 잠에서 깬 그는 자신이 아프다고 확신했다. 그는 경찰의를 찾아가 검사를 받았다. 의사는 그에게서 의심할 만한 점을 아무것도 찾지 못했지만 체중 관리를 잘하라고 조언했다. 그는 수요일에 리가에서 돌아왔고, 토요일 저녁에 밴드가 있는 오후스의 레스토랑으로 차를 몰았다. 크리스티안스타드에서 온 물리치료사 엘렌이라는 여자와 몇 번 춤을 추고 난 후 그녀가 그를 자신의 테이블로 초대했지만 그는 마음에서 바이바 리예파의 얼굴을 지울 수 없었고, 구실을 대고 일찍 자리를 떴다. 오후스에서 해안 도로를 탄 그는 매해 여름 벼룩시장이 열리는 황량한 들판에 차를 세웠다. 작년에 그는 총을 들고 살인자를 쫓아 이곳에서부터 미친놈처럼 달렸었다. 들판은 눈으로 살짝 덮여 있었고, 바다 위에서는 보름달이 빛나고 있었으며, 그는 자신 앞에 있는 바이바 리예파를 볼 수 있었다. 차를 몰고 위스타드의 집으로 돌아간 그는 인사불성이 되도록 술을 마셨다. 그는 이웃들이 벽을 치기 시작할 만큼 크게 스테레오를 틀어 놓았다.

그는 쿵쾅대는 심장을 주체할 수 없는 가운데 일요일 아침에 잠에서 깨어났고, 그날은 정체를 알 수 없는 무언가, 도달할 수 없는 무언가를 기다리는 하루가 계속 이어졌다.

그 편지는 월요일에 도착했다. 그는 단정한 필체로 쓰인 글을 읽으며 부엌 테이블에 앉아 있었다. 요세프 리프만이라는 사람의 사인이 있었다.

요세프 리프만은 귀하는 우리나라의 친구입니다.라고 썼다. 우린 리가에서 귀하의 대단한 업적에 대한 통지를 받았습니다. 귀하는 조만간 우리에게서 리가로 돌아가는 여정에 대해 더 자세히 들으실 겁니다. 요세프 리프만.

발란데르는 자신의 '대단한 업적'이 무엇인지 궁금했다. 그리고 다시 연락하겠다는 '우리'는 누구인가?

그는 그 메시지의 간결성과 거의 명령처럼 들리는 어조에 짜증이 일었다. 자신이 그 문제에 참견할 권리가 있던가? 그는 보이지 않는 사람들이 운영하는 어떤 비밀 기관에도 분명 들어가지 않기로 했었다. 그의 의구심과 의혹은 결심과 의지보다 강했다. 그는 다시 바이바 리예파가 보고 싶었고, 그것은 사실이었다. 하지만 그는 자신의 동기를 믿지 않았고, 자신이 사랑에 우는 10대처럼 행동하고 있다는 것을 알았다.

그럼에도 그는 화요일 아침에 깼을 때 마음속으로 자신의 상태를 의심했고, 마음을 굳혔다. 그는 차를 몰고 경찰서로 가 음울한 부서 회의에 참석한 다음 비에르크를 보러 갔다.

"남은 휴가에서 며칠을 쓸 수 있을지 궁금합니다." 그가 말했다.

비에르크는 부러움과 깊은 공감이 섞인 표정으로 그를 응시했다.

"나도 그럴 수 있으면 좋겠군." 그가 침울한 목소리로 말했다. "막 경찰 위원회에서 온 장문의 통지서를 읽은 참이네. 전국 각지의 경찰서장 모두 너 나 할 것 없이 책상에서 허리를 구부리고 정확히 나갈

이 하고 있다는 상상을 했네. 끝까지 읽고 자리에 앉아서 그게 대체 뭔지 실마리도 잡을 수 없다고 생각하는 중이었지. 우린 몇 가지 큰 재편성 계획에 대한 다양한 초기 문서들의 의견을 전달받을 걸로 예상했는데, 이 통지서가 그 모든 문서 중 어떤 걸 말하는지 도통 모르겠네."

"휴가를 가십시오." 발란데르가 제안했다.

비에르크가 책상 위 자신 앞에 놓인 통지서를 짜증스럽게 옆으로 밀쳤다.

"불가능해." 그가 말했다. "은퇴해서나 휴가를 갈 수 있겠지. 내가 그때까지 산다면 말일세. 명심하게. 순직하는 건 매우 어리석은 짓일 걸세. 휴가를 내고 싶다고 했나?"

"알프스에서 일주일쯤 스키를 탈까 합니다. 지금 쉬면 하지제夏至祭 때 발생할 일손 부족 문제를 해결하는 데 도움이 될 겁니다. 여름 휴가는 칠월 말까지 기다렸다가 가죠."

비에르크가 끄덕였다. "정말 이맘때 패키지여행을 찾았다고? 지금쯤은 예약이 다 찼을 줄 알았는데."

"아니요."

비에르크가 눈썹을 치켜올렸다. "그 패키지여행은 좀 의심스럽게 들리지 않나?"

"알프스에는 차로 갈 겁니다. 패키지여행을 좋아하지 않아서요."

"그게 좋은 사람도 있나?"

비에르크는 갑자기 누가 보스인지 모두에게 상기시킬 필요가 있다고 생각했을 때 짓는 공식적인 표정을 띠었다.

"휴가 때 자네 책상 위에 놓일 사건들은 뭐지?"

"놀랄 만큼 적습니다. 급한 건 스바르테에서 발생한 폭행 사건이지만 그건 다른 누구라도 맡을 수 있습니다."

"언제 떠날 생각인가? 오늘?"

"목요일에요."

"얼마나 있을 예정이지?"

"열흘을 쓸 수 있습니다."

비에르크가 끄덕이고 그것을 메모했다.

"휴가를 가는 건 좋은 생각인 것 같아. 자넨 안색이 안 좋아 보여."

"말씀대로입니다." 발란데르가 자리를 뜨며 말했다.

그는 폭행 사건을 조사하며 남은 하루를 보냈다. 전화를 몇 통화하고, 급여 지급에 관한 은행의 문의에도 답했다. 그는 계속 무슨 일이 일어나길 기대하고 있었다. 스톡홀름 전화번호부를 조사해 리프만이라는 이름의 몇몇 사람을 찾았지만 업종별 전화번호부에 '리프만 화원'은 나와 있지 않았다.

오후 5시가 지나자마자 그는 책상을 치우고 집으로 갔다. 약간 우회하여 새 가구점 앞에 차를 세우고 가게 안으로 들어간 그는 집에 두길 바라마지 않던 가죽 안락의자를 발견했지만 가격이 어마어마했다. 함가탄가에 있는 식료품점 앞에 차를 세우고 감자와 베이컨을 샀다. 계산대의 젊은 여자가 그를 알아본 것처럼 미소를 지었고, 그는 1년쯤 전 이 가게를 턴 남자를 잡는 데 하루를 보낸 기억을 떠올렸다. 그는 집으로 가 저녁을 만들어 텔레비전 앞에 앉았다.

그들은 오후 9시가 되자마자 연락해 왔다.

전화가 울렸다. 한 남자가 어눌한 스웨덴어로 콘티넨털 호텔 길 건너에 있는 피자집으로 오라고 말했다. 발란데르는 갑자기 욕지기가 일었고, 이 모든 비밀 업무에 피곤을 느끼며 남자의 이름을 물었다.

"내겐 의심할 만한 충분한 이유가 있습니다." 그가 설명했다. "난 내가 어떻게 될지 알고 싶습니다."

"내 이름은 요세프 리프만입니다. 내가 당신에게 편지를 썼지요."

"당신은 누굽니까?"

"작은 사업을 합니다."

"꽃집?"

"그렇게 부를 수도 있겠지요."

"내게 원하는 게 뭡니까?"

"편지로 명확하게 표현한 것 같은데요."

발란데르는 전화를 끊었다. 그는 어쨌든 어떤 대답도 얻지 못했다. 그는 자신이 흥미가 있어 하고 협조할 준비가 되었다고 기대하는 보이지 않는 얼굴들에 끊임없이 둘러싸이게 되는 상황에 격노했다. 이 리프만이 라트비아 대령들의 심복 중 하나가 아니라는 것을 증명할 증거가 무어란 말인가?

그는 차 없이 레게멘트스가탄가를 걸어서 시내 한가운데로 갔다. 피자집에 닿았을 때는 9시 30분이었다. 열 개쯤의 테이블에 사람들이 있었지만 리프만일 가능성이 있는 남자는 보이지 않았다. 그는 뤼드베리가 전에 자신에게 가르쳤던 것을 기억했다. 지정된 만남의 장소에 먼저 도착하는 게 나을지 나중이 나을지 항상 결정해야 한다.

그는 이 상황에서 그것에 어떤 중요성이 있는지 알 수 없었다. 그는 구석에 있는 테이블에 앉아 맥주를 시키고 기다렸다.

이것이 자신을 집에서 유인할 목적이었는지 발란데르가 의심하기 시작한 10시 직전에 요세프 리프만이 나타났다. 문이 열리고 그 남자가 들어선 순간 발란데르는 그 사람이 요세프 리프만이라는 것을 의심하지 않았다. 그는 60대였고, 그에게는 너무 큰 오버코트를 입고 있었다. 그는 지뢰를 밟거나 거기에 넘어질까 봐 두렵다는 듯이 테이블 사이를 조심스럽게 천천히 이동했다. 그는 발란데르에게 미소를 짓고 오버코트를 벗은 다음 그의 맞은편에 앉았다. 그는 불안해하고 있었고, 가게 안을 끊임없이 힐끗거렸다. 한 테이블에 앉은 두 남자가 자리에 함께하지 않은 사람을 흉보고 있었다.

발란데르는 요세프 리프만이 유대인이라고 추측했다. 적어도 그는 발란데르가 전형적인 유대인의 생김새라고 생각한 것처럼 생겼다. 볼은 거칠한 회색 수염으로 덮여 있었고, 무테안경 뒤의 눈은 검은색이었다. 그렇긴 해도 유대인 같은 생김새에 대해 내가 아는 게 무어란 말인가? 아무것도.

웨이트리스가 다가왔고, 리프만은 차 한 잔을 주문했다. 그가 지나치게 정중해서 발란데르는 그가 살면서 많은 모욕을 견뎌 왔으리라 생각했다.

"당신이 와 주셔서 너무나 감사합니다." 리프만이 나직이 말했다. 발란데르는 그가 하는 말을 듣기 위해 몸을 숙여야 했다.

"당신은 내게 많은 선택권을 주지 않았죠." 그가 말했다. "먼저 편지 한 통, 그리고 전화 한 통. 당신은 당신이 누군지 말하는 걸로 시작해야 할지 모르겠군요."

리프만이 고개를 저었다. "내가 누군지는 중요하지 않습니다. 중요한 사람은 당신이지요, 발란데르 씨."

"아니요." 발란데르가 다시 짜증이 이는 것을 느끼며 말했다. "당신이 누군지 말할 준비조차 되어 있지 않다면 내가 당신의 말을 들을 의사가 없다는 걸 이해하셔야 합니다."

웨이트리스가 차를 가져왔고, 그들은 다시 단둘이 남을 때까지 기다렸다.

"난 한낱 조직책이자 전달자입니다." 리프만이 말했다. "전달자의 이름을 누가 궁금해하겠습니까? 그건 중요하지 않습니다. 우린 여기서 만나고 난 사라질 겁니다. 다신 만날 일이 없을 테지요. 따라서 중요한 건 당신에게 비밀을 털어놓는 게 아니라 실질적인 결정입니다. 보안은 언제나 실질적인 문제지요. 내 관점으론 신뢰 또한 실질적인 문제입니다."

"그렇다면 우린 이 대화를 지금 끝내도 좋을 것 같군요." 발란데르가 말했다.

"난 당신에게 바이바 리예파의 메시지를 가져왔습니다." 리프만이 서둘러 말했다. "듣고 싶지도 않으십니까?"

발란데르는 마음을 풀었다. 그는 너무 허약해서 어느 순간 쓰러져 버릴 것처럼 기묘하게 몸을 수그린, 맞은편에 앉은 남자를 관찰했다.

"당신이 누군지 알 때까지 아무것도 듣고 싶지 않습니다." 그가 마침내 말했다. "그만큼 간단하죠."

리프만은 안경을 벗고 주의를 기울여 차에 우유를 조금 부었다.

"난 단지 당신의 최고의 흥밋거리를 생각하고 있을 뿐입니다, 발란데르 씨." 리프만이 말했다. "요즘 같은 세상에서는 가능한 한 조금 아는 게 때로는 최선이지요."

"난 라트비아에 간 적 있습니다." 발란데르가 말했다. "난 거기에 있었고, 끊임없이 관찰되고 감시당하는 게 뭔지 안다고 생각합니다. 하지만 우린 지금 리가가 아닌, 스웨덴에 있습니다."

리프만이 수심 어린 표정으로 끄덕였다. "당신 말이 맞겠지요." 그가 말했다. "어쩌면 난 현실이 얼마나 바뀌고 있는지 알아차리지 못하는 늙은이일지 모르겠습니다."

"화원," 발란데르가 그를 도울 의도로 말했다. "화원이 언제나 지금과 같았다고는 생각지 않으시겠지요?"

"난 1941년 가을에 스웨덴에 왔습니다." 리프만이 차를 저으며 말했다. "그땐 청년이었고, 난 화가, 위대한 화가가 되겠다는 순진한 야망이 있었습니다. 동이 틀 땐 몹시 추웠고, 우린 고틀란드 해변을 발견했습니다. 보트가 새고, 같이 타고 있던 친구 몇몇이 심각하게 아프다는 사실에도 불구하고 우리가 해냈다는 걸 안 순간이었지요. 우린 영양실조에다 폐결핵을 앓고 있었습니다. 그럼에도 얼어붙을 듯이 추웠던 새벽의 기억이 생생합니다. 삼월 초였고, 난 자유를 상징할 스웨덴 해안을 그리겠다고 다짐했지요. 그게 천국의 문으로 보였는지도 모르겠군요. 얼어붙을 듯이 추웠고, 안개를 통해 검은 절벽이 부분부분 보였습니다. 하지만 난 그 그림을 그리지 않았습니다. 대신 정원사가 됐지요. 지금 난 다양한 업종의 스웨덴 회사에 적절한 장식용 식물을 제안해서 먹고삽니다. 난 사람들, 특히 신기술정보에 종사하는 사람들이 얼마나 자신들의 기계들을 녹색식물들 사이에 감추고 싶어 하는지 알아차렸습니다. 난 이제 천국의 그림을 그리지 않습니다. 그걸 봤다는 사실로 때워야 할 겁니다. 난 지옥이 그런 것처럼 천국이 많은 문을 갖고 있다는 걸 압니다. 그 문들을 구별하는 법을 배우지 않으면 길을 잃지요."

"그리고 그게 리예파 소령이 할 수 있었던 건가요?"

리프만은 발란데르의 리예파 소령 언급에 반응하지 않았다.

"리예파 소령은 그 문이 어떻게 생겼는지 알았지만," 그가 말했다. "그게 그가 죽었어야 할 이유는 아닙니다. 그는 그 문들을 드나들었던 사람을 봤기 때문에 죽었습니다. 빛을 두려워하는 사람들. 그 빛이 그들을 리예파 소령 같은 사람의 눈에 보이게 하기 때문에."

발란데르는 리프만이 매우 종교적인 사람이라는 인상을 받았다. 그는 자신을 신자들 앞에 선 사제처럼 표현했다.

"난 일생을 망명자로 살았습니다." 리프만이 말을 이었다. "1950년대 중반까지 처음 십 년간은 언젠가 고향으로 돌아갈 수 있으리라 믿었습니다. 그리고 1960년대, 70년대가 왔고, 난 희망을 완전히 포기했습니다. 망명 생활을 하고 있는 아주 옛 라트비아인만이, 정말 늙고 정말 어리고 정말 미친 라트비아인만이 언젠가 우리가 우리의 조국으로 돌아갈 수 있게 세상이 바뀔 거라고 믿었지요. 내가 그때에도 완결된 것처럼 보인 그 비극의 오래 끌었던 결말을 기대한 동안에도 그들은 극적인 전환점을 믿었습니다. 하지만 아주 갑작스러운 일이 일어나기 시작했시요. 우린 우리 조국으로부터 이해하기 힘든 보도, 낙관적인 보도를 들었습니다. 마치 잠재해 있던 열정이 마침내 장악하기 시작한 것처럼 우린 거대한 소련이 흔들리기 시작하는 걸 봤습니다. 우리가 감히 믿을 수 없었던 일이 실제로 일어날지도 모른다는 게 정말일까요? 우린 그 질문에 대한 답을 여전히 모릅니다. 우린 다시 속고 자유를 뺏길지 모른다는 걸 압니다. 소련은 약해졌지만, 그건 일시적인 상태일 수도 있지요. 우린 허용된 시간이 많지 않습니다. 리예파 소령은 그걸 알았고, 그게 그를 계속 몰고 간 겁니다."

"우리?" 발란데르가 말했다. "우리가 누굽니까?"

"스웨덴에 있는 모든 라트비아인은 조직에 속해 있습니다." 리프만이 대답했다. "우린 잃어버린 조국을 대신할 여러 조직에 몸담고 있지요. 우린 문화를 지키려는 사람들을 도우려 애써 왔고, 다양한 구명줄을 구성해 왔고, 재단들을 설립해 왔습니다. 우린 도움을 청하는 외침을 들어 왔고, 그들에게 응답하려고 시도해 왔습니다. 잊지 않기 위해 끊임없이 싸워 왔습니다. 우리 망명 조직은 우리가 잃어버린 도시와 마을 들을 대체할 방법을 마련해 왔습니다."

유리문이 열렸고, 한 남자가 들어왔다. 리프만이 즉각 반응했다. 발란데르는 그 남자를 알아보았다. 이름은 엘름베리고, 이 지방 주유소 중 하나의 매니저였다.

"경계하실 필요 없습니다." 그가 말했다. "저 사람은 태어난 이래 파리 한 마리 죽이지 않은 사람입니다. 그가 라트비아의 존재를 아는지조차 의심스럽군요. 그는 주유소 매니접니다."

"바이바 리예파가 도움 요청을 해 왔습니다. 그녀는 당신이 올지 묻고 있습니다. 그녀는 당신의 도움이 필요합니다."

그는 안주머니에서 봉투 하나를 꺼냈다. "바이바가." 그가 말했다.

"당신에게."

발란데르는 그에게서 봉투를 가져왔다. 봉해 있지 않았다. 그는 조심스럽게 얇은 편지지를 꺼냈다. 그녀의 메시지는 간단했고, 서두른 것처럼 연필로 쓰여 있었다.

증거가 있고 그것의 수호자도 있어요. 그녀는 그렇게 시작했다. **하지만 혼자서는 그걸 찾을 수 없을 것 같아 두려워요. 당신이 전에 내 남편을 믿었듯이 이 메시지를 믿어 주세요. 바이바.**

"우린 리가로 가는 데 당신이 필요한 모든 걸 지원할 수 있습니다." 발란데르가 편지를 내렸을 때 리프만이 말했다.

"당신은 날 투명인간으로 만들 수 없습니다!"

"투명인간?"

"내가 리가로 간다면 난 새로운 누군가가 돼야 합니다. 당신이 그걸 어떻게 할 겁니까? 당신이 내 안전을 어떻게 보장합니까?"

"우릴 믿어야 합니다, 발란데르 씨. 하지만 우린 시간이 많지 않습니다."

그는 리프만이 불안해하는 것을 볼 수 있었다. 발란데르는 자신의 주위에서 일어나고 있는 일이 현실이 아니라고 자신을 설득시키려고 애썼다. 하지만 그는 세상일이 이렇다는 것을 알았다. 바이바 리에파는 대륙을 가로질러 끊임없이 보내지는 수천 가지 도움의 외침 중 하나의 소리를 냈다. 이번 외침은 그를 향한 것이었고, 그는 어쩔 수 없이 답할 처지에 놓였다.

"난 목요일부터 휴갑니다." 그가 말했다. "공식적으로는 알프스에서 스키를 타기로 돼 있죠. 휴가는 일주일입니다."

리프만이 자신의 잔을 한쪽으로 치웠다. 나약하고 우울했던 그의 표정에는 결연한 의지가 드러나 있었다.

"좋은 생각입니다." 그가 말했다. "스웨덴 경찰이 매년 겨울 알프스로 가서 스키 활강 코스에서 운을 시험한다는 건 자연스럽군요. 여행 루트가 어떻게 됩니까?"

"차로 자스니츠를 경유해 구동독을 거칩니다."

"호텔의 이름은?"

"모릅니다. 알프스에 가 본 적이 없어서요."

"하지만 스키는 탈 줄 아시고요?"

"네."

리프만은 깊은 생각에 빠졌다. 발란데르는 웨이트리스에게 손짓해 커피 한 잔을 주문했다. 발란데르가 리프만에게 차를 더 원하는지 묻자 그는 멍하니 고개를 저었다. 마침내 그는 안경을 벗고 재킷 소매로 안경알을 주의 깊게 닦았다.

"알프스로 가는 건 좋은 생각입니다." 그가 그 말을 반복했다. "하지만 필요한 걸 준비하는 데 약간의 시간이 필요합니다. 내일 저녁 누가 당신에게 전화해 트렐레보리에서 출발하는 오전 페리 중 어느 것을 타야 할지 알려 줄 겁니다. 다른 건 몰라도 자동차 지붕 위에 스키를 싣는 건 잊지 마십시오. 정말 알프스에 가는 것처럼 모든 걸 꾸리시고요."

"내가 라트비아에 들어갈 수 있다고 생각하십니까?"

"페리에서 당신이 알 필요가 있는 모든 걸 알게 될 겁니다. 누가 당신에게 접근할 겁니다. 우릴 믿어야 합니다."

"내가 당신들의 계획을 믿으리란 걸 보장 못 하겠습니다."

"우리 세계에 보장 같은 건 없습니다, 발란데르 씨. 내가 할 수 있는 건 우리가 그 어느 때보다 최선을 다하겠다고 약속하는 것뿐입니다. 이제 돈을 내고 나가야지 않을까요?"

그들은 피자집 밖에서 헤어졌다. 바람이 악을 쓰고 있었다. 기차역 방향으로 사라지기 전에 요세프 리프만이 그에게 짧은 작별 인사를 했다. 발란데르는 바이바 리예파의 편지를 곱씹으며 집을 향해 적막한 거리를 걸었다.

개들이 그녀의 뒤를 쫓고 있어. 그는 생각했다. 그녀는 무섭고 걱정스럽겠지. 대령들은 소령이 어딘가에 증거를 남겨 놨으리라는 사실도 알고 있을 거야. 한시가 급하다는 게 명백했다. 더 이상 두려워하거나 재고할 때가 아니었다. 그는 그녀가 도움을 외치는 소리에 응답해야 했다.

다음 날 그는 여행 준비를 했다.

오후 6시 직후 어떤 여자가 전화해 내일 아침 5시 30분에 트렐레보리에서 출발하는 페리를 예약했다고 전화했다. 놀랍게도 그녀는 자신이 '리프만 여행사' 직원이라고 말했다.

그는 자정에 침대에 들었다. 잠이 들기 전 그가 한 마지막 생각은 이 모든 계획이 미친 짓이라는 것이었다. 그는 실패할 운명인 무언가에 자발적으로 발을 디밀 참이었다. 한편으로 바이바의 도움의 외침은 현실이었고, 그는 그에 답하지 않을 수 없음을 느꼈다.

다음 날 아침 일찍 그는 트렐레보리 부두에 정박한 페리를 향해 차를 몰았다. 여권 심사관 중 하나가 그에게 손짓하며 어디로 가는지 물었다.

"알프스로요." 발란데르가 그에게 말했다.

"좋죠."

"가끔은 떠나는 게 좋죠."

"우리에게 필요한 게 그거죠."

"난 하루 이상 떠나 본 적이 없습니다."

"음, 며칠간 경찰 업무를 깡그리 잊을 수 있을 겁니다."

"그러려고요." 발란데르는 그렇게 말했지만 그것이 분명 사실이 아니라는 것을 알았다. 그는 버거운 임무에 나선 참이었다. 존재조차 하지 않은 임무.

새벽하늘은 잿빛이었다. 그는 페리가 움직이기 시작하자 갑판으로 올라갔다. 배가 육지에서 멀어져 스웨덴 해안이 시야에서 사라지면서 바다가 천천히 넓어지는 모습을 지켜보며 그는 몸을 떨었다. 그가 카페테리아에서 아침을 한술 떴을 때 불그레한 얼굴에 구린 눈빛을 한 50대 남자가 다가와 자신을 프레우스라고 소개했다. 프레우스는 요세프 리프만의 소개장과 발란데르가 지금부터 사용할 새로운 신분증을 갖고 있었다.

"갑판을 좀 걸으시죠." 프레우스가 제안했다.

발란데르가 리가로 돌아가는 날 발트해는 안개가 매우 짙었다.

15

국경은 보이지 않았다.

그럼에도 그것은 그의 갈비뼈 안쪽에 철조망처럼 존재했다. 쿠르트 발란데르는 겁이 났다. 리투아니아 땅에서 단테의 말을 부르짖고 있는 자신이 라트비아 국경을 향해 절뚝이며 걸을 때 그는 리투아니아 땅에서의 마지막 발걸음을 돌아볼 터였다. 여기 들어오는 모든 자, 희망을 버려라! 아무도 여기서 돌아올 수 없다. 적어도 어떤 스웨덴 경찰도 살아서 나갈 수는 없으리라.

밤하늘은 별들로 가득했다. 프레우스는 트렐레보리 페리 선상에서 접촉한 순간부터 그와 함께 있었고, 다가올 운명에 동요하지 않는 것처럼 보였다. 어둠을 뚫고 발란데르는 그의 빠르고 불규칙적인 숨소리를 들을 수 있었다.

"기다려야 해요." 프레우스가 간신히 이해할 수 있는 독일어로 속삭였다. "바르텐Warten 기다려요, 바르텐."

처음에 발란데르는 영어를 한마디도 못 하는 가이드가 제공되었다는 사실에 부아가 치밀었다. 그는 요세프 리프만이 무슨 생각을 했는지 궁금했다. 겨우 영어 단어 몇 마디나 조합할 수 있는 스웨덴 경찰이 독일어를 할 수 있으리라고 생각한 걸까. 발란데르는 이제 자신의 상식을 넘어 거친 판타지의 승리로 판명된 이 모든 일을 거의 취소할 뻔했다. 라트비아인들은 너무 오래 망명 생활을 한 탓에 현실감을 잃어버린 것 같았다. 슬픔, 지나친 낙관주의 아니면 완전히 미쳐서. 어떻게 얼굴에 흉터가 있는 왜소한 이 남자 프레우스가 자신에게 충분한 용기를 발휘하게 하고, 특히 자신이 보이지 않는, 존재하지 않는 사람으로서 라트비아로 돌아가기에 충분한 안전을 제공할 수 있을까? 페리의 카페테리아에 모습을 드러냈을 뿐인 프레우스에 대해 내가 정말 아는 게 뭐지? 망명 생활을 하는 라트비아 시민이라는 것, 독일 킬Kiel 독일 북부 항구도시에서 동전 거래상으로 먹고산다는 것. 그 밖에는? 아무것도.

그럼에도 무언가가 그를 계속하게 했고, 프레우스가 지도책에서 가리킨 방향을 따라 발란데르가 속력을 내는 동안 그는 조수석에서 내내 졸고 있었다. 그들은 구동독을 지나 동쪽으로 이동했다. 5시쯤 발란데르는 폴란드 국경에서 5킬로미터 떨어진, 쇠락해 가는 농장 옆 허물어진 헛간에 차를 후진해 넣었다. 그들을 맞이한 남자는 또 한 명의 라트비아인 망명자였지만 그는 영어를 유창하게 구사했다. 그는 발란데르가 돌아올 때까지 차를 안전하게 맡아 주겠다고 약속했다. 그들은 해 질 녘까지 기다렸다가 빽빽한 가문비나무 숲을 더듬더듬 나아간 끝에 국경에 닿았고, 리가행 루트의 보이지 않는 첫 번째 국경선을 가로질렀다. 발란데르가 이름을 들은 즉시 잊어버린 작은 마을에서 그들은 감기가 심하게 든 남자, 야니크를 만났다. 그가 그들을 낡고 녹이 슨 트럭에 태웠다. 울퉁불퉁한 스텝 지대로 덜컹거리는 여행이 이어졌다. 운전자에게서 감기를 옮은 발란데르는 제대로 된 식사와 목욕을 갈망했지만 그가 제공받은 것이라고는 찬 돼지고기와 폴란드 내륙지역 얼어붙은 집의 간이침대뿐이었다. 진행은 느렸다. 그들은 대개 밤이나 새벽에 이동했다. 나머지 시간은 자거나 불편한 침묵 속에 보냈다. 그는 프레우스가 왜 그렇게 조심스러운지 이해하려고 애썼다. 자신들이 폴란드에 있는 한 두려울 게 무어란 말인가? 그는 아무런 설명도 듣지 못했다. 프레우스는 발란데르의 말을 거의 알아듣지 못했고, 야니크는 코를 킁킁대거나 훌쩍거리거나 발란데르 쪽으로 기침을 하지 않을 때는 전시에 유행한 영국 팝송을 흥얼거렸다. 그들이 마침내 리투아니아 국경에 닿았을 때 발란데르는 〈우린 다시 만날 거야We Will Meet Again 영국의 가수이자 작곡가 베라 린의 노래〉가 싫어지기 시작했다. 자신은 폴란드에 있는 것만큼이나 쉽게 러시아 심장 어딘가에 있을지도 몰랐다. 아니면 체코슬로바키아나 불가리아에. 그는 자신들이 있는 곳에서 스웨덴이 어느 쪽에 있는지 방향감각을 완전히 상실했다. 트럭이 그를 매 킬로미터 미지의 깊숙한 곳으로 데려갈 때마다 이 모든 일이 미친 짓이라는 것이 그에게 더욱 명백해졌다. 그들은 완충장치라고는 전혀 없는 버스들을 갈아타고 리투아니아를 이동했고, 페리에서 프레우스와 처음 접촉한 이래 나흘째인 지금 송진 냄새가 강하게 풍기는 숲 한가운데의 라트비아 국경에 근접해 있었다.

"바르텐." 프레우스가 반복해서 그렇게 말했다. 발란데르는 고분고분하게 나무 그루터기에 앉아 기다렸다. 그는 추웠고, 몸살기를 느꼈다.

리가에 닿을 때쯤엔 폐렴에 걸리겠지. 그는 자포자기한 마음으로 그렇게 생각했다. 살아오면서 내가 한 모든 멍청한 짓 중에 이게 가장 멍청하고, 큰 소리로 비웃음을 당할 만한 짓일걸. 여기 리투아니아 숲 나무 그루터기에 판단력을 완전히 상실하고 정신이 나간 스웨덴의 중년 경찰이 앉아 있군.

하지만 돌아갈 수도 없었다. 분명 그는 온 길을 도움 없이 되돌아갈 수 없을 것이었다. 그는 저 멍청이 리프만이 자신에게 가이드로 배정한 빌어먹을 프레우스에게 완전히 의존하고 있었고, 리가에 도착할 때까지 이성의 명령에 반해 계속 갈 수밖에 달리 선택의 여지가 없었다. 페리 카페테리아에서 발란데르가 시야에서 사라지는 스웨덴 해안을 바라보며 커피를 마시고 있을 때, 프레우스는 자신을 소개했었다. 그들은 바람이 물어뜯는 가운데 갑판으로 나갔다. 프레우스는 리프만이 쓴 편지를 가지고 있었고, 놀랍게도 발란데르는 새로운 신분증을 갖게 되었다. 이번에는 '에케르스 씨'가 아니라 악보와 미술책을 판매하는 독일인 외판원 헤어Herr '씨(氏)'의 독일어 헤겔, 헤어 고트프리트 헤겔이었다. 그것이 세상에서 가장 자연스러운 일인 양 프레우스가 자신의 사진을 붙이고 스탬프를 찍은 독일 여권을 건넸을 때 그는 놀랐다. 그는 그것이 린다가 몇 년 전에 자신을 찍은 사진이라는 것을 알아보았다. 리프만이 그것을 어떻게 손에 넣었는지는 미스터리였다. 자신은 이제 헤어 헤겔이었고, 당분간 스웨덴 여권을 프레우스에게 맡겨야 한다는 것을 그의 고집스러운 말과 제스처로 마침내 알아차렸다. 발란데르는 그것이 미친 짓이라는 것을 알면서도 그에게 여권을 넘겼다.

이제 새 신분을 얻은 지 나흘째였다. 프레우스가 뿌리째 뽑힌 나무 쪽으로 잽싸게 움직였고, 발란데르는 어둠을 통해 그의 얼굴을 볼 수 있을 뿐이었다. 그 사내는 동쪽을 노려보는 듯 보였다. 자정을 몇 분 지난 시각이었다. 갑자기 프레우스가 손을 들어 열정적으로 동쪽을 가리켰다. 발란데르와 프레우스의 연결이 끊기지 않도록 그들은 나뭇가지에 등유 램프를 걸어 두었었다. 그는 몸을 일으켜 눈을 가늘게 뜨고 프레우스가 가리킨 방향을 보았다. 결함이 있는 발전기가 달린 자전거를 탄 사람이 자신들 쪽으로 다가오는 것처럼 희미하게 깜박이는 불빛이 보였다.

"게엔Gehen 걸어요." 그가 속삭였다. "슈넬, 눈Schnell, Nun 이제 빨리요. 게엔!"

잔가지들이 발란데르의 얼굴을 할퀴고 찔렀다. 난 마지막 국경을 넘고 있는 거야. 그는 생각했다. 하지만 배 속에는 철조망이 들어 있지. 그들은 숲 사이로 거리처럼 난 경계선에 다다랐다. 프레우스가 주의 깊게 귀를 기울이는 동안 발란데르를 잠시 저지하더니 텅 빈 공간을 가로질러 반대편의 빽빽한 숲으로 그를 이끌었다. 10분쯤 후 그들은 진흙투성이 길로 나왔고, 대기하고 있는 차 한 대를 발견했다. 발란데르는 차 안에서 빛나는 담뱃불을 볼 수 있었다. 천으로 감싼 손전등을 든 누군가가 차에서 내려 그에게 다가왔다. 이내 그는 자신 앞에 서 있는 이네세를 알아보았다.

온통 낯선 상황에서 친숙한 무언가를 맞닥뜨린 순간, 그녀를 본 순간, 밀려든 안도와 기쁨을 잊으려면 긴 시간이 걸릴 터였다. 그녀는 손전등에서 나오는 희미한 불빛 속에서 그에게 미소를 지었지만 그는 무슨 말을 해야 할지 아무 생각이 나지 않았다. 프레우스가 작별 인사로 깡마른 손을 뻗었고, 이내 발란데르가 잘 가라는 말도 할 새 없이 숲이 그를 삼켰다.

"리가까지는 먼 길이에요." 이네세가 말했다. "가야 해요."

이따금 이네세는 길에서 벗어나 쉬었고, 타이어 하나가 펑크 나기도 해서 발란데르가 온 힘을 다해 간신히 갈아 끼웠다. 그는 자신이 얼마간 운전을 하겠다고 제안했지만 그녀는 어떤 설명도 없이 머리를 흔들 뿐이었다.

그는 무슨 일이 있었다는 것을 즉시 알아차렸다. 이네세에게는 단순히 지친 탓으로만 돌릴 수 없는 경직되고 단호한 무언가가 있었다. 그는 그녀가 질문에 바로 대답할지 확신하지 못한 채 그녀 옆에 말없이 앉아 있었다. 바이바 리예파가 자신을 기다리고 있고, 유피티스는 여전히 감옥에 있고, 그의 자백이 신문에 실렸다는 말을 들었다.

"이번에 내 이름은 고트프리트 헤겔이오." 두 시간 동안 이동하다가 뒷좌석에서 꺼낸 기름통에 든 휘발유를 주유하려고 멈췄을 때 그가 말했다.

"알아요." 이네세가 말했다. "그리 매력적인 이름은 아니죠."

"왜 내가 여기 있는지 말해 봐요, 이네세. 내가 당신들을 어떻게 돕는 거요?"

그녀는 대답하지 않았다. 대신 그녀는 그에게 배가 고픈지 물었고, 종이봉투에서 맥주 한 병과 고기 샌드위치 두 개를 건넸다. 어느 순간 그는 깜빡 잠이 들었다가 머리를 흔들어 잠을 쫓았다. 그녀가 운전 중에 잠이 들까 봐 걱정스러웠다.

그들은 새벽이 되기 직전에 리가 외곽에 닿았다. 오늘은 그의 누나의 생일인 3월 21일이었다. 그는 새로운 신분을 꾸미기 위해 고트프리트 헤겔에게 많은 형제자매가 있다고 가정하고, 가장 어린 여동생을 크리스티나로 부르기로 정했다. 마음속으로 콧수염이 나기 시작한, 꽤 남자다운 여자인 헤겔 부인을 볼 수 있었다. 슈바빙에 있는 자신들의 빨간 벽돌집에는 잘 정리가 되어 있지만 특징이 없는 정원이 있었다. 리프만이 여권의 배경으로 제공한 스토리는 꽤 대략적이었다. 발란데르는 숙련된 심사관이 고트프리트 헤겔을 무너뜨리고 여권이 가짜라는 것을 폭로하는 데 1분도 걸리지 않으리라 생각했다.

"우린 어디로 가는 거요?" 그가 물었다.

"거의 다 왔어요." 그녀가 대답했다.

"아무도 내게 어떤 말도 해 주지 않는다면 내가 어떻게 도움이 될 수 있겠소?" 그가 물었다. "내게 숨기는 게 뭐요? 무슨 일 있었소?"

"난 지쳤지만," 그녀가 말했다. "우린 당신이 돌아와서 기뻐요. 바이바는 행복해해요. 당신을 보면 눈물을 터뜨릴 거예요."

"왜 내 질문엔 대답하지 않는 거요? 당신이 죽을 만큼 두려워하는 걸 보면 무슨 일이 일어났군. 그게 뭐요?"

"지난 두 주 동안 모든 게 더 어렵게 됐지만 바이바가 당신에게 직접 말하는 게 나아요. 어쨌든 나도 모르는 게 많아요."

그들은 끝도 없이 이어진 교외를 계속 나아갔다. 공장들의 실루엣이 가로등 불빛에 물든 노란 하늘을 배경으로 희미하게 보였다. 적막한 거리들은 안개에 싸여 있었고, 이것이 발란데르가 상상했던 동유럽 국가들, 자신들을 사회주의자라고 부르고 자신들이 지상낙원에 있다고 선언한 국가들이었다는 것이 그의 머리에 떠올랐다.

이네세는 길쭉한 창고 앞에 차를 세우고 시동을 끈 다음 박공벽에 난 낮은 철문을 가리켰다.

"저기로 가세요." 그녀가 말했다. "노크하면 그들이 안으로 들일 거예요. 난 가야 해요."

"다시 볼 수 있소?"

"모르겠어요. 바이바가 결정할 일이에요."

"당신은 내 여자 친구라는 걸 잊었소?"

대답하기 전에 그녀는 짧은 미소를 지었다. "난 에케르스 씨의 여자 친구였을걸요." 그녀가 말했다. "헤어 헤겔을 그만큼 좋아하는지는 모르겠군요. 난 착한 여자라 상대를 바꾸지 않는답니다."

발란데르는 차에서 내렸고, 그녀는 즉시 차를 몰고 떠났다. 잠시 그는 스웨덴 영사관이나 대사관을 찾을 수 있는 시내로 가서 집으로 가게 도와 달라고 부탁하게 버스 정류장을 찾아볼까 생각했다. 스웨덴 경찰의 말에 스웨덴 외교관이 반응할 것이라는 상상은 감히 들지 않았다. 단지 급박한 정신착란을 다루는 게 외교관이 가지고 있는 기술 중 하나이길 바랄 뿐이었다. 하지만 그러기에는 너무 늦었다. 그는 자신이 시작한 일을 관철해야 할 것이었다.

그는 뽀드득 소리를 내며 자갈 위를 걸어 철문을 노크했다. 전에 본 적 없는, 턱수염이 난 남자가 문을 열었다. 사팔눈인 그는 그에게 친근하게 고개를 끄덕이고 미행자가 없는지 확인하기 위해 발란데르의 어깨 너머를 주시한 뒤 그를 잽싸게 안으로 들이고 문을 닫았다.

발란데르는 자신이 장난감으로 가득 찬 창고에 있다는 것을 알았다. 눈을 돌리는 족족 인형이 높이 쌓인 나무 선반들뿐이었다. 악마의 두개골 같은 인형의 얼굴들이 자신을 보며 씩 웃는 카타콤에 내려온 것 같았다. 꿈 같았다. 어쩌면 자신은 위스타드 마리아가탄가에 있는 자신의 집 침대 속에 있고, 자신을 둘러싸고 있는 어떤 것도 진짜가 아닌 게 아닐까? 자신이 할 일은 숨을 고르게 유지하고 깨어나길 기다리는 것뿐이었다. 하지만 깨어나길 기대할 것이 없었다. 한 여자의 뒤를 따라 그림자 속에서 세 남자가 모습을 드러냈다. 발란데르는 자신이 유피티스와 이야기를 나눌 동안 그림자 속에 말없이 앉아 있던 운전사를 알아보았다.

"발란데르 씨," 문을 열어 주었던 남자가 입을 열었다. "우릴 도와주러 와 주셔서 우린 너무 기쁩니다."

"바이바 리예파가 부탁해서 온 겁니다." 발란데르가 말했다. "다른 이유는 없습니다. 내가 만나고 싶은 사람이 그녀입니다."

"지금 당장은 불가능해요." 흠잡을 데 없는 영어로 여자가 말했다. "바이바는 끊임없이 감시당하고 있지만 우린 당신을 그녀와 만나게 할 수 있을 거예요."

발란데르는 곧 무너질 듯한 나무 의자에 앉았고, 차 한 잔을 건네받았다. 희미한 불빛 속에서 남자들의 얼굴을 알아보기가 어려웠다. 환영 위원회의 리더인 듯 보이는 사팔눈의 남자가 발란데르 앞에 쭈그리고 앉았다.

"우린 매우 어려운 처지에 놓였습니다." 그가 말했다. "리예파 소령이 경찰의 존재를 위협할 어떤 서류를 감췄을 위험이 있다는 걸 그들이 알기에 우린 모두 끊임없는 감시하에 있습니다."

"그렇다면 바이바는 그 서류를 찾지 못했습니까?"

"아직요."

"그녀는 그가 그걸 숨겼을지도 모를 곳들에 대해 어떤 생각이 있습니까?"

"아니요. 하지만 그녀는 당신이 도울 수 있을 거라고 믿습니다."

"과연 내가 그럴 수 있을까요?"

"당신은 우리 편입니다, 발란데르 씨. 당신은 경찰이고 수수께끼를 푸는 데 익숙하죠."

이들은 미쳤어. 발란데르는 분개했다. 이들은 꿈속에서 살고 있고, 난 이들이 움켜잡을 마지막 지푸라기야. 동시에 그는 억압과 공포가 사람들에게 한 짓을 이해할 수 있었다. 그들은 어딘가에서 튀어나와 자신들을 구원할 어느 미지의 구원자에게 자신들의 희망을 걸었다.

리예파 소령은 그렇지 않았었다. 그는 누구도 믿지 않았지만 자기 자신과 가까운 친구들과 비밀을 털어놓을 수 있는 동료들을 믿었다. 그에게 있어 라트비아 국가에 강요된 모든 부당함의 처음과 끝은 현실이었다. 그는 종교적인 사람이었지만 어떤 신에 의한 모호한 종교적 이상을 허용하길 삼갔다. 이제 소령은 죽었고, 그들은 더 이상 자신들이 어느 방향으로 나아갈지 정해 줄 중심점을 갖고 있지 않았다. 스웨덴 경찰 쿠르트 발란데르가 그 경기장에 등장해 땅에 떨어진 그 역할을 짊어져야 할 것이었다.

"가능한 한 빨리 바이바 리예파를 봐야겠습니다." 그가 주장했다.

"그게 제일 중요한 겁니다."

"오늘 중으로 그렇게 될 겁니다." 사팔눈의 남자가 말했다.

발란데르는 피곤을 느꼈다. 그가 가장 하고 싶은 것은 목욕을 한 다음 침대에 올라 잠을 자는 것이었다. 그는 극도로 피곤할 때 자신의 판단을 믿지 않았고, 치명적인 결과를 가져올 실수를 저지를까 봐 두려웠다.

사팔눈의 남자는 여전히 그의 앞에 쭈그리고 앉아 있었다. 발란데르는 그가 바지 안에 리볼버를 찔러 넣고 있다는 것을 알아차렸다.

"리예파 소령의 서류가 발견되면 어떻게 됩니까?" 그가 물었다.

"그걸 알릴 방법을 찾아야 합니다." 그 남자가 말했다. "하지만 중요한 건 당신이 그걸 이 나라 밖으로 가지고 나가 스웨덴에서 그걸 알려야 한다는 겁니다. 그게 혁명적 사건이자 역사적인 일이 될 겁니다. 전 세계가 우리의 이 핍박받는 땅에서 무슨 일이 일어나고 있는지 알게 되겠죠."

발란데르는 항의해야 할 압도적 필요성, 이 혼란에 빠진 사람들을 리예파 소령이 닦아 놓은 길로 다시 인도해야 할 압도적 필요성을 느꼈지만 그의 지친 머리는 영어의 '구원자'라는 단어를 생각해 낼 수 없었고, 그가 간신히 생각해 낸 것은 자신이 이곳 리가의 장난감 창고에 있다는 사실이 믿기지 않는다는 것과 이제 자신이 해야 할 일에 아무 생각도 없다는 것뿐이었다.

그리고 모든 일이 아주 빠르게 일어났다. 창고 문이 벌컥 열렸고, 의자에서 일어난 발란데르는 선반 사이를 비명을 지르며 달려오는 이네세를 보았다. 그는 무슨 일이 일어났는지 몰랐다. 하지만 이내 끔찍한 폭발음이 들렸고, 그는 인형 머리가 빽빽하게 들어찬 선반들 뒤로 내동댕이쳐졌다. 건물에 서치라이트 불빛이 물결치더니 잇따른 총성이 울렸는데, 리볼버를 빼 든 사팔눈의 남자가 총을 쏘는 모습이 보였고, 그는 이곳이 집중 사격의 대상이 되었다는 것을 깨달았다. 그는 선반 뒤로 한참을 기어갔다가 벽에 부닥쳤다. 소음을 참기가 힘들었다. 비명이 들려 돌아보니 이네세가 자신이 조금 전에 앉았던 의자에 걸려 넘어지고 있었다. 그녀의 얼굴은 피투성이였고, 눈을 관통당한 듯 보였다. 그녀는 죽었다. 그 순간 사팔눈의 남자가 머리 위로 팔을 치켜들었다. 그는 총에 맞았지만 발란데르는 그가 살아 있는지 알 수 없었다. 그는 도망쳐야 한다는 것을 알았지만 구석에 갇혀 있었고, 이제 선두에 선 제복 차림의 남자가 기관총을 들고 뛰어들고 있었다. 그는 머뭇거리지 않고 자신에게 쏟아져 내렸던 러시아 인형들이 든 선반을 쓰러뜨렸고, 바닥에 누워 인형들의 홍수에 자신을 파묻었다. 그는 내내 어느 순간 발견되어 총에 맞으리라는 생각을 하고 있었다. 가짜 여권은 도움이 안 될 것이었다. 이네세는 죽었고, 창고는 포위되었으며, 안에 갇힌 백일몽을 꾸는 미친 사람들은 저항할 기회가 없었다.

총격은 시작됐을 때만큼이나 갑작스레 멈췄다. 귀가 먹먹한 정적이 흘렀고, 그는 숨을 참으려고 애썼다. 군인들과 경찰들이 서로에게 말하는 목소리가 들렸다. 이내 그는 그중 한 목소리를 알아들었다. 의심의 여지 없는 지드스 병장의 목소리였다. 몸을 덮고 있는 인형들 틈으로 제복을 입은 사내들이 보였다. 소령의 친구들은 모두 죽은 것 같았고, 회색 캔버스 천 들것에 실려 옮겨지는 중이었다. 이윽고 그림자 속에서 모습을 드러낸 지드스 병장이 부하들에게 창고를 조사하라고 명령했다. 발란데르는 이제 곧 끝나리라 생각하며 눈을 감았다. 그는 린다가 휴가 중 알프스에서 사라진 아버지에게 무슨 일이 일어났는지 알지 궁금했다. 혹은 자신의 실종이 스웨덴 경찰 역사에 미스터리로 남을지 궁금했다.

하지만 아무도 자신의 얼굴에서 인형들을 걷어차러 오지 않았다. 군홧발의 메아리가 점점 약해지고 부하들을 재촉하는 병장의 짜증난 목소리가 그치더니 정적과 매캐한 화약 냄새만이 남았다. 발란데르는 자신이 거기에 얼마나 꼼짝 않고 누워 있었는지 몰랐다. 마침내 차가운 콘크리트 바닥이 그를 떨게 해 인형들이 달가닥거리기 시작했다. 그는 조심스럽게 일어나 앉았다. 발 한쪽이 저리는지, 감각이 없는지 감이 오지 않았다. 바닥은 온통 피투성이에 사방에 탄피가 널려 있었고, 그는 토하지 않으려고 억지로 심호흡을 계속했다.

놈들은 내가 여기 있는 걸 알아. 그는 생각했다. 지드스 병장이 부하들에게 찾게 한 건 나였어. 아니면 놈들은 내가 아직 도착하지 않았다고 생각했을까? 어쩌면 놈들은 자신들이 너무 빨리 접근했다고 생각했을까?

그는 마음속에서 이네세를 떨쳐 버리지 못했지만 억지로 생각을 이어 나가려 했다. 이 죽음의 건물에서 나가야 하고, 이제 혼자라는 사실을 받아들여야 할 것이었다. 해야 할 일은 하나뿐이었다. 스웨덴 대사관 찾기. 심장이 격렬하게 뛰었고, 결코 다시 회복할 수 없을 심장마비가 올까 봐 두려웠다. 죽어서 누워 있는 이네세를 생각하자 눈물이 흘러내렸다. 나중에 생각해 보면, 자신이 자제력을 되찾고 다시 이성적으로 생각하기 시작하는 데 얼마나 걸렸는지 알 수 없었다.

철문은 잠겼다. 그는 창고가 감시하에 있으리라 추측했다. 낮이 되면 절대 나갈 수 없을 것이었다. 뒤집힌 선반 중 하나의 뒤쪽에 먼지가 잔뜩 껴 거의 내다보기 힘든 창문이 하나 있었다. 그는 부서져 산산조각 난 인형들 사이를 주의 깊게 걸어 그곳으로 가 밖을 내다보았다. 창고를 마주하고 지프 두 대가 서 있었다. 군인 네 명이 창고를 감시 중이었고, 그들의 총은 쏠 준비가 되어 있었다. 발란데르는 창가에서 물러나 창고를 탐색했다. 목이 말랐다. 어딘가에 물이 있을 것이었다. 물을 찾으며 필사적으로 머리를 굴렸다. 자신은 사냥감이었고, 사냥꾼들은 자신들의 엄청난 잔인성을 입증했다. 바이바 리에파에게 연락을 취해야 한다는 것은 의문의 여지가 없었다. 자신의 처형을 스스로 주선하는 편이 나을지도 몰랐다. 두 대령, 아니면 적어도 그들 중 하나는 소령의 문서가 세상에 알려지는 것을 막기 위해서라면 무슨 짓이든 할 것이었다. 숫기 없고 수수한 이네세가 냉혹한 총격에 벌레처럼 쓰러졌다. 어쩌면 그녀의 눈을 관통하도록 총을 쏜 자는 친근한 지드스 병장이었는지도 몰랐다.

그의 공포는 이제 격렬한 증오와 결합되었다. 만약 손에 총이 들려 있다면 그것을 쓰는 데 주저하지 않을 것이었다. 생애 처음으로 그는 정당방위라고 변명하려 애쓰지도 않고 사람을 죽일 준비가 되어 있었다.

살 때가 있고, 죽을 때가 있는 거야. 그는 생각했다. 그것은 말뫼 필담 공원에서 어느 술 취한 사람에게 칼을 맞았을 때 자신에게 되뇌었던 주문이었다. 이제 그 주문은 추가적 의미를 얻었다.

그는 수도꼭지에서 물이 똑똑 듣는 더러운 화장실을 찾았다. 세수를 하고 목을 축인 그는 창고 내의 고립된 구역을 발견해 그곳의 전구를 풀고 어둠 속에 앉아 점차 다가올 밤을 기다렸다.

두려움을 억누르기 위해 탈출 계획을 짜는 데 집중하려고 노력했다. 어떻게 해서든 시내로 나가 스웨덴 대사관을 찾아야 한다. 모든 경찰과 모든 군인이 자신의 얼굴을 안다고 여겨야 할 테고, 자신을 찾으라는 명령이 내려졌을 터였다. 스웨덴 대사관의 도움이 없다면 길을 잃을 것이었다. 오래도록 발각되지 않는다는 것은 불가능했다. 그는 스웨덴 대사관 또한 감시받고 있으리라는 것을 생각해야 했다.

대령들은 내가 이미 소령의 비밀을 알았다고 추측했을 테지. 그는 생각했다. 아니라면 이렇게 반응하지 않았을 테니까. 대령들이라고 지칭하는 건 일어난 모든 일의 배후가 둘 중 누구인지 여전히 모르기 때문이다.

창고 앞에 차가 다가서는 소리를 듣고 깜짝 놀라 깨기까지 그는 몇 시간 동안 깜빡 잠이 들었었다. 이따금 더러운 창가로 갔다. 군인들이 여전히 경계 중이었다. 발란데르는 이 영원히 끝날 것 같지 않은 날에 욕지기를 느꼈다. 이 모든 악을 극복할 수 없었다. 억지로 몸을 일으킨 그는 탈출구를 찾아 건물 전체를 수색했다. 정문으로는 불가능했다. 마침내 그는 한때 환기 장치가 들어 있었을 법한 구멍을 막아 놓은, 지면 가까이에 있는 벽의 창살을 발견했다. 건물의 이쪽 반대편에 군인들이 내는 어떤 소리라도 들릴까 싶어 차가운 벽돌 벽에 귀를 바짝 댔지만 아무 소리도 들리지 않았다. 마침내 창고에서 탈출

한다 해도 그는 어떻게 해야 할지 몰랐다. 그는 가능한 한 많이 쉬려고 애썼지만 잠을 잘 수가 없었다. 이네세의 쓰러진 몸, 그녀의 피투성이 얼굴이 사라지지 않을 것이었다. 황혼이 깃들면서 추위가 더 심해졌다.

오후 7시 직전, 그는 벗어나기로 마음먹었다. 그리고 온 주의를 기울여 녹슨 철창을 떼어 내기 시작했다. 언제라도 서치라이트에 불이 켜지고 명령을 내리는 흥분한 목소리에 이어 벽을 때리는 총알 세례가 시작되지 않을까 조마조마해하며. 마침내 간신히 떼어 낸 창살을 한쪽으로 조심스럽게 치워 놓고 그는 구멍으로 기어들었다. 창고 밖 공터를 비추는, 인접한 공장에서 나오는 희미한 노란 불빛이 비쳤다. 그는 눈을 어둠에 적응하려고 했다. 군인들이 있는 기색은 없었다. 10미터쯤 떨어진 곳에 녹투성이 트럭들이 줄지어 있었고, 그는 발각당하지 않고 거기까지 가려는 시도부터 시작하기로 했다. 몸을 낮추고 앉아 심호흡을 한 다음 고물 트럭들을 향해 최대한 빨리 달렸다. 첫 번째 트럭에 닿았을 때 그는 낡은 타이어에 발이 걸렸고 부러진 범퍼에 무릎을 차였다. 고통이 심했다. 그 소리가 즉각 창고 반대편에 있는 군인들의 주의를 끌었으리라 생각했다. 몸을 납작 엎드렸다. 아무 일도 일어나지 않았다. 무릎의 고통은 참을 수 없었고, 그는 다리에 흐르는 피를 느꼈다.

이제 어떻게 해야지? 그는 스웨덴 대사관을 생각했지만 이내 자신이 포기하고 싶지도, 포기할 수도 없다는 것을 깨달았다. 바이바 리예파를 만나야 했고, 사적인 조난 신호를 보내는 것은 소용없는 짓이었다. 이네세와 사팔눈의 남자가 죽음을 맞닥뜨린 창고에서 탈출한 지금, 충분히 달리 생각할 힘을 얻었다. 그는 바이바 리예파 때문에 이곳에 왔고, 이번 생애의 마지막 일이 될지언정 그녀는 그가 찾아야 할 사람이었다.

그는 공장 주변의 울타리를 따라 어둠 속을 긴 끝에 길가로 나왔다. 여전히 자신이 있는 곳이 어디인지 몰랐지만 먼 곳에서 나는, 고속도로에서 들을 수 있을 법한 낮게 웅웅대는 소리가 들렸다. 그 소리가 나는 방향으로 향했다. 이따금 사람들을 지나쳤다. 프레우스가 가져온 추레한 가방에 든 옷을 입어야 한다고 주장할 만큼 선견지명이 있었던 요세프 리프만에게 그는 나지막이 '감사'를 전했다. 경찰차를 피하려고 몸을 숙이고 어둠 속을 30분간 걸으며 뭘 해야 할지 고민했다. 의지해야 할 사람이 한 사람뿐이라는 사실을 받아들여야 했다. 심각한 위험이 따를 테지만 선택의 여지가 없었다. 그것은 자신이 숨어서 또 하룻밤을 보내야 한다는 것을 의미하기도 했다. 날은 추웠고, 밤에 살아남으려면 먹을 것을 찾아야 할 것이었다.

그는 리가 시내까지 걸어갈 힘이 없다는 것을 깨달았다. 무릎이 심하게 아팠고, 똑바로 생각할 수 없을 만큼 피곤했다. 차를 훔쳐야 했다. 위험이 따르는 그 생각이 무서웠지만, 그것이 유일한 기회였다. 막 지나친 거리에 라다 한 대가 주차되어 있었다. 차는 집 앞이 아닌, 이상하게 인적이 드문 곳에 서 있었다. 그는 왔던 길을 되돌아갔다. 잠긴 차 문을 여는 방법과 차 키 없이 시동을 거는 법을 떠올리려고 애썼다. 하지만 내가 라다에 대해 아는 게 뭐지? 어쩌면 스웨덴의 차 도둑들이 완벽하게 완성한 방법을 쓰는 게 불가능할지도 몰랐다.

차는 회색이었고, 범퍼가 움푹 들어가 있었다. 발란데르는 차와 주위를 살피며 어둠 속에 서 있었다. 보이는 것은 불빛 하나 없는 공장들뿐이었다. 그는 이제 폐허가 된 공장의 적재 구역을 둘러싼 망가진 펜스로 다가갔다. 손가락이 얼어붙어 뻣뻣했지만 간신히 60센티미터쯤 되는 길이의 철사를 떼어 냈다. 한쪽 끝을 고리 모양으로 만든 다음 서둘러 차를 향해 움직였다.

차창을 통해 철사를 밀어 넣고 문손잡이를 조작하는 것은 생각보다 쉬웠다. 그는 운전석으로 기어들어 점화 구속 장치와 케이블을 찾았다. 성냥 한 알 없다는 사실에 욕이 나왔다. 셔츠 안에 땀이 흐르는데도 몸이 떨릴 만큼 추웠다. 결국 자포자기하는 마음으로 그는 점화장치 뒤에서 전선 뭉치를 전부 뜯어내 잠금장치를 열고 너덜너덜해진 전선 끝을 연결했다. 점화장치에 불꽃이 튀자 기어가 들어가 있던 차가 앞으로 튀어 나갔다. 그는 기어를 중립으로 놓고 다시 전선 끝을 연결했다. 시동이 걸렸고, 핸드브레이크를 찾아 더듬거리다가 실내등을 찾아 계기판의 모든 버튼을 눌렀다. 그리고 1단 기어를 넣고 출발했다.

이건 악몽이야. 그는 생각했다. 난 독일 여권을 소지하고 라트비아의 수도 리가에서 차를 훔치는 미친놈이 아니라 스웨덴 경찰이라고. 그는 차 안에서 왜 생선 냄새 같은 게 나는지 궁금해하며 기어의 위치를 확인하면서 걸어갔던 방향으로 차를 몰았다.

잠시 후 아까 들었던 소음의 근원지인 고속도로에 닿았다. 고속도로 쪽으로 방향을 틀었을 때 시동이 꺼질 뻔했지만 간신히 계속 달리게 할 수 있었다. 리가의 불빛이 보였다. 그는 애초에 라트비아 호텔이 있는 지역으로 가는 길을 찾아, 거기서 보았던 작은 레스토랑 중 하나로 가려고 마음먹었었다. 다시 한번 그는 프레우스로 하여금 자신에게 얼마간의 라트비아 돈을 주게 한 요세프 리프만에게 조용한 '감사'를 보냈다. 가지고 있는 돈이 어느 정도인지 몰랐지만 식사를 할 만큼은 되길 바랐다. 강을 건너 강가 도로 쪽으로 좌회전했다. 교통량이 많지 않았지만 앞에서 트램이 막고 있었고, 바로 뒤에 끼어들어 온 택시가 급정차하며 즉각 분노의 경적을 울려 댔다. 초조해진 그는 기어를 마구 바꿔 가면서 간신히 옆 차선으로 빠져 트램 라인에서 벗어났다. 그는 일방통행 길을 거꾸로 달리고 있다는 것을 너무 늦게 알아차렸다. 버스 한 대가 다가오는 중이었고, 차도는 매우 좁았다. 아무리 기어를 조작해도 후진 기어를 찾을 수 없었다. 차도 한가운데에 차를 버리고 도망가기 직전에야 그는 간신히 후진 기어를 넣고 그 길을 빠져나왔다. 그리고 라트비아 호텔 근처의 도로 중 하나로 방향을 틀어 주차장에 차를 세웠다. 그는 땀으로 푹 젖었다. 빨리 뜨거운 목욕을 하고 옷을 갈아입지 않으면 폐렴에 걸릴 위험이 있었다.

교회 종이 오후 8시 45분을 알렸다. 그는 길 건너 담배 연기로 꽉 찬 카페로 들어갔다. 운이 좋았는지 빈 테이블이 눈에 띄었다. 빈 맥주잔들 너머로 깊은 대화에 빠진 사람들은 자신의 존재를 눈치챈 것 같지 않았고, 제복을 입은 사람의 낌새는 보이지 않았다. 그리고 이제 그는 세일즈맨 고트프리트 헤겔의 역할을 가장할 수 있었다. 지난번 독일에서 가던 길을 멈추고 프레우스와 식사했을 때, 메뉴판이 독일어로 '슈파이제카르테'라는 것을 알았기에 그는 그 단어로 메뉴판을 부탁했다. 불행히도 메뉴판은 전혀 이해할 수 없는 라트비아어로 쓰여 있어서 메뉴 중 하나를 가리켜야 했다. 비프스튜 접시가 나오자 그것을 목구멍으로 넘기는 데 도움을 줄 맥주 한 잔을 주문했다. 먹는 동안만큼은 아무 생각도 들지 않았다.

식사를 마치자 기분이 나아졌다. 그는 커피를 시켰고, 다시 머리가 작동하는 것을 느꼈다. 그는 오늘 밤 잠자리를 어떻게 해결해야 할지 알았다. 이 나라에 대해 자신이 아는 것을 이용하면 될 뿐이었다. 즉, 모든 일은 돈에 달려 있다는 것. 전에 여기 있는 동안 그는 라트비아 호텔 바로 뒤에 게스트하우스와 지저분한 호텔이 몇 군데 있다는 것을 알았다. 그중 한 군데로 가 독일 여권을 휘두르고 데스크에 1백 크로나 지폐 몇 장을 놓은 다음 얼마간의 평화와 고요를 사고 불필요한 질문을 피하는 것이다. 거기에는 자신을 찾기 위해 경찰이 리가의 모든 호텔을 조사했으리라는 위험이 있었지만 그것은 감수해야 할 위험이었다. 독일 여권이 적어도 하룻밤은 통해야 했다. 약간의 운이 따른다면 그는 첫 직감에 경찰에게 달려가지 않을 데스크 직원을 만날 수 있을지도 몰랐다.

그는 커피를 비우고 두 대령을 생각했다. 그리고 이네세를 살해한 책임을 개인적으로 져야 할지 모를 지드스 병장. 저 밖의 이 무시무시한 어둠 어딘가에 바이바 리예파가 있었고, 그녀는 자신을 기다리고 있었다. "바이바 리예파가 기뻐할 거예요." 이것이 이네세의 짧은 생애에 그녀가 남긴 마지막 말이었다.

그는 바 카운터 너머의 시계를 보았다. 거의 10시 30분.

그는 값을 치르고 호텔 방을 치를 돈이 충분한지 계산했다. 카페에서 나와 그리 멀지 않은 곳에 있는 헤르메스 호텔 앞에 섰다. 정문이 열려 있었고, 그는 삐걱거리는 계단을 밟고 위층으로 올라갔다. 커튼 한쪽이 걷혀 있었다. 두꺼운 안경알 너머로 자신을 노려보는, 허리가 굽은 노부인이 있었다. 그는 자신이 지을 수 있는 최대한의 친근한 미소를 짓고 "짐머Zimmer 방."라고 말하며 여권을 데스크 위에 놓았다. 노부인은 라트비아어로 뭐라고 말한 다음 숙박부를 내밀었다. 그녀가 여권을 보는 것조차 귀찮아하는 것을 보고 즉각 계획을 바꾸기로 마음을 정한 그는 지어낸 이름으로 사인했다. 너무 경황이 없는 탓에 유일하게 생각난 성姓이 프레우스였다. 함부르크에서 온 서른일곱 살의, 이름은 마르틴으로. 부인은 친절한 미소를 지으며 키를 건네고 그의 등 뒤의 복도를 가리켰다. 두 대령이 필사적으로 나를 찾아내기 위해 오늘 밤 리가의 모든 호텔을 불시에 조직적으로 단속하지 않는 한, 여기서 조용한 밤을 보낼 수 있을 거야. 발란데르는 생각했다. 말할 것도 없이 그들은 결국 마르틴 프레우스가 사실은 쿠르트 발란데르라는 걸 알게 되겠지만 그때쯤 난 먼 곳에 있을걸. 방문을 연 그는 욕실이 있는 것을 보고 기뻤을 뿐 아니라 찬물이 곧 온수로 바뀌자 자신의 운을 거의 믿을 수 없었다. 그는 옷을 벗고 욕조에 몸을 담갔다. 몸에 스며든 온기에 나른한 나머지 깜빡 잠이 들었다. 잠에서 깨니 물이 얼음장 같았다. 그는 욕조에서 나와 몸을 말리고 침대로 갔다. 거리에서 트램이 덜컹거리는 소리를 냈다. 어둠 속을 응시하자 다시 엄습하는 공포가 느껴졌다. 계획을 고수해야 했다. 판단력을 잃으면 자신을 쫓는 개들이 곧 냄새를 맡을 터였다. 그렇게 되면 끝장이다. 그는 무엇을 해야 할지 알았다. 리가에서 유일하게 바이바 리예파를 만나게 해 줄 수 있을지 모를 사람을 찾아야 할 것이었다. 그녀의 이름은 몰랐지만 그는 그녀의 입술이 빨갰다는 것을 기억했다.

16

새벽이 되기 직전에 이네세가 돌아왔다.

그는 볼 수 없지만 저 어둠 속 어딘가에서 자신을 감시 중인 두 대령이 나오는 악몽 속에서 그녀가 찾아왔다. 그녀는 여전히 살아 있었다. 그는 그녀에게 경고하려고 애썼지만 그녀는 그의 말을 듣지 않았고, 그는 자신이 그녀를 도울 수 없다는 것을 알았다. 놀라서 잠에서 깬 그는 자신이 헤르메스 호텔 방에 있다는 것을 알았다.

그는 침대 옆 테이블에 손목시계를 두었었다. 막 오전 6시가 지나 있었다. 트램이 거리 저 아래에서 덜컹거리며 지나갔다. 그는 침대에 몸을 뻗고 스웨덴을 떠나온 이래 처음으로 완벽한 휴식을 취했다.

그는 침대에 누워 전날의 선명한 일들을 고통스럽게 되새겼다. 잠에서 완전히 깬 그에게 그 학살은 비현실적으로 느껴졌다. 그 무차별적인 살인은 말이 되지 않았다. 그는 이네세의 죽음에 절망했고, 그녀 그리고 사팔눈의 남자와 자신을 기다리고 있었던 이름조차 모르는 사람들을 도울 수 없었다는 사실을 어떻게 받아들여야 할지 몰랐다. 불안이 그를 침대 밖으로 내몰았다. 6시 30분 직전에 방에서 나온 그는 프런트 데스크로 가 돈을 치렀다. 노부인에게 돈을 준 다음 남은 돈을 빠르게 계산해 보니, 그럴 필요가 있다면 호텔에서 며칠 밤을 더 묵어도 될 충분한 여유가 있다는 것을 알았다.

추운 아침이었다. 그는 재킷의 깃을 올리고 작전을 개시하기 전에 아침을 들기로 마음을 정했다. 20여 분쯤 거리를 배회하다 카페를 발견했다. 사람이 반쯤 차 있었다. 안으로 들어가 커피와 샌드위치 몇 개를 주문하고 문에서 보이지 않는 구석 테이블에 앉았다. 7시 30분쯤에 그는 더 이상 지체할 수 없다는 것을 알았다. 지금이 성패를 좌우할 때였다.

30분 후에 지드스 병장이 차 안에서 자신을 기다렸던 라트비아 호텔 앞 바로 그 자리에 서 있었다. 그는 주저했다. 너무 이른지도 몰랐다. 빨간 입술의 여자는 아직 출근 전일까? 그는 안으로 들어가 일찍 일어난 몇몇 새가 호텔비를 치르고 있는 프런트를 훑어보고 자신의 감시자가 신문에 얼굴을 파묻고 있던 소파를 지나쳤다. 그리고 매대 앞 자리에 정확히 서서 앞에 놓인 다양한 신문을 주의 깊게 정리하는 그 여자를 발견했다. 날 못 알아보면 어떡하지? 그는 궁금했다. 어쩌면 그녀는 자신이 하는 심부름에 대해 아무것도 모르는 메신저일 뿐일까?

그때 그녀가 로비의 큰 기둥 하나 옆에 서 있는 그를 보았다. 그는 그녀가 즉시 자신을 알아보았고, 자신이 누구인지 알고 있으며, 또다시 자신을 본 것을 두려워하지 않는다고 확신했다. 그는 그녀의 매대로 가 손을 내밀며 엽서를 사고 싶다고 영어로 크게 말했다. 자신의 갑작스러운 출현에 마음을 가다듬을 시간을 주기 위해 그는 계속 말을 이었다. 옛 리가 시가지 사진이 있는 엽서가 있습니까? 근처에 아무도 없었고, 그는 충분히 오래 떠들었다는 생각이 들어 마치 엽서를 자세히 설명해 달라고 요구하는 것처럼 몸을 숙였다.

"날 알아보시겠죠." 그가 말했다. "당신은 내가 바이바 리예파를 만난 오르간 콘서트장의 티켓을 주셨죠. 이제 내가 그녀를 다시 볼 수 있도록 도와주셔야 합니다. 당신이 내게 도움을 줄 수 있는 유일한 사람입니다. 바이바를 만나는 건 내게 아주 중요하지만 이 일이 매우 위험하다는 걸 아셔야 합니다. 그녀는 감시당하고 있습니다. 어제 무슨 일이 있었는지 아시는지 모르겠군요. 책자의 내용을 가리키고 내게 그걸 설명하는 척하시면서 대답해 주십시오."

그녀의 아랫입술이 떨리기 시작했고, 그는 그녀의 눈에 눈물이 차오르는 것을 보았다. 그는 그녀의 울음으로 그들의 주의를 끌 위험을 감수할 수 없어서 재빨리 자신이 리가뿐 아니라 라트비아 전국을 담은 엽서에 관심이 많다고 떠들었다. 라트비아 호텔에는 늘 훌륭한 엽서들이 구비되어 있다는 말을 지인에게 들었다고 덧붙이면서.

그녀가 침착을 되찾자 그는 무슨 일이 있었는지 알고 있을 것이라고 말했다. 하지만 자신이 라트비아에 돌아온 것도 알았을까? 그녀는 머리를 저었다.

"난 갈 데가 없습니다." 그가 말했다. "내가 바이바를 만나도록 당신이 주선하는 동안 난 숨을 곳이 필요합니다."

그는 그녀의 이름조차 몰랐다. 자신을 위해 그렇게 하도록 그녀에게 부탁하는 게 옳은 일일까? 포기하고 스웨덴 대사관을 찾으러 가는 게 낫지 않을까? 무고한 사람들이 무차별적으로 총탄에 쓰러지는 이 나라에서 합리적이고 온당한 것의 선을 어떻게 구별해야 하지?

"내가 당신을 바이바와 만나게 주선할 수 있을지 모르겠어요." 그녀가 낮은 목소리로 말했다. "그게 아직 가능할지요. 하지만 당신을 우리 집에 숨겨 드릴 순 있어요. 난 경찰의 관심을 끌 만큼 중요한 사람은 아니에요. 한 시간 뒤에 오세요. 길 건너 버스 정류장에서 기다리세요. 이제 가세요."

그는 다시 몸을 바로 하고 만족한 손님인 양 책자를 주머니에 넣으며 감사하다고 말하고 호텔을 나섰다. 한 시간 동안 그는 큰 백화점에서 손님 무리에 섞여 있었고, 외모를 바꿀 심산으로 모자 하나를 샀다. 한 시간 후 그는 버스 정류장으로 갔다. 그는 호텔에서 나오는 그녀를 보았고, 그의 옆에 선 그녀는 그를 완전히 낯선 사람 취급했다. 그들은 몇 분 후에 온 버스에 올랐다. 발란데르는 그녀의 뒤 두 번째 줄에 앉았다. 버스는 교외로 향하기 전 30분이 넘게 시내를 돌았다. 그는 경로를 메모하려고 애썼다. 그가 알아본 유일한 곳은 어마어마하게 넓은 키로프 공원뿐이었다. 그들은 생기 없이 거대하기만 한 주택단지로 들어섰고, 그녀가 버스를 세우기 위해 벨을 눌렀을 때 멍하니 있다가 소스라치게 놀란 그는 거의 제때 내리지 못 할 뻔했다. 그들은 몇몇 아이들이 녹슨 정글짐을 오르고 있는, 서리로 뒤덮인 놀이터를 지났다. 발란데르는 땅 위에 누운 고양이의 부푼 사체를 밟았다. 그는 여자를 따라 어둡고 소리가 울리는 건물 입구로 들어갔다. 그들은 얼굴에 약간의 찬바람이 느껴지는 탁 트인 아트리움으로 나왔다. 그녀가 그를 향해 돌아섰다.

"내 아파트는 아주 작아요." 그녀가 말했다. "난 아주 나이 많은 아버지와 살죠. 아버지에게는 당신이 집 없는 친구라고만 말할 거예요. 우리나라는 집 없는 사람들 천지고, 우리에겐 서로 돕는 게 당연한 일이에요. 조금 있으면 두 아이가 학교에서 돌아와요. 당신에게 차를 대접하라고 그 애들에게 메모를 남길게요. 집이 아주 비좁겠지만 그게 내가 당신에게 제공할 수 있는 전부예요. 난 바로 호텔로 돌아가야 해요."

아파트는 작은 방 두 개, 작은 부엌, 아주 작은 욕실로 구성되어 있었다. 노인이 침대에 누워 쉬고 있었다.

"난 당신 이름도 모릅니다." 그녀가 내민 옷걸이를 받으며 발란데르가 말했다.

"베라." 그녀가 말했다. "당신은 발란데르죠."

그녀는 그것이 이름인 양 그의 성姓을 말했고, 그는 그 순간 자신을 뭐라고 불러야 할지 모르겠다는 생각이 머리를 스쳤다. 노인이 침대에서 일어나 앉아 지팡이를 짚고 악수를 청하려고 하자 발란데르가 만류했다. 그럴 필요는 없었다. 그는 어떤 불편도 초래하고 싶지 않았다. 베라가 작은 부엌에서 약간의 빵과 찬 고기를 내왔고, 그는 다시 만류했다. 그가 찾는 것은 은신처지, 레스토랑이 아니었다. 그는 그녀에게 도와 달라고 부탁한 것이 당황스러웠고, 마리아가탄가에 있는 자신의 아파트가 그녀가 쓰는 공간의 세 배라는 사실에 죄책감을 느꼈다. 그녀는 큰 침대가 공간의 대부분을 차지한 다른 방을 보여 주었다.

"조용히 있고 싶으시면 문을 닫으세요." 그녀가 말했다. "여기서 쉬시면 돼요. 될 수 있는 한 호텔에서 빨리 돌아올게요."

"난 당신이 어떤 위험에도 놓이길 원치 않습니다." 그가 말했다.

"필요한 일이 있으면 해야죠." 그녀가 말했다. "당신이 내게 와서 기뻐요."

이윽고 그녀는 집을 나섰다. 발란데르는 침대 끝에 주저앉았다. 여기까지 오게 되었다. 이제 그가 할 일은 바이바 리에파를 기다리는 것뿐이었다.

베라는 5시 직전에 호텔에서 돌아왔다. 그때쯤 발란데르는 그녀의 두 딸, 열두 살 사비네와 그 애의 언니 열네 살 이에바와 차를 마시고 있었다. 그는 몇몇 라트비아 단어를 배운 참이었고, 아이들은 그의 가망 없는 〈장 보러 간 이 작은 돼지〉 노래를 들으며 킥킥거렸다. 그리고 베라의 아버지는 떨리는 목소리로 그들을 위해 노병의 발라드를 부르기까지 했다. 발란데르는 그럭저럭 자신의 임무와 눈을 관통당한 이네세의 이미지와 잔인한 학살을 잊을 수 있었다. 그는 대령들의 손아귀에서 벗어나 존재하는 평범한 삶을 발견했고, 그것은 정확히 리에파 소령이 수호한 세계였다. 사람들은 사비네와 이에바와 베라의 나이 든 아버지를 위해 외진 사냥꾼 오두막들과 창고들에서 모임을 갖고 있었다.

돌아온 베라는 딸들을 안아 준 다음 발란데르와 함께 자신의 침실로 들어갔다. 그들은 그녀의 침대에 앉아 있었고, 그 상황이 갑자기 그녀를 당황스럽게 한 듯 보였다. 그는 그녀가 해 준 것에 대해 감사를 표현하려고 그녀의 팔을 만졌지만 그녀는 그 제스처를 오해하고 몸을 물렸다. 그는 설명하려고 애쓰는 것이 시간 낭비라는 것을 깨닫고, 대신 바이바 리예파와의 접촉 여부를 물었다.

“바이바는 울고 있어요.” 그녀가 말했다. “친구들을 애도하는 중이에요. 무엇보다 이네세를 위해 울고 있죠. 그녀는 경찰이 행동에 나설 걸 경고하고 그들에게 조심하라고 당부했었죠. 그랬는데도 그녀가 가장 두려워했던 일이 일어났어요. 바이바는 울고 있지만 분노에 가득 차 있기도 해요. 나처럼요. 그녀는 오늘 밤 당신을 만나길 원해요, 발란데르. 그리고 우리에겐 계획이 있어요. 하지만 그러기 전에 뭔가 먹어야 해요. 우리가 먹지 않는다면 우린 모든 희망을 포기한 거나 다름없어요.”

그들은 그녀의 아버지가 침실로 쓰는 방의 한쪽 벽에서 편 접이식 테이블에 그럭저럭 끼어 앉았다. 발란데르에게 그 모습은 베라와 그녀의 가족이 이동식 주택에서 사는 것처럼 보였다. 공간을 마련하기 위해 세심한 준비가 필수적이었고, 그는 이토록 비좁은 상태로 평생을 사는 것이 어떻게 가능한지 궁금했다. 그는 리가 외곽 푸트니스 대령의 저택에서 보냈던 밤을 생각했다. 두 대령 중 하나가 소령과 이네세 같은 사람을 무차별적 마녀사냥하도록 부하에게 지시한 것은 자신들의 특권을 지키기 위해서였다. 이제 그는 이들의 삶에서 그 차이가 얼마나 큰지 볼 수 있었다. 이들 간의 모든 거래는 이들의 손에 피를 묻혔다.

식사는 베라가 작은 스토브에서 내온 야채 스튜였다. 딸들은 테이블에 딱딱한 빵과 맥주를 세팅했다. 발란데르는 베라의 엄청난 긴장을 감지했지만 그녀는 가족에게 그것을 감추는 데 성공했다. 다시금 그는 자신이 이러한 위험에 그녀를 노출시키는 것이 옳은지 자문했다. 만약 그녀에게 무슨 일이 일어나면 어떻게 살 수 있겠는가?

식사 후에 노인이 쉬기 위해 침대로 돌아갈 동안 딸들이 테이블을 치우고 설거지를 했다.

"아버님 성함이 뭡니까?" 발란데르가 물었다.

"특이한 이름이에요." 베라가 그에게 말했다. "안톤스요. 일흔여섯이시고 방광에 문제가 있어요. 아버진 평생을 인쇄소 감독관으로 사셨어요. 인쇄공들은 납중독 때문에 건망증과 치매에 걸릴 수 있다는군요. 가끔 아버진 다른 세상에서 사시는 것처럼 보여요. 그 병 때문이겠죠."

그들은 다시 그녀의 방 침대에 앉아 있었고, 그녀는 방문 대용의 커튼을 쳤다. 딸들은 작은 부엌에서 소곤대며 키득거리고 있었다. 그는 때가 되었다는 것을 알았다.

"콘서트 후에 바이바를 만난 그 교회를 기억하세요?" 그녀가 물었다. "성게르트루데?"

그는 끄덕였고, 기억했다.

"거기로 가는 길을 알 것 같아요?"

"여기서는 모르겠습니다."

"그럼 라트비아 호텔에서는요? 시내에서는?"

"네, 갈 수 있습니다."

"난 당신과 시내로 갈 수 없어요. 그건 너무 위험해요. 하지만 당신이 이곳 내 아파트에 있으리라고는 아무도 의심하지 못할 거예요. 혼자 버스를 타고 시내로 가야 해요. 호텔 앞에서 내리지 말고 그 전이나 그다음에서 내리세요. 그리고 그 교회를 찾은 다음 열 시까지 기다리세요. 예전에 그 교회를 나설 때 묘지의 뒷문 기억나세요?"

발란데르는 끄덕였다. 확실히는 아니더라도 기억하고 있다고 생각했다.

"아무도 보고 있지 않다고 확신하시면 그 문으로 들어가서 기다리세요. 그 모든 게 가능하면 바이바가 당신에게 올 거예요."

"그녀와 어떻게 연락했습니까?"

"전화했어요."

발란데르가 못 믿겠다는 눈으로 보았다.

"전화는 도청될 텐데요."

"물론 도청돼요. 난 전화해서 주문하신 책이 도착했다고 했어요. 그건 그녀가 어떤 서점으로 가서 어떤 책을 부탁했는지 알았다는 걸 뜻하죠. 난 그 책에 당신이 도착해 내 아파트에 있다는 메모를 남겼어요. 몇 시간 뒤 난 바이바의 이웃들이 주로 가는 어떤 가게에 갔어요. 거기에 바이바가 오늘 밤 교회로 가겠다는 메모를 남겼어요."

"하지만 그녀가 그럴 수 없다면요?"

"그럼 난 더 이상 도울 수 없어요. 여기로 돌아와서도 안 돼요."

발란데르는 그녀가 옳다는 것을 알았다. 이것이 바이바 리예파와 다시 만날 유일한 기회였다. 일이 잘 풀리지 않는다면 스웨덴 대사관으로 가는 길을 찾아서 이 나라를 탈출하는 데 도움을 받는 것 외엔 선택의 여지가 없었다.

"리가에 스웨덴 대사관이 어디 있는지 아십니까?"

그녀는 대답하기 전에 잠시 생각했다. "여기에 스웨덴 대사관이 있는지조차 몰라요." 그녀가 말했다.

"하지만 영사관은 있겠죠?"

"어디에 있는지 몰라요."

"전화번호부에 나와 있을 겁니다. 스웨덴 대사관과 스웨덴 영사관을 라트비아어로 적어 주십시오. 레스토랑에 전화번호부가 있을 겁니다. 전화번호부라는 단어도 라트비아어로 적어 주십시오."

그녀는 그가 부탁한 것을 딸의 연습장에서 찢은 종이에 적고 그에게 그 단어의 발음을 가르쳤다.

두 시간 후 그는 베라와 그녀의 가족에게 작별 인사를 하고 집을 나섰다. 그녀가 아버지의 셔츠와 스카프를 주어서 그는 조금이나마 외모를 바꿀 수 있었다. 그들을 다시 볼 수 있을지 몰랐고, 그는 벌써 그들이 그립기 시작했다.

버스 정류장으로 걸어가는 길에 다가올 일의 불길한 징조 같은, 죽어 누워 있는 고양이를 보았다.

버스에 올랐을 때 문득 그는 이미 감시를 받고 있다는 느낌을 다시 한번 받았다. 밤에 시내로 가는 승객은 많지 않았고, 그는 모든 사람의 등을 볼 수 있도록 버스의 맨 뒷자리에 앉았다. 이따금 더러운 뒤 창문을 내다보았지만 따라오는 차는 없었다.

그럼에도 그의 본능이 그를 불안하게 했다. 그는 그들이 자신을 미행하고 있다는 느낌을 어깻짓 한 번으로 날려 버릴 수 없었다. 뭘 해야 할지 생각하려고 애썼다. 마음을 다잡는 데 15분 정도의 시간이 있었다. 어디서 내려야 하지? 어떻게 미행을 떨쳐야 하지? 불가능한 상황처럼 보였지만 문득 실낱같은 성공의 가능성을 얻기에 충분한, 대담한 생각이 떠올랐다. 그는 그들의 감시 대상이 자신만이 아니라고 추측했다. 적어도 자신이 바이바 리예파를 만날 때까지는 자신을 미행하는 게 그들에게 중요할 것이었고, 그리고 그들은 자신들이 소령의 증거물을 확실히 찾을 순간을 기다려야 했다.

그는 베라의 지시를 무시하고 라트비아 호텔 앞에서 내렸다. 주위를 둘러보지도 않고 성큼성큼 호텔 안으로 들어간 그는 곧장 프런트로 가 하루나, 가능하면 이틀 묵을 방이 있는지 물었다. 그는 명확한 영어로 말했다. 프런트 직원이 방이 확실히 있다고 말하자 그는 독일 여권을 꺼내고 고트프리트 헤겔이라고 사인했다. 짐은 나중에 도착할 것이라고 설명하고 부자연스럽게 들리지 않을 정도의 큰 목소리로 중요한 전화를 기다리고 있다는 듯이 자정이 되기 몇 분 전에 깨워 달라고 부탁했다. 그는 이로써 네 시간을 벌었길 바랐다. 짐이 없었기 때문에 직접 키를 받고 엘리베이터를 향해 걸었다. 방은 4층이었고, 이제 어떠한 머뭇거림도 없이 결단성 있게 행동하는 것이 중요했다. 그는 첫 방문을 떠올리며 비상계단이 어디에 있었는지 기억해 내려 했고, 4층에서 내리자 어디로 가야 할지 바로 알았다. 그는 비상계단의 어둠 속으로 내려가며 그들이 호텔 전체에 감시자를 둘 시간이 없었길 바랐다. 곧장 지하로 내려가 호텔 밖으로 나가는 문으로 가는 길을 찾았다. 순간 키 없이는 그 문을 열 가망이 없을지도 모른다는 생각에 두려웠지만 운이 따랐다. 키가 자물쇠에 꽂혀 있었다.

어두컴컴한 뒷골목으로 발을 내디딘 그는 잠시 미동도 없이 서서 주위를 둘러보았다. 사위는 적막했고, 급히 움직이는 어떠한 발걸음 소리도 들리지 않았다. 벽에 가까이 붙어서 가다가 옆 골목으로 방향을 튼 다음 호텔에서 적어도 세 블록은 떨어질 때까지 쉬지 않고 달렸다. 호흡이 가빠질 때쯤 어느 집 문간에 서서 미행이 있는지 확인하며 호흡을 가다듬었다. 그는 바로 이 순간 도시의 다른 곳에서 바이바 리에파 역시, 대령 중 하나가 미행하게 시킨 개들을 떨치기 위해 애쓰는 중이라는 상상을 해 보았다. 그는 그녀의 개인교수가 최고 중의 하나였던 소령이었기 때문에 그녀가 성공하리라는 것을 의심하지 않았다.

그는 10시 조금 안 된 시간에 간신히 성게르트루데 교회로 가는 길을 찾았다. 교회의 거대한 창들에서 나오는 불빛은 없었고, 몸을 숨기고 기다리기에 적합한, 근처의 뜰을 발견했다. 건물 안 어딘가에서 사람들이 싸우는 소리가 들렸다. 길고 가차 없는 흥분한 말의 홍수가 이어지더니 큰 소음에서 비명으로, 이내 정적으로 막을 내렸다. 그는 온기를 유지하기 위해 발을 동동 굴렀고, 오늘이 며칠인지 기억해 내려 했다. 이따금 차가 거리 밖 저편을 지나쳤다. 그는 차 중 하나가 멈춰서 쓰레기통 사이에 숨은 자신을 찾길 반쯤 기대했다.

자신이 어디에 있는지 이미 그들이 알고 있다는 느낌이 들었고, 그는 라트비아 호텔에 숙박함으로써 감시에서 벗어나려는 시도가 실패했는지 궁금했다. 베라가 대령들 편이 아니라고 생각한 게 실수였을까? 어쩌면 그들은 소령의 증거물이 드러날 순간을 기다리며 교회 묘지의 어둠 속에서 날 기다리고 있는 게 아닐까? 그 생각을 머릿속에서 지워 버렸다. 유일한 대안은 스웨덴 대사관으로 도망치는 것이 겠지만 그는 자신이 그렇게 하지 않으리라는 것을 알았다.

교회 탑 시계가 10시를 쳤다. 그는 뜰에서 나와 거리의 인적을 주의 깊게 찾았고, 작은 철문으로 서둘러 발걸음을 옮겼다. 극도로 조심하며 문을 열었지만 희미하게 삐걱대는 소음은 피할 수 없었다. 가로등 몇 개가 교회 묘지 벽 너머로 희미한 불빛을 던졌다. 꼼짝 않고 서서 귀를 기울였다. 아무 소리도 들리지 않았다. 그는 지난번 바이바와 교회를 나섰을 때 지났던 옆문을 향해 조심스럽게 오솔길을 걸었다. 다시 한번 감시받고 있다는 느낌, 자신의 추적자가 저 앞 어딘가에 있다는 느낌을 받았지만 교회 벽을 따라 계속 이동한 다음 자리를 잡고 기다렸다.

바이바 리예파가 어둠 밖으로 물화한 듯 소리도 없이 그의 옆에서 나타났다. 그는 그녀를 보고 움찔했다. 그가 미처 알아듣지 못한 무언가를 그녀가 속삭이더니 약간 열려 있는 문으로 그를 재빨리 이끌었고, 그는 그녀가 자신을 기다리며 교회 안에 있었다는 것을 깨달았다. 그녀는 거대한 열쇠로 그 문을 잠그고 제단으로 향했다. 교회 안은 매우 어두웠고, 그녀는 그가 맹인인 양 그의 손을 잡고 그를 이끌었다. 그는 어떻게 그녀가 어둠 속에서 길을 찾는지 이해할 수 없었다. 성물 보관실 뒤쪽은 창문이 없는 창고였고, 테이블 위에 등유 램프가 놓여 있었다. 이곳이 그녀가 자신을 기다리고 있던 곳으로, 그녀의 모피 코트가 의자 위에 걸쳐 있었다. 그는 램프 옆에 그녀가 놓은 소령의 사진을 보고 놀랐다. 거기에는 보온병, 사과 몇 알, 빵 한 덩어리도 있었다. 마치 그녀가 늦은 저녁 식사에 자신을 초대한 것 같았다. 대령들이 자신들을 추적하는 데 얼마나 걸릴지 궁금했다. 그는 그녀가 교회와 어떤 관계인지, 죽은 남편과 달리 신앙이 있는지 궁금해하다가 자신이 그녀의 남편에 대해 알았던 것만큼이나 그녀에 대해 아는 게 거의 없다는 것을 깨달았다.

성물 보관실 뒤쪽 방에서 안전해졌을 때 그녀는 그에게 팔을 두르고 그를 세게 끌어안았다. 그는 그녀가 울고 있다는 것과 엄청난 분노에 그녀의 손이 강철 발톱처럼 자신의 등을 파고드는 것을 느꼈다.

"그들이 이네세를 죽였어요." 그녀가 속삭였다. "놈들이 그들 모두를 죽였어요. 당신도 죽은 줄 알았어요. 모든 게 끝났다고 생각했는데 베라가 연락한 거예요."

"끔찍한 일이지만," 발란데르가 말했다. "지금은 그 생각을 하면 안 됩니다."

그녀가 놀란 눈으로 그를 보았다. "우린 늘 그걸 생각해야 해요. 그걸 잊으면 우린 우리가 사람이라는 걸 잊는 거예요."

"내 말은 우리가 그걸 잊어야 한다는 뜻이 아니었습니다." 그가 설명했다. "우리가 움직여야 한다는 뜻이었을 뿐입니다. 애도는 우리의 행동에 방해가 됩니다."

그녀는 의자에 털썩 주저앉았고, 그는 그녀가 고통과 탈진으로 초췌해진 모습을 보았다. 그녀가 얼마나 더 오래 버틸 수 있을지 알 수 없었다.

교회에서 보낸 밤은 쿠르트 발란데르의 인생의 분기점이 되었다. 그는 이제 자신이 삶의 정점에 있다고 느꼈다. 그는 여태까지 실존적 관점으로 자신의 삶을 본 적이 없었다. 그것은 심각하게 암울한 순간-살해된 누군가의 시체, 교통사고로 죽은 아이, 절망적인 자살 사건을 보았을 때-에 가능했다. 죽음이 닥쳐서야 삶이 매우 짧다는 생각에 충격을 받았는지도 몰랐다. 삶은 그토록 짧지만 죽음은 영원할 터였다. 하지만 그는 그런 생각들을 떨쳐 버리는 데 능숙해졌다. 그는 삶을 대개 실제적인 일로 간주했고, 어떤 철학에 따라 자신의 삶을 조정함으로써 존재의 질을 높이는 자신의 능력을 의심했다. 그는 운명이 살아야 한다고 정한 특정한 기간에 대해 걱정한 적도 없었다. 사람은 태어날 때 태어났고, 죽을 때 죽었다. 그것이 지금껏 그가 자신의 현세적 존재에 대해 생각한 것이었다. 그는 얼어붙을 듯 추운 교회에서 바이바 리예파와 보낸 밤에 전에 없이 자신을 더 깊이 들여다보았다. 그는 세계가 대개 스웨덴과 같지 않다는 것과 자신의 문제들은 바이바 리예파의 야만적인 삶과 비교하면 대수롭지 않다는 것을 깨달았다. 그것은 마치 이네세를 죽인 학살이 이제야 사실로 받아들여지고, 이제야 그것이 현실이 된 듯한 것과 같았다. 대령들은 존재했고, 지드스 병장은 실제 총을 난사했으며, 총알들은 심장들을 찢어발기고 순식간에 폐허를 창조했다. 그는 항상 두려움에 떤다는 것이 얼마나 참을 수 없는 일인지 궁금했다. 공포시대. 그는 생각했다. 그것이 내가 존재하는 시대고, 난 중년이 되도록 그걸 이해해 본 적이 없었어.

그녀는 자신들이 교회에서 안전할 만큼은 안전하다고 말했다. 목사는 카를리스 리예파의 가까운 친구였고, 그녀가 도움을 청했을 때 바이바에게 숨을 장소를 제공하는 데 주저하지 않았다. 발란데르는 그녀에게 그들이 이미 자신을 추적했고, 어둠 속 어딘가에서 기다리고 있을 것이라는 본능적인 느낌을 말했다.

"왜 그들이 기다리겠어요?" 바이바가 따졌다. "자신들을 위협하는 사람을 체포하고 처벌하기 위해서라면 기다릴 게 없는 자들이에요."

발란데르는 그녀가 옳을 수도 있다는 생각이 들었다. 그와 동시에 가장 중요한 것은 소령의 증거물이라고 확신했다. 그들이 두려워하는 것은 소령이 남긴 증거물이지, 한낱 과부가 아니었고, 개인적인 복수에 착수한 별 볼 일 없는 스웨덴 경찰이 아니었다.

그에게 무언가 다른 생각이 떠올랐다. 그것은 너무 믿기 어려운 것이라 아직은 바이바에게 그에 관해 어떠한 말도 하지 않기로 했다. 추적자가 모습을 드러내고 자신들을 체포한 다음 그냥 요새 같은 경찰 본부로 끌고 가지 않는 또 다른 이유가 있다는 것을 문득 깨달았다. 교회 안에서 긴 밤을 지새며 그에 관해 생각할수록 그 생각이 타당하다는 생각이 들었다. 하지만 필요 이상으로 바이바에게 스트레스를 주지 않기 위해 아무 말도 하지 않았다.

그는 그녀의 낙담이 이네세와 다른 친구들의 죽음에 대한 충격보다도 카를리스가 증거물을 어디에 숨겼는지 모른다는 사실 때문이라는 것을 알았다. 그녀는 생각나는 모든 곳을 찾아보았고, 남편의 마음속으로 들어가 보려고도 해 보았지만 여전히 그 답을 찾을 수 없었다. 그녀는 욕실의 타일들을 제거했고, 소파의 천을 벗겨 냈지만 찾은 것은 먼지와 죽은 쥐들의 뼈뿐이었다.

발란데르는 그녀를 도우려고 애썼다. 그들은 테이블을 사이에 두고 마주 앉았고, 그녀는 차를 따랐다. 등유 램프에서 나오는 빛이 우울한 창고를 온기 있고 친밀한 방으로 변화시켰다. 발란데르는 무엇보다 그녀를 안고 그녀의 슬픔을 나누고 싶었다. 그리고 그녀를 스웨덴으로 데려갈 가능성을 다시 숙고했지만, 어쨌든 아직은 그것을 고려할 수 없으리라는 것을 알았다. 그녀는 남편이 남겼을 증거물을 찾을 희망을 버리느니 죽음을 택할 것이었다.

하지만 그는 동시에 세 번째 가능성–추적자들이 자신들을 체포하려고 움직이지 않는 이유–도 생각했다. 자신의 의혹이 맞고, 그들이 그럴지도 모른다는 확신이 강해진다면, 그것은 어둠 속에 숨은 것이 적뿐이 아니라 실제로 그들을 감시하는 적의 적이 있다는 것이었다. 콘도르와 댕기물떼새. 그는 여전히 두 대령 중 어느 쪽이 어떤 깃털을 가졌는지 몰랐다. 어쩌면 댕기물떼새가 콘도르의 정체를 알고 있고, 콘도르의 먹잇감을 보호하길 원하는 걸까?

교회에서의 밤은 미지의 대륙을 여행하는 것 같았다. 그곳에서 그들은 무언가를 찾으려고 애쓰지만 뭘 찾고 있는지 몰랐다. 갈색 소포꾸러미? 여행 가방? 발란데르는 지나치게 영리하게 감춰진다면 은신처가 아무 소용이 없다는 것을 알 만큼 소령이 현명한 사람이었다고 확신했다. 아무래도 소령의 사고방식을 파고들기 위해서는 바이바 리에파에 대해 더 많이 알아야 할 터였다. 그는 원치 않는 질문들을 했지만 그녀는 싫어하기는커녕 신경 쓰지 말고 더 물어보라고 말했다.

그녀의 도움으로 그는 그들의 은밀한 삶을 탐험했다. 때때로 그가 틈을 발견했다고 생각한 지점에 이르고 보면 바이바가 이미 그 길을 따라갔고, 답이 아니었다는 것을 발견한 뒤였다. 4시 30분쯤 그가 막 포기하려는 참이었다. 녹초가 된 그는 그녀의 지친 얼굴을 살폈다.

"또 뭐가 있죠?" 그가 물었다. "우리가 할 수 있는 게 또 있습니까? 은신처는 어딘가에 분명히 존재할 겁니다. 분명 특정한 공간에요. 움직이지 않고, 방수가 되며, 불에 안 타고, 도둑맞지 않을 곳에. 그런 데가 있습니까?"

그는 억지로 계속했다. "당신네 공동주택에 지하실이 있습니까?" 그가 물었다.

그녀가 머리를 저었다.

"이미 다락방에 대해선 얘기했습니다. 아파트의 구석구석을 다 뒤져 봤죠. 당신 동생네 여름 별장도요. 벤츠필스에 있는 그의 아버지 집. 생각해 봐요, 바이바. 분명 또 다른 데가 있습니다."

그는 그녀가 한계에 이르렀다는 것을 알 수 있었다.

"없어요." 그녀가 말했다. "더 이상은 없어요."

"꼭 실내일 필요는 없습니다. 당신들은 가끔 해변으로 드라이브를 하곤 했다고 했습니다. 자주 앉곤 했던 바위가 있습니까? 텐트를 어디에 쳤습니까?"

"이미 다 말했잖아요. 난 카를리스가 그곳 어디에도 숨기지 않았으리란 걸 알아요."

"정말 늘 정확히 같은 자리에 텐트를 쳤습니까? 연이어 여덟 번의 여름을? 당신이 한 번쯤 다른 장소를 골랐을 것 같은데요?"

"우린 둘 다 같은 장소를 찾는 기쁨을 즐겼어요."

그녀는 앞으로 나아가길 원했지만 그는 내내 그녀를 과거로 몰고 갔다. 소령이 무작위로 장소를 고르지 않았을 것 같았기 때문이었다. 그곳이 어느 곳이든 그곳은 그들의 공통된 과거의 일부여야 했다.

그는 모든 것을 다시 시작했다. 램프의 등유가 떨어져 가기 시작해 바이바가 교회 양초를 찾아 왔다. 이윽고 그들은 그녀와 소령이 공유했던 삶의 또 다른 여행을 시작했다. 발란데르는 바이바가 지쳐서 쓰러질까 봐 두려웠고, 그녀가 조금이라도 잔 게 마지막으로 언제였는지 궁금했다. 그리고 비록 자신은 전혀 낙관적이지 않았지만 낙관적으로 보이려고 노력함으로써 그녀를 격려하려 했다. 그는 두 사람이 함께 살았던 아파트에서 시작했다. 결국 거기에 그녀가 조금이라도 간과했을 무언가가 있었을까? 어쨌든 집은 무수히 많은 구멍으로 이루어져 있다.

그는 그녀를 방에서 방으로 끌고 다녔고, 결국 너무 지친 그녀는 비명을 지르듯 대답했다.

"거기엔 숨길 데가 없다고요!" 그녀가 소리쳤다. "우린 집이 있고, 여름 이외엔 거기서 살아왔어요. 낮에 난 대학에 있었고, 카를리스는 경찰 본부로 갔죠. 증거물은 존재하지 않아요. 카를리스는 분명 자신이 불멸이라고 생각했을 거예요."

발란데르는 그녀의 분노가 남편을 향한 것 또한 이해했다. 그것은 소말리아 난민이 잔인하게 살해당하고 마르틴손이 절망에 빠진 그의 아내를 달래려고 애썼던 작년의 그 아내를 떠올리게 하는 애가였다. 우린 과부의 시대에 살고 있어. 그는 생각했다. 우리의 가정은 공포와 과부들의 주거지지…….

그는 거기서 생각을 멈추었다. 바이바는 그가 새로운 생각의 꼬리를 물고 있다는 것을 알았다.

"뭐죠?" 그녀가 속삭였다.

“잠깐만요.” 그가 대꾸했다. “생각 좀 해 봅시다.”

그게 가능할까? 그는 다양한 각도에서 그 생각을 테스트해 보았고, 가치 없는 패로서 그 생각을 버리려고 애썼다. 하지만 그는 그 생각을 떨칠 수 없었다.

“물을 게 하나 있는데,” 그가 천천히 말을 이었다. “생각하지 말고 즉시 대답해 줬으면 합니다. 머뭇거리지 말고. 생각하게 되면 답이 틀릴 수도 있습니다.”

촛불이 일렁이는 가운데 그녀가 그를 뚫어지게 응시했다.

“카를리스가 은신처로 가장 상상도 하기 힘든 곳을 골랐을 가능성이 있을까요?” 그가 물었다. “경찰 본부 안에?”

그는 그녀의 눈에서 번득이는 빛을 보았다.

“네.” 그녀가 머뭇거림 없이 말했다. “그랬을지도 몰라요.”

“왜죠?”

“카를리스는 그런 사람이었어요. 그게 성격에 맞았을 거예요.”

“경찰 본부 어디?”

“몰라요.”

“그의 사무실이 한 가지 가능성입니다. 그가 경찰 본부에 대해 말한 적이 있습니까?”

“그는 그곳을 싫어했어요. 감옥 같다고. 그곳은 교도소였어요.”

“잘 생각해 봐요, 바이바. 그가 특별히 언급했던 방이 있었습니까? 그에게 뭔가 특별했던 곳이? 그 어느 곳보다 싫어했던 곳? 아니면 그가 좋아했던 곳이?”

“취조실은 그에게 욕지기가 나게 했어요.”

"거기엔 뭐든 숨길 데가 없습니다."

"대령들의 방을 싫어했어요."

"거기에도 뭐든 숨길 수 없었을 겁니다."

그녀는 눈을 감고 골똘히 생각 중이었다. 생각을 마치고 다시 눈을 떴을 때 그녀는 답을 찾아냈다.

"카를리스는 종종 '악의 방'이라고 부르는 곳에 대해 말하곤 했어요." 그녀가 말했다. "우리나라에서 일어난 부정을 기록한 모든 자료가 그 방에 있다고 말하곤 했죠. 그가 증거물을 숨긴 곳은 당연히 거기예요. 너무 끔찍이, 너무 오래 고통받았던 사람들의 기억 한가운데에. 그이는 경찰 본부 자료 보관실 어딘가에 자신의 서류들을 둔 거예요."

발란데르는 그녀를 보았다. 조금 전의 지친 기색은 보이지 않았다.

"좋아요." 그가 말했다. "당신 말이 맞겠죠. 그는 숨겨진 장소의 숨겨진 곳에 숨기길 선택했습니다. 난해한 퍼즐을 선택한 거죠. 하지만 그걸 자신만이 찾을 수 있도록 그가 어떻게 암호화했을까요?"

그녀가 갑자기 웃음을 터뜨림과 동시에 눈물을 흘리기 시작했다.

"난 알아요." 그녀가 흐느꼈다. "이제 난 그이가 한 방식을 볼 수 있어요. 우리가 처음 만났을 때, 그이는 내게 카드 묘기를 부리곤 했어요. 어렸을 때 그이의 꿈은 조류학자였지만 마술사도 꿈이었어요. 난 그이에게 몇 가지 트릭을 가르쳐 달라고 했어요. 그이는 거절했죠. 그건 우리 사이의 게임 같은 게 됐어요. 그이는 내게 카드 트릭 중 하나를 가르쳐 줬어요. 가장 간단한 걸요. 카드 한 벌을 두 파트로 갈라요. 한쪽은 모두 검은 카드고 다른 한쪽은 전부 빨간 카드라는 걸 본인만 알죠. 그리고 상대방에게 카드 한 장을 뽑고 그걸 기억하라고 한 다음 다시 섞어요. 나뉜 두 쪽 중 한쪽에서 뽑은 카드를 다른 한쪽에 섞은 다음 검은 카드 가운데서 빨간 카드를 꺼내는 거예요. 그 반대도 마찬가지고요. 그이는 종종 세상은 회색빛 비참함의 연속이지만 내가 그이의 존재를 밝힌다고 말하곤 했어요. 우리가 늘 파란색과 노란색 사이에서 빨간색 꽃을 찾고, 하얀색 집 가운데에서 녹색 집을 찾고자 한 이유가 그거예요. 그건 우리가 비밀리에 했던 일종의 게임이었어요. 그게 바로 그이가 증거물을 숨겼을 때 한 생각이었을 거예요. 난 그 기록 보관소가 다양한 색깔의 파일들로 가득 차 있으리라는 상상이 가요. 거기 어딘가에 다른 색깔, 크기까지 다른 파일이 있을 거예요. 거기서 우리가 찾는 걸 찾을 수 있을 거예요."

"경찰 기록 보관소는 거대할 겁니다." 발란데르가 말했다.

"때때로 그이는 나가야 했을 때, 내 베개 위에 검은색 카드 가운데 빨간색 카드가 낀 카드 한 벌을 놓아두곤 했어요." 그녀가 말했다. "그 기록 보관소엔 나에 대한 파일도 분명 있을 거예요. 그이가 자신의 패를 끼워 넣었을 곳은 거기예요."

새벽 5시 30분이었다. 그들은 목적지 근처에도 가지 못했지만 적어도 이제 그것이 있는 곳을 알았다고 생각했다. 발란데르는 손을 뻗쳐 그녀의 팔을 만졌다.

"당신을 스웨덴으로 데려가고 싶군요." 그가 스웨덴어로 말했다.

그녀가 이해하지 못한 눈으로 그를 응시했다.

"좀 쉬는 게 낫겠다고 했습니다." 그가 설명했다. "동이 트기 전에 여기서 벗어나야 합니다. 우린 어디로 가야 할지도, 경찰 본부에 잠입할 가장 큰 패를 어떻게 꺼내야 할지도 모릅니다. 그게 우리가 좀 쉬어야 하는 이유죠."

선반의 낡은 미트라주교가 예식 때 쓰는 모자 밑에 말린 담요가 있었다. 바이바가 바닥에 그것을 깔았다. 세상에서 가장 당연한 행동인 양 두 사람은 온기를 유지하기 위해 서로를 끌어안았다.

"좀 자 둬요." 그가 말했다. "난 그냥 좀 쉬어야겠습니다. 난 깨어 있을 겁니다. 갈 때가 되면 내가 깨우죠."

그는 잠시 기다렸지만 대답이 없었다. 그녀는 잠이 든 뒤였다.

17

그들은 아침 7시가 되기 전에 교회를 나섰다.

발란데르는 거의 의식이 없을 만큼 기력이 소진된 바이바를 부축해야 했다. 그들이 교회를 나섰을 때는 여전히 어두웠다. 그녀가 그의 곁에서 잠든 동안 그는 뭘 해야 할지 생각하며 누워 있었다. 그는 자신이 계획을 짜야 한다는 것을 알았다. 바이바는 더 이상 자신을 도울 수 있는 상태가 아니었다. 더 이상 물러날 데가 없는 그녀는 자신만큼이나 도망자 신세였다. 지금부터 그는 그녀의 구원자이기도 했다. 어둠 속에 누워 있을 때 아이디어가 소진되어 더 이상 어떤 계획도 세울 수 없을 것 같은 생각이 들었다.

하지만 세 번째 가능성이 있을지도 모른다는 생각이 그를 계속 나아가게 했다. 그는 그 생각에 의존한다는 것이 극히 위험하다는 것을 알았다. 자신이 틀렸을지도 몰랐고, 그럴 경우 소령의 살인자에게서 결코 도망칠 수 없을 터였다. 하지만 교회를 나설 때쯤 그는 선택의 여지가 없다고 확신했다.

추운 아침이었다. 그들은 문밖 어둠 속에 미동도 없이 서 있었다. 바이바가 그의 팔에 매달려 있었다. 발란데르는 누군가가 자세를 바꾸다가 뜻하지 않게 얼어붙은 자갈에 발을 긁은 듯한, 거의 들리지 않는 소리를 감지했다. 놈들이 여기 있어. 그는 생각했다. 개들이 이제 풀릴 거야. 하지만 아무 일도 일어나지 않았고, 모든 것이 고요한 채였다. 그는 교회 묘지 담에 난 문으로 바이바를 이끌었다. 그들은 길가로 나왔고, 발란데르는 이제 자신들의 추적자들이 가까이에 있다고 확신했다. 그는 문간에서 그림자의 움직임을 볼 수 있다고 생각했다. 순간 자신들 뒤에서 문이 열린 것처럼 살짝 삐걱거리는 소리가 났다. 두 대령 중 한쪽의 줄에 묶인 개들은 특별히 전문가는 아니군. 그가 빈정댔다. 자신들이 내내 감시하고 있었다는 걸 우리에게 알리고 싶지 않다면 말이야.

아침의 추위가 바이바에게 다시 경각심을 불러일으켰다. 두 사람은 길모퉁이에 멈춰 섰고, 발란데르는 자신이 무언가를 생각했어야 했다는 것을 알았다.

"우리에게 차를 빌려줄 지인이 있습니까?" 그가 물었다.

그녀는 잠시 생각하더니 머리를 저었다.

공포가 갑자기 그에게 짜증을 불러일으켰다. 이 나라에선 모든 게 왜 이리 어려운가? 일상적인 게 전무하고 익숙한 게 전혀 없는데, 어떻게 그녀를 도울 수 있단 말인가?

이내 그는 어제 자신이 훔친 차가 생각났다. 두고 온 곳에 차가 여전히 있을 가능성은 적었지만 찾으러 간다고 해서 잃을 것은 전혀 없어 보였다. 그들은 일찍 문을 연 카페를 찾았고, 그는 뒤에 따라붙는 한 무리의 개들을 어떻게 따돌릴지 생각하며 바이바를 카페 안으로 밀어 넣었다. 놈들은 두 그룹으로 나뉘어야 할 것이었고, 자신과 바이바가 이미 증거를 찾았을 경우를 대비해 끊임없이 경계할 터였다. 그 생각이 발란데르를 한층 안심시켰다. 거기에는 전에는 생각지 못한 어떤 가능성이 있었다. 추적자들에게 잘못된 흔적을 남길 수 있을지도 몰랐다. 그는 길을 따라 서둘러 움직였다. 일단 차가 여전히 그곳에 있는지 확인해야 했다.

차는 두고 온 곳에 여전히 있었다. 앞뒤 재지 않고 운전석에 오른 그는 생선 비린내를 의식하며 이번에는 먼저 기어를 중립에 놓아야 한다는 것을 떠올린 다음 전선을 연결했다. 그는 카페 앞에 차를 세우고 시동을 켜 둔 채 바이바를 데려오기 위해 안으로 들어갔다. 그녀는 차 한 잔이 놓인 테이블에 앉아 있었다. 그 역시 배가 고프다는 생각이 들었지만 허기는 기다려야 했다. 그녀는 이미 돈을 치른 뒤였고, 그들은 곧장 차로 갔다.

"차를 어떻게 구했어요?" 그녀가 물었다.

"나중에 설명하죠." 그가 말했다. "지금은 리가에서 어떻게 벗어나야 하는지 당신이 내게 말할 땝니다."

"어디로 가는 거죠?"

"아직 모릅니다. 일단 리가를 벗어납시다."

이제 도로는 교통량이 늘어 있었다. 발란데르는 힘이 달리는 엔진에 신음하며 투덜댔지만 마침내 그들은 교외에 닿았고 들판 여기저기에 농가가 있는 시골에 있었다.

"이 길이 어디로 통합니까?" 발란데르가 물었다.

"에스토니아요. 계속 가면 탈린에스토니아의 수도이 나와요."

"그렇게 멀리 가진 않을 겁니다."

휘발유 게이지 바늘이 급격히 아래를 가리키기 시작했고, 그는 주유소로 차를 돌렸다. 애꾸 노인이 탱크를 채웠다. 휘발유값을 치르려고 보니 돈이 충분치 않다는 것을 알았다. 바이바가 부족분을 냈고, 그들은 출발했다. 발란데르는 주유 중에 길에서 눈을 떼지 않았었다. 그가 모르는 차종의 검은색 차 한 대가 지나친 다음 또 다른 차 한 대가 앞차를 따라 지나쳤다. 주유소를 빠져나올 때 힐끗 본 백미러를 통해 자신들 뒤쪽 갓길에 서 있는 또 다른 차 한 대가 보였다. 그러니까 세 대로군. 그는 생각했다. 적어도 차 세 대. 어쩌면 그 이상.

그들은 발란데르가 처음 들어보는 이름의 마을에 도착했다. 그는 생선 가판대 주위에 사람들이 모여 있는 광장에 차를 세웠다. 그는 매우 피곤했다. 빨리 눈을 붙이지 못하면 뇌가 기능하지 못할 것이었다. 그는 광장 끝에 있는 호텔 간판을 보고 즉각 결정을 내렸다.

"좀 자야 할 것 같습니다." 그가 바이바에게 말했다. "가진 돈이 좀 있습니까? 방을 하나 잡을 만큼?"

그녀가 끄덕였다. 그들은 그곳에 차를 두고 광장을 가로질러 작은 호텔에 체크인했다. 바이바가 라트비아어로 프런트 데스크에 있는 여자의 얼굴을 붉히게 한 어떤 말을 하자 그녀는 그들에게 숙박 카드에 서명하라는 말을 하지 않았다.

"그녀에게 뭐라고 했습니까?" 그들이 뜰이 내려다보이는 방 안에서 안전해졌을 때 발란데르가 물었다.

"사실대로요." 그녀가 말했다. "우린 부부가 아니고 몇 시간만 머물거라고요."

"그녀가 얼굴을 붉히지 않았소? 그녀의 빨개진 얼굴 봤습니까?"

"나라도 그랬을 거예요."

잠시 긴장이 풀렸다. 발란데르가 웃음을 터뜨렸고, 바이바는 얼굴을 붉혔다. 이내 그는 다시 진지한 얼굴로 돌아갔다.

"알지 모르겠지만 난 이렇게 무모한 일을 해 본 적이 없습니다." 그가 말했다. "역시 알지 모르겠지만 적어도 난 당신만큼이나 두렵습니다. 난 당신 남편과 달리 우리가 지금 있는 이곳보다 크지 않은 도시에서 평생 일한 경찰입니다. 복잡한 범죄 조직과 경찰의 대량 학살을 경험한 적이 없지요. 간혹 살인 사건을 해결해야 했지만 술 취한 부랑자와 탈출한 소들을 쫓는 데 대부분의 시간을 썼습니다."

그녀가 그의 옆 침대 끝에 앉았다.

"카를리스는 당신이 좋은 경찰이라고 했어요." 그녀가 말했다. "사소한 실수를 했지만 그래도 좋은 경찰이라고요."

발란데르는 떨떠름하게 그 구명보트를 떠올렸다.

"우리 두 나라는 아주 다릅니다. 카를리스와 난 했어야 한 일의 출발점이 완전히 달랐지요. 그는 분명 스웨덴에서도 일할 수 있었겠지만 난 절대 라트비아에서는 경찰이 될 수 없었을 겁니다."

"지금 그러고 있잖아요." 그녀가 말했다.

"아니요." 그가 부정했다. "내가 여기 있는 건 당신이 부탁했기 때문입니다. 어쩌면 카를리스의 인품 때문에 여기 있는지도 모르죠. 난 내가 이곳 라트비아에서 뭘 하고 있는지 정확히 모르겠습니다. 내가 확실히 아는 한 가지가 있는데, 그건 당신과 스웨덴으로 돌아가고 싶다는 겁니다. 이 모든 게 끝나면."

그녀가 놀란 표정으로 그를 보았다. "왜죠?" 그녀가 물었다.

그는 자신의 감정이 너무나 모순적이고 불확실해서 그녀에게 그것을 설명할 수 없음을 깨달았다.

"신경 쓰지 마세요. 잊어버려요. 머리를 맑게 하려면 좀 자야겠습니다. 당신도 쉬어야 해요. 어쩌면 세 시간 뒤에 문을 노크해 달라고 당신이 프런트에 부탁하는 게 최선일지도 모르겠군요."

"그 여자가 또 얼굴을 붉힐 거예요." 바이바가 침대에서 몸을 일으키며 말했다.

발란데르는 이불 밑에서 몸을 웅크렸다. 바이바가 프런트에서 돌아왔을 때 그는 이미 잠이 들어 있었다.

세 시간 뒤 잠에서 깬 그는 단지 일이 분 정도 눈을 붙인 느낌이었다. 노크 소리는 바이바를 방해하지 못했다. 그녀는 여전히 자고 있었다. 발란데르는 몸에서 피곤을 몰아내기 위해 억지로 찬물로 샤워했다. 옷을 챙겨 입은 그는 놈들이 이제 어떻게 나올지 알아낼 때까지 그녀를 자게 내버려 둬야겠다고 생각했다. 그는 그녀에게 자신이 돌아올 때까지 기다려야 한다고, 오래 걸리지 않을 것이라고 메모를 남겼다.

프런트의 여자는 그에게 어색한 미소를 지었고, 발란데르는 그녀의 눈에 공감의 빛이 있다고 생각했다. 그녀가 영어를 약간 이해할 수 있다는 것을 알게 된 그가 간단히 식사할 수 있는 곳을 묻자 그녀가 호텔에 딸린 작은 식당의 문을 가리켰다. 그는 광장이 보이는 테이블에 앉았다. 사람들은 여전히 아침의 추위에 맞서 생선 가판대를 둘러싸고 모여 있었다. 차는 발란데르가 두고 온 곳에 있었다.

광장 반대편에 주유소를 지나쳤던 검은색 차 중 한 대가 서 있었다. 그는 차 안에서 감시하는 개들이 꽁꽁 얼어붙었길 바랐다. 웨이트리스 일도 겸하는 프런트의 여자가 샌드위치와 커피 주전자가 담긴 쟁반을 내왔다. 그는 먹는 내내 광장을 주시하며 행동 계획을 짰다. 그 계획은 너무나 터무니없어서 성공할 가망이 있을지도 몰랐다.

식사를 끝내자 기분이 나아졌다. 방으로 돌아오니 바이바가 깨어 있었다. 그는 침대에 앉아 마음먹은 계획을 설명했다.

"카를리스의 경찰 동료 중에 그가 믿은 사람이 있었을 겁니다." 그가 말했다.

"우린 절대 경찰들과 어울리지 않았어요." 그녀가 말했다. "우리에겐 다른 계통의 친구들이 있으니까요."

"잘 생각해 봐요." 그가 그녀를 다그쳤다. "경찰서 내에 가끔 그와 커피를 마셨던 사람이 있었을 겁니다. 그게 친구일 필욘 없습니다. 적이 아니었던 누군가를 당신이 기억할 수 있다면 그걸로 충분할 겁니다."

그녀는 골똘히 생각 중이었고, 그는 그녀에게 시간을 주었다. 그의 계획은 소령이 믿지는 않았을지 몰라도, 정확히 말해 불신하지도 않았던 사람이 있었는가에 달려 있었다.

"그이는 간혹 미켈리스라는 사람을 언급했어요." 그녀가 여전히 골똘히 생각하며 말했다. "그들 부류 같지 않은 젊은 병장이죠. 하지만 난 그에 대해서 전혀 몰라요."

"분명 뭔가 알 겁니다, 아닙니까? 왜 카를리스가 그에 대해 말했습니까?"

그녀는 벽에 베개를 받쳤고, 그는 그녀가 기억해 내려고 최선을 다한다는 것을 알 수 있었다.

"카를리스는 동료들의 무사태평에 얼마나 놀라는지 늘 얘기하곤 했어요." 그녀가 입을 열었다. "어떤 종류의 고통에든 그들의 냉혈한 반응에요. 미켈리스는 예외였어요. 그와 카를리스가 대가족을 거느린 어느 가엾은 남자를 체포하게 된 적이 있었던 것 같아요. 체포 후에 그는 카를리스에게 그 일이 끔찍했다고 말했죠. 아마 카를리스는 다른 맥락에서도 그를 언급했었던 것 같지만 기억이 안 나는군요."

"그게 언제였습니까?"

"아주 최근이에요."

"좀 더 정확히 말해 봐요. 일 년 전? 그 전?"

"일 년 안쪽이요. 일 년은 안 됐어요."

"미켈리스가 카를리스와 일했다면 강력반에서 일했겠군요?"

"모르겠어요."

"그랬을 겁니다. 미켈리스에게 전화해서 할 말이 있다고 말해요."

그녀가 공포에 질린 눈으로 그를 바라보았다. "그가 날 체포할 거예요."

"바이바 리에파라고 밝히진 말고요. 그의 경력에 도움이 될 정보가 있지만 익명을 보장해 줘야 한다고만 말하면 됩니다."

"이 나라에서 경찰을 속이긴 쉽지 않아요."

"확신 있게 들리게 해요. 포기하면 안 됩니다."

"하지만 내가 뭐라고 해야죠?"

"몰라요. 내가 뭔가 알아내도록 당신이 도와야 합니다. 라트비아 경찰에게 가장 큰 유혹이 뭡니까?"

"돈이요."

"외화?"

"우리나라의 많은 사람이 미국 달러를 위해서라면 어머니도 팔 거예요."

"그에게 많은 미국 달러를 가진 사람을 안다고 말해요."

"그가 그 정보를 어디서 얻었냐고 물을 거예요."

발란데르는 잠시 생각했고, 최근 스웨덴에서 있었던 어떤 일을 기억해 냈다.

"미켈리스에게 전화해서 스톡홀름에 있는 어떤 은행을 털어 큰 금액의 외화, 주로 미국 달러를 훔친 라트비아인 두 명을 알고 있다고 해요. 그들은 스톡홀름 중앙역에 있는 외환은행을 급습했고, 스웨덴 경찰은 그 사건을 해결하지 못한 겁니다. 그 두 강도가 그 외화를 모두 들고 지금 이곳 라트비아로 온 거죠. 당신이 말할 게 그겁니다."

"그는 내가 누군지, 어떻게 알았는지 물을 거예요."

"그 강도 중 하나의 애인이었지만 버림받았다는 인상을 줘요. 당신은 복수를 하고 싶지만 그들이 두려워서 감히 이름을 밝힐 수 없는 겁니다."

"난 거짓말에 젬병이에요."

그는 불쑥 화가 치밀었다.

"그럼 배우는 게 좋겠군요. 지금 당장요. 이 미켈리스가 기록 보관소로 들어갈 우리의 유일한 희망입니다. 난 계획이 있고, 그게 통할 수도 있습니다. 당신에게 다른 계획이 없다면 난 그 계획대로 해야겠습니다."

그가 침대에서 몸을 일으켰다. "이제 우린 리가로 돌아갈 거고, 차 안에서 모든 계획을 말해 주죠."

"당신 말은 미켈리스가 그이의 증거물을 찾을 거라는 뜻인가요?"

"아니요. 미켈리스가 아니라," 그가 엄숙한 표정으로 대꾸했다. "내가 찾을 겁니다. 하지만 그가 날 경찰 본부로 들여야 하죠."

그들은 리가로 돌아갔고, 바이바는 우체국에서 전화를 걸어 그럭저럭 거짓말을 하는 데 성공했다. 그리고 그들은 거대한 격납고 같은 시장으로 갔다. 바이바가 그에게 생선 가게 앞에서 기다리라고 말했다. 그는 인파 속으로 사라지는 그녀를 지켜보았고, 결코 다시 그녀를 못 볼지도 모른다는 것을 알았다. 하지만 그녀는 정육 코너에서 미켈리스를 만나고 돌아왔다. 두 사람은 가판대를 서성이고 고기를 살피면서 이야기를 나누었었다. 그녀는 그에게 사실 은행 강도도 없고 미국 달러도 없다고 말했다. 리가로 오는 차 안에서 발란데르는 그녀에게 망설이지 말고 거침없이 그에게 모든 이야기를 하라고 일렀었다. 선택의 여지가 없었다. 모 아니면 도였다.

"그는 당신을 체포하거나," 그가 그녀에게 말했다. "우리에게 협조할 겁니다. 만약 당신이 망설이기 시작하면 그는 그게 상급자 중 한 명이 자신의 충성심을 테스트하는 함정일지 모른다고 의심할 겁니다. 만약 그가 당신의 얼굴을 알아보지 못한다면 당신이 카를리스의 아내라는 걸 증명할 수 있어야 합니다. 그리고 내가 한 말을 정확히 말해야 합니다."

한참 후에 바이바는 발란데르가 기다리고 있는 곳으로 돌아왔다. 그는 한눈에 그녀가 해냈다는 것을 알 수 있었다. 그녀의 얼굴에 행복감이 드러났다. 그는 그녀가 얼마나 아름다운지 다시금 상기했다.

그녀는 낮은 목소리로 미켈리스가 매우 겁을 먹었다고 보고했다. 경찰로서의 그의 모든 경력이 위태로웠다. 그는 목숨을 걸어야 할지도 몰랐다. 그럼에도 그녀는 그가 안도감 또한 느꼈다고 생각했다.

"그는 우리 부류예요." 그녀가 말했다. "카를리스는 실수하지 않았어요."

발란데르가 계획을 실행하기까지 몇 시간이 남아 있어서 그들은 도시를 거닐고 두 군데 약속 장소를 정한 다음 그녀가 일하는 대학으로 걸음을 옮겼다. 에테르 냄새를 풍기는 적막한 생물학 강의실에서 발란데르는 갈매기 뼈가 담긴 진열장에 머리를 기댄 채 잠이 들었다. 바이바는 밖의 공원을 내다보며 넓은 창턱 위에서 몸을 웅크렸다. 잠자코 기진맥진한 채 기다리는 것 외에는 할 일이 없었다.

밤 8시가 지나 그들은 생물학 강의실 밖에서 헤어졌다. 경비원이 전등이 꺼졌는지 문이 잠겼는지 확인하며 순찰 중이었고, 바이바는 그에게 잠시 뒷문의 전등을 끄라고 설득했다.

불이 꺼지자 발란데르는 그 문에서 빠져나와 바이바가 가리킨 방향으로 운동장을 가로질러 달렸고, 숨을 고르기 위해 멈췄을 때 그는 그 무리가 여전히 대학 건물 주위에 모여 있음을 확신했다.

경찰 본부 뒤 교회 탑 시계가 9시를 친 순간 발란데르는 불이 환하게 켜진 문으로 걸어 들어가 시민의 접근이 허용된 요새의 한 구역으로 들어갔다. 바이바는 미켈리스의 외모를 자세히 설명했었고, 발란데르가 그를 발견했을 때 유일하게 놀란 것은 그가 엄청나게 젊다는 것이었다. 미켈리스가 한 책상 뒤에서 기다리는 중이었다. 발란데르는 그가 대체 어떻게 그 자리에 있어야 한다는 것을 상관에게 해명했는지 궁금했다. 그는 크고 날카로운 목소리로 거리에서 강도를 당했다고 영어로 항의했다. 그 개자식들이 돈뿐 아니라 자신의 성역이라고 할 수 있는 여권까지 강탈했다고.

절망적인 한순간 그는 자신이 치명적인 실수를 저질렀을지도 모른다는 생각이 머리를 스쳤다. 그는 미켈리스가 영어를 할 수 있는지 알아보라고 바이바에게 말한다는 것을 잊어버렸었다. 그가 라트비아어만 할 줄 안다면? 그는 영어를 할 줄 아는 누군가를 불러오는 상황을 거의 피할 수 없을 것이었고, 그렇게 되면 발란데르는 정말 곤란한 상황에 놓이게 될 터였다. 다행히 미켈리스는 영어를 시원찮게나마 할 줄 알았다. 사실 소령보다 나은 편이었다. 당직 경찰 중 한 명이 미켈리스에게서 이 골칫거리 영국인을 데려갈 수 있는지 보기 위해 책상 앞으로 다가왔지만 미켈리스가 쫓아냈다. 미켈리스가 황급히 발란데르를 가까운 방으로 데려갔다. 다른 경찰들이 흥미로운 호기심을 내보였지만 의심을 하거나 비상벨을 울릴 기색은 보이지 않았다.

취조실은 썰렁하고 추웠다. 발란데르는 의자에 앉았고, 미켈리스는 웃음기 없는 얼굴로 그를 관찰했다.

"열 시에 야간 근무조가 올 겁니다." 미켈리스가 말했다. "그때까지 난 폭행 건에 관한 보고서를 작성해야 하죠. 난 우리가 지어낸 외모의 용의자들을 찾으라고 경찰차를 보낼 겁니다. 우리에겐 정확히 한 시간의 여유가 있습니다."

발란데르가 예상했던 대로 미켈리스는 그에게 기록 보관소가 거대하다고 말했다. 경찰 본부 지하 암벽 안에 지어진 동굴들 내 모든 선반의 극히 일부조차 살펴볼 수 없을 것이었다. 만약 바이바가 틀렸고, 카를리스가 정말 그녀의 이름이 있는 파일 가까이에 증거물을 숨기지 않았다면 자신들은 가망이 없었다.

미켈리스가 기록 보관실로 가는 길에 세 개의 잠긴 문을 통과해야 할 발란데르를 위해 약도를 그려 주었다. 그리고 그에게 그 열쇠들을 주었다. 지하 기록 보관소 맨 아래층의 마지막 문에는 경비가 있었다. 미켈리스가 정확히 10시 30분에 전화를 걸어 그를 유인해 낼 터였다. 한 시간 후인 11시 30분에는 미켈리스가 지하로 내려가 자신이 지어낸 어떤 일을 도와 달라는 핑계로 그 경비를 데려갈 것이었다. 발란데르가 기록 보관소를 떠날 기회가 그때였다. 그 후 그는 혼자일 것이었다. 만약 복도에서 의심을 품은 당직 경찰을 맞닥뜨린다면 발란데르 혼자 알아서 해결해야 할 것이었다.

미켈리스를 믿을 수 있을까? 발란데르는 그 질문을 자문했고, 그 답은 논외라고 결정했다. 선택의 여지 없이 그를 믿어야 했다. 대안은 없었다. 그는 젊은 병장에게 할 말을 바이바에게 지시했지만 그녀가 그에게 무슨 말을 했는지는 알지 못했고, 이제 미켈리스가 자신이 기록 보관소에 들어가도록 도와야 한다고 확신했다는 것만 알 수 있었다. 자신이 아무리 기를 써도 주변에서 일어나는 일은 통제할 수 없을 것이었다.

30분 뒤 미켈리스가 영국인 여행객 스티븐스 씨를 공격한 강도들의 인상착의와 일치하는 자들을 찾으라는 지시와 함께 경찰차를 내보낼 준비를 하기 위해 취조실에서 나갔다. 미켈리스는 리가 시민 대부분에게 해당할 인상착의를 적었고, 발란데르는 그 인상착의가 미켈리스에게도 해당된다는 것을 알아차렸다. 스티븐스 씨는 에스플라나데 공원 근처에서 강도를 당했지만 여전히 너무 흥분한 상태라 함께 차를 타고 가서 정확한 위치를 가리킬 수 없는 상황이었다. 미켈리스가 돌아왔을 때, 그들은 다시 한번 기록 보관소로 가는 지도 상의 루트를 확인했다. 발란데르는 두 대령의 사무실과 자신이 썼던 방이 있는 복도를 지나쳐야 한다는 것을 알아차렸다. 그 생각에 몸서리가 쳐졌다. 둘 중 하나라도 사무실에 있다면. 그는 생각했다. 그리고 그가 지드스 병장에게 이네세와 그녀의 친구들을 도륙하라고 명령한 자인지 아닌지 난 모른다. 그자는 푸트니스였을까, 무르니에르스였을까? 둘 중 누가 소령의 증거물을 찾는 사람들을 사냥하라고 자신의 개들을 풀었을까?

야간 근무조가 교대할 시간이 되자 발란데르는 긴장감에 배가 아팠다. 그는 화장실에 가야 했지만 그럴 시간이 없다는 것을 알았다. 미켈리스가 복도로 통하는 문을 열더니 발란데르에게 가라고 말했다. 그는 지도를 기억하며 자신이 길을 잃을 여유가 없다는 것을 알았다. 만약 길을 잃는다면 미켈리스가 경비의 주의를 딴 데로 돌리기 위해 전화할 시간 내로 마지막 문에 절대 닿지 못할 터였다.

건물은 적막했다. 그는 지나치게 긴 복도를 최대한 조용히 서둘러 움직였다. 어느 순간 문이 벌컥 열리고 자신을 겨눌 총을 두려워하며. 먼 쪽 복도에서 울리는 발소리를 들으며 계단을 내려갈 때 숫자를 셌고, 아주 쉽게 길을 잃을 수 있는 미로의 한가운데에 있다는 느낌이 들었다. 그는 기록 보관소가 실제로 지상층에서 얼마나 밑에 있는지 궁금해하며 계단을 내려갔다. 마침내 경비가 근무를 서고 있는 곳과 아주 가까운 곳에 이르렀을 때 그는 손목시계를 힐끗 보고 2분만 있으면 미켈리스의 전화가 울리리라는 것을 알았다. 그는 귀를 기울이며 꼼짝도 하지 않고 서 있었다. 정적이 그를 불안하게 했다. 온갖 주의를 기울였음에도 길을 잘못 든 걸까?

날카로운 전화벨 소리가 갑작스레 정적을 갈랐고, 발란데르는 다시 숨을 쉬기 시작했다. 그는 가까운 복도에서 나는 발소리를 들었다. 그 소리가 사라지기 시작했을 때 앞으로 움직여 미켈리스가 준 두 열쇠로 기록 보관소 문을 열었다.

발란데르는 전등 스위치의 위치에 대해 들었고, 스위치에 닿을 때까지 벽을 따라 더듬더듬 나아갔다. 미켈리스는 문에 틈이 전혀 없어서 경비들이 알아차릴 빛이 새어 나갈 수 없다는 것을 보장했다.

그 방은 거대한 지하 격납고 같았다. 기록 보관소가 이다지도 크리라고는 상상도 하지 못했다. 잠시 그는 파일로 빽빽한 벽장과 선반들의 끝없는 열에 압도되어 멈춰 서 있었다. '악의 방'. 그는 생각했다. 소령은 이곳에 와서 조만간 폭발하길 바랄 폭탄을 심으며 무슨 생각을 했을까?

그는 손목시계를 힐끗 보고 그런 생각으로 시간을 낭비한 자신에게 짜증이 일었다. 배 속을 비우기까지 오래 참을 수 없다는 불편함도 의식했다. 기록 보관소 어딘가에 화장실이 있으리라 간절히 바랐다. 하지만 문제는, 내가 그걸 찾을 수 있을까?

그는 미켈리스가 가르쳐 준 방향으로 걷기 시작했다. 미켈리스는 그에게 다 똑같아 보이는 벽장과 선반 들 사이에서 길을 잃기가 얼마나 쉬운지 경고했다. 그는 자신의 주의가 온통 우르릉대는 배에 쏠려 있다는 사실에 저주를 퍼부었고, 곧 화장실을 찾지 못하면 어떻게 될지 두려웠다.

그는 멈춰 서서 주위를 둘러보았다. 자신이 길에서 이탈했다는 것은 분명했다. 미켈리스가 그린 지도 상으로 너무 멀리 왔거나 가지 말아야 할 곳으로 벗어난 걸까? 온 길을 되돌아갔다. 이제 완전히 방향감각을 잃었다는 사실이 머리를 스쳤고, 공황에 빠졌다. 손목시계를 보고 42분이 남았다는 것을 알았지만 지금쯤 기록 보관소의 올바른 구역을 찾았어야 했다. 그는 자신에게 욕설을 퍼부었다. 미켈리스의 지도가 잘못된 걸까? 왜 찾을 수 없지? 그는 처음부터 다시 시작하기로 결정하고 입구 쪽 선반의 열들로 뛰어갔다. 서두르다 걷어찬 철제 휴지통이 떼구루루 구르더니 캐비닛에 부딪혀 요란한 소리를 냈다. 경비. 그는 생각했다. 밖에서도 들렸을 거야. 귀를 기울이며 손 하나 까딱 않고 서 있었지만 자물쇠를 여는 열쇠의 덜거덕거리는 소리는 들리지 않았다. 이제 잠시도 배 속을 통제할 수 없다고 마지못해 인정한 것이 그때였다. 그는 바지를 내리고 휴지통에 쭈그리고 앉아 똥을 누었다. 분노와 혐오를 동시에 느끼며 그는 가장 가까이에 있는 선반 위 어떤 파일에 손을 뻗어 심문 기록으로 보이는 종이 몇 장을 찢어 뒤를 처리했다. 그리고 이번에야말로 정말 올바른 장소를 찾지 못하면 너무 늦으리라는 것을 의식하며 처음부터 다시 시작했다. 그는 마음속으로 뤼드베리에게 길 안내를 간청한 다음 선반과 선반의 칸 숫자를 세기 시작하며 이번에는 자신이 올바로 가고 있다고 확신했다. 하지만 시간이 너무 오래 걸렸고, 이제 증거물을 찾기까지는 30분밖에 남아 있지 않았다. 시간이 충분할지 의심스러웠다. 그는 찾기 시작했다. 미켈리스는 얼마나 다양한 파일이 정리되어 있는지 알지 못했고, 발란데르는 어쩔 수 없이 자신의 방식대로 밀어붙여야 한다고 느꼈다. 그는 즉시 이 기록 보관소가 알파벳 순서를 따르지 않았다는 것을 알았다. 항목들과 부副항목 그리고 어쩌면 부부항목들. 여기에 있는 건 다 불충한 시민들이야. 그는 생각했다. 여기에 있는 모든 사람은 끝없는 감시하에서 불안에 떨며, '국가의 적'이라는 타이틀의 후보로 작성되었거나 보고되었다. 그런 이들이 너무 많아서 난 절대 바이바의 파일을 찾을 수 없을 거야.

그는 기록 보관소의 중추를 찾으려고 애썼고, 예측 불가한 인물의 파일이 삽입됐을 만한 논리적인 위치를 찾아내려고 애썼다. 시간은 속절없이 흘렀고, 그는 여전히 모르는 상태였다. 그는 되돌아가 처음부터 다시 시작하며 색깔이 달라 보이는 파일을 미친 듯이 끄집어내는 내내 냉정을 잃지 않으려고 상당한 노력을 기울였다.

시간은 10분밖에 남지 않았고, 그는 여전히 바이바의 파일을 찾지 못했다. 사실 그는 어떤 것도 찾지 못했다. 이 지경까지 이르렀다는 생각에 점점 절망이 더해 갔지만 이제 패배를 받아들이고 있었다.

더 이상 체계적으로 수색할 시간이 없었다. 이제 그가 할 수 있는 것은 마지막으로 선반을 훑으며 본능이 자신을 올바른 장소로 이끌길 바라는 것뿐이었다. 하지만 그는 전 세계 어느 기록 보관소도 직관과 본능에 따라 정리되지 않는다는 사실을 너무나 잘 알고 있었고, 실패했다고 확신했다. 소령은 위스타드 경찰서의 쿠르트 발란데르에게는 너무나 영리하고 지혜로운 사람이었다.

어디에. 그는 생각했다. 어디에 있느냐고? 이 기록 보관소가 한 벌의 카드라면? 이상한 카드가 있을 곳은? 가장자리나 한가운데에?

그는 한가운데를 선택해 갈색 표지 일색의 파일 열을 훑다가 갑자기 한 열이 파란색이라는 것을 알아차렸다. 그는 파란색의 양옆에 있는 갈색 파일들을 끄집어냈다. 한 파란색 파일에는 레오나르도 블룸스라는 라벨이 붙어 있었고, 하나는 바이바 칼른스였다. 잠시 그는 똑바로 생각할 수가 없었다. 이내 바이바 리예파의 결혼 전 성이 칼른스일지도 모른다는 데 생각이 미쳤고, 어떤 제목도 코드 번호도 적혀 있지 않은 파란색 파일을 끄집어냈다. 그것을 살펴볼 시간은 없었다. 할당된 시간은 이미 다 써 버린 상태였다. 그는 입구로 달음질쳐 불을 끈 다음 문을 열었다. 경비가 있는 기색은 없었지만 미켈리스의 시간표에 따르면 경비는 곧 돌아올 예정이었다. 발란데르는 황급히 복도를 내려갔다가 돌아오는 경비의 메아리치는 발소리를 들었다. 가던 방향으로 계속 갈 수가 없는 그에게 지도를 무시하고 출구로 가는 길을 최선을 다해 찾아야 할 상황이라는 게 명백했다. 그는 경비가 평행한 복도를 지나칠 때 미동도 없이 서 있었다. 발소리가 사라져 가자 일단 지하에서 벗어나야겠다고 마음먹었다. 그는 계단을 찾왔고, 내려올 때 계단이 몇 개 있었는지 떠올렸다. 지상으로 나왔을 때 자신이 어디에 있는지 알지 못했다. 그는 자신이 왔던 첫 번째 텅 빈 복도를 따라 걸었다.

발란데르를 놀라게 한 남자는 담배를 피우고 있었다. 다가오는 발란데르의 발소리를 듣고 부츠를 신은 발로 담배를 끈 그는 이렇게 밤늦게까지 근무 중인 사람이 누구인지 궁금했다. 발란데르가 모퉁이를 돌았을 때 그 남자는 겨우 몇 미터 떨어진 곳에 있었다. 그는 40대로 보였고, 제복의 단추가 풀려 있었다. 손에 파란색 파일을 든 발란데르를 본 순간 그는 즉시 이 남자가 건물 안에 있어서는 안 될 사람이라는 것을 깨달았다. 그는 권총을 꺼내 들고 라트비아어로 뭐라고 외쳤다. 발란데르는 그 말을 이해하지 못했지만 머리 위로 양손을 들었다. 남자는 권총으로 발란데르의 가슴을 겨누고 다가오며 계속 소리쳤다. 발란데르는 경찰이 무릎을 꿇으라고 말했다는 것을 알아채고 그렇게 했다. 팔은 여전히 무기력하게 쳐든 상태였다. 탈출의 가능성은 없었다. 자신은 체포될 것이고, 곧 두 대령 중 하나가 나타나 소령의 증거물이 담긴 파란색 파일을 손아귀에 넣을 것이었다.

그에게 총을 겨눈 남자는 여전히 소리쳐 묻고 있었다. 발란데르는 이곳 복도에서 총에 맞으리라는 것을 깨닫고 점점 사색이 되어 갔다. 영어로 대답하는 것보다 더 나은 방법이 생각나지 않았다.

"오해요." 그가 새된 목소리로 말했다. "오해요. 나도 경찰이오."

하지만 물론 오해가 아니었다. 그 경찰은 머리에 손을 올리고 일어서라고 명령하더니 움직이라고 말했다. 그는 발란데르의 등에 총을 대고 있었다.

엘리베이터 앞에 섰을 때 기회가 찾아왔다. 발란데르는 희망을 버렸고, 자신이 완전히 잡혔다고 확신했었다. 저항해도 소용없을 것이었다. 남자는 그를 쏘는 데 주저하지 않을 터였다. 하지만 그들이 엘리베이터를 기다리는 동안 남자가 담배에 불을 붙이려고 살짝 몸을 틀었고, 그 순간 발란데르는 지금이 도망칠 유일한 기회라는 것을 알아차렸다. 그는 남자의 발에 파란색 파일을 던짐과 동시에 있는 힘껏 그의 목덜미를 내리쳤다. 그는 관절이 부러지는 것을 느꼈다. 그 통증에 고통스러웠지만 남자는 머리부터 바닥에 떨어졌고 권총은 타일 바닥에 떨어져 미끄러졌다. 발란데르는 남자가 죽었는지, 의식을 잃었을 뿐인지 알지 못했다. 손은 고통으로 뻣뻣해져 있었다. 그는 파일을 집어 들고 권총을 주머니에 챙긴 다음 자신이 할 가장 어리석은 짓인 엘리베이터를 타기로 결정했다. 그는 뜰을 면한 창을 내다보며 자신이 있는 곳을 파악하려고 애썼고, 곧 자신이 대령들의 방이 있는 복도 반대편에 있다는 것을 알았다. 바닥에 쓰러진 남자가 신음을 내기 시작했다. 발란데르는 그를 두 번은 녹다운시킬 수 없다는 것을 알았다. 그는 엘리베이터 좌측 복도를 서둘러 걸으며 출구가 나오길 바랐다.

운이 좋았다. 그 복도는 구내식당 중 하나로 통했다. 그는 식자재 출입구가 분명한, 주방의 빗장이 걸린 문을 주의 깊게 열었다. 거리로 나왔다. 손은 심하게 다친 상태였고, 붓기 시작했다.

바이바와 협의한 첫 만남 시간은 밤 12시 30분이었다. 발란데르는 친체 투영관으로 바뀐 에스플라나데 공원의 오래된 교회의 그림자 속에 서 있었다. 키가 크고 벌거벗은 라임 나무가 그의 주위를 감싸고 있었다. 거기에 그녀가 있는 기색은 없었다. 손의 통증은 이제 거의 참을 수 없을 정도였다. 1시 15분이 되었을 때 그는 무슨 일이 생겼다는 것을 인정해야 했다. 그녀는 오지 않을 것이었다. 그는 극도로 걱정이 되었다. 이네세의 피 칠갑한 얼굴이 머릿속에 떠다녔고, 뭐가 잘못되었을지 헤아려 보려고 애썼다. 개들과 주인들이 최선의 노력을 다했는데도 내가 아무도 모르게 대학 건물에서 빠져나왔다는 걸 놈들이 알아차렸을까? 그랬을 경우, 놈들은 바이바에게 무슨 짓을 했을까? 그는 그에 관해 감히 생각조차 하지 않았다. 공원을 떠나 어디로 가야 할지 몰랐다. 어둡고 적막한 거리를 계속 걷게 한 것은 사실 손의 통증이었다. 사이렌을 울리는 군용 지프가 그를 어느 어두운 문가로 뛰어들게 하더니 얼마 지나지 않아 그가 걷고 있는 거리를 질주하는 경찰차가 그를 다시 한번 어둠 속으로 숨게 했다. 셔츠 안에 넣은, 소령의 증거가 담긴 파일의 모서리에 갈비뼈가 배겼다. 밤을 보내기 위해 어디로 가야 할지 생각했다. 기온은 떨어졌고, 그는 추위에 떨고 있었다. 그와 바이바가 협의한 두 번째 만남의 장소는 중앙 백화점 4층이었지만 그 약속 시간은 다음 날 오전 10시였기 때문에 아홉 시간을 때워야 했다. 거리를 거닐며 그 시간을 보낼 순 없었다. 그는 손이 부러졌다고 확신했다. 의사에게 보여야 한다는 것을 알았지만 감히 응급실에 갈 수는 없었다. 증거물을 소지한 지금은 아니었다. 밤을 위한 은신처로 스웨덴 대사관을 찾아야 할지 생각했다. 그런 곳이 있다고 한다면. 하지만 그 선택도 마음에 들지 않았다. 불법으로 이 나라에 입국한 스웨덴 경찰을 감시하에 즉각 집으로 돌려보내야 하는 게 정해진 법이라면? 그런 위험을 감수할 수 없었다.

불안한 마음으로 그는 이틀을 꼬박 자신에게 안식처가 되어 준 차로 가기로 결정했지만 두고 온 곳으로 갔을 때 차는 사라지고 없었다. 그는 손의 통증 때문에 방향감각을 잃어 잘못 기억한 것이 아닌지 잠시 생각했다. 여기가 정말 주차한 곳이 맞을까? 맞다. 확실했다. 의심할 여지 없이 그 차는 지금쯤 가축처럼 분해되어 네 조각으로 나뉘었을 것이었다. 자신을 쫓고 있는 두 대령 중 하나가 소령의 증거물이 차 안에 숨겨져 있지 않다는 것을 확인했을 것은 분명했다.

밤을 어디서 보내야 하지? 그는 자신을 도살하거나 얼어붙은 항구에 던져 버리거나 외딴 숲에 파묻길 주저하지 않을 누군가가 명령하는 개의 무리의 깊숙한 적진에서 갑자기 온전한 무력감을 느꼈다. 그의 향수병은 원시적이었지만 실재했다. 한밤중인 지금 라트비아에서 오도 가도 못 하는 신세가 된 원인–스웨덴 해안에 떠밀려 온 시체 두 구가 든 구명보트–이 모호하고 아득하게 느껴졌다. 실제로 일어난 적이 없던 일처럼.

대안이 없어서 일찍이 하룻밤을 묵었던 호텔을 향해 적막한 거리를 되돌아갔지만 호텔 문은 잠겨 있었고, 야간용 벨을 눌러도 위층의 불은 켜지지 않았다. 손의 통증이 그를 혼란에 빠뜨리고 있었다. 빨리 실내에 들어가 몸을 녹이지 않으면 이성적으로 생각할 능력을 완전히 잃게 되는 게 아닐지 걱정이 들기 시작했다. 옆 호텔로 갔지만 야간용 벨을 울렸을 때 그는 또다시 어떤 응답도 들을 수 없었다. 하지만 세 번째 호텔은 앞선 호텔보다 훨씬 노후하고 누추했지만 바깥문이 잠겨 있지 않았다. 안으로 들어가자 데스크에 머리를 대고 발치에는 보드카 반병을 놓아둔 채 곯아떨어진 남자가 있었다. 발란데르는 그를 흔들어 깨워 프레우스가 준 여권을 그의 눈앞에 흔들어 보인 다음 방 열쇠를 건네받았다. 그는 보드카 병을 가리키고 데스크에 스웨덴 1백 크로나 지폐를 놓은 다음 그 병을 가져갔다.

곰팡이 슨 가구와 니코틴이 밴 벽지에서 퀴퀴한 냄새가 나는 작은 방이었다. 침대 끝에 털썩 주저앉아 길게 두 번 술을 병째 들이켠 그는 몸에 천천히 온기가 돌아오는 것을 느꼈다. 이내 재킷을 벗고, 찬물을 채운 대야에 붓고 쑤시는 손을 담갔다. 통증이 누그러지기 시작했다. 그는 밤새 이렇게 앉아 있길 감수했다. 이따금 병째 술을 들이켜며 불안한 마음으로 바이바에게 무슨 일이 있었을지 생각했다.

그는 셔츠에서 꺼낸 파란색 파일을 자유로운 손으로 펼쳤다. 타이프라이터로 친 50페이지 분량의 종이에 복사지가 더해져 있었지만 그가 바랐던 사진들은 없었다. 소령의 글은 라트비아어로 쓰여 있었고, 발란데르는 한 자도 읽을 수 없었다. 9페이지부터 무르니에르스와 푸트니스의 이름이 일정한 간격으로 계속 되풀이되는 것에 주목했다. 이따금 그들은 한 문장에 같이 등장했다. 두 대령 모두에게 혐의가 제기된 것인지, 소령의 비난의 손가락이 그들 중 단지 한 사람을 가리키는 것인지, 그것이 의미하는 바를 이해할 수 없었다. 그는 비밀 서류의 판독 시도를 포기하고 손이 담긴 대야에 물을 다시 채운 다음 테이블 끝에 머리를 기댔다. 새벽 4시였고, 그는 잠이 들었다. 화들짝 잠에서 깼을 때 그는 10분간 잠이 들었다는 것을 알았다. 손은 다시 아프기 시작했고, 찬물은 더 이상 통증을 누그러뜨리지 못했다. 그는 병에 남은 보드카를 비우고 축축한 타월로 손을 감싼 다음 침대에 누웠다.

발란데르는 바이바가 백화점에서의 만남의 약속을 지키지 못한다면 어떻게 해야 할지 막막했다. 그는 패배했다고 느끼기 시작했다. 그리고 침대에 누워 새벽이 될 때까지 깨어 있었다.

18

눈을 뜬 순간 위험을 감지했다. 아침 7시가 가까운 시간이었다. 그는 어둠 속에서 귀를 기울이며 죽은 듯이 누워 있었다. 점차 그 위험이 문밖이나 방 안의 어딘가가 아니라 자신의 내면에 있었다는 것을 깨달았다. 그것은 밑에 뭐가 있는지 확인하기 위해 아직 모든 돌을 뒤집어 보지 않았다는 경고였다.

통증은 약간 누그러진 것 같았다. 차마 손을 보기가 두려웠지만 조심스럽게 손가락들을 움직여 보았다. 고통이 즉각 돌아왔다. 의사에게 보이기까지 오랜 시간을 버틸 수 있을 것 같지 않았다.

발란데르는 탈진한 상태였다. 깜빡 잠이 들기 몇 시간 전에 그는 패배했음을 느꼈었다. 대령들의 힘은 막강했고, 상황을 조율할 자신의 능력은 계속해서 축소되었다. 이제 자신의 탈진도 패배의 원인이라는 것을 알았다. 그는 자신의 판단력을 믿지 않았고, 그것이 장시간의 수면 부족 때문이라는 것을 알았다.

그는 깨어났을 때 느낀 그 위협적인 경험을 분석해 보려고 했다. 내가 무언가를 간과했을까? 내가 한 모든 생각 그리고 관계를 맺기 위한 내 끊임없는 노력에서 내가 잘못된 결론을 내렸거나 제대로 생각하지 못한 걸까? 여전히 보지 못한 무언가가 있는 걸까? 그는 자신의 본능을 무시할 수 없었다. 바로 지금 멍한 상태에서 그 본능이 자신의 처지를 알게 하는 유일한 기회였다.

여전히 보지 못하는 게 뭘까? 그는 그 질문에 여전히 대답을 하지 못한 채 조심스럽게 몸을 일으켜 침대에 앉았다. 처음으로 힐끗 본 부어오른 손은 역겨워 보였다. 그는 대야에 찬물을 채웠다. 거기에 먼저 얼굴을 담근 다음 다친 손을 담갔다. 몇 분 뒤 창가로 가 블라인드를 젖혔다. 석탄 냄새가 강하게 났다. 안개 낀 새벽이 도시의 교회탑들 너머로 사라지고 있었다. 그는 창가에 서서 도보를 따라 걸음을 서두르는 모든 사람을 지켜보았지만 여전히 자신의 질문에 대답할 수 없었다. 내가 보지 못한 게 뭐지?

이내 그는 방에서 나와 방값을 치르고 도시에 삼켜졌다. 리가에 얼마나 많은 개가 있는지 알아차린 것은 도시의 많은 공원 중 하나—이름이 뭔지 잊어버렸다—를 지나치고 있을 때였다. 자신을 쫓고 있는 보이지 않는 무리만이 아니었다. 거기에는 다른 많은 개가 있었다. 진짜 개들. 사람들이 데리고 놀며 산책시키는 종류의. 그는 물어뜯고 싸우는 두 마리 개를 보기 위해 걸음을 멈췄다. 한 마리는 독일셰퍼드였고, 다른 한 마리는 잡종이었다. 두 주인이 개들을 떼어 놓기 위해 자신들의 개에게 소리치다가 결국 상대방 주인에게도 소리치기 시작했다. 독일셰퍼드의 주인은 나이 많은 남자였고, 잡종 개의 주인은 30대 여자였다. 발란데르는 자신이 보고 있는 것이 라트비아 내 적대적 세력들을 상징한다고 느꼈다. 개들이 싸우고 있었고, 사람도 마찬가지였다. 그리고 거기에는 사전에 예측 가능한 결과가 없었다.

그는 막 10시에 문을 연 중앙 백화점에 도착했다. 파란색 파일이 셔츠 안에서 뜨겁게 열을 내고 있었다. 본능이 그에게 그것을 없애라고, 임시 은신처에 숨기라고 말했다. 이날 아침 거리를 거니는 동안 그는 앞뒤의 모든 움직임을 관찰했었고, 이제 두 대령이 다시 자신을 에워쌌다고 확신했다. 여태껏보다 더 많은 그림자가 있었다. 폭풍이 일고 있다는 암울한 생각이 그를 엄습했다. 그는 출입구 바로 안쪽에 멈춰 서서 안내판을 읽는 척했지만, 사실 고객들이 쇼핑백과 소포 들을 맡기는 수하물 보관소를 주시하고 있었다. 보관소는 L 자형이었다. 그 모든 것을 똑바로 기억했다. 그는 환전소로 가서 스웨덴 지폐 한 장을 건네고 라트비아 지폐 한 묶음을 받았다. 그리고 레코드를 파는 층으로 갔다. 그는 베르디 LP판 두 장을 골랐고, 그 레코드가 파일 사이즈와 똑같다는 데 주목했다. 값을 치르고 그 레코드들을 쇼핑백에 넣었을 때 재즈 레코드 선반을 살피는 척하는, 가장 가까이에 있는 미행자들을 보았다. 그리고 수하물 보관소로 가 짐을 맡길 사람이 몇 명 생길 때까지 잠시 기다렸다. 그는 수하물 보관소의 가장 먼 쪽으로 재빨리 걸으며 파일을 꺼내 그것을 레코드 사이에 넣었다. 한 손만 쓸 수 있을지라도 재빠르게 행동했다. 그리고 숫자 꼬리표가 붙여진 쇼핑백을 건네고 수하물 보관소를 빠져나왔다. 출입구 주변에 각양각색의 차림의 미행자들이 흩어져 있었지만 그는 자신이 쇼핑백에 그 파일을 넣는 모습을 그들이 알아차리지 못했다고 아주 확실히 느꼈다. 물론 그들이 그 쇼핑백을 수색할 위험이 있었지만 자신이 레코드판 두 장을 사는 모습을 그들이 지켜봤기 때문에 그럴 것 같지 않다고 생각했다.

손목시계를 보았다. 바이바가 약속 장소로 오기까지 남은 시간은 10분뿐. 그는 여전히 불안했지만 파일을 치운 후라 이제 훨씬 안심이 되었다. 가구 코너가 있는 위층으로 올라갔다. 아직 이른 시간인데도 많은 손님이 꿈을 꾸는 듯한 눈, 혹은 체념한 눈으로 스위트룸과 침실 가구를 바라보고 있었다. 발란데르는 주방 용품이 전시되어 있는 구역 쪽으로 천천히 걸었다. 너무 빨리 도착하고 싶지 않았지만 자신들이 약속한 정확한 시간에 약속 장소에 있고 싶어서 다양한 조명 기구들을 둘러보며 시간을 때웠다. 두 사람은 전부 소련제인 오븐과 냉장고 들 사이에서 만나기로 약속했었다.

그는 즉시 그녀를 보았다. 그녀는 레인지를 시험 중이었고, 그는 레인지에 세 개의 화구만 있는 것을 알아보았다. 뭔가 잘못되었다는 것을 즉시 알 수 있었다. 무언가, 그가 아침에 잠에서 깬 순간 의심했던 무언가가 바이바에게 일어났다. 불안이 일었고, 모든 감각이 날카로워졌다.

그가 알아봄과 동시에 그녀가 그를 알아보았다. 그녀는 미소를 지었지만 그는 그녀의 눈에 공포가 어려 있음을 알았다. 발란데르는 미행자가 어디에 있는지 신경 쓰지 않고 그녀에게 다가갔다. 그 순간 그의 모든 주의는 무슨 일이 있었는지 알아내는 데 쏠려 있었다. 그는 그녀 옆에 섰고, 두 사람은 눈 부시게 하얀 냉장고를 바라보았다.

"무슨 일이 있었습니까?" 그가 물었다. "시간이 없으니 중요한 것만 말해요.”

“아무 일도 없었어요.” 그녀가 말했다. “그들이 감시하고 있어서 대학에서 나올 수 없었을 뿐이에요.”

왜 거짓말을 할까. 그는 필사적으로 생각했다. 왜 내가 눈치채지 못하도록 그렇게 설득력 있는 거짓말을 하려고 애쓰는 걸까?

“그 파일을 찾았어요?” 그녀가 물었다.

그는 사실을 말해야 할지 주저했지만 그 모든 거짓말에 진저리가 났다.

“네, 찾았습니다.” 그가 말했다. “미켈리스는 믿을 만했습니다.”

그녀가 그를 힐끗 보았다.

“내게 줘요.” 그녀가 말했다. “난 그걸 숨길 데를 알아요.”

바이바가 진심으로 하는 말이 아니라는 것이 이번에는 분명했다. 파일을 요구하는 것은 그녀의 공포였고, 그녀는 협박을 받고 있었다.

“무슨 일이오?” 그가 다시 물었다. 이번에는 더 단호히, 어쩌면 분노의 기색을 담아.

“아무 일 없어요.” 그녀가 고집스럽게 말했다.

“거짓말 마요.” 그가 커지는 목소리를 자제하지 못하고 말했다. “난 당신에게 그 파일을 줄 겁니다. 만약 당신이 그걸 얻지 못하면 어떻게 되는 겁니까?”

그는 그녀가 한계에 이르렀다는 것을 알 수 있었다. 아직은 무너지면 안 돼. 그는 절망적으로 생각했다. 내가 소령의 증거물을 가지고 있는지 아닌지 놈들이 확신하지 못하는 한 우린 놈들보다 한발 앞서 있단 말이오.

"유피티스가 죽을 거예요." 그녀가 속삭였다.

"그걸로 누가 당신을 협박했습니까?"

그녀가 무시하듯 머리를 저었다.

"난 알아야겠습니다." 그가 말했다. "당신이 내게 말해 준다면 유피티스에겐 어떤 영향도 미치지 못할 겁니다."

그녀가 공포에 질린 눈으로 그를 보았다. 그는 그녀의 팔을 붙들고 그녀를 흔들었다.

"누굽니까?" 그가 말했다. "그게 누구예요?"

"지드스 병장이요."

그는 그녀를 놔주었다. 그녀의 대답에 그는 분노했다. 두 대령 중 누가 음모의 핵심인지 절대 알 수 없다는 건가?

그는 미행자들이 자신들 주위로 가까워지고 있다는 것을 알아차렸다. 그들은 이제 자신이 소령의 증거물을 갖고 있다고 결정을 내린 것처럼 보였다. 그는 생각을 멈추지 않은 채 바이바를 와락 끌어당긴 다음 계단으로 뛰었다. 먼저 죽는 사람이 유피티스는 아닐 거야. 그는 생각했다. 여기서 빠져나갈 수 없다면 우리가 그렇게 되겠지.

그들의 갑작스러운 도주가 한 무리의 개를 혼란에 빠뜨렸다. 자신들이 도망칠 수 있으리라는 데 의구심이 들더라도 시도는 해야 한다는 것을 그는 알았다. 그는 진로에 방해가 되는 한 남자를 팔꿈치로 밀어젖히며 바이바를 이끌고 계단을 내려갔다. 그들이 내려온 곳은 의류 코너였다. 그들이 사람들을 밀치고 지나쳤을 때 깜짝 놀란 점원과 손님들이 그들을 쳐다보았다. 발이 걸린 발란데르가 양복들이 걸린 옷걸이에 넘어졌다. 그가 옷가지를 잡아당기자 옷걸이가 뒤집혔다. 넘어졌을 때 그는 다친 손을 바닥에 짚었고, 칼에 찔린 것 같은 고통이 팔을 타고 전해졌다. 경비가 달려와 그의 팔을 잡았지만 발란데르는 더 이상 거리낄 것이 없었다. 그는 멀쩡한 손으로 남자의 얼굴에 주먹을 날린 다음 바이바를 이끌고 비상계단이나 비상구가 있길 바란 곳으로 향했다. 미행자들이 바짝 뒤따라 있었고, 이제 그들은 자신들의 존재를 감출 시도를 하지 않았다. 발란데르는 꼼짝도 않는 문을 밀고 당긴 끝에 약간의 틈을 벌렸다. 그들은 비상계단을 후다닥 내려갔지만 밑에서 자신들을 향해 다가오는 발소리들이 들렸다. 위로 올라가는 수밖에 선택의 여지가 없었다. 그는 비상문을 열어젖혔고, 그들은 자갈이 덮인 옥상으로 나왔다. 탈출로를 찾아 주위를 둘러보았지만 갈 데가 없었다. 옥상에서 내려가는 유일한 길은 영원으로의 도약이었다. 그는 자신이 바이바의 손을 잡고 있다는 것을 깨달았다. 기다리는 것 외에 할 일이 없었다. 곧 옥상에 나타날 대령이 소령을 죽인 자이리라는 것을 알았다. 회색 비상문이 마침내 그 답을 드러냈고, 그는 자신의 추측이 맞는지 틀린지는 더 이상 문제가 아니라는 것을 쓰디쓰게 깨달았다. 문이 열리고 푸트니스 대령이 한 무리의 무장한 사내들을 데리고 나타났지만 그는 자신이 틀렸다는 것을 보고도 놀랐다. 모든 것을 차치하고 그는 어둠 속에 그토록 오래 숨어 있던 괴물이 무르니에르스라고 결론을 내렸었다.

푸트니스가 얼굴에 아주 심각한 표정을 띠고 그들에게 다가왔다. 발란데르는 자신의 손을 파고드는 바이바의 손톱을 느꼈다. 부하들에게 여기서 우릴 쏘라고 명령할 순 없겠지. 발란데르는 필사적으로 머리를 굴렸다. 그럴지도 모른다면? 그는 이네세와 그녀의 친구들의 처형을 떠올리고 갑자기 엄습하는 공포감에 몸을 떨었다.

이내 푸트니스의 얼굴에 미소가 떠올랐고, 발란데르는 자신 앞에 미소를 지으며 서 있는 게 맹수가 아니라 친근감을 크게 드러내고 있는 남자라는 사실이 어리둥절했다.

"그렇게 놀란 표정을 짓지 않아도 됩니다, 발란데르 씨. 당신은 내가 이 모든 일의 배후라고 생각한 모양이군요. 하지만 당신은 보호하기엔 매우 힘든 사람이라는 말은 해야겠습니다."

짧은 순간 발란데르의 머릿속이 정지했다. 이내 그는 결국 자신이 옳았다는 것을 깨달았다. 그토록 오랫동안 자신이 사냥해 왔던 악마의 심복은 푸트니스가 아닌 무르니에르스였다. 적에게 적이 있다는 세 번째 가능성의 의심 또한 자신이 옳았다. 모든 것의 앞뒤가 맞았다. 그의 판단은 그를 저버리지 않았고, 그는 푸트니스를 맞기 위해 왼손을 내밀었다.

"해후의 장소론 다소 특이하지만," 푸트니스가 말했다. "당신은 분명 놀라운 사람입니다. 우리 국경 수비대의 눈을 피해 이 나라에 어떻게 들어왔는지 궁금하다는 걸 인정해야겠군요."

"나도 거의 모릅니다." 발란데르가 말했다. "긴 이야기죠."

푸트니스는 그의 다친 손을 걱정하는 듯 보였다. "되도록 빨리 치료를 받아야겠군요." 그가 말했다.

발란데르는 고개를 끄덕이며 바이바에게 미소를 지었다. 그녀는 여전히 긴장해 있었고, 상황이 어떻게 돌아가는지 이해하지 못하는 것 같았다.

"무르니에르스, 그러니까, 그가 배후였습니까?"

푸트니스가 고개를 끄덕였다. "리예파 소령의 의심은 근거가 충분했습니다."

"이해가 안 가는 게 많습니다." 발란데르가 말했다.

"무르니에르스 대령은 매우 똑똑한 사람입니다." 푸트니스가 말했다. "분명 그는 사악한 사람이지만 종종 잔인한 사람들의 머리에 날카로운 두뇌가 들어 있다는 경향을 보여 주는 것뿐인 듯합니다."

"그게 확실해요?" 바이바가 불쑥 물었다. "내 남편을 죽인 자가 그였나요?"

"그가 그의 머리를 강타하진 않았습니다." 푸트니스가 말했다. "그의 충직한 병장이었을 가능성이 큽니다."

"내 운전사," 발란데르가 말했다. "지드스 병장이요. 창고에서 이네세와 다른 이들을 죽인 자죠."

푸트니스가 끄덕였다. "무르니에르스 대령은 라트비아란 나라를 좋아한 적이 없습니다." 그가 말했다. "다른 모든 직장인처럼 그가 정계를 멀리한 경찰의 역할을 했다 하더라도 그의 마음과 정신 안에서 그는 옛 체재에 대한 광신적 지지자였습니다. 그에게 신은 늘 크렘린에 존재할 겁니다. 그게 그가 아무런 방해 없이 다양한 범죄자들과 위험한 관계를 맺을 수 있게 보장해 주었지요. 리예파 소령이 그의 정체를 간파하기 시작했을 때, 그는 내가 연루되어 있음을 시사하는 가짜 흔적들을 남겼습니다. 무슨 일이 일어나고 있는지 내가 그걸 의심하기 시작했을 땐 이미 늦었었다는 걸 인정해야겠군요. 그때 난 무슨 일이 있는지 계속 모른 척해야겠다고 마음먹었습니다."

"하지만 여전히 이해가 안 갑니다." 발란데르가 말했다. "그 밖에 뭔가 더 있을 텐데요. 리예파 소령은 어떤 음모에 대해 말했습니다. 이 나라에서 일어나고 있는 일을 전 유럽에 알려야 할 무언가요."

푸트니스가 안다는 듯이 끄덕였다. "물론 그 이상의 것이 있습니다." 그가 말했다. "필요한 만큼 잔인한 방식으로 자신의 특권을 지키려는 부패한 고위 경찰 이상의 더 큰 무언가가요. 그건 사악한 음모였고, 리예파 소령은 그걸 알아냈습니다."

발란데르는 추위를 느꼈다. 그는 여전히 바이바의 손을 잡고 있었다. 푸트니스의 무장한 부하들은 총을 내렸고, 여전히 비상문 옆에서 있었다.

"그건 모든 게 아주 교묘하게 계획됐습니다." 푸트니스가 말했다. "무르니에르스에게는 어떤 생각이 있었고, 크렘린과 라트비아 내 주요 러시아인 지도층에 그걸 파는 데 성공했습니다. 그는 일석이조의 가능성을 보았지요."

"조직화된 마약 밀매로 돈을 벌기 위해, 더 이상 출입국관리가 존재하지 않게 된 새로운 유럽을 이용함으로써요." 발란데르가 말했다. "스웨덴을 포함해서. 게다가 그는 라트비아 민족운동의 신빙성을 떨어뜨리기 위해서도 마약 밀매를 이용했습니다. 맞습니까?"

푸트니스가 끄덕였다. "당신이 좋은 경찰이란 건 처음부터 알았습니다, 발란데르 경위. 아주 분석적이고, 아주 참을성이 강한. 정확히 그게 무르니에르스가 계획한 겁니다. 마약 밀매에 대한 비난의 불똥이 이곳 라트비아에서 일어난 자유화 운동으로 튈 테고, 스웨덴 내 여론은 급격히 바뀔 테죠. 누가 당신네 나라에 마약을 퍼뜨림으로써 얻은 지원에 감사하는 정치적 자유화 운동을 지지하겠습니까? 무르니에르스가 일거에 이 나라의 자유화 운동을 박살 낼 수 있는 무기를 창안했지요. 위험한 동시에 교묘히 고안된 무기라는 걸 인정하지 않을 수 없군요."

발란데르는 푸트니스가 한 말을 생각했다.

"이해가 됩니까?" 그가 바이바에게 물었다.

그녀가 천천히 끄덕였다.

"지드스 병장은 어딨습니까?" 그가 물었다.

"필요한 증거가 갖춰지는 대로 무르니에르스와 지드스 병장은 체포될 겁니다." 푸트니스가 말했다. "무르니에르스가 지금 매우 걱정하고 있으리란 건 의심의 여지가 없습니다. 그는 아마 당신들을 감시하고 있던 그의 부하들 일부를 우리가 늘 감시해 왔다는 건 몰랐을 겁니다. 당신들을 불필요한 위험에 노출시킨 것에 당연히 당신들은 날 비난할 수 있겠지만 난 그게 리예파 소령이 반드시 남겼을 서류를 찾을 유일한 방법이라고 생각했습니다."

"어제 내가 대학을 나설 때 지드스가 숨어서 날 기다리고 있었어요." 바이바가 말했다. "그가 만약 내가 서류를 내놓지 않으면 유피티스가 죽을 거라고 했어요."

"물론 유피티스는 결백합니다." 푸트니스가 말했다. "무르니에르스가 그의 누이의 두 아이를 인질로 데려간 다음 그에게 리예파 소령을 살해했다고 자백하지 않으면 아이들을 죽일 거라고 했습니다. 무르니에르스가 할 수 있는 일에는 정말 한계가 없지요. 그의 정체가 일단 드러나면 온 나라가 안도할 겁니다. 그는 사형선고를 받고 처형될 겁니다. 마찬가지로 지드스 병장도요. 소령의 증거는 공개될 겁니다. 그 음모가 드러날 겁니다. 법정에서뿐만 아니라 전국에 유포될 겁니다. 난 그게 우리 국경 너머의 사람들에게도 흥밋거리가 되리라 의심하지 않습니다."

발란데르는 온몸으로 안도감을 느꼈다. 모든 것이 끝났다.

푸트니스가 미소를 지었다.

"남은 건 리예파 소령의 서류를 읽는 일뿐입니다." 그가 말했다. "그리고 이제 당신은 진짜 집에 돌아갈 수 있습니다, 발란데르 경위. 우린 당신 도움에 깊이 감사합니다."

발란데르는 주머니에서 숫자가 달린 꼬리표를 꺼냈다.

"파일은 파란색입니다. 수하물 보관소의 쇼핑백 안에 들어 있습니다. 두 레코드판 사이에요. 레코드판은 돌려주십시오."

푸트니스가 웃음을 터뜨렸다. "당신은 정말 영리하군요, 발란데르 씨. 일부러 그러지 않는 한 당신에게 실수란 없군요."

푸트니스의 목소리에 담긴 무언가가 그 자신을 드러냈을까? 발란데르는 갑자기 왜 그런 끔찍한 생각이 들었는지 정확히 알 수 없었다. 하지만 푸트니스가 꼬리표를 주머니에 넣은 순간, 발란데르에게 인생 최대 실수를 했다는 느낌이 명백하게 다가왔다. 그는 자신이 왜 아는지 알지 못한 채 그냥 알았다. 더 이상 직감과 이성적 사고를 구분할 수 없었다. 입이 사막처럼 말랐다.

푸트니스가 계속 미소를 지으며 주머니에서 권총을 꺼냈다. 둘러싸고 있던 그의 부하들이 옥상 주변 전체에 퍼져 기관총을 바이바와 발란데르에게 겨누었다. 그녀는 무슨 일이 일어나고 있는지 이해하지 못한 것 같았고, 발란데르는 공포와 수치심에 말문이 막혔다. 그 순간 비상문이 열리고 지드스 병장이 옥상으로 나왔다. 발란데르의 혼란스러운 머리에 지드스가 자신의 등장을 기다리며 내내 문 뒤에 있었을 것이라는 생각이 들었다. 이제 쇼는 끝났고, 그는 더 이상 자신의 차례를 기다릴 필요가 없었다.

"당신의 유일한 실수군요." 감정이 없는 목소리로 푸트니스가 말했다. "내가 방금 당신에게 말한 건 물론 모두 틀림없는 사실입니다. 내 말에서 현실과 유일하게 동떨어진 건 바로 나입니다. 내가 무르니에르스에 대해 말한 모든 건 나에게 해당되지요. 당신은 맞은 동시에 틀렸습니다, 발란데르 경위. 만약 당신이 나처럼 마르크시스트였다면 세상을 일으켜 세우기 위해 때론 세상을 전복해야 한다는 걸 깨달았을 겁니다."

푸트니스가 한 발짝 뒤로 물러섰다. "난 당신이 스웨덴으로 돌아가는 게 불가능하다는 걸 깨달으리라 믿습니다." 그가 말했다. "어쨌든 여기 옥상에서 죽으면 천국과 아주 가까이 있게 되겠지요."

"바이바는 안 돼." 발란데르가 간청했다. "바이바는 아니야."

"미안합니다." 푸트니스가 말했다.

그가 총을 들었고, 발란데르는 그가 바이바를 먼저 쏠 작정이리란 것을 깨달았다. 그가 할 수 있는 것은 아무것도 없었고, 그는 리가 한가운데 이곳 옥상에서 죽을 터였다. 그 순간 비상문이 벌컥 열렸다. 깜짝 놀란 푸트니스가 예상치 않은 소리를 확인하기 위해 몸을 돌렸다. 옥상으로 몰려나온 무장한 많은 경찰 앞에 무르니에르스 대령이 있었다. 총을 들고 서 있는 푸트니스 대령을 보고 그는 머뭇거리지 않았다. 총은 이미 들려 있었고, 그는 순식간에 푸트니스의 가슴에 연속 세 발을 쏘았다. 발란데르는 바이바를 보호하기 위해 그녀에게 몸을 날렸다. 격렬한 총격전이 옥상 전체에 계속 이어졌다. 무르니에르스와 푸트니스의 부하들은 굴뚝들과 환기장치들 뒤에 필사적으로 몸을 숨기려 했다. 발란데르는 자신이 사선射線에 있다는 것을 알고 푸트니스의 시체 뒤로 바이바를 끌고 가려고 애썼다. 그는 얼떨결에 지드스 병장이 굴뚝 중 하나 뒤에 쭈그리고 앉아 있는 것을 알았다. 그들의 눈이 마주쳤고, 이내 지드스는 바이바의 존재를 알아차렸다. 즉각 발란데르는 지드스가 안전한 탈출로를 확보하기 위해 자신들을 인질로 데려가려 한다는 것을 알았다. 무르니에르스의 부하들은 수적으로 우세했고, 푸트니스의 심복 몇몇은 이미 죽은 상태였다. 발란데르는 푸트니스 시체 옆에 있는 권총을 보았지만 그가 그 총에 닿기 전에 지드스가 그에게 몸을 날렸다. 발란데르는 다친 손으로 지드스의 얼굴을 후려쳤다가 무시무시한 고통에 소리를 질렀다. 그 일격에 비틀거리는 지드스의 입에서 피가 흘렀지만 발란데르의 필사적인 반발에 입은 부상은 심각하지 않았다. 지드스가 자신과 자신의 상관에게 크나큰 골칫덩이가 된 스웨덴 경찰을 쏘려고 총을 들었을 때, 그의 눈에는 증오가 담겨 있었다. 총성이 울렸다. 자신이 여전히 살아 있다는 것을 알고 발란데르가 눈을 떴을 때, 자신 옆에 무릎을 꿇고 있는 바이바를 보았다. 그녀의 손에는 푸트니스의 권총이 들려 있었다. 그녀가 지드스의 미간을 쏘았다. 그녀는 울고 있었지만 그는 그 눈물이 그녀를 오랫동안 옭아매었던 공포와 고통이 아닌, 분노와 안도의 혼합물이라는 것을 알았다.

옥상의 총격은 시작했을 때처럼 갑자기 멈췄다. 푸트니스의 부하

둘은 부상을 입었고, 나머지는 사살되었다. 무르니에르스가 가슴에 수 발의 총격을 입은 부하 한 명을 살피고 암울한 표정을 짓더니 이내 바이바와 발란데르에게 다가왔다.

"이렇게 돼서 유감이지만," 그가 미안하다는 듯 말했다. "난 푸트니스가 한 말을 알아야 했소."

"소령의 서류에서 모든 이야기를 읽으시게 될 겁니다." 발란데르가 말했다.

"그 서류가 존재한다는 걸 내가 어떻게 확신할 수 있었겠소? 게다가 당신이 그걸 찾아낼 거라고는."

"물어보셨다면 좋았을걸요." 발란데르가 말했다.

무르니에르스가 머리를 저었다. "내가 당신 둘과 접촉했다면 푸트니스와 공개적인 전쟁에 돌입했을 거요. 그는 이 나라를 뜰 테고 우린 결코 그를 잡을 수 없었겠지. 난 계속 푸트니스의 부하들을 바짝 따라다니며 당신들을 지켜보는 수밖에 선택의 여지가 없었소."

발란데르는 갑자기 더 듣고 있기엔 너무 심한 피로를 느꼈다. 손은 욱신거렸고 통증이 고통스러웠다. 그는 바이바의 손을 잡고 몸을 일으켰다.

이내 그는 정신을 잃었다. 정신이 들었을 때 그는 병원 침대에 있었다. 손은 깁스가 되어 있었고, 마침내 통증은 사라진 뒤였다. 무르니에르스 대령이 문가에 서서 담배를 들고 그를 바라보며 미소 짓고 있었다.

"이제 좀 괜찮소?" 그가 물었다. "우리 의사들은 실력이 매우 좋지. 당신 손은 보기 좋은 상태가 아니었소. 여기서 찍은 엑스레이 사진을 갖고 집에 가야 할 거요."

"어떻게 된 겁니까?"

"기절했소. 당신 상황에 놓였다면 나도 분명 그랬을 거요."

발란데르는 진료실을 둘러보았다. "바이바는 어디 있습니까?"

"그녀는 집에 있소. 몇 시간 전 내가 그 집을 나왔을 때 그녀는 꽤 진정이 돼 있었소."

발란데르는 입이 말랐다. 그는 조심스럽게 몸을 일으켜 진찰용 침대 끝에 앉았다.

"커피." 그가 말했다. "여기서 커피 한 잔 마실 수 있습니까?"

무르니에르스가 웃음을 터뜨렸다.

"내가 아는 사람 중에 당신만큼 커피를 많이 마시는 사람은 없소." 그가 말했다. "물론 커피를 마실 수 있고말고. 당신이 기력이 있다면 난 모든 일을 마무리하도록 내 사무실로 가자고 제안하는 바요. 그리고 당신과 바이바 리예파는 그에 관해 나눌 이야기가 많을 테지. 손이 다시 아프기 시작하면 경찰의가 진통제 주사를 놔 줄 거요. 손을 깁스한 의사가 통증이 시작될 수도 있다고 했소."

그들은 차를 타고 시내를 가로질렀다. 이미 꽤 늦은 시간이었고, 어스름이 내리기 시작하고 있었다. 그들이 경찰 본부 뜰의 아치를 지날 때 발란데르는 이것이 경찰 본부로의 마지막 방문이 되리라 생각했다. 그의 사무실로 가는 도중에 무르니에르스는 파란색 파일을 가져가기 위해 금고실에 들렀다. 무장 경비 한 명이 당당한 금고 옆에 앉아 있었다.

"그걸 계속 금고에 넣어 두는 게 좋을 것 같군요." 발란데르가 말했다.

무르니에르스가 놀란 표정으로 그를 보았다. "좋을 것 같다고?" 그가 그 말을 따라 했다. "그건 필요한 일이오, 발란데르 경위. 푸트니스가 끝장났다 해서 그게 우리의 문제들이 해결됐다는 뜻은 아니오. 우린 여전히 전과 같은 세상에 살고 있소. 우린 상반된 세력으로 나뉜 나라에 살고 있고, 경찰 대령의 가슴에 쏜 총알 세 발만으로는 그 세력을 제거할 수 없소."

무르니에르스의 사무실로 가는 동안 발란데르는 그의 말을 반추했다. 커피가 담긴 쟁반을 든 남자가 문 앞에 서 있었다. 발란데르는 저 우중충한 방에 처음 왔었던 때를 떠올렸다. 아득한 옛일 같았다. 그간 있었던 모든 일을 이해할 수 있을까?

무르니에르스가 책상 서랍에서 병을 꺼내 두 글라스를 채웠다.

"너무 많은 사람이 죽어서 축배를 드는 게 즐겁지 않군." 그가 말했다. "하지만 그럼에도 우린 그럴 만하다고 생각하오. 특히 당신은, 발란데르 경위."

"난 실수들을 저지른 걸 빼면 사실상 한 게 아무것도 없습니다." 발란데르가 말했다. "난 잘못된 전제 위에 있었고, 일이 어떻게 관련돼 있는지 알기까지 너무 오래 걸렸습니다."

"그 반대로," 무르니에르스가 말했다. "난 당신이 한 일에 아주 깊은 인상을 받았소. 특히 당신의 용기에."

발란데르는 머리를 저었다. "난 용감한 사람이 아닙니다." 그가 말했다. "난 내가 여전히 살아 있다는 게 놀랍습니다."

그들은 글라스를 비우고 소령의 증거물이 한가운데에 놓인 테이블 앞에 앉았다.

“묻고 싶은 게 한 가지 있습니다.” 발란데르가 말했다. “유피티스는 어떻게 됐습니까?”

생각에 잠긴 무르니에르스가 고개를 끄덕였다. “푸트니스의 교활함과 잔혹함에는 한계가 없소. 그는 희생양이 필요했소. 그럴듯한 살인자 말이오. 그리고 그는 당신을 집으로 보낼 구실도 필요했지. 난 그가 당신의 능력을 불편해하고 두려워한다는 걸 처음부터 알았소. 그의 부하들이 두 아이를 납치했소, 발란데르 경위. 유피티스 누이의 두 아이를. 유피티스가 리예파 소령을 죽였다고 자백하지 않으면 그 아이들은 죽을 거였소. 유피티스는 정말 선택의 여지가 없었소. 내가 같은 상황에 놓였다면 어떻게 했을지 가끔 궁금하오. 물론 그는 지금 풀려났소. 바이바 리예파는 그가 배반자가 아니란 걸 이미 알고 있었소. 우린 인질로 잡혀 있던 아이들도 찾았소.”

“모든 게 스웨덴 해변으로 떠밀려 온 구명보트에서 시작됐습니다.” 잠시 생각에 잠겨 있던 발란데르가 말했다.

“푸트니스 대령과 그의 공모자들은 스웨덴을 포함한 여러 나라로의 마약 밀매가 연루된 대규모 작전을 시작한 참이었소.” 무르니에르스가 말했다. “푸트니스는 스웨덴에 수하 몇 명을 심었었지. 그들은 다양한 라트비아 이민자 그룹들을 찾아냈고, 라트비아 자유 조직의 평판을 떨어뜨리기 위해 마약 유통을 시작할 참이었소. 하지만 벤츠필스에서 마약을 운반하는 배 중 한 대에 일이 일어났소. 일종의 쿠데타를 일으킨 대령의 부하 일부가 자신들의 이익을 위해 암페타민 상당량을 가로챌 작정이었나 보오. 그들은 발각돼 총에 맞은 뒤 구명보트에 실려 표류하게 됐소. 그 소란 통에 그 마약을 구명보트에 숨겨 놨던 걸 아무도 생각해 내지 못했지. 내가 알기론 놈들은 하루 종일 그 보트를 찾았지만 결국 찾는 데 실패했소. 우린 이제 그게 스웨덴 해변으로 떠밀려 가서 얼마나 운이 좋았는지 아오. 만약 그렇게 되지 않았더라면 푸트니스 대령의 의도가 성공했을 공산이 매우 높지. 푸트니스의 수하 역시 충분히 교활한 자들로, 구명보트 속에 숨겨진 걸 아무도 발견하지 못했다는 걸 알아차리자 당신네 경찰서에서 그 마약을 회수해 왔소."

"무슨 일이 있었던 게 분명합니다." 발란데르가 생각에 잠겨 말했다. "왜 푸트니스는 리에파 소령이 귀국한 순간 그를 죽이기로 했을까요?"

"푸트니스는 겁을 먹었던 거요. 그는 리에파 소령이 스웨덴에서 뭘 하는지 몰랐고, 그가 내내 뭘 하는지 체크할 수 없는 마당에 그를 살려 둘 위험을 감수할 수 없었지. 리에파 소령이 라트비아에 있는 한은 그를 감시할 수 있었소. 아니면 적어도 그가 만난 사람들을 아는 게 가능했지. 푸트니스 대령은 단지 불안했던 거요. 지드스 병장에게는 리에파 소령을 죽이라는 명령이 내려졌소. 그리고 그는 그랬지."

그들은 긴 침묵에 빠졌다. 발란데르는 무르니에르스가 지쳐 있다는 것과 수심에 차 있다는 것을 알았다.

"이제 어떻게 됩니까?" 마침내 발란데르가 물었다.

"당연히 난 리에파 소령의 서류를 철저히 조사해야 하오." 무르니에르스가 대답했다. "그런 다음 두고 봐야지."

그 대답이 발란데르를 불편하게 했다. "당연히 그 서류는 공표돼야 합니다." 그가 말했다.

무르니에르스는 대꾸하지 않았고, 발란데르는 불현듯 무르니에르스가 관련되어 있는 한 공표는 확실치 않다는 것을 깨달았다. 그의 관심사가 바이바 리에파와 그녀의 친구들의 관심사와 꼭 같지는 않았다. 그에게 그것은 푸트니스의 정체를 밝히는 것으로 충분할 수도 있었다. 무르니에르스의 관점은 그 이야기를 널리 퍼뜨리는 것에 대한 타당성과 다를 수도 있었다. 발란데르는 리에파 소령의 증거가 비밀에 부쳐질지도 모른다는 생각에 화가 치밀었다.

"소령의 보고서를 한 부 복사하고 싶습니다." 그가 말했다.

무르니에르스가 즉각 그의 요구를 간파했다. "당신이 라트비아어를 읽을 수 있는지 몰랐구려." 그가 말했다.

"모든 걸 아실 순 없죠." 발란데르가 대꾸했다.

무르니에르스는 한동안 말없이 그를 응시했다. 발란데르는 그를 직시하며 항복해서는 안 된다고 생각했다. 이것이 무르니에르스와의 마지막 힘겨루기가 될 터였고, 절대 져서는 안 되었다. 근시의 왜소한 소령을 위해서 그래야 했다.

돌연 무르니에르스가 마음을 정했다. 그가 테이블 밑에 부착된 버튼을 누르자 한 남자가 파란색 파일을 가지고 나타났다. 잠시 후 발란데르는 절대 기록에 남지 않을 복사본을 받았다. 무르니에르스는 그에 관한 어떤 책임도 지지 않을 것이었다. 스웨덴 경찰 발란데르 경위가 승인 없이, 우방국 간의 관행 규정과 법을 무시하고 직접 복사한 복사본이자 이 비밀 서류를 볼 권한이 없는 사람들에게 넘긴 복사본이 될 것이었다. 이렇게 함으로써 특별히 형편없는 판단력을 전시한 스웨덴 경찰 쿠르트 발란데르는 어쩔 수 없이 비난을 받게 되는 것이다.

그것이 일어날 일이고, 그것이 진실로 받아들여질 것이었다. 그럴 일은 없겠지만 누군가가 묻는다면. 발란데르는 왜 무르니에르스가 그런 일이 일어나도록 복사본을 허락했는지 결코 알 수 없을 것이었다. 소령을 위해서였을까? 나라를 위해서? 아니면 그는 자신이 적절한 작별 선물을 받을 만하다고 생각했을 뿐일까?

그것으로 대화는 끝이 났다. 더 이상 할 말이 없었다.

“당신이 갖고 있는 여권은 매우 의심스럽지만,” 무르니에르스가 말했다. “난 당신이 아무 문제 없이 스웨덴으로 돌아갈 수 있도록 조치할 거요. 언제 떠날 생각이오?”

“오늘은 아닐 것 같습니다만, 아마도 내일은요.”

무르니에르스 대령은 뜰에서 대기하고 있는 차가 있는 데까지 그를 따라왔다. 발란데르는 불현듯 폴란드 국경에서 멀지 않은 독일 어딘가의 헛간에 주차해 둔 자신의 푸조를 떠올렸다.

“내 차를 도대체 어떻게 집으로 돌려받을지 모르겠습니다.” 그가 말했다.

무르니에르스가 어리둥절한 표정으로 그를 바라보았다. 발란데르는 무르니에르스가 스스로 더 나은 라트비아의 미래를 보장한다고 여기는 사람들과 어떤 관계인지 결코 알 수 없을 것이었다. 자신은 접촉이 허락된 표면을 긁었을 뿐이었다. 그것은 자신이 절대로 움직일 수 없는 돌이었다. 무르니에르스는 자신이 어떻게 라트비아에 들어왔는지 전혀 알지 못했다.

"아무것도 아닙니다." 발란데르가 말했다.

그 빌어먹을 리프만. 그는 화가 치밀었다. 라트비아 망명 단체는 차를 잃어버린 스웨덴 경찰에게 보상할 자금이 있을까.

그는 이유를 충분히 설명할 수 없는 억울함을 느꼈다. 어쩌면 여전히 극도로 지친 상태여서 그런지도 몰랐다. 적절한 휴식을 취하지 않는 한 신뢰할 수 없는 자신의 판단력은 계속될 것이었다.

발란데르를 바이바 리에파에게 데려가기 위해 대기하고 있던 차에 닿았을 때 그들은 작별 인사를 나누었다.

"내가 당신을 공항에 데려다줄 거요." 무르니에르스가 말했다. "당신은 헬싱키행 티켓 한 장과 헬싱키에서 스톡홀름으로 가는 티켓 한 장을 받을 거요. 북유럽 국가에는 여권 규제가 없어서 아무도 당신이 리가에 있었다는 걸 모를 거요."

차가 뜰을 빠져나갔다. 뒷좌석과 운전석 사이에 유리 패널이 있었다. 발란데르는 어둠 속에 앉아 무르니에르스가 한 말을 생각했다. 자신이 리가에 있었다는 사실을 아무도 모른다라. 자신이 그에 관해 절대 아무에게도 말할 수 없으리라는 것은 분명했다. 아버지에게조차. 그것이 비밀로 남을 아주 좋은 한 가지 이유는 그것이 너무나 있을 것 같지 않고, 너무나 믿을 수 없는 일이었다는 것이었다. 내 말을 믿을 사람이 있을까?

그는 좌석에 등을 기대고 눈을 감았다. 이제 중요한 것은 바이바 리에파와의 만남이었다. 스웨덴으로 돌아가서의 일은 그때 가서 생각하지.

그는 바이바의 아파트에서 이틀 밤과 한나절을 보냈다. 그동안 그는 '절호의 기회'라고밖에 생각할 수 없는 순간을 기다렸지만 그런 순간은 오지 않았다. 그는 그녀에 대한 상반된 감정에 대해 한마디도 하지 않았다. 그가 그녀에게 가장 가까이 다가간 것은 소파에 나란히 앉아 사진들을 보고 있을 때였다. 무르니에르스에게서 그녀의 집으로 데려다준 차에서 내렸을 때, 그는 다시 그녀에게 낯선 사람이 된 양 그녀의 인사는 무덤덤했다. 그는 이유도 모른 채 냉담한 취급을 받았다. 어쨌든 뭘 기대했던가? 그녀는 그를 위해 주재료가 조금 질긴 닭고기인 캐서롤로 식사를 준비했고, 그는 바이바가 아주 탁월한 요리사는 아니라는 인상을 받았다. 그녀가 공부만 했다는 걸 잊어선 안 돼. 그는 생각했다. 그녀는 아마 식사 준비를 하기보다 더 나은 사회를 꿈꿀 자격이 있는 부류의 사람일 거야. 두 타입이 항상 적절하게 공존하지는 않을지라도 두 타입 모두 필요했다.

발란데르는 우울한 기분에 짓눌렸지만 다행히 그것을 드러내지는 않았다. 그는 자신이 이 세상에서 괜찮은 요리사 쪽에 속한다는 것을 의심하지 않았다. 그는 몽상가는 아니었다. 경찰은 몽상에 집착하지 않았고, 그는 코를 하늘을 향해 치켜들기보다 땅에 처박는 편이었다. 하지만 그는 자신이 그녀와 사랑에 빠지기 시작했다는 것을 알았고, 우울한 기분의 진짜 원인은 그것이었다. 자신이 맡았던 가장 낯설고 가장 위험한 임무를 마친 지금, 그는 마음속에 이 슬픔을 억지로 담아야 할 터였다. 그것이 그에게 깊은 상처를 남겼다. 스톡홀름으로 돌아가면 거기에 자신의 차가 기다리고 있을 것이라는 말을 그녀에게서 들었을 때, 그는 거의 반응하지 않았다. 그는 풀이 죽어 있었다.

그녀가 소파에 잠자리를 마련해 주었다. 그는 침실에서 나는 그녀의 차분한 숨소리를 들었다. 지쳤음에도 잠을 잘 수 없었다. 그는 계속 깨어 있다가 찬 마루를 가로질러 창가로 가 소령이 살해된 적막한 거리를 내려다보았다. 미행자들은 거기에 더 이상 존재하지 않았고, 그들은 푸트니스 옆에 묻혔다. 남은 것은 역겹고 고통스러운, 입을 딱 벌린 공동空洞뿐이었다.

그가 떠나기 전날 두 사람은 푸트니스 대령이 이네세와 그녀의 친구들을 묻은, 비석 없는 묘지를 방문했다. 그들은 오열했다. 발란데르는 버려진 아이처럼 흐느꼈고, 자신이 사는 세계가 얼마나 끔찍한지 처음 안 것 같은 느낌이 들었다. 바이바는 얼어붙어 곧 시들 것 같은 장미들을 가져왔고, 그녀는 그것들을 쌓아 올린 흙 위에 놓았다.

그가 집으로 가는 비행기를 타는 날 아침 리가에는 눈이 내리고 있었다.

무르니에르스가 직접 그를 데리러 왔다. 바이바가 문가에서 발란데르를 포옹했고, 두 사람은 난파선에서 막 살아남은 사람들처럼 서로에게 매달렸다. 그리고 그는 떠났다.

발란데르는 비행기에 오르는 계단을 올랐다.

"잘 가시오." 무르니에르스가 뒤에서 소리쳤다. 그도 날 보지 않게 돼서 기쁘겠군. 발란데르는 생각했다. 날 그리워하진 않겠지.

비행기가 리가 시가지 위에서 왼쪽으로 크게 선회했고, 기장은 핀란드만으로 향했다. 발란데르는 비행기가 수평으로 날기도 전에 가슴에 고개를 떨어뜨리고 잠에 빠졌다.

같은 날 저녁 그는 스톡홀름에 내렸다. 장내 방송이 그에게 안내 데스크로 오라고 알렸다. 그에게 자동차 키와 여권이 담긴 봉투가 건네졌다. 차는 택시 승차장 옆에 주차되어 있었고, 놀랍게도 발란데르는 차가 말끔하다는 것에 주목했다. 차 안은 따뜻했다. 누군가가 그를 기다리며 거기에 앉아 있었다. 그는 그날 밤 위스타드에 있는 집으로 차를 몰았고, 새벽이 되기 전에 마리아가탄가의 아파트로 돌아왔다.

에필로그

5월 초 어느 이른 아침, 마르틴손이 노크하고 들어왔을 때 발란데르는 사무실에서 주의 깊게, 하지만 열의 없이 축구 내기 쿠폰의 칸을 채우고 있었다. 여전히 추웠지만–봄은 아직 스코네에 닿지 않았다– 발란데르는 뇌에 바람을 쏘일 필요가 있다는 듯 창문을 열어 놓고 있었다. 그는 나무에서 되새가 지저귀는 소리를 들으며 서로 물고 물리는 여러 팀의 승률을 건성으로 가늠하고 있었다. 마르틴손이 문가에 나타났을 때 발란데르는 쿠폰을 치우고 의자에서 일어나 창가로 갔다. 그는 마르틴손이 늘 감기에 걸릴까 봐 걱정하고 있다는 것을 알았다.

"제가 방해가 됐습니까?" 마르틴손이 물었다.

리가에서 돌아온 이래 발란데르는 동료에게 무뚝뚝하고 퉁명스러웠다. 그들 중 몇몇은 알프스에서 스키를 타다가 손을 부러뜨렸다고 해서 어떻게 그토록 퉁명스러울 수 있는지 그들끼리 쉬쉬하며 걱정했다. 아무도 그에 관해 그에게 직접 묻고 싶어 하지 않았지만 그들은 모두 그의 나쁜 기분이 점차 저절로 사라지리라 생각했다.

발란데르는 자신이 동료에게 심하게 행동하고 있다는 것을 알았다. 그는 그들의 일을 더 어렵게 하지는 않았지만 위스타드 경찰서의 딱딱하지만 쾌활한 경찰인 옛 발란데르로 다시 돌아가려면 어떻게 해야 할지 몰랐다. 마치 그런 사람은 존재한 적이 없었던 것 같았다. 그는 자신이 예전의 자신을 그리워하는지조차 몰랐다. 그는 자신에 대해 아는 게 극히 적었다. 가짜 알프스 여행은 그의 삶에서 진짜 진실이 얼마나 하찮은지 폭로했다. 그는 자신이 의식적인 거짓말로 자신을 포장하는 부류의 남자가 아니라는 것을 알았지만 세상이 정말 어떻게 생겨 먹었는지에 대한 자신의 무지가 그 자체로 일종의 거짓인지 자문하기 시작했다. 설사 그렇더라도 자신을 고립시키려는 의식적인 노력보다 천진난만이 낫다는 것을 알았다.

누군가가 자신의 방에 들어올 때마다 그는 죄책감을 느꼈지만 아무 일 없는 척하는 것보다 더 나은 것을 생각할 수 없었다.

"아니, 방해한 거 없네." 그가 친근하게 들리게 하려고 애쓰며 말했다. "앉아."

마르틴손은 쿠션이 축 처진, 불편하기 이를 데 없는 손님용 의자에 앉았다. "한 가지 이상한 이야기를 말씀드려야 할 것 같습니다." 그가 말했다. "아니, 두 가지를요. 과거에서 온 유령들의 방문 같은 이야깁니다."

발란데르는 마르틴손의 표현 방식을 좋아하지 않았다. 경찰로서 다뤄야 할 냉혹한 현실을 시적으로 치장하는 것은 그에게 늘 적절치 않아 보였다. 하지만 그는 말없이 기다렸다.

"구명보트가 이 근처로 떠밀려 올 거라고 우리에게 전화한 남자를 기억하십니까?" 마르틴손이 말을 이었다. "그 신원을 밝히지 않은, 우리가 잡지 못한 녀석을?"

"두 남자가 있었지." 발란데르가 끼어들었다.

마르틴손이 끄덕였다. "첫 번째 사람부터 시작하죠." 그가 말했다. "몇 주 전 아네테 브롤린이 특별히 끔찍한 중상해로 고발된 어떤 남자를 기소할지 고민하다가 전과가 없어서 풀어 줬죠."

발란데르의 귀가 쫑긋 섰다.

"그의 이름은 홀름그렌입니다." 마르틴손이 말했다. "막 스베드베리의 책상에 놓인 그 중상해 건에 관한 서류를 봤습니다. 전 그가 뷔론이라는 낚싯배 소유주라는 것에 주목했고, 머릿속에서 벨이 울리기 시작했습니다. 이 홀름그렌이 그의 가장 친한 친구 중 하나인, 그 배에서 일하곤 했던 야콥손이라는 녀석을 두들겨 팼다는 걸 보자 더 흥미로워졌습니다."

발란데르는 브란테비크 부두에서의 그 밤을 떠올렸다. 마르틴손이 옳았다. 자신들은 과거에서 온 유령들의 방문을 받았다. 그는 자신이 다음 말을 듣길 얼마나 간절히 원하는지 깨달았다. "재밌는 건 그 사건이 아주 잔혹한 데다, 별다른 이유 없어 보이는데도 야콥손은 신고하지 않았다는 겁니다." 마르틴손이 말했다.

"그럼 그걸 누가 신고했지?"

"홀름그렌이 크랭크 손잡이로 야콥손을 폭행하는 모습을 누가 보고 경찰에 전화했죠. 야콥손은 삼 주간 병원에 있었습니다. 그는 아주 심하게 맞았지만 홀름그렌을 고발하길 원치 않았죠. 스베드베리는 그 폭력의 이면에 뭐가 있는지 전혀 알아내지 못했는데, 저는 그게 구명보트와 관련이 있을지 모른다는 의심이 들기 시작했습니다. 둘 다 우리에게 연락한 걸 상대방이 몰랐으면 했던 걸 기억하십니까? 적어도 우리 생각은 그랬죠."

"기억나." 발란데르가 말했다.

"저는 홀름그렌 씨와 얘기를 좀 나눠 봐야겠다고 생각했습니다." 마르틴손이 계속했다. "그는 경위님과 같은 거리에 살았습니다. 어쨌든, 마리아가탄가에요."

"살았다고?"

"바로 그렇습니다. 그를 보러 갔을 땐 이사 갔더라고요. 아주 먼 곳으로요. 포르투갈로 갔죠. 그는 이민자로 분류된 여러 서류를 보냈는데, 새 주소가 아조레스제도 어딘가더군요. 그리고 최저가로 덴마크 어부에게든 누구에게 뷔론을 팔았습니다."

마르틴손이 말을 멈췄고, 발란데르는 생각에 잠겨 그를 보았다.

"아주 이상한 이야기란 걸 동의하시겠죠." 마르틴손이 말했다. "리가 경찰에 이 정보를 알려야 한다고 생각하십니까?"

"아니." 발란데르가 말했다. "그럴 필요는 없는 것 같아. 하지만 말해 줘서 고맙네."

"아직 끝나지 않았습니다." 마르틴손이 말했다. "여기에 이야기 두 번째 파트가 있습니다. 어제 그 기사 읽으셨습니까?"

언론이 일상적인 흥미 이상의 관심을 드러내는 사건에 자신이 관계되어 있지 않은 한, 발란데르는 오래전에 신문 사기를 그만두었다.

그는 머리를 저었고, 마르틴손은 말을 이었다.

"읽으셨어야 했습니다. 나중에 러시아 저인망 어선의 것으로 판명된 구명보트를 예테보리 세관이 어떻게 찾았는지에 대한 기사입니다. 그들은 빙가예테보리에서 20킬로미터 떨어진 작은 섬에서 표류하는 그 보트를 발견했는데, 그날은 종일 바람이 전혀 없어서 이상해 보였죠. 도거뱅크영국 북쪽 북해 중앙부의 해역에서 조업을 하고 있던 저인망 어선의 선장은 구명보트를 잃어버렸는데, 그게 없어진지도 몰랐다고 주장하며 고장난 프로펠러 수리를 위해 입항해야 했다고 했습니다. 아주 우연하게도 그때 마약 탐지견이 그 구명보트 근처를 지나쳤는데, 그 개가 큰 흥미를 보였습니다. 그들은 그 구명보트 안에 숨겨진 최상급 암페타민 몇 킬로그램을 찾아냈고, 폴란드에 있는 몇몇 공장으로까지 그걸 추적했습니다. 이게 우리가 찾던 설명을 잘 말해 주고 있습니다. 우리 지하실에서 도난당한 그 보트에도 아마 우리가 찾았어야 할 뭔가가 숨겨져 있었을 겁니다."

발란데르에게 이것은 자신의 치명적인 실수에 대한 언급처럼 보였다. 물론 마르틴손의 말이 옳았다. 그것은 용납될 수 없는 부주의였다. 동시에 그는 마르틴손에게 털어놓고 싶은 유혹을 느꼈다. 구실일 뿐이었던 알프스에서의 휴가 대신 실제 있었던 일을 누군가에게 말하고 싶은 유혹을 느꼈다. 하지만 그는 아무 말도 하지 않았다. 그럴 용기가 없었다.

"자네 말이 맞을 것 같지만," 그가 말했다. "난 우리가 그 남자들이 살해된 이유를 알아낼 것 같지 않네."

"그런 말 마십시오." 마르틴손이 자리에서 일어나며 말했다. "내일 우릴 놀라게 할 일이 일어날지는 결코 모를 일이죠. 마침내 우리가 그 특별한 이야기를 마무리하는 데 조금 더 가까워질지 모를 일이라고 생각하지 않으십니까?"

발란데르는 끄덕였다. 하지만 그는 아무 말도 하지 않았다.

마르틴손이 문가에서 멈추더니 돌아보았다.

"제가 어떻게 생각하는지 아십니까?" 그가 물었다. "물론 제 생각일 뿐이지만, 저는 홀름그렌과 야콥손이 모종의 밀매에 관련돼 있고, 그들은 그저 그 구명보트를 발견했을 뿐이라고 봅니다. 어쨌든 그들에게는 경찰과 너무 가까이 엮이지 말아야 할 꽤 분명한 이유가 있다고요."

"그건 그 중상해죄에 대한 설명이 되지 않아." 발란데르가 말했다.

"아마 그들은 우리에게 신고하지 않기로 합의하지 않았을까요? 홀름그렌은 야콥손이 비밀을 누설했다고 생각하지 않았을까요?"

"자네가 맞을지도 모르지. 하지만 우린 절대 모를 거야."

마르틴손이 방에서 나갔다. 발란데르는 다시 창문을 연 다음 축구 쿠폰으로 돌아갔다. 그는 리가에서 돌아왔을 때 집 문 앞에서 발견한 편지를 생각했다. 트렐레보리 고무 회사 지원에 감사드리며 면접을 보러 오라는 편지. 그는 그들에게 당분간은 그 일을 생각할 수 없다고 말했지만 그 편지를 서랍에 갈무리했다.

그날 늦게 그는 부두 가까이에 새로 생긴 카페로 차를 몰고 갔다. 커피를 주문하고 바이바 리예파에게 편지를 쓰기 시작했다. 30분 뒤 자신이 쓴 것을 읽어 보고 그는 그것을 찢어 버렸다. 그는 카페에서 나와 부두로 갔다. 빵부스러기를 뿌리듯 바다에 그 종잇조각을 뿌렸다. 그는 여전히 그녀에게 뭐라고 써야 할지 몰랐다. 하지만 그의 갈망은 매우 간절했다.

작년 발트해 국가들에서 일어난 혁명적인 변화가 이 소설의 기초가 되었다. 작가에게 익숙지 않은 환경에서 일어난 일을 소재로 책을 쓰기는 물론 쉽지 않다. 여전히 유동적인 사회적, 정치적 양상의 진로를 따르려 할 때 그것은 더욱 문제가 된다. 직접적인 실제적 어려움–예를 들어 특정한 날 특정한 동상이 여전히 받침대 위에 서 있을까? 아니면 이미 내려져 철거되었을까? 1991년 2월 모일某日에 어느 특정 거리는 여전히 같은 이름일까?– 이외에도 다른 더 근본적인 문제들이 있다. 특히 그중에서 가장 어려운 문제는, 발트해 국가들이 취할 발전 방향에 우리는 이제 적어도 잠정적인 대답을 가지고 있지만 이 책을 쓸 때는 인지하고 있는 그 사실을 제쳐 두어야 했다는 것이다.

사고와 감정을 재현하는 것은 물론 작가의 일이지만 어느 정도는 도움이 필요할지도 모른다. 이 소설과 관련해 나는 많은 사람에게 엄청난 빚을 졌다. 나는 한 사람은 익명, 또 한 사람은 실명으로, 두 사람에게 특히 감사를 드리고 싶다. 군티스 베르그클라브스는 자신의 설명과 기억을 내 마음대로 이용하게 해 주었고, 아이디어를 제공했다. 내게 리가의 많은 비밀을 알려 주기도 했다. 자신과 자신의 동료들이 일을 어떻게 하는지 내게 매우 참을성 있게 가르쳐 준 리가 '살인 사건 수사과' 형사에게도 감사를 전하고 싶다.

우리는 늘 그때가 어떠했는지 유념해야 한다. 모든 것이 지금과 너무 많이 달랐고, 지금보다 더 모호한 때였다. 발트해 국가들의 운명은 아직 조금도 결정되지 않았다. 라트비아 영토에는 여전히 많은 수의 러시아 군대들이 있다. 미래에는 옛것과 새것 사이, 익숙한 것과 익숙지 않은 것 사이에 격렬한 투쟁이 있을 것이다.

이 책을 마치고 몇 달 뒤인 1991년 봄에 소련에서 쿠데타가 일어났다. 발트해 국가들의 독립 선언을 가속화한 결정적 사건이었다. 명백히 그 쿠데타(혹은 그런 쿠데타가 일어날 가능성)가 이 소설의 핵심이었지만 다른 사람들과 마찬가지로 나는 쿠데타가 정말 일어날지, 그것이 어떤 결과를 낳을지 도저히 예측할 수 없었다.

이것은 소설이다. 그것은 그 모든 일이 실제로 일어나지 않거나, 이 책에서 내가 묘사한 것과 정확히 똑같이 보이지는 않을 가능성이 있다는 것을 의미한다. 하지만 그것은 묘사한 그대로 일어날 수도 있다. 소설적 허용이, 실제로 존재하지 않는 백화점의 수하물 보관소를 창조할 자유를 준다. 혹은 난데없는 가구 코너를 지어내기도. 만약 필요하다면. 그리고 그런 것은 가끔 필요하다.

1992년 4월

헨닝 망켈

이 작품의 배경이 된 1990년대 초는 1980년대 중반부터 차츰차츰 시작된 소련 붕괴 과정의 한가운데에 있던 시기이다. 1985년 소련 공산당 서기장으로 선출된 고르바초프는 지속적으로 소련의 개혁 개방 정책을 밀고 나갔고, 1991년 12월에 마침내 소비에트 연방은 해체되었다.

1944년 소련에 강제 합병된 발트해 삼국 리투아니아, 라트비아, 에스토니아는 1988년 11월 에스토니아의 주도로 소련에 본격적인 독립을 요구하였으며, 라트비아의 항구 도시 리에파야(작가는 여기서 리에파 소령의 이름을 따오지 않았을까)의 노동자 세 명이 설립한 인권 수호 연대는 소련 내 최초 공개적 반공주의 단체이자, 처음으로 소련에 반대한 소수민족 독립운동 단체였다. 이 작품의 시대적 배경이 된 라트비아 바리케이드 사건은 1991년 1월 14일부터 25일까지 라트비아의 수도 리가 시민들과 소비에트 연방 소속의 특수부대가 충돌한 일련의 사건을 일컫는다. 총 아홉 번의 충돌 과정에서 많은 리가 시민들이 체포되었지만 대부분의 충돌에서 라트비아 국민이 승리했고, 결과적으로 소련은 라트비아의 민주화 요구의 진압에 실패했다.

『얼굴 없는 살인자』에서 첫선을 보인 스웨덴 남부 위스타드 경찰서의 발란데르는 룬나르프 마을의 노부부 살인 사건을 해결한 다음 해에 스웨덴 해안으로 밀려온 구명보트를 맞닥뜨린다. 두 구의 시체가 든 구명보트에서 시작된 사건은 발란데르를, 당시만 해도 철의 장막 너머 미지의 세계였던 라트비아로의 출장으로 이끌었고, 발트해 삼국의 이름조차 헷갈려하던 그는 소령 살해 사건을 수사하며 전체주의의 실체에 눈을 뜨게 된다. 『리가의 개들』은 '발란데르 시리즈' 전체를 통틀어 아마도 가장 긴장감 넘치고 긴박하게 전개되는 이야기가 아닐까 싶다. 이 작품에서 발란데르는 전편 이상으로 고생하며 죽음의 위기를 수차례 넘긴다.

마이 셰발과 페르 발뢰의 '마르틴 베크 시리즈'에 많은 영향을 받은 헨닝 망켈의 이 작품은 마르틴 베크가 실종된 기자를 찾아 소련의 위성국가였던 헝가리로 출장 가는 『연기처럼 사라진 남자』를 연상시킨다. 1990년대 라트비아가 배경인 『리가의 개들』에서 부두 노동자처럼 거친 활약을 하는 발란데르에 비하면 1960년대 헝가리가 배경인 『연기처럼 사라진 남자』에서의 마르틴 베크는 고전 명탐정처럼 보인다. 자국의 이익이나 개인적인 이익과 상관없이 정의와 사랑(?)을 위해 목숨을 거는 발란데르의 활약을 따라가며, 소련의 붕괴가 완결되지 않은 듯한 작금의 러시아와 우크라이나의 현실을 내비해 보는 것도 뜻깊은 독서가 될 듯싶다.

리가의 개들

초판1쇄 발행 2022년 9월 1일

지은이 | 헨닝 망켈
옮긴이 | 박진세
발행인 | 박세진
독자교정 | 박동순, 최윤희
표지디자인 | 허은정
용　지 | 두송지업
인　쇄 | 대덕문화사
제　본 | 바다제책사

펴낸곳 | 피니스 아프리카에
출판등록 | 2010년 10월 12일 제25100-2010-000041호
주소 | 03958 서울시 마포구 망원동 419-3 참존 1차 501호
전화 | 02-3436-8813
팩스 | 02-6442-8814
블로그 | blog.naver.com/finisaf
메일 | finisaf@naver.com

책값은 뒤표지에 있습니다.
파본은 구입하신 곳에서 교환해 드립니다.